벽오금학도

이외수 장편소설

벽오금학도

해냄

| 차례 |

1

탑골공원.

가을이 당도해 있었다. 은행잎들이 노랗게 물들어 있었다. 이따금 서늘한 바람이 스치고 지나갔다. 그때마다 은행나무들이 순금빛 해의 비늘들을 눈부시게 털어내고 있었다. 플라타너스 이파리들은 이미 녹물이 들어 오그라든 채로 땅바닥에 나뒹굴고 있었다. 노인들이 기울어지는 시간 속을 걸어와 가을 유배자들처럼 쓸쓸히 공원을 배회하고 있었다. 며칠간 청명한 날씨가 계속되고 있었다. 하늘이 높아져 있었다. 높아진 하늘 변두리로 새털구름 몇 자락도 가벼이 떠 있었다.

며칠 전부터 대학생 하나가 날마다 팔각정 계단 중턱쯤에 자리를 잡고 하루 종일 무료한 표정으로 앉아 있었다. 언젠가 관리인 하나가 날마다 공원으로 출퇴근을 하는 그에게 직업을 물었을 때 그는 분명히 대학생이라고 대답했었다.

그의 외모는 매우 특이했다. 백발동안(白髮童顔) ─ 얼굴은 귀공자처럼 해맑은데 머리카락은 고희를 넘은 노인처럼 온통 된서리가 하얗게 얹혀 있었다. 눈이 부실 정도였다. 뿐만 아니라 그는 언제나 등에 둥글고 기다란 금빛 비단통 하나를 둘러메고 있었다. 홍콩영화의 액션물에 나오는 현대판 칼잡이를 연상시키는 모습이었다.

그러나 전혀 살벌해 보이지 않은 분위기를 가지고 있었다.

옷차림이 깨끗하고 단정했다. 이목구비도 깨끗하고 단정했다. 양순해 보이는 인상을 풍기고 있었다. 유난히 눈동자도 맑아 보였다. 이십대 초반의 나이였다. 이성적이기보다는 감성적인 분위기를 간직하고 있었다. 그러나 비록 머리카락이 하얗게 세어 있다고는 하더라도 탑골공원은 그의 나이에 어울리지 않는 장소였다.

대한민국 최초의 시민공원이었다. 지금은 노인 전용 공원처럼 사용되고 있었다. 고려시대에는 흥복사(興福寺)가 그 자리에 있었고 조선시대에는 원각사(圓覺寺)가 그 자리에 있었다. 작금에 이르러서는 삼일운동의 발상지로 더 잘 알려져 있었다. 오등(吾等)은 자(玆)에 아(我) 조선(朝鮮)의 독립국(獨立國)임과 조선인(朝鮮人)의 자주민(自主民)임을 선언(宣言)하노라. 한때 고등학교 국어선생님들이 대학입시 예상문제로 가장 많이 다루었던 기미독립선언문(己未獨立宣言文)이 바로 이 공원 팔각정에서 낭독된 기록을 가지고 있었다.

공원 안에는 원각사지십층석탑이라는 역사적 유물이 남아 있었다. 국보 제이호로 지정된 석탑이었다. 기단부는 삼층으로 구성되었으며 면석과 갑석으로 이루어졌는데 그 평면은 아자형(亞字形)을 갖추고 있었다. 각 층마다 면석에는 천태만상의 조각이 화사하게 장식되어 있었다. 초층 각 면에는 용과 사자와 목단과 연화문을 조식하였고 이층에는 여러 종류의 인물과 조수와 초목과 궁전을 표현하였으며 삼층에는 많은 나한들과 신선들이 조각되어 있었다. 사층부터는 방형으로서 일반형 석탑의 탑신과 같은 형태를 지니고 있었으나 탑신석 각면에는 부처와 보살과 천인상 등이 조각되어 있었다. 역사적 가치도 높지만 예술적 가치도 높은 탑이었다.

이 세상의 모든 탑들이 소망으로 이루어지고 그 소망이 하늘 한복판을 떠받치고 있다는 사실을 일찍이 일본 사람들은 모르고 있었던 것일까.

임진왜란 때, 왜장 하나가 이 탑을 일본으로 가져갈 요량으로 왜병들에게 해체를 지시했는데 하늘이 노하시는 바람에 작업에 가담했던 병사들이 피를 토하고 죽는지라 뜻을 이루지 못했다는 이야기도 전해지고 있었다. 한동안 왜병들이 해체해 놓은 꼭대기 세 층이 땅바닥에 내려진 채로 잡석 취급을 받고 있었던 모양이었다. 이홍직 편 『국사대사전』에 보면, 언제부터인지는 분명치 않지만 세 층이 땅에 내려진 채 방치되어 있던 중 일천구백사십육년 이월 십칠일 당시 주한 미 공병대에 의해서 기중기로 올려졌다는 기록이 적혀 있는 것을 보면 사실 무근한 이야기는 아닌 것 같았다. 공원 관리인들도 거의가 다 알고 있는 이야기였다.

그러나 세인들에게는 이제 잊혀져 버린 이야기였다. 모든 신화가 퇴락해 가고 있었다. 무분별하게 밀어닥친 서양 바람에 안질이 걸려 사람들은 주체성을 상실한 채 모든 미풍양속을 쓰레기통 속에다 내던져버리고 있었다. 공맹은 서양 불길에 화장되었고 노장은 서양 물결에 수장되어 있었다. 황야의 무법자가 임꺽정의 산채에 기관단총을 난사하고 뉴턴이 고등학생들의 머리를 쪼개고 법칙의 사과를 강제로 쑤셔 넣고 있었다.

세상은 변해가고 있었다. 국적불명의 기형문화들이 도처에 기생해서 전통문화의 순수성 위에 더러운 구정물을 쏟아 붓고 있었다. 모든 것이 불분명하게 흐려져 있었다. 위아래도 불분명하게 흐려져 있었고 좌우도 불분명하게 흐려져 있었고 앞뒤도 불분명하게 흐려져 있었다.

노인들의 위치도 불분명하게 흐려져 있었다. 그들은 마치 실행증 환자들처럼 방향감각을 잃어버리고 사양의 그림자를 끌며 탑골공원으로 모여들었다. 그리고 얼마 남지 않은 목숨들을 가을 햇빛에 널어 말리며 지나간 날들을 회상해 보곤 했다. 그래서 탑골공원은 젊은이가 섞여 있으면 아무래도 꿔다 놓은 보릿자루 같은 신세가 될 수밖에 없었다. 그런데도 그 백발 동안의 대학생은 꾸준히 탑골공원으로 출근해서 팔각정 계단 중턱을 고수하고 있었다.

"여보게 젊은이. 지금은 가을인데 자네의 머리 위에는 겨울 이 너무 성급하게 당도해 있구만."

어느 날 노파 하나가 지팡이에 몸을 의지하고 한눈을 팔며 지나가다가 그 대학생의 모습을 발견했다. 노파는 누더기를 걸 치고 있었다. 거렁뱅이 같았다. 몹시 늙어 있었다. 머리카락과 눈썹이 모두 하얗게 세어 있었다. 이빨도 몽땅 빠져 있었다. 그 러나 목소리만은 아직도 카랑카랑했다. 다소 발음이 부정확하 기는 했지만 알아듣는 데는 그리 불편하지 않을 정도였다. 노 파는 심심한데 말동무라도 삼아야겠다고 생각했는지 곧장 대 학생에게 걸어가 바로 곁에다 자리를 잡고 앉았다.

"자네 머리카락은 언제부터 그렇게 세어버렸나."

노파가 물었다.

"아홉 살 때부터입니다."

대학생도 이 불의의 침입자에 대해 별로 불쾌한 생각을 가 지고 있지 않은 듯한 태도였다. 무료했던 탓인지 오히려 반색 을 하며 자리까지 비켜주었을 정도였다.

"병을 앓았나."

"아닙니다."

"그럼 어쩌다가 그렇게 되었나."

"어릴 때 어떤 이상한 마을을 다녀온 뒤부터 이렇게 되어버렸습니다."

"그 마을에 가면 머리카락만 나이를 먹는 모양이구만."

노파는 대학생의 말을 농담으로 받아들이고 있는 듯한 표정이었다.

"할머니가 보시기에도 제가 미친 것 같습니까."

대학생이 물었다. 진지한 표정이었다.

"남은 곧 자신의 거울이라. 내 얼굴에 티끌이 묻어 있지 않다면 거울 속의 얼굴에 어찌 티끌이 묻어 있을 수 있으랴. 내가 미친놈이니까 남도 미친놈으로 보이는 법일세. 만약 누가 자네를 미쳤다고 생각한다면 그놈도 필시 미친놈이기 때문이라네."

노파의 대답이었다.

노파는 뼈만 앙상하게 드러나 있는 팔을 움직여 대학생의 손등을 감싸쥐었다. 그리고 몇 번을 가볍게 토닥거려주었다. 인정이 많은 노파 같았다. 윤기 없는 팔과 주름진 손등에 갈색 반점들이 여기저기 찍혀 있었다. 그 위로 식은 가을 햇빛이 드리워져 더욱 짙은 음영이 뼈들의 윤곽을 선명하게 드러내 보이고 있었다.

"자네 직업은 무엇인가."

"학생입니다."

"자네 부친은 지금 무슨 일을 하고 계시는가."

"국회의원이 되기 위해 돈을 열심히 벌고 계십니다."

"국회의원이란 게 무슨 벼슬 이름 같은데 요즘 세상도 돈이 있어야 벼슬을 하는 세상인가."

"돈이 없으면 벼슬뿐만 아니라 다른 것도 전혀 할 수가 없는 세상입니다, 할머니."

"식구들은 모두 몇이나 되는가."

"아버지와 어머니와 여동생과 저 이렇게 네 명이서 살고 있습니다."

"자네는 학생이라고 했는데 왜 학교에는 가지 않고 날마다 여기서 시간을 허비하고 있는가. 나는 며칠 전부터 자네가 줄곧 여기 앉아 있는 것을 보았네. 혹시 담임선생님이 팔각정을 굳게 사수하라는 엄명이라도 내리셨는가."

노파는 약간 장난기 어린 표정을 지어 보였다. 주름살이 골마다 가느다란 웃음기를 머금고 있었다.

"대학에는 담임선생님이 없습니다, 할머니."

"그럼 오늘이 공일인가."

"아닙니다. 오늘은 수요일입니다. 하지만 이제 대학은 문을 닫았습니다. 학생들은 아무도 들여보내주지를 않습니다."

"무슨 사정인지는 모르지만 학생이 학교에 들어갈 수가 없다면 소가 외양간에 들어갈 수 없는 경우와 다름없구만. 이치로 미루어 따져보면 앞으로 밭갈이할 일이 걱정 아닌가."

생각하기 나름이겠지만 언중유골, 노파의 말에는 뼈가 들어 있는 것 같았다.

　대학은 오래전부터 휴교령이 내려져 있었다. 데모 때문이었다. 날이 갈수록 데모가 극심해져 가고 있었다. 대학생들과 일부 지식층들은 현직 대통령의 독재정치와 장기집권을 우려하고 있었다. 산발적으로 데모가 일어났고 정부는 강경한 대응책으로 맞서고 있는 중이었다. 휴교령은 언제 풀리게 될는지 알 수가 없었다. 대학마다 철문이 굳게 닫혀 있었다. 도서관마다 불이 꺼져 있었다. 대학은 죽어 있었다. 거대한 지식의 영안실로 변해 있었다. 비애로운 침묵만이 무겁게 드리워져 있었다. 대학생들은 대부분 자기들이 무슨 암행어사 출두라도 하겠다는 듯 골을 싸잡아 매고 공부했던 나날들을 증오하고 있었다. 밤잠도 제대로 자지 못하고 코피를 흘려가며 입시지옥을 헤쳐 나왔다는 사실을 혐오하고 있었다. 입학 이후로 공부를 할 시간은 별로 없었다. 분위기도 어수선하기 짝이 없었다. 데모와 휴교가 되풀이해서 이어지고 있었다.

　"할머니는 올해 연세가 얼마나 되셨나요."

　대학생이 노파에게 물었다.

　"나는 나이도 모르고 살아가는 할망구일세."

　노파의 대답이었다.

　"자기 나이도 모르신다니 믿어지지가 않는데요."

　대학생은 노파의 대답을 농담으로 받아들이고 있는 듯한 눈치였다.

"수년 전에 이백 살까지 세고는 그만두어버렸네. 나이가 들어갈수록 무엇이든 세는 일이 귀찮아지지. 모든 것은 하나로써 족하다네."

그러나 노파는 전혀 농담을 하고 있는 듯한 표정이 아니었다.

"가족들은 없으신가요."

"세상 사람들 모두가 내 가족이지."

법문 같은 말만 하고 있었다.

"서울에 살고 계신가요."

"나는 보시다시피 구걸이나 하면서 동가식서가숙으로 떠도는 거렁뱅이 할망구일세. 만천하가 모두 내 집이 아니겠는가. 그래서 거렁뱅이 팔자가 상팔자라네. 무엇이든 소유하고 있으면 그것밖에 가지고 있지 않은 가난뱅이로 전락해 버리고 말지만 아무것도 소유하고 있지 않으면 온 천하를 모두 가지고 있는 부자로 승격된다네. 거렁뱅이만이 느낄 수 있는 행복이지."

노파는 비교적 낙천적인 성격을 가지고 있는 것 같았다. 거렁뱅이야말로 하나님이 인간에게 내려줄 수 있는 지상 최대의 구원이며 축복이라고 굳게 믿고 있는 사람 같았다. 보기와는 딴판이었다. 말솜씨도 세련되어 있었다. 어딘지 모르게 고매한 인품 같은 것이 숨겨져 있는 듯한 노파였다. 학문을 익히신 적이 있느냐고 물으니까 자기는 밥동냥만 하는 것이 아니라 귀동냥도 한다는 대답이었다. 겸손까지 몸에 배어 있는 것 같았다.

"그런데 자네가 등에 메고 있는 그 통 속에는 도대체 어떤 물건이 들어 있는가."

노파가 물었다.

"그림이 한 폭 들어 있습니다."

"왜 그걸 메고 다니는가."

"이 그림은 제가 어릴 때 오학동(梧鶴洞)이라는 마을에서 얻어온 그림인데 이 그림 속을 자유자재로 드나들 수 있는 사람을 만나게 되면 다시 제가 오학동으로 들어갈 수가 있습니다. 제 머리카락이 하얗게 세어버린 것도 오학동을 다녀오고 나서부터였습니다. 남들이 들으면 전혀 믿을 수 없는 이야기입니다. 저는 그 오학동에 대한 이야기 때문에 어릴 때부터 사람들에게 미친놈 취급을 받아야만 했습니다."

약간 난해한 내용이었다.

"어떤 마을인가."

노파가 물었다.

"말씀드려도 믿지 않으실 텐데요."

대학생이 뜸을 들이고 있었다.

"그래도 어디 한번 말해 보게. 이 할망구는 산전수전을 다 겪으면서 이백여 년이나 살아왔으니까 남들보다는 별난 일들을 많이 보고 들어 알고 있네."

노파가 구슬리듯 대학생을 재촉하고 있었다.

"편재(遍在)라는 것이 되는 마을입니다."

대학생이 가까스로 입을 열고 있었다.

"편재라니."

"사전적으로는 두루 퍼져 있다는 말입니다. 그러나 오학동에서는 좀 다른 의미로 쓰여집니다. 저 자신이 모든 사물과 두루 합일되어 있는 상태를 말합니다. 제가 모래알이 될 수도 있고 물방울이 될 수도 있습니다. 바람이 될 수도 있고 민들레가 될 수도 있습니다. 태양이 될 수도 있고 바다가 될 수도 있습니다. 여기가 직유(直喩)의 마을이라면 거기는 은유(隱喩)의 마을이죠."

대학생은 그 은유의 마을이 도대체 지구의 어디쯤에 있으며 어떤 교통수단을 이용해서 찾아갈 수 있는 곳인지는 구체적으로 말해 주지 않았다. 혼자만 알고 있는 그 마을의 특성만 말해 주었을 뿐이었다.

역시 난해한 내용이었다.

"무슨 말인지 도통 모르겠으니 믿고 자시고 할 것도 없구만."

"할머니도 저를 미친놈으로 보시는 것 같은데요."

"그렇다면 이 할망구도 미쳤다는 말이겠지. 이거 그만 들켜 버리지 않았나."

노파는 가벼이 무릎을 치면서 할할할 유쾌한 표정으로 웃어 젖혔다. 비록 옷차림은 남루했으나 언행은 전혀 궁상스러워 보이지 않았다.

"할머니께서는 사람이 그림 속을 자유자재로 드나들 수 있다고 믿으세요."

"옛날 이야기라면 모르겠지만 실제로 그런 일이 일어날 수 있다고 말한다면 누가 믿어주겠나."

대학생은 약간 실망하는 듯한 빛을 떠올리며 먼 하늘 끝을 바라보고 있었다. 이마 끝에 우울의 그림자 한 자락이 드리워져 있었다. 왠지 쓸쓸해 보였다. 침묵이 흐르고 있었다.

"이제 그만 일어서 볼까."

노파가 지팡이에 몸을 의지하고 자리를 털며 일어서고 있었다. 거렁뱅이 팔자는 한군데 너무 오래 누룽지를 붙이면 득될 일이 하나도 없다는 거였다. 끼니때가 되었으니 어디 가서 피죽이라도 한 그릇 얻어먹어야 되겠다는 것이었다.

노파가 일어서자 대학생은 몹시 서운해 하는 표정을 지어 보였다. 그는 노파와 좀더 이야기를 나누고 싶어하는 듯한 눈치였다. 그러나 노파는 벌써 계단을 거의 다 내려서고 있었다. 그림자가 짧아져 있었다. 점심때였다.

"할머니, 잠깐만 기다리세요."

노파의 뒷모습을 물끄러미 바라보고 있던 대학생이 노파를 황급히 불러 세웠다. 그리고 계단을 내려서서 노파에게로 다가갔다.

"할머니, 실례가 되지 않는다면 제가 이 시계를 할머니께 드리고 싶은데요. 저는 솔직히 말씀드려서 시계 따윈 차고 다니고 싶지 않거든요. 그렇다고 내다 버릴 수도 없잖아요. 할머니께 드릴 테니까 마음대로 처분하셔도 좋습니다. 산 지 얼마 안되는 최신형 시계니까 전당포에 맡기시면 제법 돈을 많이 받으실 수 있을 겁니다. 며칠간은 끼니 걱정을 하지 않으셔도 될거예요. 누구에게 팔으셔도 상관없습니다. 돈을 만들어 가지시라고 드리는 거니까요. 사실 지금 제 주머니에는 버스비밖에 없거든요. 그 돈으로는 가락국수 한 그릇도 사드릴 수가 없거든요. 그러지 않아도 돌아가신 제 조모님 생각이 나서 할머니께 무엇이든 해드리고 싶었으니까 제발 받아두세요."

대학생은 재빨리 시계를 풀어서 반 강제로 노파의 손목에다 채워주려고 온갖 노력을 기울이기 시작했다. 착한 대학생이었다. 날마다 시계를 한 개씩 낳는 닭들을 양계장 가득 사육하고 있다고 하더라도 인심이 이렇게 후해서는 패가망신을하기가 십상일 것 같았다. 노파가 아무리 사양을 해도 소용이없었다. 결국 노파는 대학생의 고집을 꺾지 못한 채 시계를 받아두겠노라고 응낙했다. 그 손목시계는 여기저기 갈색 반점들이 산재해 있고 쭈글쭈글 주름살이 잡혀 있는 노파의 팔뚝에헐겁게 채워진 채 오만스럽게 번쩍번쩍 빛을 발하고 있었다.

"무슨 시계가 바늘이 없는가."

무심코 시계를 들여다보고 있던 노파가 대학생에게 물었다.

"디지털 시계라는 겁니다."

"돼지털 시계라니."

"돼지털 시계가 아니라 디지털 시계입니다. 바늘 대신 숫자로 시간을 알려주는 최신형 시계죠. 일류병에 걸린 우리 아버지가 사다 주신 시계입니다. 우리 집안 식구들은 무엇이든 일류가 아니면 상대를 하지 않습니다. 저만 삼류입니다. 삼류 중에서도 정신이 약간 이상해져 있는 삼류죠."

자조하는 듯한 말투였다.

"내가 보기에는 삼류(蔘類)는 삼류인데 산삼류(山蔘類)일세."

노파의 위로였다.

이때 대학생은 문득 무슨 생각이 들었는지 노파에게 자신이 가지고 있는 그림을 한번 보시겠느냐고 물었다. 다시금 어떤 기대감이 떠오르고 있는 듯한 표정이었다.

"나는 그림에 대해서는 별로 취미가 없네. 보여줘도 거꾸로인지 바로인지조차도 모를 걸세. 그만 작별해야겠네. 시계는 참으로 고마우이. 자네를 만난 정표로 오래 간직하고 있겠네. 인연이 있으면 또 만나겠지."

그러나 노파는 손을 가벼이 한번 들어 보이고는 지팡이를 앞세워 팔각정 계단을 내려서더니 노인들의 무리 속으로 천천히 사라져가 버렸다. 대학생은 다시 혼자가 되어 무료한 표정으로 계단을 지키고 앉아 있었다. 잠시 후 갑자기 공원에 모여 있던 사람들이 심하게 재채기를 해대기 시작했다. 어디선가 또 데모가 시작된 모양이었다. 대학에만 휴교령이 내려져 있고 최루탄에는 아무런 금지조차 내려져 있지 않은 상태였다. 시간이 지날수록 눈이 쓰리고 목구멍이 아파왔다. 공원의 모든 시설물들도 눈물을 흘리면서 재채기를 해대고 있었다. 팔각정이 재채기를 해대고 원각사지십층석탑이 재채기를 해대고 손병희 선생 동상이 재채기를 해대고 한용운 선생 기념비가 재채기를 해대고 있었다.

　서울이 폐렴을 앓고 있었다. 가을이 각혈을 하고 있었다.

2

지금 우리가 살고 있는 이 공간 어딘가에 정말로 우리가 전혀 의식할 수 없는 또 다른 차원의 공간이 존재하고 있는 것은 아닐까.

아이가 마을에서 돌연히 사라져버린 것은 그해 겨울이었다. 아이의 할머니가 죽고 열흘 정도가 지나서였다. 끼니때마다 마을로 밥을 얻으러 내려오던 아이의 모습이 그날 따라 저녁 때가 되어도 나타나지 않았다. 마을의 어느 인정 많은 여자 하나가 어린 것이 혹시 혼자 앓아 누워 있는 것이라도 아닐까 싶어 찾아가보았더니 집이 텅 비어 있었다. 아궁이를 들여다보니 불기라곤 남아 있지 않았으며 방바닥을 만져보니 얼음장보다 차디찼다. 어디로 갔을까. 집집마다 빠짐없이 수소문을 해보았으나 아이는 행방불명이었다. 마을 사람들은 횃불을 밝혀 들고 번갈아 목청을 돋우어 아이의 이름을 불러대면서 산과 들판을 샅샅이 찾아 헤매기 시작했다. 눈이 하얗게 쌓여 있었으므로 발자국을 주안점으로 하여 먼저 산을 수색해 보았으나 아이가 산으로 들어간 듯한 흔적은 아무것도 발견되지 않았다. 마을 사람들은 다시 들판으로 내려왔다. 들판에는 바람이 떼 지어 몰려다니고 있었다. 횃불이 정면으로 바람을 맞고 금방이라도 숨이 넘어가버릴 듯 자지러지고 있었다.

"여기 어린애 발자국이 있다."

아이의 발자국이 발견된 것은 농로 쪽에서였다. 사람들의 왕래가 잦은 길이라 여러 발자국들이 섞여 있었는데 갑자기 어린애 발자국 하나가 가지를 치고 나와 들판을 가로질러 무영강(霧影江) 둑길 쪽으로 이어지고 있었다. 아이는 지름길을 택한 모양이었다. 그러나 반드시 그 발자국들이 마을 사람들이 찾고 있는 아이의 발자국이라고 확신할 수 있는 근거는 아무것도 없었다. 그래도 마을 사람들은 막연한 기대감을 가지고 발자국을 추적해 보는 방법밖에는 없다는 생각들이었다. 발자국은 둑길을 넘어서 곧장 무영강으로 이어지고 있었다. 무영강은 얼어 있었다. 얼음 위에 눈이 새하얗게 덮여 있었다. 거기 작은 발자국들이 멀리까지 찍혀 있었다. 마을 사람들은 무작정 발자국을 추적하기 시작했다. 끄르릉. 이따금 얼음이 금 가는 소리, 무영강이 허리를 앓고 있었다. 하늘에는 별들이 가득했다. 유성 하나가 빠르게 빗금을 그으며 도량산(道場山) 머리 위로 날아가 박히는 것이 보였다. 횃불을 들고 발자국을 따라가고 있는 마을 사람들의 행렬이 무슨 성자들의 모습처럼 엄숙해 보였다. 아무도 말이 없었다. 발자국은 곧장 도로무기소 쪽으로 이어지고 있었다. 어른들도 가까이 가기를 꺼려 하는 지역이었다. 전쟁 전에는 거의 한 해에 한두 명씩은 거기서 익사자가 생겨나곤 하던 지역이었다. 이무기가 산다는 전설을 가진 소(沼)였다.

이무기는 물 속에서 천 년을 살아야만 용이 되어 하늘로 올라갈 수 있는 짐승이라고 했다. 구렁이처럼 생겼다고 했다. 이무기는 용이 되어 하늘로 올라가는 도중 사람의 눈에 띄게 되면 물 속에 거꾸로 처박혀서 다시 천 년을 더 지내야만 용이 될 수 있다고 했다. 도로무기소에 살고 있는 이무기도 한 번 용이 되어 하늘로 올라가는 도중 사람의 눈에 띄게 되어 도로 이무기가 되어버렸는데 그래서 붙여진 이름이 도로무기소라고 했다. 마을에 무슨 좋지 않은 일이라도 생기면 마을 사람들은 도로무기소의 이무기가 그 앙갚음으로 마을에 재앙을 가져다 주기 때문이라고 생각했다.

끄르릉. 자주 얼음이 금 가는 소리가 들려왔다. 물귀신이 우는 소리 같았다. 아이는 도대체 무슨 볼일이 있어서 혼자서 이 엄동설한에 무영강을 가로질러 도로무기소 쪽으로 간 것일까. 돌아오는 발자국은 없었다. 불길했다. 그러나 마을 사람들은 그것을 의식하면서도 막상 입 밖으로 꺼내놓기를 꺼려 하고 있는 것 같았다. 다만 일렁거리는 그림자를 끌고 성자처럼 묵묵히 발자국만 따라가고 있을 뿐이었다. 그러나 수색도 잠시 후에는 끝이 나고 말았다. 도로무기소를 오십 미터 정도 앞둔 장소에서 얼음이 끝나 있었다. 상류에도 하류에도 마찬가지였다. 해마다 얼음이 얼지 않는 지역으로 알려져 있었다. 이무기가 내뿜는 입김 때문이라고 했다. 도로무기소 주변에는 언제나 짙은 운무가 끼어 있었다. 사시사철 변함이 없었다. 이무기가 용이 되어 하늘로 올라갈 날이 멀지 않았기 때문이라고 마을 사람들은 믿고 있었다. 그러나 횃불로는 도로무기소를 자세히 관찰할 수가 없었다. 거기까지는 불빛이 미치지 않았기 때문이었다. 아무리 비추어보아도 시커먼 물만 일렁거리고 있었다. 아이의 발자국도 거기서 끝나 있었다. 발자국이 끝나 있는 지점에 얼음이 깨진 흔적들이 남아 있었다. 시커먼 구멍 하나가 입을 벌리고 있었다. 얼마 떨어져 있지 않은 장소에 검정 고무신 한 짝이 내동댕이쳐져 있었다. 그러나 어른들의 체중으로는 다소 불안한 느낌을 주는 지역이었다. 때마침 기다란 작대기를 하나 들고 온 사람이 있어 그것으로 간신히 얼어붙은 검정 고무신 한 짝을 떼어낼 수가 있었다. 침통한 표정들이었다. 결론은 간단했다. 아이는 물귀신이나 이무기에게 홀려서 곧장 도로무기소를 향해 걸어 들어가버린 것이다. 여러 가지 정황으로 미루어보건대 더 이상 의심할 바가 없었다. 혹시나 해서 상류와 하류를 모두 샅샅이 살펴보았으나 역시 되돌아간 발자국은 그 어디에서도 발견되지 않았다.

마을 사람들은 그 기와집을 농월당(弄月堂)이라고 불렀다. 당산 중턱에 자리 잡고 있었다. 마을에서 가장 양지바른 자리였다. 봄이 되면 제일 먼저 진달래가 산불처럼 타오르던 곳이었다. 고색창연(古色蒼然)한 기와집 변두리로 시커먼 대숲이 둘러싸여 있었다. 기와집에는 농월당이라는 현판 하나가 붙어 있었다. 아이가 혼자서 지키고 있던 기와집이었다. 낡아 있었다. 담벼락도 군데군데 무너져 있었고 기왓장마다 두터운 이끼가 덮여 있었다. 이제는 아무도 살고 있지 않았다. 밤이면 언제나 불이 꺼져 있었다.

마을 사람들은 아이의 할아버지를 농월당 선생이라고 불렀고 아이의 할머니를 농월당 부인이라고 불렀다.

농월당 선생은 풍류도인(風流道人)으로 알려져 있었는데 수묵화(水墨畵)와 거문고와 시에 능했다. 명산대천(名山大川)을 벗 삼아 떠돌기를 좋아하여 한번 집을 나가면 몇 년이 지나도록 돌아오지 않았다. 농월당 선생이 돌아올 무렵만 되면 유난히 마을에 학들이 많이 모여들었다. 학문과 덕망이 높았으나 벼슬에는 전혀 뜻이 없는 사람 같았다. 마을 사람들로부터 몹시 어려운 부탁을 받고 일을 성사시켜 주어도 절대로 공을 내세우는 법이 없었다.

"자네가 평소 살아온 대로 일이 꼬이거나 풀리는 법이라네. 절대로 내가 나섰기 때문에 일이 성사된 것은 아닐세. 이미 모든 일은 자네가 다 성사시켜 놓았는데 내가 마무리만 했을 뿐이네."

범상한 인물은 아니었다. 달밤에 거문고를 연주하면 학들이 마당에 내려앉아 거문고 소리에 맞추어 춤을 추었다. 마을 서쪽에 계곡이 하나 있었는데 해마다 장마 때면 엄청난 양의 황토물이 주변 마을을 덮쳐서 피해가 이만저만이 아니었다. 때로는 급류에 휩쓸려 목숨을 잃는 경우까지도 있었다. 어느 해 여름 장마가 지기 전에 농월당 선생이 마을의 건장한 청년 몇 명을 데리고 계곡을 끼고 있는 양쪽 산 여기저기에 기다란 박달나무 말뚝 몇 개를 박아놓은 다음부터는 마을이 기이하게도 수마의 재난을 면할 수가 있게 되었다는 이야기도 있었다. 이 마을 사람들이라면 남녀노소를 불문하고 익히 잘 알고 있는 이야기였다.

농월당 선생은 마을로 돌아오면 우선 병자들부터 알아내어 일일이 침을 놓거나 뜸을 뜨거나 약을 달여서 정성을 다해 치료해 주었다. 대부분이 씻은 듯이 잘 나았다.

"모든 병은 마음으로부터 오는 것이니 마음이 고요하고 맑은 사람은 몸도 고요하고 맑아서 언제나 자연과 잘 조화를 이루고 불로장생을 누릴 수가 있는 것이네."

농월당 선생의 주장이었다. 엄밀히 따져보면 그 어떤 중병도 처음에는 극히 대수롭지 않은 균형의 깨어짐으로부터 비롯되는 것이기 때문에 마음을 항시 우주의 중심부에다 두고 있으면 만사가 형통하다는 것이었다.

27

그러나 농월당 선생은 손자가 태어나던 해에 집을 나가서는 아직도 돌아오지 않고 있었다. 전쟁 전에는 하루에도 몇 번씩 눈에 뜨이던 학들도 이제는 일 년 내내 그림자조차 구경해 볼 수가 없었다. 어떤 사람들은 십 년이 다 되어가는데도 종무소식인 걸 보면 영영 이 세상을 등져버렸는지도 모른다고 말했다. 학이 그림자도 비치지 않는 것만 봐도 알 만한 사실이 아니겠느냐는 추론들이었다.

농월당 선생의 아들 역시 아직까지 생사가 묘연했다. 농월당 부인이 살아생전에 피눈물로 키웠다는 사대독자 외아들이었다. 일본에 가서 신식공부를 하고 온 사람이었다. 대를 끊을 수가 없어서 병역을 기피하여 이리저리 숨어다니다가 몇 년 전에 붙잡혀서 군대로 끌려갔다는 소문이었다. 그러나 전쟁이 끝나고 지금까지 줄곧 아무런 소식조차 없었다. 아들은 농월당 선생이나 농월당 부인과는 성격이 아주 딴판이었다. 객지 생활을 많이 하는 편이어서 별로 얼굴을 자주 보기는 힘이 들었지만 간혹 마을에 있을 때라 하더라도 마을 사람들과는 쉽게 잘 어울리려 들지 않았다.

농월당 부인은 마을의 제반 대소사에 지대한 영향력을 끼쳐온 인물이었다. 관혼상제(冠婚喪祭)에 관한 일에서부터 하찮은 시시비비에 이르기까지 어려운 문제가 생기면 무조건 농월당 부인에게로 해결의 실마리를 찾으러 오는 것이 상례였다. 한편으로는 온화하면서도 또 한편으로는 대쪽 같은 성품을 가지고 있었다. 온 마을 아낙네들이 시어머니처럼 떠받들어온 인물이었다. 책을 많이 읽어서 항간에는 바깥양반인 농월당 선생보다 더 박학다식하다는 소문까지 떠돌고 있을 정도였다. 손자를 데리고 들판에 나가 이삭을 줍거나 남의 집 품일을 거들어준 대가로 얼마간의 양식을 마련하여 생계를 꾸려나가고 있었다.

그러나 어느 날 갑자기 이 세상을 떠나버렸다. 마을 사람들이 장례를 지내주었다. 농월당 바로 옆 양지바른 언덕배기에 묻혀 있었다.

결국 아이 혼자서 고색창연한 기와집 한 채를 지키며 살게 되었다. 아이는 기특하게도 끼니때가 되면 바가지 하나를 들고 마을로 내려와 동냥밥을 얻어 갔다. 세 살에 천자문(千字文)을 모두 익히고 다섯 살에 사서삼경(四書三經)을 두루 읽었다는 아이였다. 만약 아이의 머리에 뚜껑이 달려 있다면 열어볼 수 있으리라. 그리고 획수 복잡한 한자(漢字)들이 왕성한 번식력을 가진 다족류(多足類)의 곤충들처럼 아이의 머릿속에 득시글거리고 있는 광경을 보게 되리라. 그중에서 특히 다리가 많은 놈들로 한 마리씩 잡아서 아이에게 물어보면 하루 종일이라도 대답할 수 있으리라. 버마재비 당(螳), 그리마 무(蟲), 풍뎅이 황(蟥), 쥐며느리 서(蛬), 하루살이 몽(蠓), 멸구 종(蟲), 반딧불 습(蟄), 딱정벌레 오(蟞), 쓰르라미 료(蟟), 메뚜기 계(蟿), 말매미 면(蝒). 아무리 생경해 보이는 글자라고 하더라도 아이는 판독하고야 만다는 사실을 비로소 알게 되리라.

그러나 이제는 아이마저도 물에 빠져 죽어버렸고 기와집은 을씨년스럽기 짝이 없었다. 어둠이 내릴 때면 기와집 주변을 둘러싸고 있던 대숲들이 머리를 산발한 채 나지막이 흐느끼는 소리가 들리곤 했다.

마을 사람들은 만약 아이의 아버지나 할아버지가 살아서 돌아왔을 때 도대체 두 사람의 죽음을 어떻게 이야기해야 할까에 대해 저마다 적지 않은 부담감을 느끼고 있는 듯한 눈치들이었다. 모두들 마음속으로는 두 사람에게 너무 무신경했다는 죄책감에 사로잡혀 있는 것 같았다.

몇 년간 가뭄과 흉년이 겹쳐들고 있었다. 모두들 양식이 그리 넉넉한 편이 아니었다. 인심이 다소 각박해져 있었던 것도 사실이었다. 모두들 자기 식구 입에 풀칠하기도 어려운 경황이었다. 전쟁이 마을에다 갖다 준 것은 평화가 아니었다. 화약 냄새와 적개심, 시체와 구역질, 목숨과 배반, 학살과 방화, 가뭄과 기근, 과부와 절름발이, 장님과 고아, 전염병과 양갈보, 고통과 어둠. 그런 것들뿐이었다. 전쟁이 끝나고 마을 사람들에게 남아 있는 것은 오직 치사한 목숨 하나뿐이었다. 평화는 그 어디에서도 찾아볼 수가 없었다. 몸도 마음도 정신도 영혼도 황폐해져 있었다. 도대체 어느 염병을 앓다가 얼어 죽을 놈들이 전쟁을 평화의 도구라고 말할 수가 있단 말인가. 이 마을에서도 전쟁터에 나가 죽은 남자들이 많아서 농사철이 되면 일손이 모자랄 지경이었다.

봄이 오고 있었다. 며칠 동안 들판 가득 봄 햇빛이 꿀물처럼 녹아서 반들거리고 있었다. 얼음이 녹고 있었다. 무영강이 풀리고 있었다. 들판 가득 아지랑이가 아른거리고 있었다. 모든 풍경들이 아지랑이 속에 녹아서 젖은 거울 속의 풍경들처럼 흔들리고 있었다. 어디선가 잘 익은 두엄 냄새가 맡아져 왔다. 멀리서 송아지 울음소리가 들려왔다.

그러나 아직 양지바른 당산 비탈에도 꽃은 피어 있지 않았다. 밤이면 황사바람이 불었다. 푸득푸득 문풍지도 울었다. 때로는 며칠씩 날씨가 매워졌다가 다시 풀리기도 했다. 몇 번은 소망의 꽃망울을 재촉하듯 새도록 속삭이는 음성으로 비도 내렸다.

어느 날이었다.

아침부터 마을이 이상한 소문으로 술렁거리고 있었다. 홍원댁이라는 여자가 신바람이 났다는 듯이 분주하게 집집을 오가며 소문을 배달하고 있었다. 마을에서 가장 수다스런 여자였다. 만약 이 세상에 수다라는 것이 존재하지 않았다면 그녀는 아무런 삶의 의욕도 느끼지 못한 채 세상을 비관하여 대들보에 목을 매달았을는지도 모를 노릇이었다. 거간꾼 배덕출이라는 사내의 마누라였다. 그러나 배덕출이는 전쟁이 터지기 전에 읍내 장돌뱅이들하고 싸움을 하다가 칼에 찔려 죽었고 지금은 과부로 혼자 살고 있었다. 마흔을 바라보는 나이인데도 슬하에 자식 하나 없었다. 평소 농월당 선생의 손자를 각별히 귀여워했었다. 아이가 마을에서 사라진 것을 처음 알아낸 것도 바로 그녀였다.

남의 흉을 보는 일을 인생의 가장 큰 도락으로 생각하는 여자 같았다. 마을 사람들의 기억으로는 남편이 죽고 나서부터 생겨난 버릇이었다. 그녀의 치맛자락 속에는 언제나 언쟁의 불씨가 감추어져 있었다.

그녀가 머물렀다 간 자리에는 언제나 타인에 대한 적개심이 한 바가지 정도는 엎질러져 있었다. 그녀 때문에 자주 마을이 시끄러워지곤 했다. 본디 여자는 대머리가 없는 법이지만 홍원댁이 앞으로 십 년만 더 마을에 머물러 있어도 모든 아낙네들이 싸움질을 하다가 머리카락이 뽑혀서 모조리 대머리가 되어버릴 거라고 염려하는 사람들까지 생겨날 정도였다. 그러나 그녀는 나름대로 정의감도 있었고 동정심도 있었다. 단지 표현이 지나치게 직설적이고 선동적인 점이 항시 화근이었다.

그녀는 마을의 내력과 전설, 인물과 사건, 현재와 미래를 모두 손바닥 위에 올려놓고 훤히 들여다보고 있는 것처럼 말하곤 했다. 마을 안에서 일어나는 일뿐만 아니라 마을 밖에서 일어나는 일까지도 그녀의 손바닥 밖을 벗어날 수는 없었다. 마을 사람 개개인의 비밀까지도 그녀는 모두 소상하게 알고 있음이 분명했다. 입에 거품을 물고 멱살잡이를 벌일 만한 소재들은 거의 다 그녀의 혀를 통해 누설되곤 했다. 마치 수다를 생업으로 삼고 있는 사람 같았다. 새로운 사건이 일어나거나 흥미 있는 정보가 있을 때는 온 마을에 그녀의 수다스러운 혀가 속달 우편물처럼 신속하게 배달되었다.

"농월당 선생의 손자가 다시 살아서 마을에 나타났다."

그날은 이른 아침부터 허무맹랑한 소문이 나돌기 시작했다. 물론 홍원댁이 퍼뜨린 소문이었다. 들일을 나가다가 농로 중간쯤에서 정면으로 딱 마주치게 되었는데 노인들처럼 머리카락이 하얗게 세어 있더라는 것이었다. 아이가 농월당 선생의 손자가 틀림없더라는 것이었다.

"처음에는 귀신인 줄 알았지. 쬐그만 어린애가 머리카락이 하얗게 세어 있더라니까. 하지만 농월당 선생의 손자가 틀림없었어. 세 번이나 물어보았다니까. 네가 정말로 농월당 선생의 손자냐. 네가 정말로 농월당 선생의 손자냐. 네가 정말로 농월당 선생의 손자냐."

"물어보니까."

"오히려 그애가 나한테 아줌마는 정말로 홍원댁이 틀림없냐고 내 어투를 흉내까지 내면서 똑같이 세 번을 되묻더라니까. 머리카락만 빼고는 하나도 달라진 데가 없었어. 마을에서 없어질 때의 모습 그대로의 차림새였지."

"저 여편네가 어젯밤에 동네 사람 몰래 서방질을 한 모양이네. 서방질을 하다가 고구마에 체해서 실성이라도 한 모양이

네. 오랫동안 굶었을 터인즉 허겁지겁 먹다가 체했겠지. 그놈
의 고구마는 급히 먹다 체하면 가끔 남이 알아듣지 못할 헛소
리를 하게 된다지. 그래, 오랜만에 먹어보는 고구마 맛이 어떻
던가. 정말로 실성을 할 정도로 황홀지경이던가."

"우라질 여편네. 사타구니에 곰팡이가 슬었나. 쓰잘 데 없는
음담패설이나 늘어놓다니. 아가리에서 나왔다고 모두 다 말이
된다고 생각하면 오산이지. 오뉴월 마른벼락에 기름을 발라서
제 서방 고구마를 튀겨 먹을 여편네. 무슨 놈의 아가리를 그
따위로 놀리는 게야. 동네방네 내 소문이 더럽게 나면 제일 먼
저 네 서방 고구마부터 먹었다고 떠벌릴 테니 그리 알아."

"딱딱거리기는. 자기가 먼저 하도 터무니가 없는 소문을 정
말인 것처럼 퍼뜨리고 다니니까 해본 소리지."

그러나 홍원댁은 근거 없는 말은 절대로 하지 않는 여자였
다. 그리고 농월당 선생의 손자 얼굴을 그녀가 모를 턱이 없
었다. 그래도 마을 사람들은 도무지 믿기지 않는 듯한 표정이
었다.

그러나 잠시 후 마을 사람들은 농월당이라는 현판이 붙어
있는 아이의 기와집으로 몰려들기 시작했다. 아이를 직접 만
나보았다는 사람들이 차츰 늘어가기 시작했다. 마을이 갑자
기 어수선하게 술렁거리고 있었다. 모두들 들일을 나가야 할
시간이 훨씬 지났는데도 농월당 쪽으로만 신경들을 쓰고 있
었다.

아이가 돌아온 것은 사실이었다. 아이는 자기 집 마당 가운데 서 있었다. 백주에 도대체 이런 일이 어떻게 일어날 수가 있단 말인가. 물에 빠져 죽었던 것이 아니었단 말인가. 아니라면 그동안 어디서 무엇을 하다가 이제야 나타났단 말인가. 마을 사람들은 아이를 둘러싸고 쉴 새 없이 질문의 소나기를 퍼부어대고 있었다. 햇빛이 우라지게 좋은 봄날이었다. 무너진 토담 너머로 진달래가 눈부시게 피어 있었다.

"저 애는 귀신이 아닐세. 그림자를 보게. 귀신은 영체이기 때문에 그림자가 없는 법이지. 뿐만 아니라 귀신은 절대로 햇빛 속에서는 그 모습을 드러낼 수가 없다네. 저 애는 귀신이 아닐세. 집문서를 걸고 내기를 하자고 해도 자신이 있네."

"그런데 머리카락이 왜 저렇게 세어버렸는지 누가 한번 물어보게."

"물어본다고 어디 속 시원히 대답이나 해주던가. 원체 생각이 깊고 말수가 적은 애라 도대체 심중에 뭐가 들어앉아 있는지 알 수가 있어야지."

마을 사람들은 답답해서 못 견디겠다는 듯한 표정들이었다. 아이는 홍원댁의 말대로 머리카락이 하얗게 세어 있었다. 회색 머리카락이나 까만 머리카락은 단 한 올도 눈에 띄지 않았다.

아이는 마을 사람들이 아무리 소나기 같은 질문을 퍼부어도 일일이 다 대답해 주지는 않았다. 대답해 주어도 이해할 수가 없을 뿐만 아니라 자기만 바보 취급을 받게 된다는 것이었다. 아이의 말을 빌리면 자초지종은 이러했다.

그날 할머니가 보고 싶어져서 들판을 울면서 이리저리 쏘다니다가 유난히 짙게 피어오르는 무영강의 운무에 이끌려 도로무기소 쪽으로 가게 되었다. 그리고 실족하여 정신을 잃게 되었다. 얼마나 시간이 지났을까. 정신을 차리고 보니 어느 낯선 강변이었다. 노인 하나가 나타나 아이를 오학동(梧鶴洞)이라는 마을로 데리고 갔다. 짙푸른 벽오동나무들이 숲을 이루고 있는 마을이었다. 백학(白鶴)과 현학(玄鶴)과 금학(金鶴)이 살고 있었다. 백학이 천 년을 지나면 현학이 되고 현학이 천 년을 지나면 금학이 된다고 했다. 아이는 그 마을에서 사흘 동안 아주 행복한 생활을 하다가 돌아왔다. 돌아오는 길에 어느 노인에게 그림을 한 폭 얻었다. 그리고 예언을 들었다. 이쪽 마을로 넘어오면 머리카락이 하얗게 세어 있을 것이라는 예언과 그동안 종무소식이던 아버지가 집으로 돌아오게 되리라는 예언이었다.

믿어지지 않는 내용이었다. 지난밤 아이가 꾸었던 꿈 얘기를 듣고 있는 듯한 기분이었다. 그러나 아이는 절대로 꿈이 아니라고 몇 번이나 단언했다. 마을 사람들은 혼란상태에 빠져 있었다. 도대체 이 사건을 어떻게 해석해야 할는지 난감하다는 듯한 표정이었다.

"그때 우리는 도로무기소 앞에서 얼음이 꺼져 있는 것을 보았지. 우리는 네가 물에 빠져 죽은 줄 알았어. 까만 고무신 한 짝만 얼어붙어 있었다. 우리는 얼음이 풀리면 시체를 수색하기로 하고 우선 까만 고무신 한 짝만을 가지고 와서 네 할머니의 무덤 곁에다 파묻어주었다. 우리는 봄이 되자 얼음이 풀린 무영강 하류를 샅샅이 수색해 보았다. 그러나 아무런 유품도 찾아낼 수가 없었다. 그런데 지금 네가 신고 있는 까만 고무신은 어디서 구한 거냐."

"저도 모르겠어요. 이쪽 마을로 와서 정신을 차려보니까 잃어버린 줄 알았던 고무신이 그대로 신겨져 있었어요."

역시 잘 납득이 되지 않는 부분이었다.

아이는 등에 기다란 통 하나를 비스듬히 메고 있었다. 원통형이었다. 통 전체에 황금빛 비단천이 정밀하게 배접되어 있었다. 비단천에는 수십 마리의 학들이 금빛 날개를 반짝거리며 비상하고 있었다. 그리고 통 끝에는 역시 황금빛 비단천으로 만든 주머니 하나가 대롱대롱 매달려 있었다. 노리개 두 개가 비단주머니 끝에서 맵시 있게 찰랑거리고 있었다. 그때마다 금색 실을 가지런하게 묶어서 드리워놓은 술들이 자디잔 햇빛가루를 털어내고 있었다. 통 속에는 그림이 들어 있고 주머니 속에는 금학의 깃털 한 잎이 들어 있다고 했다. 아이의 말이 사실임을 입증시켜 줄 수 있는 증거물들인 셈이었다.

"그 그림을 우리에게 한번 보여줄 수가 없겠니."

누군가 은근한 목소리로 제의했다.

"보여드리고 싶기는 하지만 만약을 생각해서 며칠 후에 보여드리기로 하겠어요. 이 그림에 대해서는 저 자신도 아직 확실한 결론을 얻어낼 수가 없어요."

아이가 제의를 보류했다.

"만약을 생각해서라니."

"말씀드려도 모르실 거예요."

아이는 답답해서 못 견디겠다는 듯 탄식 같은 한숨을 크게 한번 쉬어 보였다. 아이의 말에 의하면 통 속에는 짙푸른 벽오동나무에 눈부신 금학이 날개를 활짝 펼치고 내려앉는 광경을 동자 하나가 무심히 쳐다보고 있는 그림이 한 폭 들어 있는데 그림을 펼치게 되면 그림 속의 금학이 다른 데로 날아가버리는지도 모른다는 것이었다. 첩첩산중이었다. 이번에도 전혀 납득이 가지 않는 얘기였다. 솔거가 그린 소나무에 참새가 내려앉으려다 머리를 처박고 떨어졌다는 식의 얘기는 어느 정도 납득할 수가 있었다. 그러나 단원이 그린 개가 그림 속에서 뛰쳐나와 이웃집 닭을 물어 죽였다는 식의 얘기는 아무래도 쉽게 납득할 수가 없었다. 그림 속에 있는 것들은 그것이 짐승이건 사람이건, 생물이건 무생물이건 절대로 그림 밖으로 빠져나와 현실세계의 물질로 행세할 수가 없기 때문이었다.

아이는 몹시 피곤해 보였다. 머리카락도 피곤해 보였고 눈꺼풀도 피곤해 보였고 어깨도 피곤해 보였다. 전신이 축 늘어져 있었다. 이제 아이는 마을 사람들의 질문에 더 이상 응해 줄 수가 없다는 듯한 태도였다. 누가 무슨 말을 해도 한눈이나 팔다 동문서답을 하거나 말한 사람과는 반대편으로 고개를 돌린 채 못 들은 척 딴전을 피우곤 했다.

"자꾸만 졸음이 와요."

아이가 말했다.

아이는 맥 빠진 걸음걸이로 마루까지 다가가서는 털썩 힘없이 주저앉았다.

"그 마을에 갔다 와본 사람이 아니면 아무리 설명을 해드려도 모르실 거예요. 저는 그만 자야겠어요. 저는 아무 상관이 없으니까 돌아들 가세요. 그리고 아버지가 오시면 그때 한 번 더 들러주세요."

언제나 어른스러운 말투였다. 공손하면서도 제법 위엄이 갖추어져 있었다. 생전에 농월당 부인이 가르쳐주었으리라. 아이는 말해 놓고 나서 대청마루에 짚단처럼 풀썩 쓰러지더니 그림이 들어 있다는 비단통을 다부지게 끌어안고 나지막하게 코를 골아대기 시작했다. 이따금 봄바람이 대숲을 스치고 지나갔다. 깨우지 마. 깨우지 마. 귓속말로 속삭이며 대숲이 흔들렸다. 철딱서니 없는 까치들이 대숲 위를 선회하며 시끄럽게 울어대고 있었다. 그래도 아이는 잠을 깨지 않았다. 마루 위에 봄 햇빛이 흥건하게 엎질러져 있었다.

그날 밤 마을은 다시 한 번 술렁거리기 시작했다. 정말로 아이의 아버지가 살아서 돌아왔다는 소문이 홍원댁의 입을 통해 온 마을에 급성전염병처럼 퍼져 나가기 시작했다. 사실을 확인하기 위해 마을 사람들이 다시 농월당으로 모여들었다.

사실이었다. 아이의 아버지가 돌아와 있었다. 전혀 전쟁을 겪은 사람 같아 보이지도 않았고 모친상을 당한 사람 같아 보이지도 않았다. 무표정했다. 피부에 기름기가 흐르고 있는 것으로 보아 별로 굶주림도 겪어보지 않았음이 분명했다.

머릿기름을 바르고 넥타이를 매고 양복을 입고 있었다. 섬돌 위에 놓여 있는 신식 구두는 달빛 속에서도 기름을 발라놓은 것처럼 반들반들 윤기가 흐르고 있었다. 마을 사람들이 사랑방에 모여 앉아 그동안 마을에서 일어났던 여러 가지 대소사들을 소상히 들려주고 있었다. 아이의 아버지는 시종일관 무표정한 얼굴로 마을 사람들의 이야기를 들어주고만 있었다. 밤이 깊어 있었다. 달빛이 어려 있는 창호지에 댓잎 그림자가 낮게 드리워져 있었다. 호롱불이 졸음을 억지로 참아내며 등잔 위에서 가물거리고 있었다.

"그동안 왜 아무 연락도 없으셨나."

"피치 못할 사정이 있었습니다."

"피치 못할 사정이라니."

"말씀드리기가 곤란합니다."

"어린애가 혼자서 몹쓸 고생을 많이 겪었네."

"두 살 때 제 에미가 황달로 죽고 나서 줄곧 동냥젖으로 목숨을 부지한 앱니다. 동냥을 팔자로 타고난 애인지도 모르지요. 다 별난 할아버지를 가지고 태어난 덕분이 아니겠습니까."

"많이 배운 사람이 어찌 그런 말씀을 하시는가. 얼마나 고매한 인품을 가지신 분인지를 자네가 누구보다 잘 알고 있으면서, 마음에도 없는 소린 줄은 알고 있지만 그래도 듣기는 거북하네."

"제가 말씀드리고 싶은 것은 고매한 인품이 밥을 먹여주지는 않는다는 사실입니다. 고매한 인품 곁에는 언제나 가난이라는 이름의 수행병이 따라다니기 마련이지요. 하지만 인간은 행복해지기 위해서 살아가는 동물입니다. 싸우고 지지고 볶는 행위들이 모두 행복해지기 위해서 행하는 일들입니다. 어려운 지경을 겪어보셨으니까 잘 아시겠지만 굶주림이 곧 행복이 될 수는 없습니다. 그건 오직 고통일 뿐입니다. 가난이라는 이름의 수행병보다는 부귀영화라는 이름의 수행병이 훨씬 인간을 행복하게 만들어준다는 사실을 부인할 사람은 아무도 없습니다. 있다면 그 사람은 아직 무엇이 행복인지를 모르고 있는 사람임이 분명합니다."

"그런가."

잠깐 동안 그런 대화들이 오고 갔었다. 가라앉은 목소리들이었다. 아이의 아버지는 마을 사람들과의 대화에 별로 가치나 흥미를 느끼지 못하고 있는 듯한 표정이었다. 그러나 마을 사람들은 전혀 눈치를 채지 못하고 있는 것 같았다. 자정이 지나 있었다. 이따금 대숲에서 까치들이 잠을 설치며 바스락거리는 소리가 들리곤 했다. 전쟁 나갔던 사람들이 돌아오면 언제나 마을 사람들은 한자리에 둘러앉아 지나간 날들을 회상하며 밤을 새웠다. 관례처럼 되어 있었다. 마을 사람들이 몇 번이나 간곡히 졸랐으므로 아이의 아버지도 마지못해 하는 표정으로 화약 냄새나는 이야기들을 마을 사람들에게 잠시 들려주었다. 별로 특별하지는 않았다. 팔다리가 떨어져 나간 무전병. 차단된 보급로. 눈보라 속의 후퇴. 지원군과의 합류. 맹렬한 반격. 적진지 탈환. 수통에 박힌 총탄. 목마름. 원대복귀. 다른 사람들의 경우보다 더 파란만장하지도 않고 더 기상천외하지도 않은 이야기건만 마을 사람들은 탄복과 조바심으로 마른침을 삼키며 경청에 몰두해 있었다. 아이는 아랫목에 끼어서 잠들어 있었다. 그림이 들어 있다는 비단통을 굳게 끌어안고 아직 동면에서 깨어나지 않은 고슴도치처럼 몸을 잔뜩 웅크린 채 나지막하게 코를 골고 있었다. 아이의 아버지가 말한 대로라면 아이는 낮부터 줄곧 깨어나지 않고 있는 상태였다. 심하게 흔들어 깨우자 한 번 눈을 뜨고 아버지가 왔다는 사실을 확인한 것 같기는 했으나 꿈인지 생시인지 제대로 분간을 못한 상태에서 그대로 다시 잠이 들었다는 것이었다.

마을 사람들은 이제 화제를 아이 쪽으로 돌려놓고 있었다. 특히 아이가 석 달 전에 돌연히 마을에서 사라졌다가 오늘 갑자기 나타났다는 사실이 가장 큰 관심사로 대두되었다. 그러나 아이의 아버지는 마을 사람들이 아이의 연극에 속아 넘어가고 있다고 생각하는 것 같았다.

"아마 즈이 할아버지의 흉내를 내고 있는 걸 겁니다. 어디 다른 마을에 가서 석 달 동안 돌아다니다가 그림을 하나 구해 가지고 왔겠지요. 보통 저 나이 또래의 다른 애들하고는 생각하는 각도가 틀리는 앱니다. 충분히 그런 일을 꾸밀 만한 지능도 가지고 있습니다."

"머리카락은 어떻게 하면 그런 색깔로 바꿀 수가 있는가."

"그건 저도 약간 이상하게 생각하고 있습니다. 하지만 화공약품 같은 것을 사용하면 머리카락의 색깔을 변하게 할 수 있을는지도 모릅니다. 혹시 한방에도 그런 약재가 있을는지 모르지요. 언젠가 아버님께서 지황이라는 약재와 무우를 잘못 먹으면 머리카락이 센다는 말씀을 하신 적이 있었습니다."

그러나 마을 사람들은 의구심을 완전히 떨쳐버리지는 못하겠다는 듯한 표정들이었다.

마을 사람들이 자리를 털고 일어선 것은 날이 희뿌옇게 밝아올 무렵이었다. 그때까지 아이는 깨어나지 않았다. 마치 일생 동안 자야 할 잠을 한꺼번에 몰아서 자고 있는 듯한 모습이었다.

아이가 잠에서 깨어난 것은 점심때쯤이었다. 그러나 이번에는 아이의 아버지가 깨어나지 않고 있었다. 몹시 고단한 모양이었다. 코 고는 소리가 대청까지 가느다란 진동을 일으키게 만들 정도였다.

아이는 잠에서 깨어나자 끌어안고 있던 비단통부터 확인했다. 그리고 방문과 샛문을 안으로 단단히 걸어 잠근 다음 조심스럽게 비단통의 뚜껑을 열었다.

아이는 숨을 죽이고 조심스러운 동작으로 통 속에서 족자 하나를 끄집어냈다. 족자는 둥글게 말려 있었다. 아이는 그것을 방바닥에 놓고 아주 조금씩 단계적으로 펼쳐 나가기 시작했다. 세로로 마름질이 된 그림이었다. 짙푸른 벽오동나무. 눈부신 금학. 시선을 뒤로 향하고 있는 백의동자(白衣童子). 그림 속의 사물들이 모두 그 형체를 숨김없이 드러내고 있었다. 그러나 완전히 그림을 펼쳐놓았는데도 별다른 일은 일어나지 않았다.

아이는 잠시 무엇인가를 생각하다가 족자를 한쪽 벽에다 걸어놓고 몇 걸음을 뒤로 물러섰다. 그리고 신중한 동작으로 한쪽 팔을 들어 올려 서서히 그림 쪽으로 내밀었다. 아이는 마치 무슨 기적이라도 행하고 있는 듯이 진지해 보였다. 그러나 역시 아무 변화도 일어나지 않았다. 아이는 그림 가까이로 다가가 지금 막 날개를 활짝 펼치고 벽오동나무 위로 내려앉고 있는 금학을 손으로 톡톡 쳐보기도 하고 족자를 일렁일렁 흔들어보기도 했다. 이번에도 아무런 변화가 없었다. 아이는 방문을 조금만 열어놓고 한 번 더 조금 전에 했던 동작들을 되풀이해 보았다. 여전히 마찬가지였다. 방문을 활짝 열어놓아도 마찬가지였고 족자를 밖에 가지고 나가보아도 마찬가지였다. 그림 속의 금학은 꼼짝달싹도 하지 않았다.

"그래, 짐작했던 대로야. 이쪽 세상은 막혀 있는 세상이야. 막혀 있기 때문에 그림 속의 새는 움직일 수가 없어. 아무도 모르고 있을 거야. 아무리 말해 주어도 나만 바보 취급을 하겠지."

아이는 혼잣소리로 중얼거리면서 족자를 말아 다시 비단통 속에다 집어넣었다. 그때 아이의 아버지가 잠에서 깨어났다. 부자는 반사적으로 서로 부둥켜안고 잠시 말이 없었다.

"서울로 가자."

잠시 후 아이의 아버지가 결의에 찬 목소리로 아이에게 말했다.

"애비는 이 마을이 싫다. 이 마을은 네 할아버지의 추종자들로 가득 차 있지만 애비는 네 할아버지께서 물려주신 것이라면 무조건 거부하고 싶은 심정이야. 애비는 네 할아버지께서 물려주신 가난 때문에 세상 사람들로부터 온갖 멸시와 천대를 받으면서 살아야 했다. 그때 일을 생각하면 아직도 치가 떨릴 정도야. 네 할아버지께서는 가난이 마치 미덕인 양 가르치셨지만 나는 그 반대이다. 가난은 절대로 미덕이 될 수 없는 것이다. 네 에미도 따지고 보면 가난 때문에 죽었지. 애를 낳고도 가난해서 미역국 한 그릇 제대로 먹지를 못했으니까. 예나 지금이나 황금보다 아름다운 미덕은 없지. 예수쟁이들은 부자가 천국을 들어가기가 낙타가 바늘 구멍을 빠져나가는 일만큼이나 힘들다고 말하지만 이 애비는 굶주린 천국보다 배부른 지옥이 낫다는 사실을 왜놈들의 땅에서 뼈저리게 배웠다. 애비가 그동안 소식 한 장 없었던 것은 그만한 결심이 필요했기 때문이야. 할머니가 돌아가신 일은 가슴이 찢어질 듯이 슬픈 노릇이지만 운명으로 돌리는 수밖에 없지. 그동안 애비가 모든 기반을 다져놓았다. 서울로 가면 새어머니가 너를 잘 보살펴주실 것이다. 그러나 한 가지만 명심하도록 하여라. 앞으로는 절대로 할아버지의 이야기를 입 밖에 끄집어내거나 행동을 흉내 내는 일이 없도록 명심해라. 알겠느냐."

아이의 아버지는 그로부터 사흘 후 아이를 데리고 마을을 떠나버렸다.

미리 계획이 갖추어져 있었던 모양이었다. 정해진 날짜에 서울에서 트럭이 왔다. 아버지는 돈이 될 만한 것이 아니면 모두 버렸다. 그래서 책을 빼고 나면 이삿짐은 숫제 없는 상태와 마찬가지였다.

마을 사람들 거의 전원이 신작로로 전송을 나왔다. 아낙네들은 눈시울을 적시며 걷어올린 치맛자락에다 사납게 코를 풀어젖히거나 안타까운 표정으로 아이의 조그만 고사리손을 잡아주며 부디 훌륭한 사람이 되어야 하느니라. 목멘 소리로 장래를 빌어주고 있었다. 그러나 아이의 아버지는 마을에 대해 아무런 미련도 없는 모양이었다. 마을 사람들의 애틋한 아쉬

움은 아랑곳도 하지 않고 무뚝뚝한 목소리로 운전수를 재촉하고 있었다.

"갈 길이 머니 서두릅시다."

트럭이 움직이기 시작했다. 마을 사람들이 트럭 꽁무니를 쫓아오고 있는 것이 보였다. 신작로 주변에 늘어서 있는 미루나무들이 뒤로뒤로 바삐 떠내려가고 있었다. 쫓아오고 있던 마을 사람들의 모습도 까마득히 멀어져가고 있었다. 할머니와 이삭을 줍던 들판이, 언제나 짙은 운무가 깔려 있는 무영강이, 정다운 사람들이 살고 있는 정다운 마을이 까마득히 멀어져가고 있었다. 햇빛이 눈부시던 봄날이었다. 멀어져가는 마을 풍경이 아이의 젖은 눈시울에 흔들리며 지워지고 있었다.

3

　"과학적으로는 아직 신경정신과 환자들의 상처 부위를 자세히 들여다볼 수 있는 내시경을 만들어낼 수가 없습니다. 그러나 우리는 마음의 거울이라는 철학적 내시경을 통해 환자들의 고통을 어느 정도는 이해할 수가 있습니다. 대개의 환자들이 극도로 황폐해진 정신의 벌판에 홀로 고립되어 몸부림을 치고 있다는 사실을 알게 됩니다. 그러나 타인들은 너무 빨리 그들을 적응의 대열에서 밀어내버립니다. 행복을 추구하는 일에 방해가 된다고 생각하기 때문입니다. 환자들은 누구나 절대적인 사랑을 필요로 하고 있습니다. 그러나 이 사회는 그들을 의사에게 맡겨버리는 것으로 만사 해결책을 삼고 있습니다. 사회도 황폐해져 있습니다."

신경정신과 전문의(專門醫) 장일현(張一絃) 박사는 신경정신과 환자들이면 무조건 미쳤다는 인식표를 갖다 붙이고 인간으로서의 가치능력을 모두 상실한 사람처럼 취급하려 드는 사람들을 경멸했다.

그는 자신이 경영하고 있는 장일현 신경정신과병원 원장이었다. 그는 아직 퇴근하지 않고 있었다. 오늘 입원수속을 모두 끝마친 어느 환자에 관한 기록들을 다시 한 번 면밀히 검토해서 정리해 두는 일이 남아 있었다. 상당히 많은 분량이었다. 그러나 그는 그것들을 모두 점검해 보기 이전에는 환자들이 모조리 병원을 탈출해서 발가벗은 모습으로 시가행진을 벌이고 있다는 급보가 전해져도 곁눈질 한 번 하지 않을 듯한 태세 같아 보였다.

그는 기록을 매우 중요시하는 의사였다. 마치 지금까지 인류가 이루어온 모든 운명이 오직 기록이라는 수단 하나에 의존해서 발전했다고 굳게 믿고 있는 사람 같았다. 자신의 병원에 근무하고 있는 치료사·보호사·간호사 전원에게 병록지를 배부하고 환자에 대한 관찰결과와 치료과정을 가급적이면 상세히 기록해 놓도록 여러 가지 방침들을 강구해 놓았다. 그는 날마다 병록지를 회수해서 면밀히 검토했으며 문제점들을 찾아내어 작성자와 함께 토의를 거듭했다. 그는 환자들을 가두지 않고 치료할 수 있는 개방정신병원을 만들어보겠다는 꿈을 가지고 있었다. 정서와 애정이 극도로 결핍되어 있는 신경정신과 환자들을 범죄자처럼 가두어놓은 상태에서 치료하는 것은 단연코 전근대적이며 비인도주의적인 처사라는 거였다.

고대 인도에서는 정신병 환자를 구루라고 불렀던 적이 있었다. 정상인들이 지각하지 못하는 것들을 환청하거나 환시할 수 있는 신의 사자라고 생각했기 때문이었다. 그러다 중세에 이르러서는 자신의 영혼을 악마에게 팔아먹은 사람들로 간주되기 시작했다. 환자들은 공포의 대상이 되었고 마녀재판 따위를 통해 화형에 처해지기 시작했다.

그러나 프로이드는 정신병을 무의식 속에 존재하는 갈등으로 인해 발생하는 일련의 심리적 현상과 그에 의한 여러 가지 결과라고 생각하기 시작했다. 그리고 현대의학은 정신병에 많은 생물학적 원인이 있다는 사실도 밝혀내었다.

과학에 의해 시대는 변했다. 이제 더 이상 정신병 환자를 화형에 처해야 한다고 주장하는 사람은 나타나지 않게 되었다. 만약 나타난다면 그는 틀림없이 정신병자 취급을 받게 될 것이며, 결국 자기 자신을 화형에 처해야 한다고 주장하는 것이나 다름이 없게 되었다.

인간은 심리학적 존재이며 생물학적 존재이다. 그리고 우주적인 존재이며 영적인 존재이다. 그러나 때로는 어떤 이유로 인해 그 존재적 가치나 기능이 부분적으로 상실되기도 한다. 그렇다고 해서 인간이 아니라고 말할 수는 없다. 신체적 결함에는 관대하고 정신적 결함에는 가혹한 취급을 받아야 마땅하다는 근거는 없다. 자기 몸 속에 파충류들이 득시글거리고 있다고 느끼는 사람, 자신이 신으로부터 차기대통령으로 내정되었다고 주장하는 사람, 벽 속에 들어 있는 골방쥐와 날마다 대화를 나누면서 사는 사람, 자신의 일거수일투족이 정보기관에 감시당하고 있다고 생각하는 사람, 빨간색만 보면 무조건 비명을 지르며 발작을 일으키는 사람, 누군가 자신을 독살하려고 은밀히 계획을 진행하고 있다고 믿는 사람, 자신은 총으로 심장을 쏘아도 죽지 않는다고 생각하는 사람, 밤마다 귀에서 고래 울음이 들려오기 때문에 잠을 잘 수가 없는 사람. 그런 사람들에게 최소한의 지위와 행복은 공유되어야 한다는 것이 장일현 박사의 주장이었다.

그는 신경정신과의 경우 병원이 필요 이상 환자들을 장기간 입원시켜 둠으로써 오히려 치료에 악영향을 끼칠 우려가 있음을 누누이 역설해 온 사람이었다. 그는 환자들이 사회생활과 병원생활을 체계적으로 병행하면서 치료를 받을 수 있도록 해야 하며 현재의 병원시설, 제도적 장치, 치료사들의 자질, 환경적 조건, 사회적 인식 따위가 대폭 개선되어야 한다고 생각하는 의사였다. 그는 신경정신과 병원이야말로 신경정신과 환자들의 천국이 되어야 한다는 주장이었다. 그러나 그의 주장은 여러 가지 불합리한 사회적 여건 속에 발이 묶인 채 좀처럼 걸음을 제대로 옮겨놓을 수가 없었다. 보수파들의 맹렬한 반대와 비난도 그를 우울하게 만드는 요소 중의 하나였다. 그러나 그는 결코 포기하지는 않을 것이다.

그는 벌써 반백이 넘어 있었다. 머리카락에 하얗게 서리가 얹히고 있었다. 그러나 꿈을 실현하기에는 아주 좋은 나이라는 생각을 하고 있었다. 그는 이론에도 밝았고 실전에도 능했다. 다만 빌어먹을 놈의 돈이 문제였다. 도무지 모여주지를 않았다. 그의 병원은 평판도 좋았고 환자수도 많았으나 버는 대로 환자 복지사업이나 병원시설비 따위에 투자되는 바람에 경제신장 상태는 거의 거북이 걸음이나 다름없었다. 억울하지만 그를 찾아온 환자들은 그의 꿈이 실현되기 전까지는 어쩔 수 없이 쇠그물이 쳐져 있는 실내공간 속에서 소외된 채로 살아가는 도리밖에 없었다.

"여긴 병원이 아니라 감옥 같은데요. 하지만 마음먹기에 따라서는 여기도 천국이 될 수가 있겠지요. 어차피 속세를 떠나서 한번 살아보고 싶던 참이었는데 일이 제대로 풀린 거지요. 바쁘신데 면회 같은 건 안 오셔도 돼요. 전 언제나 괜찮으니까요."

장일현 박사가 지금 기록을 검토해 보고 있는 환자가 입원 수속을 끝내고 자기 아버지에게 하던 말이었다. 차라리 즐겁다는 듯한 표정이었다. 무슨 캠핑이라도 나온 걸로 착각하고 있는 것처럼 보일 지경이었다. 명문대학 사학년에 재학 중이었다.

"전공이 뭡니까."

장일현 박사가 물었다.

"국문학입니다."

환자가 대답했다.

"국문학 분야 중에서 특히 어느 부분을 집중적으로 공부하셨습니까."

"해부학입니다."

의사는 순간적으로 환자가 보기보다 심각한 상태일는지도 모른다는 생각을 했다.

"국문학 분야에도 해부학이 포함되어 있다는 이야기는 처음 들어보는군요. 주로 어떤 것들을 해부해 보았습니까."

"문학 작품들입니다. 그 누구의 작품들이든지 삽시간에 뼈를 발라내고 토막을 쳐서 해부도를 작성할 수 있는 방법을 배웁니다. 통조림도 만들어낼 수가 있습니다."

현란한 언어를 구사하는 것도 환자들이 가지는 특징 중의 하나였다. 그러나 아직 단정할 수는 없었다. 보호자로 아버지가 따라왔었다.

오십대 초반으로 보이는 남자였는데 개인사업을 한다고 했다. 명함을 받았는데 앞뒤로 빼곡하게 무슨 단체나 협회의 직함들이 적혀 있었다. 과시형이었다. 신사복에 중절모를 쓰고 있었다. 루비가 박힌 금반지를 끼고 있었다. 보호자는 자신이 지역주민들로부터 존경의 대상으로 추앙받고 있다고 생각하는 사람이었다. 그는 아들 때문에 자신의 위신이 격하되어 버릴 것을 몹시 우려하고 있는 눈치였다.

환자의 아버지가 호소해 온 내용을 요약해 보면 환자는 어릴 때 하루아침에 원인불명의 백발현상이 일어났고, 거기에 대한 수치심을 감추기 위해 어디서 그림 한 폭을 구해서는 백발현상과 연관시켜 전설 같은 얘기를 꾸며댄다는 것이었다. 그리고 자신을 어떤 특수한 세계에서 점지한 특정 존재로 생각하고 있다는 것이었다.

가을이 되면서부터는 날마다 탑골공원 팔각정에 족자통을 메고 맥쩍게 앉아 있곤 했는데 멀쩡한 정신이라면 그렇게 하겠느냐는 것이었다. 뿐만 아니라 자기가 무슨 자비의 천사라도 되는 양 불쌍한 사람만 보면 견디지를 못해서 아무리 비싼 물건이라 하더라도 아무 거리낌도 없이 주어버리고 만다는 것이었다. 보호자는 자신이 일류병 환자라고 자인하면서 집안 식구들의 옷이며 장신구들을 모두 일류들로 마련해 준다고 했다. 한때 천대받았던 한을 푸는 방법 중의 하나라는 것이었다. 그런데 환자는 거의 일주일에 한 번씩은 벌거벗고 들어온다는 것이었다. 육교 같은 데서 거지를 만나기만 하면 벗어주고 온다는 것이었다. 시계도 일 년에 열 개 정도는 사주어야 한다는 것이었다. 사주지 않으면 속 썩을 일이 줄어들지 않겠느냐고 물으니까 자기는 식구들 중에 그 누구라 하더라도 상류층같이 꾸미고 있지 않으면 혐오스러워서 견딜 수가 없다는 것이었다. 의사가 보기에는 보호자도 치료를 받아야 할 사람 같았다.

"이름이 참 좋습니다. 누가 지어주셨습니까."

환자의 이름은 강은백(姜銀柏)이었다. 무슨 당송팔대가(唐宋八大家) 중의 한 사람 같은 느낌을 주는 이름이었다.

"제가 태어나기도 전에 조부님께서 미리 지어놓으신 이름이라고 어른들께서 말씀하셨습니다. 이름 그대로를 해석하면 은빛 잣나무라는 뜻이죠. 조부님께서는 당신의 손자가 머리카락이 하얗게 세리라는 사실을 미리 태어나기도 전에 알고 계셨던 게 분명합니다. 물론 박사님께서는 우연의 일치라고 말씀하시겠지만요."

환자의 대답이었다.

환자는 시종일관 얼굴에 웃음기를 띠고 있었다. 천진난만해 보이는 얼굴이었다. 외형적으로는 어디에서도 환자 같은 느낌을 찾아볼 수가 없었다. 지금까지 대해 왔던 환자들과는 전혀 다른 분위기를 풍겨주고 있었다.

그러나 지금까지 몇 가지의 질문을 통해 알아낸 바로는 환자가 현실적으로는 도저히 일어날 수 없는 일들을 자신이 직접 체험한 것처럼 착각하고 있다는 사실이었다.

환자는 자신이 어릴 때 오학동(梧鶴洞)이라는 마을을 다녀온 적이 있다고 주장했다. 황금학이 살고 있으며 오동나무가 유난히 많은 마을이라고 했다. 신선 같은 노인들이 산다고 했다. 그는 거기서 사흘을 보내고 원래 자기가 살던 마을로 돌아왔는데 돌아와보니 석 달이 지나 있더라는 것이었다. 그리고 머리카락도 하얗게 세어 있더라는 것이었다. 도연명(陶淵明)의 『도화원기(桃花源記)』를 연상시키는 내용이었다.

환자는 자기가 그 마을에서 얻어온 족자 하나와 황금학의 깃털 하나를 언젠가는 증거물로 보여줄 수도 있다고 했다.

환자는 등에 무슨 통 같은 것을 둘러메고 있었다. 황금빛 통이었다. 거기 족자가 들어 있다고 했다. 통 끝에 비단주머니 하나가 매달려 있었는데 그 속에 황금학의 깃털이 들어 있다는 것이었다. 지금 당장 보여줄 수가 있느냐고 물으니까 안 된다고 대답했다. 왜 안 되느냐고 물으니까 믿지 않는 사람에게는 보여주나 마나라는 것이었다.

"내가 믿지 않을 거라고 어떻게 확신할 수가 있지요?"

장일현 박사가 물었다.

"얼굴 표정은 눈으로 읽지만 마음의 표정은 마음으로 읽습니다."

환자의 대답이었다.

"자신의 유년 시절에 체험했다는 그 기이한 현상들을 과학적으로 해명해 보려고 애쓰신 적은 없으십니까?"

"과학이라는 이름의 측량계로는 아직 측량할 수 없는 것들이 너무 많지 않을까요."

"예를 들자면 어떤 것이 있을까요."

"예술이나 종교에 관한 것들도 그 한 예가 될 수 있겠지요."

"하지만 그것들도 언젠가는 과학의 범주 속에서 측량이 가능한 대상으로 이해되는 시대가 올는지도 모르죠."

"가정일 뿐입니다."

"과학은 가정으로부터 출발합니다."

"때로는 그 가정 자체가 오류일 수 있습니다."

"과학적으로 증명되지 않는 것을 실제라고 확신하기에는 뭔가 미흡하다는 생각이 들지 않습니까."

"과학적으로 증명되지 않는다고 실제가 사라져버리거나 변형되어 버리지는 않습니다. 실제는 어디까지나 실제이니까요. 언젠가는 박사님께서도 제 말이 모두 사실이라고 인정하실 날이 반드시 오리라고 확신합니다."

"광의의 의미로는 그것도 확신이 아니라 일종의 가정이겠지요. 때로는 가정 자체가 오류일 수도 있다면서요."

장일현 박사는 농담처럼 말하고는 소리 내어 웃었다. 환자도 따라 웃었다. 유난히 치아가 가지런하고 깨끗해 보였다.

환자는 전혀 거짓말을 하고 있지 않은 듯한 표정이었다. 그러나 장일현 박사는 환자가 말하는 내용들이 얼마나 비과학적이며 비합리적인 맹점들을 내포하고 있는가를 너무도 잘 알고 있었다.

별로 보기 드문 경우는 아니었다. 때로 어떤 환자들은 자신의 신체적 결함 따위를 어떤 신화나 전설과 결부시키고 타인으로 하여금 자신을 특별한 존재로 인식케 만들고 싶은 심리적 욕구를 그런 식으로 나타내 보이는 수도 있었다. 그때 환자들이 주장하는 증거물들은 대개 교묘히 조작되어진 환상들이나 가짜들이었다.

장일현 박사는 환자와 보호자가 구두로 자신에게 제공해 준 정보의 신뢰도를 나름대로 측정해 보고 환자가 정상인이 아니라는 확신을 가지기 시작했다

환자는 철두철미하게 망상을 현실로 인식하고 있었다. 아홉 살 때부터 지금까지 단 한 번도 그 인식을 바꾸어본 적이 없다는 것이었다.

신경정신과 환자들을 치료하기에 앞서 치료사들이 먼저 참고해 둘 필요가 있는 부분이 바로 발병 전의 상태였다. 완치란 한마디로 환자를 발병 전의 상태로 되돌려주는 일이었다. 그러나 이 환자의 경우는 그것이 불가능한 상태였다. 그는 이미 아홉 살 때부터 발병이 시작되었고 지금은 대학생이었다. 완치되었을 경우에 어떤 상태가 되리라는 구체적인 모델이 정해져 있지 않았다.

"왜 날마다 족자통을 메고 하루 종일 탑골공원 팔각정에 앉아 있었습니까?"

"혹시 그림 속을 자유자재로 드나들 수 있는 사람을 노인들 중에서 만날 수 있을까 하는 생각에서였습니다. 제게 그림을 그려주신 할아버지께 언제쯤 그 마을에 다시 올 수 있느냐고 물었더니 그 그림 속을 자유자재로 드나들 수 있는 사람을 만

나게 되면 올 수 있다고 말씀하셨거든요. 무작정 기다릴 수는 없잖습니까. 그렇게라도 찾아 나서야 할 것 같았습니다."

환자는 진지한 목소리였으나 의사는 생각보다 증세가 심한 편일는지도 모른다는 생각을 다시 한 번 견고히 했을 뿐이었다.

환자는 면담을 끝내고 무려 네 시간여에 걸쳐서 실시되는 각종 테스트를 거쳤다. 환자는 매우 협조적이었다. 마치 테스트 자체를 즐기고 있는 듯한 인상까지 풍겼다. 그리고 테스트 결과는 의외였다. 모든 척도표들이 완만한 정상곡선을 유지하고 있었다. 면담에서 얻어낸 결과와는 정반대의 현상을 나타내고 있었던 것이다.

"박사님은 결국 제가 정상인이라는 사실을 입증하는 역할을 담당하시게 된 것 같은데요. 지금까지 저는 어릴 때의 어떤 체험 하나를 수없이 많은 사람들에게 이야기해 주었지만 아무도 사실이라고 믿어주지 않았습니다. 그래서 결국 여기까지 오게 된 거죠. 하지만 박사님은 전문가이시니까 언젠가는 제가 미치지 않았다는 사실을 틀림없이 입증시켜 주시리라 믿습니다. 진작 올 걸 그랬다는 생각까지 드는데요."

환자는 테스트를 끝내고 그렇게 말했었다. 그리고 결과적으로는 그것이 현실로 나타났다. 의사로서는 기분이 별로 좋지 않은 일이었다. 하지만 면담 때 보호자와 환자가 제공해 준 정보의 신뢰도에 의해 환자는 일단 입원상태에서 보호되도록 합의가 이루어졌다. 그의 모든 것들이 앞으로 이 병원의 병록지에 기록될 것이다 복장, 신체의 위생상태, 얼굴 표정, 수족의 운동, 자세의 이상, 같은 행동의 반복, 말의 정도, 주위에 대한 관심, 치료자에 대한 태도, 수면과 식사, 대소변, 언어의 양, 언어의 질, 기분, 환각과 착각, 의식, 기억력, 주의력과 집중력, 지식과 지능, 판단력, 병식 등이 날마다 점검될 것이다.

장일현 박사는 들여다보고 있던 기록들을 모두 덮었다. 문득 이번 환자는 아무래도 까다로울 것 같다는 생각이 들었다. 때로 지능이 뛰어난 환자들을 만나면 계획적으로 의사를 어떤 궁지에 몰아넣고 조롱까지 하려 드는 경우도 있었다. 이번 경우도 만만치 않은 상대라는 생각이 들었다. 의사로 하여금 미묘한 긴장감과 호기심을 유발시키는 환자였다. 얼굴이 귀공자처럼 단정해 보였다. 이상하게도 눈이 맑았다. 머리카락은 하얗게 세어 있었다.

퇴근해 볼까.

장일현 박사는 기록들을 모두 제자리에 정리정돈하고 가운을 벗었다. 원장실을 나가려다 말고 그는 무슨 생각을 했는지 문득 발길을 멈추었다. 그리고 양복 주머니에서 수첩을 꺼냈다. 그는 오늘 날짜에 해당되는 페이지를 찾았다. 여백이 조금 남아 있었다. 그는 거기에다 만년필로 네 음절의 단어를 적어넣고는 굵은 밑줄을 그어두었다.

백발현상.

오늘밤에 공부해야 할 항목이었다.

강은백에게 배당된 병실은 이층 이백칠호실이었다.

그는 삼십대 초반의 피해망상증 환자 하나와 동숙하고 있었다. 그 남자는 자기가 지나치게 현실비판적인 시를 발표해 왔기 때문에 정보기관으로부터 불순분자로 몰려 추적을 당하고 있다고 생각하는 사람이었다. 언제 잡혀가서 초주검을 당하게 될는지 알 수가 없다는 것이었다. 그래서 그 남자는 하루에 한 번씩 이름을 갈아치웠다. 그리고 자기의 신분과 모습을 어떻게 변화시킬 것인가 고심하는 일로 한나절을 다 보냈다.

그러나 병원 종사자들과 환자들은 결코 그 남자의 계략에 속아 넘어가는 법이 없었다. 그 남자는 날마다 자신의 이름을 바꾸고 태도를 바꾸고 말씨를 바꾸어보지만 헛일이었다. 김도문(金渡文) 씨. 사람들은 언제나 그 남자를 똑같은 이름으로 불러줄 뿐이었다.

그는 자유를 노래하는 시인이라고 했다. 요즘도 날마다 자유를 노래한다고 했다. 그러나 입 밖으로는 꺼내놓을 수 없다고 했다. 입 속으로만 노래할 수 있다고 했다. 그는 소심하고 섬약해 보이는 무명시인이었다. 그는 그리 대수롭지 않은 말을 할 때도 실내를 샅샅이 뒤져서 도청당한 흔적이나 감시당한 흔적이 없다는 사실을 확인한 다음에야 입을 열었다. 그리고 반드시 상대편의 귓가에다 입을 바짝 갖다 대고 소곤거리듯 말했다. 잠도 어제나 침대 밑에 숨어서 잤다. 때로는 낮에도 침대 밑에 숨어 있었다. 지금까지 붙잡혀 가지 않은 걸 보면 거기가 제일 안전한 장소라는 거였다. 하지만 안에서는 몸을 숨길 수 있는 장소라곤 화장실과 거기밖에 없었다.

실내는 단조로웠다. 두 개의 개인용 침대와 두 개의 개인용 사물함이 내부 시설물의 전부였다. 벽도 비교적 깨끗한 편이었다. 환자수칙, 일과표 따위의 인쇄물 몇 장만 머리맡 벽에 부착되어 있을 뿐 흔해 빠진 밀레의 복사화 한 장조차 걸려 있지 않았다. 천장도 마찬가지였다. 형광등 하나만 달랑 매달려 있었다.

창문에는 쇠그물이 쳐져 있었다. 쇠그물이 쳐져 있는 창문으로 쇠그물이 쳐져 있는 하늘이 보였다. 그리고 쇠그물이 쳐져 있는 하늘 속에 쇠그물이 쳐져 있는 구름들이 보였다. 세월이 정박해 있었다. 정박해 있는 세월 속으로 이따금 바람이 스쳐갔다. 은백양나무 숲이 흔들리는 모습도 보였다. 이파리들이 새떼처럼 날아와 창문을 어지럽혔다. 때로는 쇠그물에 부딪혀 감전당한 듯 날개를 푸득거리다가 추락하는 놈들도 있었다. 아침저녁으로 날씨가 쌀쌀해지고 있었다. 가을이 저물고 있었다.

병원생활은 일과표에 따라 규칙적으로 진행되고 있었다. 기상, 세면, 아침 식사, 체조, 투약, 점심 식사, 포크 댄스, 투약, 자유 시간, 저녁 식사, 투약, 취침이 하루의 기본 일정이었다.

물론 변화가 전혀 없는 것은 아니었다. 요일에 따라 조금씩 달랐다.

월요일에는 두발과 면도 시간이 들어 있었다. 지정된 이발관에서 이발사와 면도사가 출장을 나와 환자들의 머리를 손질해 주거나 수염을 깎아주었다.

그런데 월요일만 되면 보호사들을 가장 진땀 빼게 하는 환자가 바로 입 속으로만 자유를 노래하는 시인 김도문 씨였다. 그는 매주 같은 이발사와 면도사들인데도 불구하고 그들이 자신을 암살하기 위해 비밀리에 파견된 특수요원들이라는 의심을 풀지 않았다. 보호사들은 월요일만 되면 그를 잡으러 다니느라고 병실 안팎을 동분서주하지 않을 수 없었다.

"면도날에 독이 묻어 있다는 사실을 내가 다 알고 있어요."

그는 도망치려고 온갖 발버둥을 다 쳐보지만 결국은 주사를 한 대 맞고야 잠잠해지기 일쑤였다.

환자들은 대개 두발과 면도를 기피하는 경향이 있었으나 어떤 환자들은 유별나게 멋내기를 좋아해서 가르마를 열두 번도 더 바꿔서 주문하거나, 눈썹 모양, 솜털 하나에까지도 일일이 신경을 써서 잔소리를 연발하는 경우도 없지 않았다.

화요일도 환자들에게는 별로 환영받지 못하는 행사가 포함되어 있었다. 바로 목욕이었다. 체력이 건장한 보호사들이 거의 강압적인 방법으로 환자들을 목욕탕에 밀어 넣어야만 했다. 환자들은 살갗에 물이 닿으면 방사능에라도 오염된다고 생각하는 사람들 같았다. 대부분이 질린 표정으로 목욕을 했다. 그러나 김도문 씨는 목욕탕에 들어가 있을 때는 다소 불안감이 해소되는 모양이었다.

"모조리 발가벗고 있으니까 그놈이 그놈 같을 거요."

암살자들이 자기를 쉽게 발견하지 못할 거라는 추측 때문인 것 같았다.

환자들이 가장 기대감을 가지고 기다리는 요일은 바로 수요일이었다. 그날은 완전히 축제 분위기였다.

면회가 실시되는 날이었다. 환자들의 병실은 하루 종일 문이 열려 있었다. 환자들은 수요일과 토요일에 한해서 병원 뜨락을 거닐거나 야외 스포츠를 즐길 수가 있었다. 그러나 다른 병원에서 치료를 받은 병력을 가진 환자들의 말에 의하면 이 병원은 자유가 붙어터져 있다는 것이었다. 다른 병원에서는 일주일에 한 번도 바깥 공기를 쐬기가 힘들다는 것이었다.

입 속으로만 자유를 노래하는 시인 김도문 씨가 가장 불안해 하는 날이 바로 수요일이었다. 외부인들이 가장 많이 출입하기 때문이었다. 그는 거의 하루 종일을 침대 밑에만 숨어 있었다.

"노현경이라는 여자가 나를 면회 왔으면 즉시 알려주십시오. 암호는 바람 부는 콩밭입니다. 잘 기억해 주십시오. 바람 부는 콩밭입니다. 콩팥이 아니라 콩밭입니다. 아시겠습니까?"

그는 수요일만 되면 은밀한 눈빛으로 사주를 경계하며 낮은 목소리로 강은백에게 당부해 두기를 잊지 않았다.

"잊어버리시면 안 됩니다. 노현경. 미인에다가 명문대를 졸업했습니다. 지적인 여자입니다. 약혼녀죠. 노현경. 잊어버리시면 안 됩니다. 아시겠습니까."

그는 강은백에게 노현경이라는 여자가 자기를 면회 왔을 경우에만 병실 문을 크게 세 번 두드리라는 것이었다. 그리고 낮은 목소리로 암호를 말하라는 것이었다. 바람 부는 콩밭. 하지만 그의 약혼자는 아직 한번도 면회를 온 적이 없었다. 그래서 바람 부는 콩밭도 바람 부는 콩팥도 전혀 써먹어 볼 기회가 없었다.

면회가 모두 끝나고 외부인들이 썰물처럼 쓸려 가버리고 나면 수요일은 문을 닫는다. 그러나 김도문 씨가 침대 밑에 숨어서 하루 종일 기다리던 약혼자는 오지 않는다. 어쩌면 파혼이 되어버렸을는지도 모른다. 수요일 밤에는 가끔 침대 밑에서 소리 죽여 흐느끼는 소리가 들리곤 했다.

한 달에 한 번 정도 그의 친형이라는 사람이 면회를 온다고 했다. 그러나 그는 자신의 친형조차도 믿을 수가 없다는 것이었다.

"형님은 놈들한테 매수당했을지도 몰라. 조심해야지. 형님은 자유가 뭔지를 모르니까, 형님은 시가 뭔지를 모르니까 놈들의 말이라면 곧이곧대로 믿었겠지. 마침내 시를 멸종시키려 드는 세상이 오고 말았어. 그래. 무서운 세상이야, 이런 때일수록 정신을 바짝 차려야 해."

하지만 그는 아무리 정신을 바짝 차려도 정신병원에 갇혀 있는 환자였다. 그는 친하게 지내던 친구 한 명이 어떤 수사기관에 끌려가 심한 고문을 당한 끝에 폐인이 되어버린 뒤로 입원하게 되었다는 소문이었다.

목요일은 별관에서 사이코드라마를 공연했다. 환자들과 치료사들이 배역을 맡아 협연을 했다. 더러는 기성배우들도 한두 명씩 협연해 주기도 했다. 객석에 있던 환자들이 연극에 너무 심취한 나머지 무대로 뛰어올라가는 경우도 비일비재했다. 때로는 악역을 담당한 배우가 집단 폭행을 당하는 사례까지도 있다고 했다.

금요일은 특치과로 가서 서예, 미술, 음악, 문학 따위를 접할 수 있는 날이었다. 역시 별관에서 실시되었다. 환자들의 잠재적 역량들이 거침없이 드러나는 광경들을 볼 수 있었다. 어떤 환자는 종이 위에 크레파스로 둥글고 커다란 초록빛 반점 몇 개를 찍어놓고 감격에 겨워 두 손을 모으고 기도를 올리기도 했다.

"주여, 감사합니다. 저는 마침내 주님의 계시대로 초록색 빵을 만들어내는 데 성공했습니다. 이 빵 다섯 개면 전 인류를 먹여 살릴 수도 있게 되었습니다."

과대망상증 환자였다.

그러나 프로에 가까운 실력을 가진 환자들도 한두 명이 아니었다. 삼층 삼백육호에 사는 여자 환자는 어찌나 노래를 잘 부르는지 환자들 사이에는 엘리지의 여왕으로 불려지고 있었다. 엘리지의 여왕이 한번 노래를 부르기 시작하면 모든 환자들이 일손을 멈추고 그녀의 노랫소리에 귀를 기울였다. 더러는 눈시울이 젖어드는 환자들도 눈에 띄었다.

토요일은 장기자랑을 하거나 디스코 파티를 벌였는데 환자들은 비교적 즐거워하는 모습들이었다.

김도문 씨는 장기자랑에 지목되면 언제나 레퍼토리가 정해져 있었다. 자신이 지목되었다는 사실을 인식하는 그 순간부터 얼굴 전체가 비장한 각오와 결심으로 붉게 상기되었다.

학생 때 나의 공책에

나의 책상 위에 그리고 나무들마다 그 위에

모래 위에 그리고 눈 위에도

나는 쓴다 그대 이름을

내가 읽은 모든 책장 위에

그리고 공백으로 된 모든 책장 위에

나는 돌과 피와 종이와 재 위에까지도

나는 쓴다 그대 이름을

금빛 칠한 조상(彫像) 위에

병사들의 무기 위에

그리고 왕들의 관 위에도

나는 쓴다 그대 이름을

　밀림에도 사막에도 새들 둥지마다 그리고 금작화(金雀花)나
무마다

　내 어린 계절의 메아리 위에도

　나는 쓴다 그대 이름을

　신비스런 밤에도

　일용의 양식인 흰 빵 위에도

　그리고 약혼하였던 계절에도

　나는 쓴다 그대 이름을

　그는 눈을 지그시 감고 엘뤼아르의 시를 떨리는 목소리로
낭송하는 것이다. 바로 '자유'라는 제목의 시였다.

　그러나 그 시를 낭송한 날은 더욱 공포와 불안이 가중되는
것 같았다.

　"매번 후회하면서도 다시 일을 저지르고야 말았어. 환자들
중에는 기관의 끄나풀이 있을지도 모르는데. 어떻게 하지. 내
가 쓴 시는 아니라도 낭송했다는 사실이 충분한 빌미가 될 거
야. 저주스러운 장기자랑. 그러나 엘뤼아르의 「자유」라는 시는
정말 좋거든. 그것을 일주일에 한 번씩 정신이 돌아버린 사람
들 앞에서 낭송할 수 있는 최소한의 자유조차도 없다면 난 자
살하는 수밖에 없어. 그래도 조심했어야 하는 건데. 어떻게 하
지. 어떻게 하지."

침대 밑에 얌전히 숨어 있지를 못했다. 하루 종일 자탄과 근심으로 침대 밑을 분주히 들락날락하면서 불안감을 감추지 못하는 표정이었다.

그러나 그가 애송하는 엘뤼아르의 「자유」라는 시는 환자들에게도 제법 사랑을 받는 편이었다. 그는 매주 지목을 당했고 지목을 당할 때마다 그 시를 낭송했다. 그런데도 집어치워라 미친놈, 하는 따위의 흔해빠진 야지 한 번 없었다. 어떤 환자들은 부분부분을 따라서 낭송하기도 했다. 그러면 김도문 씨는 눈시울이 젖거나 목이 메곤 했다.

개인병원으로서는 규모나 시설이 최상급으로 알려져 있는 병원이었다. 환자수는 육십여 명 정도였고 대개 한 병실에 두세 명의 환자들이 입실되어 있었다.

강은백의 별명은 이 병원에서도 백대가리였다. 어디를 가든 붙어 다니는 별명이었다. 처음 이백칠호실에 들어섰을 때 그는 머리카락 때문에 김도문 씨로부터 적지 않은 의심을 받아야 했다.

"당신은 정보기관에서 보낸 암살요원이 틀림없어요. 아무리 뛰어난 분장술을 가지고 있어도 내 눈을 속일 수는 없을 거요. 가발을 쓰고 있다고 내가 모를 줄 아시오. 나는 비겁하지 않아요. 나는 시인이란 말이오. 죽일 테면 죽이시오. 하지만 나도 한마디만 물어보고 죽읍시다. 시인이 자유를 노래하는 것이 도대체 어느 하늘 아래서 죄가 됩니까."

김도문 씨는 자신의 손으로 강은백이 가발을 쓰고 있지 않다는 사실을 확인하고도 한동안은 절대로 의심을 풀지 않았다.

"당신은 그 머리를 염색했다는 사실을 내게 숨겨 왔소. 도대체 당신의 정체는 뭐요. 우리 한번 허심탄회하게 말해 봅시다. 내가 저지른 잘못이 뭐요. 머리를 염색해 가면서까지 내게 접근해야 할 이유가 뭐요. 대답해 보시오. 시인이 자유를 노래하는 것이 도대체 어느 하늘 아래서 죄가 됩니까?"

그는 다소 겁을 집어먹고 있는 듯한 표정이었으나 시인으로서 비굴한 기색을 보이지 않으려고 몹시 노력하는 기색도 역력했다. 입원하기 전에는 어느 이름 없는 출판사 편집사원으로 일했으며 거기서 노현경이라는 여자를 만난 모양이었다. 그러나 결혼을 한 달 앞두고 증세가 극심해져서 입원을 시키게 된 모양이었다.

"안심하십시오. 저는 그저 평범한 시민의 한 사람일 뿐입니다. 저도 시인이 자유를 노래하는 것이 죄가 된다고는 생각지 않고 있습니다. 누구든 선생님을 해치려 든다면 그땐 제가 용서치 않겠습니다."

강은백도 그의 귀에다 입을 갖다 대고 은밀한 목소리로 그렇게 말해 주곤 했다. 그래도 좀처럼 그의 경계심은 풀리지 않았다.

강은백에게는 사흘에 한 번꼴로 원장과의 면담이 실시되어졌다.

원장은 가급적이면 많은 이야기를 듣고 싶어했다. 그중에서도 특히 그의 유년 시절의 기억들에 대해 지대한 관심을 가지고 있음이 분명했다. 원장은 그의 유년 시절에 관한 얘기라면 그 어떤 내용이든지 밤을 새워 들어줄 용의가 있다고 생각하는 사람 같았다. 한 번 면담에 들어가면 무려 두 시간 정도나 시간을 할애할 정도였다.

면담실은 본관 아래층에 있었다. 일요일은 음악감상실로 쓰였다. 환자들은 무드라는 걸 유별나게 좋아하는 편이어서 반드시 촛불을 켜주어야만 흡족한 표정으로 감상을 할 수가 있었다. 주로 클래식이 감상되었다. 가장 인기가 있는 음악가는 슈만과 베토벤이었다. 그러나 평소에는 면담실로 쓰고 있었다.

환자들의 병실 창문과는 달리 담당의사의 면담실 창문에는 쇠그물이 쳐져 있지 않았다. 바깥 풍경들이 그대로 말끔하게 시야에 들어왔다. 창 밖으로 내다보이는 병원 주차장 부근의 플라타너스 이파리들은 이제 모두 져버리고 늦가을 흐린 햇빛 속에 물방개같이 생긴 승용차 몇 대가 등껍질을 말리고 있는 모습도 보였다.

앙상한 나뭇가지마다 겨울 예감이 서려 있었다.

그는 이번 겨울을 이 병원에서 보내야 한다는 사실을 잘 알고 있었다. 그러나 전혀 부담스럽게 느껴지지는 않았다. 언젠가 한 번쯤은 이런 상황에 처하게 되리라는 사실을 어느 정도는 예측하고 있었던 터였다. 하지만 평생 이 병원에서 늙어 죽지는 않으리라는 사실도 자명했다. 따라서 그는 언제나 초연할 수 있었다.

그는 면담이 있을 때마다 침착하고도 조리 있게 자신이 성장해 온 과정들을 원장에게 모두 털어놓았고 원장은 비교적 흥미 있는 태도로 그의 이야기를 들어주었다.

4

전쟁이 끝났다. 아직도 아버지는 생사가 묘연했다. 몇 년째 흉년이 계속되고 있었다. 갈수록 인심도 각박해지고 있었다.

추수와 타작이 모두 끝나버린 늦가을 해거름녘, 벌판은 텅 비어 있었다. 논바닥 가득 흐린 석양빛만 흥건하게 고여 있었다. 이따금 북쪽 하늘 어딘가로부터 갈가마귀떼들이 새까맣게 나타나서는 끼야끼야 시끄럽게 우짖어대며 남쪽 하늘 끝으로 한정 없이 사라져갔다. 만약 날개를 가질 수만 있다면 아버지를 찾아내는 건 식은 죽 먹기일 것이다. 갈가마귀떼들은 때로 논바닥에 잠시 내려앉아 휴식을 취하면서 알을 까고 죽어버린 메뚜기들의 시체를 쪼아 먹기도 했다.

"저것들이 나타나기 시작하면 겨울이 멀지 않았다는 징조이니라."

할머니의 말이었다.

할머니는 머리가 하얗게 세어 있었다. 허리도 몹시 구부러져 있었다. 노린재나무로 만든 지팡이 하나에다 온몸을 의지한 채 아이를 데리고 들판으로 나가곤 했다. 메뚜기를 잡거나 벼이삭을 줍기 위해서였다.

그러나 갈가마귀떼가 출몰할 무렵이면 메뚜기도 벼이삭도 눈에 띄지 않았다. 갈가마귀떼가 모조리 먹어치워버리기 때문이었다.

"네가 오대독자라는 걸 언제든 잊어서는 안 된다. 겨울이 오기 전에 먹을 수 있는 것이라면 무엇이든 눈에 띄는 대로 집어다 쌓아놓지 않으면 굶어 죽어. 집안에 대가 끊어지게 된단 말이다."

할머니는 가을이 모두 끝날 때까지 아이를 데리고 들판으로 나갔다. 아직 우렁이가 남아 있었다. 논바닥을 유심히 살펴보면 마치 엄지손가락으로 지그시 눌러놓은 듯한 구멍들이 있었다. 우렁이가 파고들어간 구멍이었다. 출입구는 흙으로 막혀 있었다. 거기에 끝이 뾰족한 나무 꼬챙이를 찔러 흙을 뒤집어보면 밤톨만 한 우렁이가 튀어나왔다. 하루 종일 논바닥을 헤집고 돌아다니면 두 바가지 정도는 잡을 수가 있었다.

해가 서산 너머로 완전히 잠겨버리고 나면 들판은 차츰 어둠에 그을린 보랏빛으로 변해갔다. 그러면 차츰 우렁이의 구멍들도 잘 식별되지 않았다. 곧 마을에는 집집이 하나둘 등불이 켜지기 시작했다. 그제서야 할머니는 아이를 앞장세우고 집으로 돌아왔다.

할머니는 메뚜기든 벼이삭이든 우렁이든 집에 가지고 오면 일단 자루에 넣어 밥솥에 쪘다. 그리고 햇볕에 잘 말려서 곱게 빻아 가루로 만든 다음 종류별로 작은 항아리에 담아 장독대 위에다 보관해 두었다. 잡곡이나 채소 따위도 그렇게 했다.

반찬거리나 간식거리가 아니었다. 무슨 특별한 잔칫상에나 오를 별미의 재료 따위는 더더욱 아니었다. 그것들은 바로 주식거리였다. 그것들을 적당히 혼합해서 죽을 쑤어 먹었다. 아주 조금씩이었다. 그 무엇이든 아직 한번도 배부르게 먹어본 적은 없었다. 그러나 아이는 그 소량의 죽만으로도 전혀 배고픔을 느끼지 않고 살아갈 수가 있었다. 아주 어릴 때부터 익혀 온 습관이었다.

"창자란 길들이기 마련이라고 했다. 많이 먹는다고 반드시 몸이 건강해지는 것이 아니야. 십장생에 들어가는 거북이나 두루미도 아주 조금밖에는 먹지 않는다. 창자를 비워본 적이 없는 사람은 마음을 비우기도 그만큼 어렵다고 했다. 네 할아버지께서 하신 말씀이야."

동네 아이들은 거의가 영양실조에 걸려 있었다. 얼굴 가득 마른버짐들이 허옇게 피어 있었다. 한결같이 뼈마디가 앙상하게 드러나 있었다.

가장 견디기 힘든 계절은 보릿고개 무렵이었다. 온 동네에서 밥알이라는 걸 구경할 수가 없을 지경이었다. 사람들은 대부분 소나무 껍질을 벗겨 물에 울궈낸 다음 절구에 찧어 송기떡이라는 걸 만들어 먹기도 했다. 그리고 쌀겨나 보릿겨를 방앗간에서 곱게 빻아 소다를 넣고 찐빵 같은 걸 만들어 먹기도 했다. 이른바 보리개떡이라는 음식이었다. 송기떡은 송진 냄새가 났다. 떫고 쓰고 질긴 음식이었다. 마치 송판을 닦던 걸레로 떡을 만들어 먹는 듯한 느낌이었다. 목구멍으로 매끄럽게 잘 넘어가주지 않았다. 보리개떡도 마찬가지였다. 왕모래덩어리에다 소다를 넣고 만든 것처럼 몹시 껄끄럽고 맛대가리 없는 음식이었다. 소화도 잘 되지 않았다. 그러나 그런 것들마저도 그리 흔치는 않았다. 끼니를 거르는 집들까지 더러 있었다. 아이들이 음식을 먹고 나서 밖에 나가 뛰어놀면 어른들은 배가 빨리 꺼진다고 나무랐다.

그런 와중에도 잔칫날은 있었다. 누구네 집의 어떤 잔치든 그날은 돼지도 잡고 닭도 잡았다. 그리고 잔칫집으로 온 동네 사람이 다 모이다시피 했다. 어른들은 자기 자식들을 거둬 먹이기에 혈안이 되어 있었다. 그러나 어쩌다 돼지고기라도 한 점 얻어먹은 아이들은 다음 날 영락없이 설사를 해대기 일쑤였다. 줄곧 기름기 없는 음식들만 먹다가 모처럼 기름기 있는 음식이 들어가니까 창자가 놀라서 그런 현상이 일어나게 되는 거라고 어른들이 가르쳐주었다.

할머니는 잔칫집마다 초빙되어 갔다. 음식 만드는 법과 손님 접대하는 법, 잔치의 격식 따위를 소상히 잘 알고 있기 때문이었다. 멀리 다른 마을에까지 초빙되어 갈 정도로 그 방면에 정평이 나 있었다. 특히 체통을 따지는 집안일수록 할머니를 초빙해다 음식을 만들었다는 사실을 큰 자랑거리로 알고 있었다.

　하지만 할머니가 직접 음식을 만드는 경우는 거의 없었다. 물은 어느 정도를 부어야 한다, 불은 어느 정도를 때야 한다, 진두지휘만 했다. 그렇다고는 하더라도 대개 이틀 밤 정도는 꼬박 새워야만 음식 준비가 모두 완료되었다. 언제나 할머니는 지칠 대로 지쳐 있었다.

　잔치가 끝나면 할머니는 여러 가지 음식들을 보따리에 가득 담아올 수가 있었다. 그것이 사례의 전부였다. 하지만 며칠 동안은 조금도 양식 걱정을 할 필요가 없었다.

　"우리 누나 낼모레 시집간다."

　잔치를 앞두고 있는 집 아이는 기운이 세지 않아도 며칠 동안은 대장 노릇을 할 수가 있었다. 온 동네 아이들이 잔치가 있는 집 아이에게 환심을 사보려고 갖은 아부를 다 떨었다. 아이들에게 있어서는 먹는 것 이상의 관심사란 존재할 수 없었다. 먹는 일에 따돌림을 받는다는 사실처럼 굴욕적이고도 비참한 일은 없을 거였다. 잔치를 앞둔 집 아이로부터 따돌림을 당한 어떤 철딱서니 없는 아이 하나는 이제 겨우 열두 살밖에

안 된 자기 누나를 당장 시집보내주지 않는다고 하루 종일 울며불며 진드기를 붙다가 자기 아버지에게 지게 작대기로 호되게 얻어맞고 집을 나가버렸다. 그 아이는 이틀이 지나도록 돌아오지 않았다. 온 동네가 발칵 뒤집어졌다. 사흘째 되는 날 산나물을 캐러 갔던 아낙네들에게 발견되었는데 이미 죽어 있었다. 어른들은 아이가 배고픔을 견디지 못하고 철쭉꽃을 잔뜩 따 먹은 뒤 혼자 복통으로 신음하다 죽었을 거라는 짐작이었다. 시체 주변에 토사물이 널려 있었는데 철쭉꽃이 다량으로 함유되어 있더라는 거였다.

일 년 전에 도시에서 이사를 온 아이였다. 진달래와 철쭉을 혼동했음이 분명했다. 토박이 아이들이라면 그런 실수를 할 턱이 없었다. 어떤 식물이든 이름은 모르더라도 먹을 수 있는 건지 먹을 수 없는 건지는 누구나 다 알고 있었다.

아이들은 틈만 있으면 산과 들과 강을 쏘다니며 먹이 사냥에 열중했다. 마을 서쪽에 있는 문둥산에는 계곡이 하나 있었다. 언제나 물이 맑았다. 봄이면 진달래꽃이 산불처럼 산 전체를 불태우고 있었다. 진달래꽃 무더기 속에는 문둥이가 숨어 있다고 했다. 아이들이 진달래꽃을 따 먹으러 오면 숨이 넘어갈 때까지 간지럼을 태운 다음 간을 빼 먹는다고 했다. 그래서 문둥산이라는 거였다. 어른들이 지어낸 말일 거라고 대가리가 굵은 아이들은 믿지 않았다. 간지럼을 태운다고 누가 숨이 넘어가겠느냐는 거였다. 간지럼은 마음속으로 다른 생각을 하면

타지 않는다는 거였다. 만약 문둥이를 만나면 우리가 먼저 간지럼을 태우는 거야. 아이들은 만약을 생각해서 각자 몽둥이 하나씩을 들고 계곡으로 몰려가곤 했다.

계곡에는 가재들이 많이 서식하고 있었다. 개구리를 잡아서 껍질을 벗긴 다음 싸릿가지 끝에다 동여맸다. 가재낚싯대였다. 여러 개 만들어서 웅덩이진 장소의 바위 사이나 썩은 낙엽 무더기 사이에다 찔러두면 가재들이 여기저기서 슬금슬금 기어 나왔다. 그리고 개구리의 시체로 접근해서 집게로 뜯어 먹기 시작했다. 낚싯대를 들어 올려도 집게로 단단히 움켜잡고 놓지 않았다.

잡은 가재들은 모닥불을 가운데로 하고 빙 둘러앉아 구워 먹었다. 가재는 다 익으면 새빨갛게 변했다. 아무런 양념이 없어도 맛이 있었다.

마을 앞을 도도히 흐르고 있는 강으로 나가면 얕은 데서도 여러 종류의 물고기들을 잡을 수가 있었다. 어느 돌 밑에 고기가 있으리라는 건 돌의 모양새만 보면 대번에 알 수가 있었다. 몇 번 돌땅을 놓은 다음 뒤집어보면 십중팔구는 꺽지나 통가리 따위가 배를 까뒤집고 기절해 있었다. 잡은 물고기는 역시 모닥불을 피워놓고 빙 둘러앉아 구워 먹었다. 봇도랑을 막고 물을 퍼낸 다음 미꾸라지를 잡기도 했다. 미꾸라지를 잡으면 왕파 속에다 집어넣고 새알을 깨 넣은 다음 모닥불에 구워 먹었다.

들에서는 주로 보리나 감자나 옥수수 따위를 서리해서 구워 먹었는데 차츰 민심이 흉흉해져 가면서 어른들은 자진해서 자기 아이들에게 남의 집 곡물을 서리해서는 안 된다고 타이르기 시작했다. 몇 번 어른들끼리 아이들의 서리 때문에 먹살잡이 싸움이 벌어지더니 이빨이 부러진 사람도 생겨나고 머리가 깨진 사람도 생겨나기 시작했다. 그래도 아이들은 조금씩 서리를 해다 먹었다. 아이들은 집안 식구들에 대해서보다 자연에 대해서 더 많은 정보들을 가지고 있었다. 아이들은 자연이 발산하는 어떤 느낌을 어른들보다 훨씬 더 민감하게 읽어낼 수가 있었다. 비록 처음 보는 식물이라 하더라도 금방 먹을 수 있는 건지 먹을 수 없는 건지를 식별해 낼 수가 있었다. 먹을 수 없는 식물에게서는 반드시 어떤 거부감이 느껴져 왔다. 말로는 설명할 수 없는 일이었다.

그러나 일 년 전에 도시에서 이사를 온 그 아이는 평소에도 그 느낌이 둔해서 다른 아이들에게 자주 빈축을 사기 일쑤였다. 그 아이는 산에 가면 도라지와 더덕을 구분하지 못했고 들에 가면 밀과 보리를 구분하지 못했으며 강에 가면 참방게와 똥방게조차 확실히 구분하지 못할 정도였다. 토박이 아이들은 그 아이의 그런 어리석음이 죽음까지 초래했다는 사실에 대해 놀라움을 금할 수가 없었다.

"전쟁 때문이야."

마을 사람들은 잘못된 것들은 무조건 전쟁에다 그 책임을 전가시켰다. 전쟁이 모든 것을 엉망으로 만들어버렸다는 것이었다. 그래도 이의를 제기하는 사람들은 아무도 없었다. 그렇고말고. 고개를 끄덕이며 맞장구를 치는 것이 상례였다.

언제부터인가 야밤을 틈타 공비들이 마을을 습격해서 가축이나 곡물 따위를 약탈해 갔다. 때로는 사람까지 없어지는 경우도 있었다. 밥이라도 한번 배불리 먹을 수 있을까 해서 공비들을 따라 산으로 들어간 사람도 있었고 평소 내통을 하고 있다가 들통이 날 기미가 보이자 산으로 들어간 사람도 있었다. 그 사람들에 대한 얘기를 할 때면 으레 마을 사람들은 은밀한 표정으로 주위를 살피거나 목소리를 최대한 낮추는 게 상례였다.

갈가마귀떼는 이제 더 이상 나타나지 않았다. 아침이면 들판에 된서리가 하얗게 깔려 있었다. 겨울이 오고 있었다.

겨울은 언제나 예감부터 먼저 밀어닥쳤다. 새벽녘 선잠결에 불현듯 눈을 뜨면 방 안은 아직 캄캄하고 사방은 적막 속에 가라앉아 있는데 나지막하게 장지문을 흔들며 지나가는 바람소리, 근원을 알 수 없는 슬픔 한 가닥이 가슴 밑바닥에 칼자국 같은 상처로 드러나고 싸늘하게 얼굴을 적시며 밀려드는 겨울 예감. 날이 새면 어느새 마을 가득 겨울이 당도해 있었다. 감나무 제일 꼭대기 가지 끝에 까치밥으로 매달려 있던 새빨간 홍시 하나마저 꼭지가 얼어 땅바닥에 떨어져버리면 하늘은 비로소 텅 빈 채로 빙판처럼 시리게 눈 앞으로 다가왔다.

그해 겨울은 몹시 추웠다. 좀처럼 눈도 내리지 않았다.

"네 할아버지께서는 풍류도를 즐기셨느니라."

할머니의 말이었다.

"풍류도가 뭔데요?"

아이가 물었다.

"깨달음을 얻어 생사를 초월하고 온 우주를 벗 삼아 즐겁게 노니는 거란다."

그러나 아이는 이해할 수 없었다.

농월당.

아이가 할머니와 함께 살고 있는 집은 기와집이었다. 규모는 그리 크지 않았다. 기역자형으로 설계된 집이었다. 본채 맞은 편에 사랑채 하나가 따로 지어져 있었다. 할아버지가 쓰던 방이라고 했다. 두 개의 문이 서로 마주 보고 있었다. 하나는 마당으로 통하는 문이었고 다른 하나는 바깥으로 통하는 문이었다.

바깥으로 통하는 문을 열면 마을 전체를 한눈에 관망할 수 있었다. 마을 다음에는 들판이 있었고 들판 다음에는 무영강(霧影江)이 있었다. 무영강 다음에는 짙은 운무(雲霧)의 벽이 가로막혀 있었고 짙은 운무의 벽 다음에는 도량산(道場山)이 있었다. 웅장한 풍모를 가진 산이었다.

마을 사람들은 아직 그 누구도 도량산 밑부분을 본 적이 없다고 했다. 짙은 운무의 벽 때문이라고 했다. 운무는 사시사철 도량산 허리 밑에 진을 치고 점령군처럼 주둔해 있었다. 그 어떤 계절적 변화도 점령군들을 말끔히 몰아낼 수는 없었다. 바람이 몹시 심하게 부는 날에도 떼를 지어 혼비백산 도망치는 듯이 보이기는 했지만 수면 어딘가로부터 끊임없이 증원군이 투입되어 도량산은 여전히 포로가 된 채 운무의 덫 속에서 헤어날 수가 없었다. 가까스로 무릎 정도만 밑부분을 드러내 보일 수 있을 뿐이었다.

운무는 눈부신 순백색이었다. 사시사철 거기 주둔해 있었다. 때로는 무리를 지어 갈기를 나부끼며 바람을 따라 내달려 가기도 하고 때로는 한군데 운집해서 깊은 잠속에 빠져 있는 것처럼 고요해 보이기도 했다. 햇빛 속에서는 더욱 희고 눈부셨다. 그리고 형태가 시시각각으로 달라졌다.

마을 사람들은 그 운무를 이무기가 입과 코로 내뿜는 수증기라고 했다. 이무기가 용이 되어 하늘로 올라갈 날이 가까워졌기 때문에 일어나는 현상이라고 했다. 도량산 밑부분에 실꾸리 하나를 다 풀어 넣어도 끝이 닿지 않을 정도로 깊은 소 (沼)가 하나 있는데 이름하여 도로무기소라고 했다.

마을 사람들은 아직도 이무기의 노여움이 풀리지 않았다고 말했다. 마을에서 무영강으로 통하는 길 끄트머리에 당집이 하나 있었다. 마을 사람들은 해마다 춘분날이 되면 이무기의 무사승천을 기원하는 제를 올렸다. 마을의 모든 길흉화복을 이무기가 주관하고 있다는 것이었다.

마을 사람들에게 있어서는 도로무기소 가까이 접근하는 일이 금기사항으로 정해져 있었다. 부정을 타게 되면 이무기의 진노를 사서 마을에 어떤 재앙을 초래할는지 알 수가 없다는 것이었다.

"네 애비 소식 좀 알아보고 올 터이니 그동안 명심보감이나 읽고 있거라."

겨울이 되면서부터 할머니는 아이를 혼자 남겨놓고 이 마을 저 마을로 다니면서 아버지를 전쟁터에서 만난 사람이라도 있을까 수소문해 보는 날이 많아져 갔다. 전쟁에 나갔던 사람들이 하나둘 돌아오고 있었다. 모두들 넋이 죄다 빠져나간 듯 지친 표정들을 짓고 있었다. 어떤 사람들은 장님이 되어 있었고 어떤 사람들은 절름발이가 되어 있었다.

그러나 아버지의 소식을 알고 있는 사람은 아직 나타나지 않고 있었다. 할머니는 날이 갈수록 한숨 소리만 깊어져 갔다. 허리도 전보다 한결 더 구부러져 있는 것 같았다.

"이년의 팔자라니, 어찌 이리도 기구하더란 말이냐. 서방도 자식도 모두 종무소식이니. 한평생 기다리는 일 하나로 이제는 가슴이 썩을 대로 다 썩었다."

점차 장탄식도 늘어가고 있었다.

때로 할머니는 노린재나무 지팡이에다 굽은 허리를 의지하고 몇십 리나 멀리 떨어져 있는 마을까지 원정을 가서 전쟁터

에서 돌아온 사람들에게 아버지의 소식을 수소문해 보기도
했다.

아이는 그런 날이면 하루 종일 사랑채를 지키며 무영강 건
너편을 바라보았다. 겨울이 되면서 운무는 더욱 짙어져갔다.
거대한 숲처럼 무성하게 자라 올라 있었다.

사랑채에 달려 있는 두 개의 문 중에서 바깥으로 통하는 문
에는 네모난 유리조각 하나가 붙어 있었다. 아이의 손바닥만
한 크기였다. 그러나 바깥세상을 모두 내다볼 수가 있었다. 아
이는 혼자 집을 지키며 거기다 눈을 갖다 대고 무영강 건너편
에 무성하게 자라 올라 있는 운무의 숲 속으로 몽상의 새 한
마리를 날려 보내곤 했다. 그러다 낮잠에라도 빠져들면 이무기
에게 쫓기다가 천 길 낭떠러지로 떨어져 내리는 꿈을 꾸기도
했다. 잠에서 소스라쳐 깨어나면 어느새 날이 어두워지고 있
었다. 집 주변을 둘러싸고 있는 대숲에서 마른 댓잎을 서걱서
걱 밟으며 어둠이 걸어오고 있는 소리가 들려왔다. 아이는 차
츰 두려움에 사로잡히기 시작했다. 바람이라도 심하게 부는
날은 두려움이 더욱 고조되었다. 불을 끈 채 이불을 뒤집어쓰
고 할머니가 나타나주기만을 기다렸다. 밤이 깊어지면 어디선
가 부엉이가 울었다. 금방이라도 이무기가 나타나 아이를 한입
에 삼켜버릴 것 같은 느낌이었다. 할머니가 나타나면 아이는
으레 울음부터 터뜨렸다.

"제까짓 이무기란 놈이 용으로 화한다 한들 짐승을 벗어날

수는 없는 법이니라. 아무런 이유도 없이 하늘이 내리신 인간의 목숨을 앗아갈 수는 없지. 공연히 동네 사람들이 지어낸 이야기에 신경을 쓸 필요가 없어. 네 할아버지께서는 저 강 건너 안개 속에 오학동이라고 하는 동네가 있다고 말씀하셨느니라."

할머니는 마을 사람들의 이무기에 대한 신앙을 전적으로 부정하고 있었다. 강 건너편에는 낭떠러지가 있고 낭떠러지 밑에는 수십 개의 크고 작은 분천들이 운집해 있다고 했다. 그리고 사시사철 더운 김을 뭉게뭉게 피워 올린다고 했다.

낭떠러지 밑에는 안개굴이 하나 있다고 했다. 오학동으로 이어지는 통로라는 것이었다. 벽은 안개로 되어 있으나 바닥은 시퍼런 물로 채워져 있다고 했다. 만약 그 굴을 통과하는 도중에 실낱같은 욕심이라도 일게 되면 깊이를 알 수 없는 물 속으로 가라앉아버린다는 것이었다. 욕심의 무게 때문이라는 것이었다. 거기서는 실낱같은 욕심이라 하더라도 쇠밧줄보다 더 무겁게 작용을 한다는 것이었다.

"네 할아버지께서 꼭 한 번 다녀오신 적이 있느니라."

오학동에는 신선들이 살고 있다는 것이었다. 할아버지가 직접 가보았다는 것이었다.

할머니는 할아버지가 바로 도인이라는 것이었다.

"십 년이 가까워져 가는데도 종무소식인 걸 보면 이번에는 필시 땅덩어리 바깥세상으로 구경을 떠난 모양이라. 너무 멀리 있어 꿈도 더디 닿는구만."

할머니는 탄식처럼 긴 한숨을 내뱉으며 원망스런 눈초리로
먼 하늘을 바라보기 일쑤였다. 할머니는 할아버지도 아버지도
틀림없이 살아 있을 거라는 주장이었다.

겨울이 깊어가고 있었다. 그래도 눈은 내리지 않고 있었다.
마을 사람들은 다시 흉년이 도래할 것이라는 추측 속에서 불
안감을 감추지 못하겠다는 듯한 표정들을 짓고 있었다. 겨울
이 깊어갈수록 마을은 적막 속에 황폐해져 가고 있었다.

"하늘이 네 마음을 보고 있느니라."

할머니는 아이에게 언제나 그렇게 가르쳤다. 비록 아무도 없
는 들판에서 이삭을 주울 때라도 남의 낟가리에 쌓아둔 벼이
삭 쪽으로는 절대로 시선을 돌리지 못하게 했다.

"나 하나의 마음이 탁해지면 온 우주가 탁해진다고 네 할아
버지께서 말씀하셨느니라. 공맹이나 노장의 말씀도 어느 것 하
나 그른 것이 없지만 네 할아버지 말씀도 어느 것 하나 그른
것이 없었다."

할아버지는 할머니에게 있어 또 하나의 하늘이었다. 아이는
아주 어릴 때부터 할머니에게 그 두 하늘의 가르침을 배우면
서 살아왔다.

할머니는 책 읽는 일을 무엇보다 큰 즐거움으로 삼았다. 한
글로 씌어진 책이든 한문으로 씌어진 책이든 며칠이 걸리더라

도 끝까지 다 읽고 나서야 책을 덮었다.

"농월당 선생께서 이 미물한테 글을 가르쳐주시지 않았더라면 오늘 내가 어찌 이런 즐거움을 알았을꼬."

할머니는 책을 덮을 때마다 할아버지께 감사하는 마음이 우러나는 모양이었다. 언제나 깊은 감회에 젖은 얼굴로 몇 번이고 책표지를 쓰다듬으며 할아버지께 글을 배우던 시절들을 회상했다. 그럴 때 할머니의 얼굴은 매우 행복해 보였다.

할머니가 가장 오랜 시일에 걸쳐 완독한 책은 『성경던서(聖經全書)』라는 표제가 붙어 있는 책이었다. 부피가 무척 두터워 보였다. 목사님이 선물로 주고 간 책이었다.

마을에 예배당이 하나 있었다. 마을에서 가장 독특한 모양을 가진 건물이었다. 초가집도 기와집도 판잣집도 아니었다. 전체적으로 직선이 주조를 이루고 있는 건물이었다. 뾰족한 지붕에 기다란 세모꼴의 탑이 높이 솟아 있었다. 탑 꼭대기에는 하얀 십자가가 세워져 있었다. 지어진 지 반 년도 채 되지 않은 건물이었다. 처음에는 신도들이 별로 없었다. 바깥으로 흘러나오는 찬송가 소리도 희미했다. 그런데 언제부터인가 예배당을 다니는 아이들이 분유와 밀가루와 털옷 따위의 구호물자들을 얻어 오기 시작하면서 신도들이 급작스럽게 늘어나기 시작했다. 바깥으로 흘러나오는 찬송가 소리도 우렁차기 짝이 없었다.

예수 사랑하심은 거룩하신 말일세

우리들은 약하나 예수권세 많도다

그러나 할머니는 예배당에 대해서는 별로 관심을 기울이지 않고 있는 것 같았다. 마을 사람들이 견해를 물어와도 아직은 잘 모르겠다는 식으로 대답을 회피했다. 인간사도 제대로 모르는 판국에 신들에 대해서야 어찌 아는 체를 하겠느냐는 것이었다.

그런데 어느 날 신도 세 명을 데리고 목사님이 농월당으로 전도를 왔다. 온 마을 사람들이 존경의 대상으로 받들어 모시는 할머니가 예배당에만 나와주신다면 하나님께서도 더없이 기뻐하시리라는 생각을 늘 해왔었다는 것이었다.

목사님은 마흔이 조금 넘어 보이는 나이였다. 언제나 얼굴 가득 즐거움이 넘쳐나고 있었다. 목소리는 차분하고 온화했다. 할머니는 손님들이 오셨으므로 고구마라도 삶아야겠노라고 말했으나 목사님과 신도들은 그렇다면 일어나겠노라고 펄쩍 뛰는 시늉을 해보였으므로 할머니는 그들에게 감잎차를 대접했다.

"다 같이 기도합시다."

목사님은 감잎차를 앞에 놓고 하나님께 기도하기 시작했다. 기도는 굉장히 길었다. 기도의 길이와 하나님의 축복은 정비례한다고 생각하고 있는 것 같았다. 목사님은 온 나라가 전쟁으로 황폐해져 있으며 하나님의 사랑이 더욱 절실하게 필요한 때임을 역설하고 어려운 처지에 놓여 있는 마을 사람들을 일일이 열거하며 하나님의 자비로운 손길이 임해 주기를 간절히 간절히 빌었다. 특히 농월당의 모든 식구들이 한자리에 모여 행복한 모습으로 하나님전에 예배드릴 수 있는 축복을 내려달라는 부분에서는 한층 목소리가 고조되고 반복법이 자주 사용되었다.

"추여!"

목사님의 기도 소리가 고조되는 중간중간에 동석한 신도들이 나지막하지만 폐부를 쥐어짜는 듯한 목소리로 탄성을 발했다.

아이와 할머니는 다소 쑥스러운 기분을 감추지 못하는 표정으로 두 눈을 말똥말똥 뜬 채 그들의 모습을 지켜보고 있었다. 그러는 동안에 감잎차는 모두 식어버렸다.

"다같이 찬송합시다."

아이와 할머니 곁에 앉아 있던 신도들이 찬송가라는 표제가 붙어 있는 책을 보여주면서 함께 부르자고 했다.

　　구주의 십자가 보혈로 죄 씻음받기를 원하네
　　내 죄를 씻으신 주 이름 찬송합시다

그러나 아이와 할머니는 가사를 따라 읽을 수는 있었지만 곡조는 흉내조차 낼 수가 없었다.

목사님은 성경 말씀이라는 것을 한참 동안 들려준 다음 신도들에게도 기도와 찬송가를 주관하도록 했다. 그들은 몹시 진지해 보였다. 이윽고 주기도문이라는 것이 외워졌다. 그것을 끝으로 그들의 예식도 모두 끝난 모양인지 비로소 자유스러운 분위기가 되었다.

할머니는 그들이 믿고 있는 종교에 대해 매우 깊은 흥미를 느끼고 있는 것 같았다. 성경은 누가 지었는가. 찬송가는 누가 지었는가. 예수는 어떤 사람인가. 천당과 극락은 다른 점이 무엇인가. 제일 먼저 우리나라에 예배당을 만든 사람은 누구인가. 여러 가지 질문들을 목사님에게 던졌다. 목사님은 할머니가 질문을 던질 때마다 신바람이 난다는 표정이었다. 부드럽고 온화한 목소리로 최선을 다해서 할머니가 이해할 수 있도록 모든 질문에 성실히 답변했다. 그러나 목사님의 답변을 다듣고 난 할머니는 의외라는 듯한 표정이었다.

"이런 변고가 있나. 그렇다면 하늘님을 미국에서 모셔다가 믿고 있는 셈이 아닌가."

미국의 아펜젤러 목사 부부가 처음 우리나라에 선교사업을 펼쳤다는 답변 끝에 할머니는 난색을 지어 보였다. 우리나라 사람들도 아주 오래전부터 하나님을 믿고 있었는데 무슨 연고로 그토록 먼 나라 사람들한테까지 신세를 졌느냐는 것이었다.

"그건 하늘님이지 하나님은 아닙니다."

목사님은 다시 하늘님과 하나님의 차이점을 설명하고 유일신(唯一神)이신 하나님만이 이 세상을 악으로부터 구원할 수 있음을 거듭 강조하기를 잊지 않았다. 그러나 할머니의 반응은 목사님의 기대치를 빗나가고 있었다.

"소나무를 솔나무라고 발음하는 동네도 있습지요. 소나무를 솔나무로 발음한다고 소나무가 쑥나물이 되지는 않소."

목사님은 무슨 말인가를 하려다 말고 그만 입을 다물어버렸다.

"내가 듣기로는 하늘님이 위 없는 으뜸자리에 계시고 큰 덕과 큰 지혜와 큰 힘으로 하늘을 만드시며 우주만물을 창조하셨는데 티끌만치도 더하고 부족함이 없으며 밝으시고 밝으실 뿐만 아니라 신령하시고 신령하시어 인간의 지혜로는 감히 명량할 길이 없다고 하시었소. 여기에 목사님이 믿으시는 하나님과 행여 틀리는 데라도 있소?"

할머니가 물었다.

"없습니다."

목사님의 대답이었다.

"하늘에는 천궁이 있어 온갖 착함으로써 섬돌을 삼고, 온갖 덕으로써 문을 삼았느니라. 하늘님이 계신 데로서 뭇 신령과 모든 밝은이들이 모시고 있어, 지극히 복되고도 빛나는 곳이니, 오직 참된 본성을 트고, 모든 공적을 다 닦은 이라야, 천궁에 나아가 길이 쾌락을 얻을지니라. 여기에도 행여 목사님이 말씀하시는 천당과 틀리는 데가 있소?"

"없습니다."

"그렇다면 우리는 서로 같은 신을 믿고 있는 것 같소."

목사님은 할머니의 달변이 의외라는 듯한 표정이었다.

"예전에 교회를 다니신 적이 있으셨던가요?"

"없지요."

"그렇다면 조금 전에 하신 말씀들은 누구에게서 들으셨습니까?"

"우리 바깥양반인 농월당 선생에게서 들었소."

"그렇다면 그 어른께서도 교회는 다니시지 않으셨습니까?"

"그 어른께서는 우주 전체가 하늘님의 성전이며 나 또한 하늘님의 작은 성전이라 하시었소."

"좋은 가르치심을 주셔서 진심으로 감사드립니다. 하나님의 은혜로 알겠습니다."

목사님이 말했다. 겸손한 목소리였다. 그리고 할머니에게 자기가 가지고 있던『성경뎐서』를 내밀었다.

"아직도 하나님에 대한 제 공부는 매우 부족합니다. 앞으로 많은 가르침을 바라겠습니다. 이건 제가 공부하던 책입니다. 여기 하나님의 말씀들이 수록되어져 있습니다. 선물로 드리고 가겠습니다."

그러자 할머니는 갑자기 얼굴에 화색이 만면해졌다.

"이런 고마우실 데가 있나. 내 평생에 책을 선물로 다 받아 보다니, 이런 귀중한 것을 내가 받아도 될지 모르겠소. 다른 선물이라면 체면치레로 사양을 몇 번 해보겠지만 책이라면 절대로 사양을 하고 싶지 않소."

정말이었다. 할머니는 그만큼 책을 좋아했다. 서가에는 할아버지가 공부하시던 책이 수백 권이나 꽂혀 있었다. 할머니는 그 책들을 모두 한 번씩은 독파했다고 말했었다.

"되지 못한 모양새로 신앙심이 굳어진 사람들은 남이 믿는 종교는 무조건 미신이고 자신이 믿는 종교만이 정교라고 주장하기 십상인데 저 목사님은 거기에서 벗어나 있다. 그의 공부가 이미 깊어져 있다는 증거이니라."

목사님이 일행들과 함께 돌아가고 난 뒤 할머니가 아이에게 말해 주었다.

그날부터 할머니는 돋보기를 쓰고 『성경전서』에 몰입하기 시작했다.

"여기는 몹시 머리가 어지럽구나. 온통 누가 누구를 낳고 누가 누구를 낳았다는 얘기만 줄줄이 씌어져 있어. 이 책을 만든 나라에는 족보라는 게 아직 없는 모양이구나. 차라리 족보나 계보도를 만들어 붙이면 쉽게 알아볼 텐데."

그러나 할머니는 결코 싫증을 내지는 않았다. 할머니의 습관이었다. 무슨 책이든지 읽다가 중간에서 그만두는 법이 없었다. 할머니는 한 달 만에 성경책 한 권을 모두 독파했다. 그리고 이렇게 말했다.

"내가 알고 있던 하늘님이 약간 커지셨다."

하지만 그때 아이는 그 말을 확실하게는 이해할 수가 없었다.

마을에 바보 취급을 받는 사람이 하나 있었다. 이름이 삼룡이었다. 성은 모른다고 했다. 고향도 모른다고 했다. 나이는 백 살이라고 했다. 지능이 약간 모자라는 것 같았다. 그는 일 더하기 일도 백이라고 했고, 백 곱하기 백도 백이라고 했다. 아무리 해가 바뀌어도 그의 나이는 변하지 않았다. 작년에는 백 살이었고 올해는 백 살이며 내년에는 백 살이 될 거였다. 그는 어쩌면 태어나면서부터 자기는 백 살이었노라고 생각하고 있는지도 모를 일이었다. 전쟁이 터지기 몇 해 전에 이 마을로 흘러 들어왔는데 지금은 오달주네 기계방앗간에서 일을 하고 있었다. 대식가였다. 밥을 남보다 세 배 정도는 더 많이 먹어치웠다. 기골이 장대하고 힘이 장사였다. 일을 시키면 남보다 세 배 이상은 능률을 올릴 수가 있었으며 그만두라고 할 때까지 땀을 뻘뻘 흘리며 일하는 충복이었다. 그는 절대로 화를 내는 법이 없었다. 누구든 그의 존재를 아는 체만 해주면 언제나 허연 웃음을 한입 가득 배어 물었다.

마을에서 삼룡이에게 존댓말을 쓰는 사람은 아무도 없었다. 남녀노소를 막론하고 반말로 상대했다. 채 젖이 떨어지지 않은 세 살배기 어린애들까지도 짬농아, 짬농아 하고 함부로 이름을 불러댈 정도였다. 마을 사람들은 삼룡이를 만나기만 하면 놀림감으로 삼으려고 들었다.

삼룡이 자지 용자지. 가래나무에 걸려서 오도 가도 못하네. 아이들은 목청껏 노래를 합창하면서 쫓아다녔다. 주먹으로 때려보거나 발길질을 가해보기도 했다. 그러나 그의 마음속에는 분노라는 것이 전혀 존재하고 있지 않은 것 같았다. 아무리 아이들이 귀찮게 달라붙어도 그저 허연 웃음만 흩날릴 뿐이었다.

삼룡이 자지는 도토리만 하다지. 어른들은 삼룡이를 만나기만 하면 그런 식으로 짓궂은 장난을 걸었다. 삼룡이는 매우 단순하고 정직했으므로 곁에 여자들이 있건 말건 상관하지 않고 거침없이 바지를 벗어 보였다. 그러면 우람한 그의 남근이 천연덕스럽게 드러났고 여자들은 까무러칠 듯이 비명을 지르며 얼굴을 치마폭 속에다 파묻곤 했다. 그는 어린애처럼 순진무구해 보였다.

그는 누구의 말이든 곧이곧대로 믿었으며 누구의 명령이든 아무런 불평도 없이 받아들였다. 소금을 설탕이라고 속여도 의심 없이 입 속에다 털어 넣었으며 아무리 힘든 일을 시켜도 불평 없이 그 일에 충실했다.

그런데 그에게는 아무도 이해할 수 없는 괴이한 버릇이 하나 있었다. 수시로 까마득하게 높은 나무 꼭대기에 올라가 꼼짝도 하지 않고 먼 하늘 끝을 바라보는 일이었다. 그때는 밑에서 아무리 소리를 질러대도 들은 척도 하지 않았다. 아니 정말로 안 들리는 모양이었다. 혼백이 모두 빠져나가버린 사람 같았다. 그는 무려 한 시간 정도나 그런 상태에 빠져 있었는데 그의 모습은 마치 깊은 동면에 들어가 있는 한 마리 수상동물 (樹上動物) 같은 느낌을 불러일으켰다. 저물녘에 보면 먼 중생대의 시조새 한 마리가 노을 진 시간의 강물을 거슬러 올라와 나뭇가지에 날개를 접고 앉아 있는 듯한 느낌도 불러일으켰다.

사람들이 왜 나무 꼭대기에 올라갔었느냐고 물어보면 그의 대답은 언제나 한결같았다.

"올라가보면 알아유."

그러나 그걸 알기 위해서 삼룡이처럼 까마득하게 높은 나무 꼭대기에 올라가 꼼짝도 하지 않고 한 시간 남짓 먼 하늘 끝을 바라볼 정도로 실없는 사람은 아무도 없었다.

오달주라는 사람은 성미가 몹시 포악한 사람이었다. 왜정 때부터 평판이 좋지 않았다. 자신의 영달을 위해서라면 아무리 가까운 사람이라도 왜경에게 넘겨줄 정도로 인간성이 우그러져 있는 사람이었다. 키가 작달막하고 다부져 보였다. 언제나 눈동자에 표독스러운 기운이 감돌고 있었다. 마흔이 훨씬 넘었는데도 아직까지 슬하에 자식이 없었다. 마을 사람들은 하늘이 이제 더 이상 그를 닮은 사람을 세상에 내보내지 않으려고 작정했기 때문일 거라고 쑥덕거렸다. 그는 마치 삼룡이를 마소처럼 다루고 있었다. 조금만 실수를 저질러도 지게 작대기나 장작개비로 무자비하게 삼룡이를 구타했다. 마치 자기가 자식을 낳지 못하는 이유조차도 삼룡이에게 있다고 생각하는 사람 같았다. 매질을 할 때면 광적이었다. 지쳐서 제풀에 팔이 축 늘어져버릴 때까지 난폭하게 매질을 가했다.

그래도 삼룡이는 절대로 반항하거나 도망치지 않았다. 두 손으로 머리통을 감싸 안은 채 쏟아지는 지게 작대기와 장작개비들을 온몸으로 받아내었다.

그러나 그는 공처가였다. 마누라가 한 번 그를 똑바로 쳐다보기만 해도 겁에 질린 강아지처럼 꼬리를 사렸다. 그의 마누라는 체구도 크고 성격도 호탕했다. 남자로 태어났으면 영락없는 장군감이었다. 장군이 못 되었다면 최소한 산적 두목이라도 되었을 거였다. 그러나 정이 많고 사려가 깊은 여자였다. 마을 사람들은 오달주가 오로지 마누라의 덕 하나로 아직까지 목숨을 부지하고 있다고 생각했다. 그는 마을에서 적을 가장 많이 가지고 있는 사람이었다. 마을 사람들의 친인척들을 연줄연줄 들추어보면 왜정 때 그로 인해 심리적으로든 육체적으로든 고초를 당하지 않은 사람들이 거의 없을 정도라는 것이었다.

그런데 어느 날 밤 오달주네 집에 불이 났다. 적산 가옥이었다. 왜정때 군마를 관리 사용하였던 목조 건물이었다. 마을로부터 멀리 떨어진 들판 가장자리에 위치해 있었다. 오달주 내외와 삼룡이와 일꾼 두 명이 살고 있었다. 그러나 다섯 사람이 살기에는 건물이 너무도 커보였다. 면사무소로나 쓰면 어울릴 법한 건물이었다. 기계방앗간과는 약간 떨어져 있었다. 마당이 운동장처럼 넓었다. 주변에 벚나무들이 많았다. 봄이면 벚꽃이 눈부신 햇빛 속에서 눈보라처럼 흩날렸다. 그러나 지금은 앙상한 가지들만 남아 있었다. 음력 이월 초하룻날이었다. 날씨가 몹시 추웠다. 한밤중이었다. 바람이 마적떼처럼 흉포하게 장도를 휘두르며 어둠 속으로 몰려다니고 있었다.

추위로 얼어 죽은 영동할머니가 하늘에서 여러 손님을 거느리고 지상으로 내려온다는 날이었다. 영동할머니는 지상으로 내려올 때 딸이나 며느리를 데리고 내려오는데 딸일 경우에는 날씨가 후덕한 친정어머니처럼 포근하고 며느리일 경우에는 날씨가 박덕한 시어머니처럼 심술궂다는 것이었다. 특히 근년에 이르러서는 줄곧 며느리만 데리고 내려온 모양이었다. 해마다 이맘때만 되면 멀쩡하던 날씨조차도 갑자기 지랄 같아졌다. 이날은 온 마을 사람들이 쑥떡을 만들어 먹었다. 지붕마다 대나무에 한지를 붙여서 만든 반달과 해를 하나씩 꽂아놓았다. 영동할머니는 스무 날 동안이나 지상에 머물러 있다가 하늘로 올라가는데 그 기간 동안 풍재를 면하기 위한 방편이었다.

그러나 쑥떡을 해 먹지 않았는지 반달과 해를 지붕에다 꽂아놓지 않았는지 오달주의 거대한 목조 건물은 화재에다 풍재까지 겹쳐서 전소일로에 놓여 있었다. 불길로 인해 온 들판이 불그스름하게 일렁거리고 있었다. 매캐한 냄새가 마을까지 맡아져 왔다.

"그리도 기세 좋던 오달주도 이제는 신세 조졌군."

"부자가 망해도 삼 년은 먹고 사는 법이라네. 순한 놈은 망하고 독한 놈만 살아남는 세상이라고 큰소리치던 놈 아니었던가."

"마당가에 우물이 하나 있기는 있지만 겨우 그걸로 저 불길을 잡을 수가 있을까."

"온 식구가 둘러서서 오줌이나 불길 속에 내갈기는 게 고작일 걸세."

마을 사람들은 별로 동요하지 않았다. 그야말로 강 건너 불구경이라는 말 그대로였다. 누구 한 사람 양동이에 물을 가득 채워 가지고 달려가는 시늉이라도 해 보이는 사람은 없었다. 그리고 그렇게 하기에는 거리도 너무 멀었다.

"어째서 구경들만 하고 있는가. 원수가 강물에 빠졌어도 일단 건져주고 난 다음에 다시 원수를 갚는 것이 사람다운 행동이거늘 이렇게 구경만 하고 있을 수야 없지 않은가. 불길을 잡기는 이미 틀려버린 일 같네만 행여 사람이라도 다치지 않았는지 걱정이라도 해주어야 할 것 아닌가."

농월당 부인이 당산 언덕을 내려와 마을 사람들을 꾸짖고 나서야 마을 사람들은 들판을 가로질러 오달주의 집을 향해 몰려가기 시작했다. 그러나 현장에 도착해 보니 불길은 이미 건물 전체를 휩싸고 있었다. 아무런 대책도 강구해 볼 수가 없었다. 대책은커녕 가까이 접근조차 할 수가 없었다. 오달주가 입에 버캐 칠을 한 채 고래고래 악을 써대고 있었지만 무슨 내용인지는 도무지 알아들을 수가 없었다. 일꾼 두 명이 그의 양쪽 팔소매를 부축하고 있었으나 그는 그것을 뿌리치려고 발버둥을 치고 있었다. 불길은 거대한 짐승처럼 포효하고 있었다. 혓바닥을 분주히 널름거리며 맹렬한 식욕으로 목조 건물 하나를 먹어치우고 있는 중이었다. 요란한 파열음과 함께 불티들이 폭죽처럼 하늘 높이 솟구쳐 오르고 있었다.

다행히 인명 피해는 없었다. 오달주의 마누라는 부재중이라고 했다. 이틀 전 친정에 볼일이 있어 출타 중이라는 것이었다. 삼룡이는 어이없게도 그런 와중에 벚나무 꼭대기에 올라가 있었다. 일렁이는 불빛 때문에 그의 모습은 몹시 신비스러워 보였다. 그는 미동도 없이 먼 하늘만 바라보고 있었다. 이따금 불티들이 날아올라 잠든 그의 영혼을 깨우기라도 하려는 듯 어지러이 머리 위를 맴돌고 있었다. 바람이 불 때마다 그의 모습은 검은 빨래처럼 불빛 속에 펄럭거리고 있었다.

얼마 후 불길이 조금씩 수그러들기 시작하면서 건물들의 뼈대들이 드러나 보이기 시작했다. 그것들은 하나둘 허물어지고 있었다. 마을 사람들은 침묵을 지킨 채 그 광경을 무표정한 얼굴로 바라보고 있었다.

농월당 부인은 손자의 손목을 잡고 돌아오는 길에 이렇게 혼잣소리로 중얼거리고 있었다.

"역시 세상을 모질게 사는 것이 아니다. 우주가 둥글듯이 인간도 둥글게 살아야 한다고 농월당 선생께서 항시 사람들한테 가르쳤거늘 어찌 마음속에 새겨두지 못하고 저런 변을 당하는고. 하늘은 자비롭게도 누구에게든 지난 일을 후회하면서 한 번쯤 눈물을 흘릴 수 있는 기회를 주시는 법이지만 뉘우칠 수 있을는지 모르겠다."

이날따라 노린재나무 지팡이가 유난히 무겁게 느껴지는 모양이었다. 발걸음이 몹시 느려 보였다.

"삼룡이가 죽는다."

"삼룡이를 살려야 해."

아이들은 마을 공회당에 모여 있었다. 모두들 겁에 질려 있었다. 오달주가 술에 취해 시퍼런 왜낫을 휘두르며 온 마을을 누비고 다닌다는 소문이었다. 삼룡이를 죽이기 위해서라는 거였다. 삼룡이가 불장난을 하다가 자기 집을 고스란히 태워먹었다고 생각하는 모양이었다. 술이 많이 취한 상태라고 했다. 말리던 사람 하나가 어깨에 왜낫을 맞고 피투성이가 된 채로 읍내에 실려 나갔다는 소문도 있었다. 어른들은 사립문 앞에 모여 불안감이 가득한 눈빛들을 주고받으며 낮은 목소리로 오달주에게 저주들을 퍼부어대고 있었다.

"전쟁이 끝났어도 저놈이 한 동네에 살고 있는 한 하루도 마음 편할 날이 없지. 저놈하고 인연 맺어서 득 보는 사람 보지 못했네. 반드시 무슨 악재든지 끼치고야 말지."

"어떤 놈은 재수가 없어서 늑대한테 쫓기다가 호랑이한테 잡아먹히기도 한다는데 저놈 잡아먹는 귀신은 어디 가서 무얼 하고 있는지 모르겠군."

"우리 동네에서 저놈한테 뒤꿈치 안 물려본 놈 별로 없지."

매운 바람이 불고 있었다. 매운 바람 속에 빠른 빗금을 그으며 싸락눈이 흩날리고 있었다.

"삼룡이는 어디 갔을까."

"오달주가 삼룡이를 보기 전에 우리가 먼저 삼룡이를 찾아야 해."

"그 다음엔 삼룡이를 낟가리 속에다 숨겨놓고 우리가 밥을 날라다 주는 거야."

"그래 삼룡이는 우리가 해달라는 것이면 무엇이든 다해주었어."

"우리도 은혜를 갚아야 해."

"낟가리 속에서 자면 밤에는 춥지 않을까."

"내가 작년에 아버지 주려고 삶아놓았던 달걀 한 개를 몰래 훔쳐 먹었다가 낟가리 속에 들어가 하룻밤 자본 적이 있어. 어머니한테 장작개비로 직사하게 얻어터지고 낟가리에서 하룻밤 자봤는데 속에 깊이 들어가면 하나도 안 춥더라구."

"만약 찾아내게 되면 누구든지 까마귀 울음소리를 내는 거야."

"까악. 까악."

"그래 그렇게 하는 거야."

아이들은 저마다 목구멍 가득 까마귀 소리를 채워 넣고는 뿔뿔이 흩어져서 온 마을을 이 잡듯이 뒤져보기 시작했다. 그러나 아무리 찾아보아도 마을에는 없었다. 아이들은 다시 공회당으로 모여들었다. 삼룡이는 도대체 어디 있는 것일까.

"혹시 불타버린 집터에 쭈그리고 앉아 있는 것은 아닐까."

한 아이가 자신 없는 어투로 그렇게 말했다.

"그럴는지도 몰라. 삼룡이는 바보니까."

대장격인 아이가 동의했다. 아이들은 싸락눈이 비껴 날리는 들판을 가로질러 지난밤 전소되어 버린 오달주네 집터를 향해 떼를 지어 내달려 가기 시작했다. 회초리 같은 바람이 아이들의 얼굴과 목덜미를 사정없이 매질하고 있었다.

"까악. 까악."

"까악. 까악."

삼룡이는 거기 있었다. 마당가의 제일 높은 벚나무 꼭대기에 올라가 먼 하늘 끝을 바라보며 꼼짝도 하지 않고 앉아 있었다. 기이한 병이었다. 요즘 들어 증세가 더욱 심해져 있는 것 같았다. 삼룡이는 나무 위에서 미리 자진해서 죽어버린 것은 아닐까. 오달주가 왜낫을 들고 그를 죽이려고 충혈된 눈으로 온 마을을 뒤지고 있다는 사실을 아무리 목청 높여 합창해 주어도 고개 한 번 돌리지 않았다. 미동조차 없었다. 아이들은 하는 수 없이 어른들을 불러오기로 작정했다. 일부는 거기 남고 일부는 마을로 되돌아갔다.

그런데 마을로 되돌아가던 아이들이 농로 중간쯤에서 오달주와 마주쳤다. 숨이 딱 멎어버릴 듯한 긴장감이 불시에 아이들을 사로잡았다. 아이들은 놀란 메뚜기처럼 논바닥에 산지사방으로 흩어져서 죽을 힘을 다해 마을로 도망치기 시작했다. 그러나 오달주는 아이들을 뒤쫓아오지는 않았다. 무슨 욕지거리 같은 것을 혀 꼬부라진 소리로 고래고래 내지르면서 불타버린 자기네 집터 쪽으로 가고 있었다. 큰일이었다.

잠시 후 거기 남아 있던 아이들도 오달주가 왜낫을 들고 자기들을 향해 허청거리며 걸어오고 있는 것을 목격했다. 아이들은 일제히 흩어졌다. 그리고 안전한 거리까지 멀리 도망쳐서 논두렁 밑에다 몸을 숨기고 이따금 눈만 빼꼼히 내밀어 사태의 추이를 관망하고 있었다.

오달주가 벗나무 위에 올라가 있는 삼룡이를 발견하는 데는 시간이 그리 오래 걸리지 않았다. 오달주는 낫을 옆구리에 꿰어차고 벗나무 위로 기어오르다가 몇 번이나 땅바닥으로 미끄러져 나뒹굴었다. 그러다가 그는 지쳐버렸는지 벗나무 밑에 편안한 자세로 퍼질러 앉았다. 장기태세로 들어갈 작정인 모양이었다.

그때였다. 삼룡이가 나무 위에서 몸을 움직이고 있었다. 내려올 작정인 모양이었다. 왜낫에 맞아 죽으려고 환장을 했지. 아이들은 마른침을 삼키며 그 광경을 바라보고 있었다. 농로쪽으로 시선을 돌리니 한 떼거리의 사람들이 바삐 달려 나오고 있었다. 거리로 보아 삼룡이가 왜낫에 맞아 죽고 난 다음에야 도착할 것 같았다.

"얘들아, 돌멩이나 딱딱한 흙덩어리를 하나씩 집어 들어, 그리고 우리한테 신경을 쓰도록 홀림수를 쓰자구. 어떻게 해서든 어른들이 올 때까지 삼룡이를 해치지 못하도록 만들어야 해. 겁낼 것 없다구. 돌멩이를 던지고 도망쳐도 술에 취해서 우리를 쫓아오지 못한다구."

대장격인 아이가 그렇게 소리쳤다. 삼룡이를 살려야 해. 아이들은 저마다 손에 돌멩이나 딱딱한 흙덩어리를 움켜쥐고 다시 오달주네 집터를 향해 내달려 가기 시작했다. 작년에 왔던 오달주 죽지도 않고 또 왔네. 아이들은 불타버린 집터 주위를 맴돌며 돌멩이와 흙덩어리를 오달주에게 던지기 시작했다.

"이놈 시키들!"

아이들의 작전은 성공했다. 술에 취한 오달주는 아이들의 조롱을 견디지 못하고 발칵 성을 내면서 자리에서 일어섰다. 그리고 아이들을 잡기 위해 허청거리는 걸음으로 불타버린 집터 주위를 맴돌며 동분서주하기 시작했다. 그러는 사이 마을에서 달려 나온 어른들이 현장에 도착했다. 그리고 어른들을 데리러 갔던 아이들도 뒤따라 도착했다. 삼룡이는 벚나무에서 내려와 잠시 어리둥절한 표정을 짓고 있었다. 오달주는 사람들에게 둘러싸여 있었다.

"이것들 봐라. 이젠 애새끼들까지 합세해서 나를 조롱해. 그래 나를 둘러싸면 어쩔 거야. 뜨거운 맛을 한번 보고 싶다는 거야?"

오달주가 사람들에게 삿대질을 던지며 그렇게 말했다. 빠드득 이빨 가는 소리가 들려왔다. 소름 끼치는 소리였다. 표독스러운 두 눈에 핏발까지 서려 있었다. 왜 어른들은 그와 정면으로 마주치기만 하면 전신이 굳어져 버리고 말문이 막혀 버리는 것일까. 보이지 않는 데서는 온갖 욕설과 저주를 퍼부으면서도 정작 눈앞에 나타나기만 하면 주눅이 들어버리는 것일까. 지금도 마찬가지였다. 모두들 눈치만 살피고 있었다.

"쥔 아저씨 나 점심 줘야쥬."

그런데 하필이면 이때 삼룡이가 사람들 틈을 비집고 들어와 오달주를 향해 배가 몹시 고프다는 시늉을 해보였다. 일순 오달주의 눈에서 살기가 섬광처럼 스치고 지나갔다. 그의 손이 왜낫을 차고 있는 허리춤으로 가고 있었다.

"쥔 아저씨 나 배고파유."

삼룡이는 응원을 청하는 듯한 눈빛으로 주위 사람들을 둘러보고 있었다. 오달주는 이제 허리춤에서 왜낫을 빼들고 삼룡이에게로 돌아서고 있었다. 아이들이 숨을 죽이며 어른들의 바짓가랑이 사이로 몸을 숨기고 있었다. 왜낫을 든 오달주의 손이 천천히 공중으로 솟구쳐 오르고 있었다. 삽시간에 등골이 써늘하게 얼어붙어버리는 듯한 긴장감이 사방에서 엄습해 들고 있었다. 눈 깜짝할 사이에 피비린내 나는 살인이 일어날 판국이었다.

"네놈 때문이야. 네놈이 재앙을 몰고 내 집에 들어왔어. 네놈은 바보가 아니지. 남의 눈을 속이기 위해 바보 시늉을 하고 있을 뿐이지. 바른 대로 불어. 이 쌍놈의 새끼야. 너도 왜정 때 나하고 원수진 일 있는 놈이냐. 오냐. 네놈이 아무리 힘이 장사라 하더라도 모가지에 이 낫이 박히지 않는지 어디 두고 보자."

왜낫을 들고 있는 오달주의 손이 순간적으로 한 번 솟구쳐 올랐다. 그때였다. 후욱, 지팡이 하나가 바람을 가르며 날아와 오달주의 어깨뼈를 세차게 후려치는 소리가 들렸다. 따악. 흠칫 오달주가 동작을 멈추었다. 그리고 지팡이가 날아온 쪽으로 오만상을 일그러뜨리며 시선을 돌렸다.

"어떤 새끼야!"

인상이 험악하게 일그러져 있었다.

"날세."

농월당 부인이었다.

"이 마을에서 그만한 재력과 기반을 쌓은 사람이 이래서야 쓰겠는가. 약주가 너무 과하신 것 같아서 정신이 들라고 내가 한 대 때렸네. 이해하시게. 사내대장부가 쪼그랑 할망구한테 매 한 대 맞고 원한 사지야 않으시겠지. 어찌 이런 재앙이 닥치리라고 생각이나 했었겠나. 자네도 불시에 당한 일이라 아무한테라도 화풀이를 해야만 직성이 풀리겠지만 이런 때일수록 자중하시게. 삼룡이의 목숨을 어디 자네가 만들었던가. 그 낫은 그만 저리 집어던지시게. 하늘이 삼룡이와 같은 사람을 우리 마을에 보낸 것은 우리로 하여금 삼룡이의 저 순진무구한 심성을 배우라는 데 있네."

농월당 부인이 지팡이를 짚고 허리를 구부린 모습으로 오달주에게 부드럽게 타이르고 있었다.

"저놈이 내 집에다 불을 싸질렀는데도 그냥 살려두란 말씀입니까. 나를 집도 절도 없는 알거지로 만든 놈인데도 그냥 살려두란 말씀입니까."

오달주가 항의하듯 말했다. 애써 격분을 억제하고 있는 듯한 모습이었다.

"자네 지난밤에 어느 방에서 잠을 자다가 변을 당했는가. 내가 여러 사람들한테 이것저것 주워들은 바로는 초저녁부터 만취해 있었다는데."

무슨 생각을 했는지 농월당 부인이 오달주에게 물었다.

"제 방에서 잤습니다. 그건 왜 물으십니까."

"이 할망구가 이래 봬도 몇 가지 하찮은 재주 정도는 가지고 있다네. 그중의 하나가 불이 처음 발생한 장소를 찾아내는 재주라네. 나를 따라오게. 내가 자네한테만 은밀히 그 방법을 가르쳐주겠네. 그때 가서 그 방법대로 자세히 알아본 다음에는 삼룡이를 죽이든지 살리든지 나는 상관하지 않겠네. 자 어서 나를 따라와보게."

농월당 부인이 오달주의 손목을 집터 쪽으로 잡아끌고 있었다. 마지못해 오달주가 주춤주춤 걸음을 옮겨놓고 있었다. 왜 낫은 아직도 오른손에 그대로 들려져 있었다. 사람들이 안도의 숨을 내쉬며 호기심이 가득 찬 표정으로 따라나섰으나 농월당 부인이 손을 휘휘 내저으며 강력히 만류했다.

"자네들은 알 필요가 없는 일이니 그냥 볼일들이나 보시게."

사람들은 궁금해도 어쩔 수가 없는 일이었다. 한 걸음 뒤로 물러나서 조용히 사태의 추이나 관망해 보는 것이 최선책이었다.

농월당 부인은 오달주를 데리고 화재현장을 세밀하게 조사해 보고 있었다. 아직도 여기저기서 실연기가 피어오르고 있었다. 농월당 부인은 지팡이로 타다 만 각목 뼈다귀 따위들을 뒤적거려보거나 잿더미속을 파헤쳐보고 있었다. 그러다가 오달주가 잤다는 방을 유심히 살펴보고 난 다음에야 마침내 이렇게 결론을 내렸다.

"최초에 화마가 발생한 것은 자네 방에서였네. 자네가 술에 만취되어 남폿불을 발길로 걷어찼던 거야. 석유가 쏟아졌을 테고 병풍에 불이 붙었을 테지. 다행히 자네는 술기운에 열이 받쳐서 문을 열어놓고 잤기 때문에 질식하지 않고 살아날 수가 있었네."

농월당 부인은 확신에 차 있는 목소리로 말했다. 오달주의 방이 있었던 자리에 두 사람은 서 있었다.

"도대체 무슨 증거가 있다고 그런 말씀을 하십니까."

"불난 집에 가보면 어떤 경우에든지 특별한 경우를 제외하고는 물체들의 잔해나 재의 형상들이 불난 곳을 가리키며 쓰러져 있네. 경험에 의해서 터득된 재주이지만 자연의 법칙일세. 아무도 부인할 수 없지. 자네 눈으로 한번 자세히 살펴보시게. 바로 저기에 남포가 쓰러져 있는 것을 지팡이로 뒤적거려 찾아내었네. 타다 만 것들이 모두 저곳을 가리키고 있지 않은가."

정말이었다. 제일 먼저 타버린 것들부터 차례로 쓰러져서 그을리거나 재가 된 채로 농월당 부인이 지팡이로 가리키는 방향을 향해 누적되어 있었다. 얼핏 보면 느낄 수가 없으나 자세히 보면 그것을 확연히 느낄 수가 있었다.

"비밀이네. 자네하고 나만 알고 있겠네. 삼룡이에게 부디 너그러운 마음을 가지시게. 이 늙은이의 간곡한 부탁이니 대장부답게 받아들여주시게. 눈알이 뒤집혀질 노릇이지만 어쩌겠나. 인생만사 새옹지마라. 오르막이 있으면 또 내리막도 있는 법이고 내리막이 있으면 또 오르막도 있는 법일세."

농월당 부인은 나지막한 목소리로 타이르면서 오달주의 등을 토닥거려주고 있었다.

"지난밤에는 어디서 주무셨는가."

"기계방앗간에도 방이 하나 딸려 있습니다."

"요기는 했는가."

그러나 오달주는 대답하지 않았다.

"주막으로 가세."

농월당 부인은 오달주에게서 왜낫을 빼앗아 들었다. 눈발이 그쳐 있었다.

"주막으로 가서 나하고 앞으로의 일이나 의논해 보세."

농월당 부인은 앞장서서 걷기 시작했다. 오달주와 삼룡이와 아이들과 어른들이 그 뒤를 따라붙고 있었다. 이날만은 노린재나무 지팡이가 몹시 가볍게 느껴지는 모양이었다. 걸음걸이도 별로 힘겨워 보이지 않는 것 같았다.

그날 밤 농월당 부인은 꿈을 꾸었다.

싸리비로 마당을 쓸고 있었다. 날씨가 음산했다. 하늘을 쳐다보니 시커먼 구름장들이 겹겹이 모여들고 있었다. 구름은 삽시간에 하늘을 가득 메웠다. 세찬 바람에 대숲이 어지럽게 흔들리고 있었다. 대문도 덜컹거리고 있었다. 사방이 어두워지고 있었다. 농월당 부인은 갑자기 두려움에 사로잡혔다. 그때였다. 멀리 동편 하늘에서 주먹만 한 불덩어리 하나가 나타나더니 쏜살같이 허공을 가로질러 오고 있는 것이 보였다. 불덩어리는 거리가 가까워질수록 눈부신 광채를 발했다. 이윽고 농월당 부인의 머리 위 상공에 머물렀을 때는 사방이 대낮처럼 밝아져 있었다. 불덩어리는 잠시 농월당 부인의 머리 위 상공에 정지해 있다가 서서히 원을 그리며 선회하기 시작했다. 공처럼 둥글게 생긴 불덩어리였다. 선회하면서 차츰 형태가 변화되고 있었다. 먹장 같은 구름들이 사방으로 뿔뿔이 흩어지면서 푸른 하늘이 드러나고 있었다. 불덩어리는 원을 그리고 있었다. 선회하는 동안 불덩어리는 숨을 쉬고 있는 것 같았다. 수축작용을 반복하고 있었다. 부피도 엄청나게 커지고 있었다. 그러면서 형태도 조금씩 변화되어 갔다. 불덩어리는 차츰 커다란 새의 형상을 닮아가고 있었다. 날개와 머리와 꼬리와 몸통과 다리들이 단계적으로 뚜렷한 형태를 갖추기 시작했다.

잠시 후 새는 완벽한 형상을 갖추었다. 엄청나게 커다란 새였다. 눈부신 순백색을 띠고 있었다. 한참 동안 새는 날개를 펼친 채로 하늘 한복판에 떠 있다가 차츰 아래로 하강하기 시작했다. 그러더니 농월당 상공을 천천히 세 바퀴 선회한 다음 마당 한복판에 내려앉았다. 그리고 그 큰 날개를 활짝 펼쳐 땅을 짚고 머리를 낮게 조아려 농월당 부인에게 세 번 절했다. 그러더니 훌쩍 날아올라 다시 농월당 상공을 세 바퀴 선회한 다음 동편 하늘 멀리로 사라져갔다. 기이한 꿈이었다.

다음 날부터 삼룡이는 마을에 나타나지 않았다. 다음 날도 또 그 다음 날도 나타나지 않았다. 어디로 갔을까. 아이들은 날마다 목구멍 가득 까마귀 소리를 채워 가지고 온 마을을 이 잡듯이 뒤져보았지만 헛일이었다. 갑자기 온 마을이 텅 비어버린 듯한 느낌이었다.

"네 할아버지께서는 세상만물 중에서 아무리 하찮아 보이는 미물이라고 하더라도 스승 아닌 것이 없다고 말씀하셨느니라. 아주 작은 먼지 한 점조차도 우주의 절대적 요소 중의 하나라고 말씀하셨어. 허나 그런 사실을 실감하려면 우선 마음으로써 모든 사물들을 지극하게 바라보는 태도를 가져야 하느니라. 그리고 되도록이면 자기 자신의 가치를 최대한 낮추어서 바라보아야 하느니라. 흔히 사람들은 개나리 진달래 꽃다지 민들레가 봄에 핀다는 사실들은 잘 알고 있지. 허나 그것들이 겨우내 얼마나 간절하게 햇빛을 그리워한 표정들을 짓고 있는가를 잘 모르고 있어. 마음을 닫아걸고 사물을 바라보는 습관을 가졌기 때문이지. 신학문을 익힌 사람들의 말을 들어보면 마음보다 머리를 더 많이 써서 하는 공부인 것 같더라만 마음공부가 되어 있지 않으면 머릿속에 산더미처럼 들어차 있는 지식인들 대체 무슨 소용이 있겠느냐. 학교에 가서 신학문을 배우더라도 너는 부디 마음공부를 게을리하지 않도록 명심하여라."

봄이 왔다. 아이는 국민학교 일학년이 되었다. 학교는 폭격에 날아가버렸으므로 전교생이 천막교실에서 공부했다. 책상이나 걸상 따위는 없었다. 기다란 송판을 책상 대신 맨땅에다 깔아놓고 엎드려서 공부를 했다. 공부가 끝나면 일학년이건 육학년이건 강가로 나가 자기 머리통 크기만 한 돌멩이를 반드시 하루에 세 개씩 운동장 구석에다 날라다 놓고 나서야 집으로 돌아갈 수가 있었다. 세 개씩을 채운 아이들에게는 선생님이 손목에 완(完)이라는 글자가 새겨진 도장을 찍어주었다. 여름방학이 오면 그 돌로 미군들이 학교를 지어줄 것이라고 선생님들이 말했다.

학교는 마을로부터 오 리쯤 떨어져 있었다. 돌아오는 길에는 언제나 배가 고팠다. 보릿고개였다. 대부분의 아이들이 점심을 굶고 있었다. 도시락을 싸 오는 아이들은 천막 뒤로 가서 자기들끼리 몰래 먹었다. 삶은 감자나 고구마가 대부분이었다.

그러나 노는 데 정신이 팔리면 배고픔 따위는 까마득히 잊어버릴 수가 있었다. 자치기. 진돌이. 깡통차기. 전쟁놀이. 제기차기. 비석치기. 하루 해는 언제나 짧았었다.

여름이 되자 마을 앞 신작로를 가로질러 자주 미군트럭이나 지프차들이 뿌연 먼지를 구름처럼 피워 올리며 질주해 다니곤 했다. 방학 동안에 학교를 지어주기 위해 파견된 미군들이라고 어른들은 말했다. 아이들은 밥을 먹다가도 미군 트럭이나 지프차의 엔진 소리가 아주 멀리서 들려오기만 하면 귀신같이 알고 신작로 쪽으로 사력을 다해 달려 나가곤 했다.

"헬로! 아메리칸! 쪼꼬레또 기브 미!"

아이들이 고래고래 악을 써대며 흙먼지를 뒤집어쓰고 미군 트럭이나 지프차 뒤를 사력을 다해 쫓아가면 미군들은 어김없이 레이션박스 몇 개를 집어던져주곤 했다.

아이들은 황홀감에 젖은 표정으로 레이션박스 주위에 둘러앉아 꼴깍꼴깍 마른침을 삼키며 포장을 뜯었다. 그 안에는 우유, 설탕, 커피, 껌, 성냥, 휴지, 말린 고기, 비스켓, 통조림 따위가 들어 있었다. 아이들은 가급적이면 서로 불평불만이 없도록 최선을 다해 분배해 보지만 언제나 충분치는 않았다. 미군 트럭이나 지프차가 레이션박스를 던지고 간 날은 서로 토라지거나 다투는 일이 많아져 갔다. 때로는 주먹다짐도 불사했다.

아이들은 이제 모여 앉기만 하면 미국에 대해서 이야기했다. 미국 대통령에 대해서 이야기하고 미국 비행기에 대해서 이야기하고 미국 군함에 대해서 이야기하고 미국 사람들에 대해서 이야기했다. 미국 사람이 사는 집에 대해서 이야기하고 미국 사람이 입는 옷에 대해서 이야기하고 미국 사람이 먹는 음식에 대해서 이야기했다. 미국쥐. 미국개. 미국닭. 미국돼지. 미국소. 미국말. 미국벼룩. 미국모기. 미국파리. 그것들은 모두 미국이라는 접두사가 붙어 있음으로써 아이들에게는 절대적으로 신성한 존재들이었다. 아이들에게 있어서는 미국이 곧 천국이었다. 어떤 아이가 에덴동산이 미국에 있으며 예수님이 미국에서 태어났다고 우겼는데도 누구 하나 반론을 제기하는 아이는 없었다. 미국에 대해서 이야기하면서도 아이들의 귀는 언제나 신작로 쪽으로 기울어져 있었다.

"언젠가 네 할아버지께서 앞날을 미리 내다보시고 이 할미에게 일러주시던 말이 생각나는구나. 그대로 전하여줄 것인즉 마음에 깊이 아로새겨두고 부화뇌동하는 일이 없도록 하여라. 네 할아버지께서는 개인과 개인끼리는 서로 온정이 통하는 법이지만 나라와 나라 사이에는 서로 온정이 통하지 않는 법이라고 말씀하셨지. 아무리 하찮은 물건들을 주고받아도 종국에는 반드시 손익계산이 따르기 마련이라는 게야. 대개 강대국들이 약소국들에게 베풀어주는 아니꼬운 온정 속에는 항시 보이지 않는 낚시바늘이 은밀히 감추어져 있는 법이니라. 입질 한 번 잘못해서 그 바늘에 걸리게 되면 좀처럼 빠져나오기가 힘이 들지. 과거 우리나라가 어려운 지경에 처해 있을 때 무슨 엄청난 자비심이라도 베풀듯이 남의 나라 사람들이 던져준 미끼를 덥석 받아먹은 결과가 어떠했느냐. 나중에는 온갖 수모를 다 당하고 나라까지 빼앗기지 않았느냐. 중국이 던져준 미끼도 그러했고 일본이 던져준 미끼도 그러했느니라. 그러나 미국은 좀 다를까. 두고 보아야 알 일이다. 오늘 네가 먹는 그 한 봉지의 우유가루가 몇십 년 후에는 엄청나게 큰 빚더미로 불어나서 몇백 마리의 황소로 갚아야 할 날이 오지 않게 되기만을 빌 뿐이다. 네 할아버지께서는 전쟁이 일어날 것도 미리 알고 계셨고 땅덩어리가 남북으로 갈라진다는 것도 미리 알고 계셨느니라. 남쪽에는 장차 서양 바람이 불어와서 장바닥마다 서양 물건이 판을 치고 의식주 일체가 서양식으로 변할 거라고 말씀하셨지. 그때는 더러운 전염병이 흉흉하게 퍼지고 미풍양속은 거지발싸개 취급을 받게 되며 도덕은 땅바닥에 떨어져서 걸레가 된다는 게야. 신기한 기계에 대해서도 말씀하셨느니라. 그 기계의 모양은 상자곽처럼 생겼는데 단추를 누르면 나라 안은 물론 나라 밖의 소식까지도 눈으로 직접 들여다볼 수 있단다. 그 기계의 이름은 틀애비라고 일러주셨느니라. 유익할 때도 더러 있지만 너무 가까이하면 사람을 천치같이 만들 것이라고 경계하셨느니라. 네 할아버지의 말씀을 부디 소홀히 생각지 않도록 각별히 유념하여라."

그러나 아이의 할머니는 미국을 그리 탐탁지 않게 생각하고 있는 것 같았다.

어느 날 아이가 레이션박스에서 분배받은 커피와 우유와 설탕 한 봉지씩을 집으로 가지고 들어왔을 때 할머니가 아이에게 뙤놈들과 왜놈들이 처음에는 마치 우리나라를 영구 보호해 줄 듯이 자비로운 표정으로 다가와서는 마침내 마각을 드러내고 나라와 백성들에게 얼마나 극악무도한 만행들을 저질렀는가를 아주 소상하게 들려주었다. 뙤놈은 중국 사람을 지칭하는 말이었고 왜놈은 일본 사람을 지칭하는 말이었다. 그 날부터 아이는 레이션박스에서 나온 음식들을 먹지 않았다.

그해 여름은 무더웠다. 날마다 비가 오지 않았다. 날마다 강렬한 햇빛만 내리쬐었다. 논바닥들은 모두 딱딱하게 말라붙어서 등가죽이 쩍쩍 갈라지고 있었다. 벼들이 모조리 말라죽고 있었다. 햇빛만 사방에서 광기처럼 번뜩거리고 있었다. 보릿고개는 지나갔지만 허기만은 여전히 면할 수가 없었다. 몇십 리 떨어진 어느 산간 마을에서는 어떤 임산부가 오랜 굶주림 끝에 아기를 사산하자마자 실성을 해서 태아를 가마솥에다 넣고 삶아 먹었다는 끔찍한 소문까지 나돌고 있었다.

그해 여름 어른들은 유난히 개들을 많이 잡아 먹었다. 개의 목에다 밧줄을 매고 몽둥이를 하나씩 다부지게 움켜잡고 있는 힘을 다해 개를 두들겨 팼다. 개는 목을 졸리운 채로 비명조차 제대로 지르지 못하고 앙다문 이빨을 깡그리 드러내 보이며 눈을 하얗게 까뒤집은 모습으로 발버둥을 치다가 죽어가곤 했다. 벌거벗은 어른들의 등가죽 위로 햇빛이 송진처럼 녹아서 찐득거리고 있었다. 어른들은 혀를 빼물고 사지를 축 늘어뜨린 개에게 불을 붙여서 털을 모조리 그슬린 다음 내장들 중에서 불필요한 부분들을 발라내고 커다란 가마솥에다 오래도록 끓이기 시작했다. 아이들은 돌아다니면서 땔나무들을 조달하는 척하면서 고기들을 얻어먹었고 여자들은 양념을 거드는 척하면서 국물들을 얻어 마셨다. 거의 사흘에 한 마리 꼴로 개들이 죽어나갔다. 여름이 끝나갈 무렵쯤에는 강아지들만 남아 있었다. 닭들조차도 거의 씨가 말라가고 있었다.

아이들은 이제 뱀이나 개구리 따위들을 결코 징그러워하지 않게 되었다. 잡으면 누구나 즉석에서 구워 먹을 수 있는 담력들을 갖추고 있었다. 그러나 나중에는 그런 것들까지도 씨가 말라버렸는지 마을 변두리에서는 좀처럼 눈에 띄지 않게 되었다. 끼니를 제대로 때우지 못해서 영양실조에 걸려 있는 아이들의 얼굴에는 대개 마른버짐들이 얼룩덜룩 반점들을 이루고 있었다. 유난히 잔병치레들도 많았다. 볼거리가 번지기도 했고 학질이 번지기도 했다. 기계충을 달고 다니는 아이도 있었고 도장버짐을 붙이고 다니는 아이도 있었다.

"사람이 제대로 못 먹어서 몸이 허약해지면 당연히 잔병치레가 심해지는 법이니라."

아이의 할머니는 오래전부터 아이에게 호흡을 통하여 우주의 대기운을 축적시키는 방법을 가르쳐왔었다. 단전호흡법이라고 했다. 아이의 할아버지로부터 전수받은 비법이라고 했다. 그리고 비법 덕분인지는 몰라도 아이는 아직 한번도 잔병치레를 해본 적이 없었다. 아이의 얼굴은 언제나 건강하고 해맑아 보였다.

개학이 되어 학교에 가보니 천막교실은 사라지고 없었다. 그대신 새로 지은 학교가 기다리고 있었다. 얼마나 눈부셨던지. 아이들은 마치 동화 속의 궁전이라도 바라보고 있는 듯한 눈초리였다. 운동장 가득 울긋불긋한 만국기가 펄럭거리고 있었다. 기념식이 있었다. 아이들로서는 처음 보는 각 기관의 기관장들이 제복이나 신사복 차림을 하고 근엄한 얼굴로 의자에 앉아 있었다. 양코배기도 몇 명 있었다. 군복을 입지 않은 미국 사람들을 아이들은 양코배기라고 불렀다. 양코배기들 중에서도 사진기를 멘 양코배기는 기념식이 얼마나 엄숙한 분위기를 강요하는 것인가를 아직 잘 모르고 있는 모양이었다. 특히 근엄하신 교장선생님이 훈시를 할 때 어떤 태도를 취해야 하는지를 아직 잘 모르고 있는 모양이었다. 교장선생님이 훈시를 하건 말건 사진기를 들고 조례대 앞을 분주하게 왔다 갔다 하며 사진을 찍어대고 있었다. 조회시간에 아이들이 그랬다가는 줄 밖으로 나가서 무릎 꿇고 손든 채로 조회가 끝날 때까지 견디어야 하는데 미국 사람이니까 선생님들이 주의를 주지 못하고 있는 것 같았다.

기념식이 끝나고 교실로 들어갔다. 근엄한 얼굴을 한 기관장들과 양코배기들도 교실로 들어왔다. 교실에서도 수업을 하건 말건 사진기를 든 양코배기는 수십 번도 넘게 사진을 찍고 있었다.

교실에는 책상도 있고 걸상도 있었다. 칠판도 백묵도 칠판 지우개도 모두 새것이었다. 벽들은 눈부시게 깨끗했고 유리창에도 티끌 한 점 묻어 있지 않았다.

그러나 운동장은 아직 정리가 덜 된 상태였다. 수업이 끝나면 아이들은 운동장의 자갈을 책보 가득 담아서 다시 강가에다 내다 버린 뒤 팔목에 완(完) 자가 새겨진 도장을 받아야만 집으로 돌아갈 수가 있었다. 그래도 아이들은 매우 즐거운 표정들이었다. 선생님은 아이들에게 무려 일주일 동안이나 학교 변소를 사용하는 방법에 대해서 누누이 설명을 해야 했다.

운동장의 자갈을 다 줍고 나서 평탄작업이 시작되었다. 지면을 고르게 만드는 작업이었다. 학부형들까지 가세를 해서 단시일 내에 끝낼 수가 있었다. 이제 학교는 말끔히 단장되어 있었다.

가을이 왔다. 농사는 역시 흉년이었다. 어른들은 가뭄 때문이라고 했다. 학교에서 한 달에 두 번씩 밀가루나 우유가루를 식구 수대로 배급해 주었다. 미국에서 원조해 주는 것들이라고 했다. 때로는 꽃유리 구슬이나 인형, 모형자동차, 팽이 같은 것들도 함께 나누어주었다. 역시 미국에서 원조해 주는 것들이라고 했다. 우유가루를 배급 타 간 날은 대개 온 식구가 설사에 시달렸다. 초근목피로만 연명을 하다가 갑자기 배에 기름기가 들어가서 그렇다는 거였다. 더러는 학용품도 섞여 있었다. 미국연필. 미국지우개. 미국책받침. 미국필통. 미국크레용. 미국자가 붙은 것들은 모두 좋았다. 연필만 해도 그랬다. 국산품은 혀 끝으로 침을 묻혀 힘주어 눌러 써도 글씨가 희미해서 잘 보이지가 않을 정도였다. 그러나 미국연필은 달랐다. 살짝만 눌러 써도 침을 묻힌 것보다 몇 배나 선명하고 부드럽게 씌어졌다. 지우개도 마찬가지였다. 국산품은 잘 지워지지가 않아서 몇십 번을 문질러대도 그 흔적이 남아 있었으며 자칫 잘못하다가는 공책을 찢어먹기 일쑤였다. 그러나 미국지우개는 달랐다. 거짓말을 좀 보태자면 미처 지우개를 갖다 대기도 전에 글자가 지워진다고 말해야 할 정도였다. 아이들은 세상 전체에 존재하는 물건들이 모두 미국화되어 있지 않다는 사실에 차츰 불만들을 느껴가기 시작했다.

미국화되어 있지 않은 나라에 미국화되어 있지 않은 가을이 당도했다. 미국화되어 있지 않은 들판에 미국화되어 있지 않은 벼들이 추수를 기다리고 있었다. 풍요로워 보이지는 않았다. 가뭄으로 인해 벼의 반 이상이 타 죽어버렸기 때문이었다. 흉년이었다. 추수를 끝내고 타작을 하는 어른들의 표정은 전혀 흥겨워 보이지 않았다. 지난 여름처럼 마을 사람들이 개울가에 모여 천렵을 할 정도로 닭과 개들이 커지려면 아직 몇 달은 족히 더 기다려야 할 것 같았다. 그때까지는 배불리 먹을 수 있는 날이 쉽게 오지는 않을 것 같았다. 비상식량을 마련하기 위해 온 가족들이 총동원되어 산이나 들판을 샅샅이 뒤져 나무열매나 풀뿌리들을 캐 모으는 집들이 대부분이었다. 돈이 되는 것들이라면 무엇이든지 만들어서 읍내 장으로 가지고 나가 양식으로 바꾸어보려고 노력했다. 어떤 사람들은 짚으로 멍석이나 소쿠리를 만들어서 내다 팔기도 했고 어떤 사람들은 나무로 지게나 고무래를 만들어서 내다 팔기도 했다.

아이는 작년에도 그랬듯이 할머니와 함께 들판으로 나가 논우렁이를 캐거나 이삭을 주웠다. 들판은 몹시 썰렁해 보였다.

이삭도 별로 눈에 띄지 않았다. 간혹 눈에 띄어 집어 들면 그나마도 쭉정이가 대부분이었다. 우렁이조차도 작년에 비하면 반밖에는 캐낼 수가 없었다. 할머니는 가뭄 때문이라고 했다.

아버지는 여전히 소식 한 장 없었고 할머니의 허리는 작년보다 약간 더 굽어져 있는 것 같았다. 갈가마귀떼가 자주 출몰하고 있었다. 할머니의 말에 의하면 그것들은 겨울의 전령이었다. 그것들이 출몰하면 겨울이 산 너머 바로 가까이에 당도해 있다는 증거였다. 아침저녁으로 날씨가 쌀쌀해지고 있었다. 가끔은 무서리도 내렸다. 배는 고파도 세월은 가고 있었다.

"내일은 좀 멀리 나들이를 다녀와야 되겠으니 너 혼자 집을 지키고 있거라. 며칠이나 걸릴는지는 알 수가 없다. 그동안 행여 배가 고프더라도 가급적이면 비축해 둔 양식은 축내지 말고 끼니때가 되면 바가지를 들고 마을로 내려가 적선 좀 하시오, 하고 소리 질러라. 조금도 부끄러워할 것은 없다. 마을 사람들 반 이상이 한 번쯤은 네 할아버지로부터 음으로 양으로 보살핌을 받은 바가 있느니라. 어려울 때는 피차간에 서로 돕고 사는 것이 인간의 도리인즉 네 입에 풀칠 정도야 무슨 어려움이 있겠느냐. 행여 내가 보고싶거들랑 천부경(天符經) 속에 들어 있는 참뜻을 아로새겨보도록 하여라."

그해 겨울에 할머니는 돌아가셨다.

전날 밤 마을을 한 바퀴 둘러보고 온 다음 할머니가 아이에게 좀 멀리 나들이를 다녀와야 되겠다고 말했을 때도 아이는 할머니의 말 속에 숨겨져 있는 진의를 전혀 눈치챌 수 없었다. 아이는 그저 할머니가 읍내보다 훨씬 멀리 떨어져 있는 어느 마을로 아버지의 소식을 알아보러 갈 계획을 미리 말해 주는 것이라고만 생각했었다. 흔히 있었던 일이었다.

천부경에 대해서도 마찬가지였다. 그저 대수롭지 않게 생각했었다. 평소 할머니는 아이에게 천부경이 하늘과 땅과 사람에 관계되어진 모든 비밀을 푸는 열쇠라고 자주 말해 왔었다. 할아버지로부터 그렇게 전해 들었다는 것이었다.

할머니의 말에 의하면 할아버지는 부와 벼슬을 겸비한 지체 높은 가문의 삼대독자로 태어났는데 어려서부터 머리가 총명해서 다섯 살에 천자문을 모두 익히고 열 살에 사서삼경을 두루 통달했으며 열다섯 살에 금강산으로 들어가 영산거사(詠山居士)에게서 도를 공부한 사람이었다. 사람들의 병을 치료하는 의술에 특히 능했으며 시와 거문고와 수묵화에도 깊은 조예를 가지고 있었다. 부모님이 돌아가신 후 가사를 정리하여 노비들에게 나누어주고 이 마을로 이사를 왔는데 지금 살고 있는 기와집 한 채와 논밭 몇 마지기가 재산의 전부였다. 그리고 논밭 몇 마지기는 아들의 일본 유학을 뒷바라지하느라 거의 다 팔아먹어버렸고 지금은 겨우 채마밭 몇 평만 남아 있다는 것이었다.

할머니는 인근 마을의 평범한 농사꾼 집안에서 잡일이나 거들면서 그럭저럭 세월을 보내다가 마땅한 혼처가 나타나지 않아 혼기를 놓쳐버린 나이가 되어 있었다. 그런데 어느 날 개울가에서 배추를 다듬다가 할아버지의 눈에 띄게 되었다.

할머니는 시집을 온 지 닷새째 되던 날부터 할아버지에게서 글을 배우기 시작했는데 번번이 목침 위로 올라가 종아리를 걷고 할아버지로부터 회초리를 얻어맞곤 했었노라고 회고했다.

"그때마다 얼마나 무안했던지 그만 죽어버리고 싶은 심정이었느니라. 당연히 이를 악물고 공부를 했었지. 참으로 별난 양반이셨다. 남들은 암탉이 울면 재수가 없다고 여자들이 배우는 걸 무슨 우환처럼 생각하는데 그 양반은 암탉이 울어봤자 달걀밖에 더 낳겠느냐는 듯 일반 사람들의 미신을 묵살해 버리셨지. 지금 생각하면 그 은혜가 그야말로 백골난망이 아니겠느냐. 사람이 글을 모르면 양념을 하지 않은 김치와 진배 없느니라."

혼인을 한 지 삼 년이 지나도록 태기가 없었다. 원체 자손이 귀한 집안이라 새벽마다 정화수를 떠놓고 백일기도를 드린 끝에야 아들을 하나 보았다. 사대독자였다. 그러나 할아버지는 큰 인물이 되기는 바라지 말고 건강하게만 키우라고 할머니에게 당부하고는 별로 관심을 기울이지 않는 듯한 표정이었다. 그저 대를 이은 것만으로도 만족스럽다는 듯한 태도였다. 그 후 할아버지는 남은 공부를 마저 해야겠다는 명분으로 자주 집을 나가 명산대천을 떠돌곤 했는데 한번 나가면 사 년이고 오 년이고 종무소식일 때가 많았다. 그러다가 얼굴조차 잘 떠오르지 않을 때쯤이나 되어서야 불쑥 그 모습을 나타내었다.

할아버지가 나타났다는 사실을 알게 되면 마을에 있는 환자들뿐만 아니라 멀리 떨어져 있는 마을의 환자들까지도 지게에 얹혀 오거나 우마차에 실려 왔다. 그때마다 할아버지는 몇 날 몇 밤을 새워 가면서 성심성의껏 환자들을 간병했다.

한가롭게 달이 밝은 밤이면 할아버지는 술잔을 마주하고 시를 읊거나 수묵화를 치거나 거문고를 뜯었다. 대숲들이 일어나 술렁거리고 학들이 마당에 내려앉아 춤을 추었다.

그러나 할아버지는 언제나 석 달 이상은 집에 머물러 있지 않았다. 석 달만 지나면, 잠시 다녀오리다. 가벼이 한 손을 흔들어 보이고 바람처럼 훌쩍 떠나버리곤 했다. 자식의 교육이나 장래에 대해서는 전혀 관심을 기울이지 않고 있는 듯한 태도였다.

"네 할아버지는 애비가 큰 인물이 되기를 기대하지 말라고 하셨지만 나는 빌어먹는 한이 있더라도 자식을 출세시키고 싶은 마음이었느니라. 허나 네 애비는 학교를 다 마치지 못하고 돌아왔다. 거의 고학을 하다시피 했다는데 이역만리 왜놈 땅에서 괄시는 오죽 받았겠으며 마음고생인들 오죽했겠느냐. 견딜 수 없었겠지. 유독 못살게 구는 왜놈 하나를 초주검이 되도록 두들겨 패주고는 학교를 그만둬버렸다고 하더라. 돌아와서는 상심이 너무 커서 한동안 매사에 의욕을 잃고 벙어리처럼 몇 달씩이나 말도 안 하고 지냈느니라. 장가를 보내면 좀 달라질까 싶어서 평소 눈여겨두었던 양갓집 규수와 혼인을 시켰는데 이듬해 네 할아버지가 돌아와서는 느닷없이 모년 모월 모시에 손자가 태어날 것인즉 이름을 은빛 은 자에 잣나무 백 자로 하라고 일러주었느니라. 무슨 뜻이냐고 물으니까 아이가 열 살 이전에 물에 빠져 죽을 운세라 액을 막는 방편으로써 지은 이름이니 절대로 다른 이름을 붙여서는 아니 된다고 신신당부해 두고는 며칠 후 또다시 집을 훌쩍 떠나버리셨지. 신통하게도 그달부터 태기가 있었느니라."

할머니의 말에 의하면, 아이의 어머니는 황달로 죽었고, 몇 년 후 전쟁이 터졌으며, 아버지는 군대를 기피하려고 처갓집에 숨어 있다가 결국 들통이 나서 전쟁터로 끌려 나갔다는 것이었다.

할아버지는 아이의 이름을 지어주고 집을 떠나가버린 뒤로 지금까지 종무소식이었고, 아버지는 전쟁터로 끌려 나간 뒤로 역시 지금까지 줄곧 종무소식이었다. 아이는 할아버지의 얼굴도 아버지의 얼굴도 전혀 기억해 낼 수가 없었다. 단지 할머니의 입을 통해서만 두 사람의 모든 것을 아주 소상하게 들어왔을 뿐이었다.

"네 할아버지가 마지막으로 집에 오셨을 때 내게 반드시 읽어보라고 권하던 책이 있느니라. 바로 '천부경해제'라는 표제가 붙어 있는 책이지."

그 책은 건넌방 서재에 꽂혀 있었다. 천부경이란 단군한아버님의 신하인 신지(神誌)가 전자(篆字)로 옛비석에 새겨놓았던 것을 고운(孤雲) 최치원(崔致遠) 선생께서 묘향산(妙香山) 깊은 골짜기 바위벽에 옮겨놓았다는데 병진년(丙辰年) 구월에 계연수(桂延壽)라는 사람이 발견해서 세상에 알려지게 되었다는 것이었다. 계연수라는 사람은 당시 묘향산에서 도를 닦던 사람인데 그해 가을에 유난히 깊은 골짜기를 걸어 들어가다가 사람들이 잘 다니지 않는 후미진 장소에 이르니 개울가 높은 바위벽에 글자의 흔적들이 보였다고 한다. 손으로 바위에 핀 이끼들을 쓸어내고 보니 글자 획이 분명한 천부경이 나타나는지라 두 눈이 문득 밝아오매 크게 절하고 꿇어앉아 공손한 마음으로 그 글을 읽은 다음 돌아오는 길에는 백 걸음이나 돌을 쌓아 길을 잃어버리지 않도록 표식을 해두고 종이와 먹을 가지고 다시 산 속으로 들어갔으나 길을 잃어버려 동서로 사흘을 헤매다가 산신령에게 빌어 간신히 찾아 얻었다고 한다. 감사하는 마음으로 바삐 한 벌을 탑본했는데 글자가 흐릿하여 다시 박으려 하였더니 홀연히 구름과 안개가 일어나는지라 이에 그만 한 벌만을 가지고 되돌아오게 되었다고 한다.

가로 아홉 글자, 세로 아홉 글자, 모두 여든한 자의 한문 글자로 만들어져 있었다. 계연수라는 사람은, 이 글을 읽으면 재액이 변화하여 길한 상서가 되고, 어질지 못한 이가 변화하여

착한 이가 될 뿐만 아니라 오랫동안 정진하여 도를 이루면 반드시 신선의 경지에 도달할 수 있으며, 비록 어리석은 이라 하더라도 천부경 여든한 자를 간직하고 있으면 가히 재앙을 면하리라고 그의 스승으로부터 전해 들었다는 것이었다.

우주와 삼라만상이 하늘님의 조화신공으로 이루어졌고, 하늘과 땅과 사람의 삼극(三極)이 그 근본에 있어서는 동일한 것이며, 사람의 마음이 태양에 근본하여 하늘과 같다는 원리를 밝혀놓은 글이라고 했다. 아이도 건성으로 한 번은 읽어본 적이 있었다. 우주만물은 무(無)조차도 없는 무(無)에서 하늘님의 섭리를 통해 일어나서 기운을 타고 바탕을 이루며 모습을 갖게 된다고 했다. 그리고 그 쓰임새의 변화는 천차만별일망정 그 근본의 움직임에는 조금도 변화가 없으며 그 본체의 무궁함에 있어서도 또한 조금도 다를 바가 없다는 해제도 붙어 있었다.

천부경의 첫머리는 일시무시일(一始無始一)로 시작되고 있었다. 도란 하나일 따름이라. 그러므로 하나로 비롯하되 하나에서 비롯됨이 없느니라. 도라고 이름하는 그 주체는 하나만 같음이 없고 도에 사무치는 그 오묘함도 하나만 같음이 없을지니 그 하나의 뜻이 오로지 크도다. 무슨 뜻일까. 그러나 아직 아이에게는 무슨 암호와 같은 느낌이었다.

할머니가 돌아가시던 날은 초저녁부터 눈이 내렸다. 처음에는 미세한 것들이 무슨 날벌레들처럼 시나브로 날아 내리더니 몇 시간 후에는 날씨가 조금씩 푸근해지면서 점차 함박눈으로 변해가기 시작했다.

아이가 오줌이 마려워서 눈을 뜨게 된 것은 새벽녘이었다. 꿈에 어느 집 낟가리 뒤에서 오줌을 누려다가 어떤 강렬한 거부감 때문에 눈을 떴다. 아이는 하마터면 바지에다 오줌을 쌀 뻔했다는 생각이 들었다. 꿈속에서 오줌을 시원하게 누고 나면 영락없이 이불이 흥건하게 젖어 있곤 했었다. 꿈속에서도 문득 그 사실을 의식했었다. 다행이로다. 아이는 안도의 숨을 내쉬며 등잔에 불을 붙였다. 그리고 요강에다 시원스럽게 오줌을 누었다. 더 이상 잠이 올 것 같지 않았다. 불현듯 바깥에 눈이 내리고 있을 것 같은 예감이 전신을 휩싸고 있었다. 방문을 열었다. 싸늘한 냉기 한 모금이 폐부 깊숙이 스며 들어와 아직 잠에서 덜 깨어난 감각들을 소스라치게 만들고 있었다. 어둠이 어슴푸레하게 걷히고 있었다. 시간이 침잠하고 있었다. 침잠하는 시간 속으로 함박눈이 쏟아지고 있었다. 밤새도록 내린 모양이었다. 마당 가득 눈이 채워져 마당이 약간 높아져 있는 듯한 느낌이었다. 새하얀 이불이 덮여 있는 것 같았다. 비로소 모든 사물들이 순백의 무덤 속에 피곤한 영혼을 잠재운 채 안식하고 있었다.

아이는 눈이 내리고 있다는 사실을 알리기 위해 할머니를 깨울 심산이었다. 그런데 할머니는 왜 새 옷을 갈아입은 채로 잠이 드신 것일까. 이불도 덮지 않은 채로였다. 할머니는 깨끗하게 다려진 삼베옷을 차려입고 두 손을 맞잡아 가슴에 모은 채 아주 평온한 모습으로 잠들어 있었다. 머리도 단정하게 빗겨져 있었다. 비녀도 꽂혀 있었다. 청결해 보였다. 입가에는 가느다란 미소가 감돌고 있었다.

"할머니, 밖에 눈이 내리고 있어요. 내년에는 농사가 잘 될지도 몰라요. 올해보다 두 배는 더 많이 이삭을 주울 수가 있을 거예요. 할머니, 할머니, 일어나 보시라니까요."

그러나 아무리 소리치고 흔들어 깨워도 할머니는 눈을 뜨지 않았다. 처음에 아이는 할머니가 장난을 하고 있는 것이라고 생각했었다. 그러나 아니었다. 할머니는 맥박도 가슴도 뛰지 않았다. 평소와는 전혀 다른 느낌이었다. 할머니는 텅 비어 있는 것 같았다. 아이의 감정이 전혀 할머니에게 전달되지 않고 있었다. 완전히 타인이 되어버린 듯한 느낌이었다. 할머니가 돌아가셨다, 라는 판단과 함께 왈칵 두려움이 느껴져 왔다. 그것은 거대한 공허 속에서 점차 부풀어 올라 아이의 가슴을 바윗덩어리처럼 짓눌러왔다. 그것은 일종의 공포였다. 마치 온 세상이 텅 비어버린 듯한 느낌이었다. 그 공포의 덩어리는 순식간에 방 안을 가득 메워버릴 정도로 비대해져서 마침내는 아이를 더 이상 방 안에서 혼자 견딜 수 없는 지경에까지 처하게 만들어놓았다. 태어나서 처음으로 느껴보는 감정이었다. 아이는 문을 박차고 나가 마을을 내려다보며 무작정 목이 찢어질 듯 발악적인 목소리로 공포에 질린 울음을 울어대기 시작했다. 새벽잠에 취해 있던 사물들이 새벽 어스름 속에서 술렁거리며 깨어나고 있었다.

집집마다 하나둘 불이 켜지는 것이 보였다. 개들이 짖어대기 시작했다. 잠시 후 마을 사람들이 눈발 속에서 등불을 받쳐 들고 당산 기슭을 올라오고 있는 모습이 보였다. 잠시 후면 날이 밝으리라. 새벽 어스름 속에서 닭들이 번갈아 울어대고 있었다.

아이는 무영강을 향해 걸어가고 있었다. 바람이 심하게 불고 있었다. 그러나 아이는 추위를 전혀 의식하지 못하고 있었다. 할머니의 죽음 이후 아이는 어떤 혼란 속에 빠져 있었다. 모든 사물들이 낯설어 보였다. 일단 할머니의 견해를 거쳐서 아이에게 이해되던 모든 사물들이 이제는 오로지 아이 자신의 견해만으로 이해해야 할 대상들로 다가오기 시작했다. 아이는 갑자기 닥쳐온 이 크나큰 변화에 대해 도무지 어떻게 대처해야 좋을는지 알 수가 없었다. 밤마다 잠이 오지 않았다. 이따금 바람 소리가 들려오고, 대숲 가득 물 소리가 쓸려가고, 부엉이가 울고, 개들이 짖었다. 때로는 사방이 죽은 듯이 고요한데, 처마 밑에 풀썩풀썩 떨어지는 눈더미 소리, 문창호지 가득 얼음물처럼 차디찬 달빛만 고여 있었다. 겨울 밤은 얼마나 막막하고 지루했던가. 아무리 기다려도 날은 새지 않았다. 새벽이면 기온이 급격히 떨어지고 방바닥도 싸늘하게 식어왔다. 이맘때면 항시 군불을 때서 방바닥을 따뜻하게 데워주던 할머니는 곁에 없었다. 마을로 내려가보아도 없고 신작로에 나가보아도 없고 들판에 나가보아도 없었다. 사방을 둘러보아도 할머니의 모습은 보이지 않았다. 할머니는 당산 양지바른 자리에 무덤 하나로 남아 있을 뿐이었다.

마을 사람들이 간소하게 장례식을 치러주었다. 상여는 마을을 한 바퀴 돌아 다시 당산으로 올라갔는데 할머니는 죽기 바로 전날 마을사람들에게, 만약 내가 죽거들랑 당산 양지바른 자리에 묻어달라고 미리 당부해 두었다는 것이었다.

장례식이 끝나고 아이는 고아가 되었다. 낡은 기와집 한 채를 가지고 있는 고아였다. 그러나 낡은 기와집이 아이를 모든 것으로부터 보호해 주지는 않았다. 더러 아이를 불쌍하게 생각하는 사람들이 자기 집에 데려다 잠을 재워준 적도 있었다. 그러나 남의 집에서는 더욱 잠이 오지 않았다. 언제나 가시방석이었다. 차라리 무섭고 쓸쓸하기는 했지만 그래도 마음은 농월당이 훨씬 편했다.

아이는 자주 멍청한 상태에 빠져들곤 했다. 밥 좀 주시오, 끼니때면 아무 집 앞이나 버티고 서서 호기 있게 외치기는 하지만 별로 배가 고프지는 않았다. 하루 한 끼만 동냥하면 이틀 정도는 견딜 수가 있었다. 하지만 무슨 일을 해도 의욕이 생기지를 않았다. 마을 사람들과도 현저한 거리감이 느껴졌다. 아이는 겉돌고 있었다. 도대체 무엇을 어떻게 해야 할지 종잡을 수가 없었다. 문득 할머니의 얼굴이 떠오르면 가슴 복판을 칼 끝으로 찌르는 듯한 슬픔이 스쳐가곤 했다. 이제는 총기마저도 완전히 사라져버린 것 같았다. 과거의 일들이 질서정연하게 기억되지를 않았다. 뒤죽박죽으로 헝클어져 있는 것 같았다. 머릿속도 흐리멍덩해져 있는 듯한 느낌이었다. 책을 읽어도 내용이 선명하지 않았다.

성격도 체질도 변해버린 것 같았다. 방 안에 혼자 앉아 있으면 답답해서 견딜 수가 없었다. 밥 한 끼를 얻어먹고 나면 자주 마을 외곽을 아무런 목적도 없이 떠돌아다니곤 했다.

둑길에 올라서자 무영강이 나타났다. 광활한 백색 벌판이 눈앞에 펼쳐져 있었다. 며칠 전에 내린 눈이 조금도 녹지 않은 채 고스란히 얼음 위에 백설기처럼 덮여 있었다. 눈이 부실 정도로 깨끗해 보였다. 물새의 발자국 한 점조차도 찍혀 있지 않았다.

멀리 백색의 벌판 끝에 운무의 벽이 가로놓여 있었다. 운무의 벽 위로 도량산이 보였다.

아이는 문득 도로무기소 가까이로 가보고 싶은 충동에 사로잡히기 시작했다. 누구의 말이 맞는 것일까. 마을 사람들은 도로무기소에 이무기가 산다고 했고 그 이무기가 내뿜는 콧김이 운무가 되어 서려 있는 것이라고 했다. 그러나 할머니는 달랐다. 강 건너편에는 낭떠러지가 있고 낭떠러지 밑에는 수십 개의 크고 작은 분천들이 운집해 있다고 했다. 그리고 분천에서 뿜어 올리는 더운 김이 운무가 되어 떠 있는 것이라고 했다. 할아버지에게서 들었노라고 했다. 아마도 할아버지의 말이 맞을 것이다. 할머니의 말에 의하면 할아버지는 절대로 남을 속이지 않는 분이었으니까.

그러나 아이는 점차 도로무기소 가까이로 다가가면서 어쩌면 마을 사람들의 말이 맞는지도 모른다는 생각을 하기 시작했다. 바람 때문이었다. 이따금 난폭한 바람의 군단들이 하얀 갈기를 흩날리며 백색의 벌판을 가로질러 마을 쪽으로 내달려 가고 있었다. 갑자기 심해져 가고 있었다. 이무기가 자신의 접근을 저지하고 있다는 생각이 들었다. 발자국을 떼어놓을 때마다 빠드득빠드득 눈이 밟히는 소리가 들려왔다. 자주 얼음이 금 가는 소리가 신음처럼 들려왔다. 아이는 제발 이무기가 용이 되어 하늘로 올라가는 광경을 목격하는 불행이 자신에게 주어지지 않기를 간절히 빌었다. 천 년을 살면 용이 되어 승천할 수 있는 이무기가 자신 때문에 도합 삼천 년을 살아야 한다면 얼마나 이무기는 불쌍한가. 차라리 자신의 눈이 멀어버리는 편이 더 나을 거라는 생각을 했다.

그러나 아이는 이무기가 바람을 일으켜 접근을 저지하지 않더라도 어느 한 지점에 이르러 걸음을 일단 멈추는 수밖에 없었다. 거기서 얼음이 끝나 있었던 것이다.

도로무기소는 아직도 상당히 멀리 떨어져 있어서 아이의 호기심을 만족시켜 주기에는 미흡한 형편이었다. 아이는 그 자리에 쭈그리고 앉아 물 속을 들여다보기 시작했다. 처음에는 아무것도 보이지 않았다. 그저 표면에 일렁거리는 물살들만 보였다. 그런데 한참을 들여다보고 있으려니까 그 물살들이 어떤 구체적인 형상을 가지고 있는 물체처럼 보이기 시작했다. 그것은 물 표면에서 일렁거리는 것 같기도 하고 물 속에서 일렁거리는 것 같기도 한 착시현상을 일으키고 있었다. 마치 이무기가 비늘을 번쩍거리면서 몸을 꿈틀거리고 있는 듯한 형상을 갖춘 적도 있었다. 아이는 그것을 자세히 들여다보기 위해 몸을 최대한 앞으로 기울였다. 그때였다. 우지끈 하는 소리와 함께 얼음이 꺼지면서 아이는 물 속에 거꾸로 처박혀버리고 말았다. 극도의 공포감이 질식시킬 듯이 아이의 의식을 옥죄어왔다. 숨이 막혔다. 필사적으로 손발을 허우적거려보았으나 몸은 자꾸만 얼음 밑으로 떠내려가면서 가라앉고 있었다. 할머니! 부르짖으려는 순간에 아이는 의식을 잃어버렸다.

5

얼마나 지났을까.

아이는 마치 모태 속에 들어앉아 있을 때처럼 평화롭고 온화한 상태로 돌아와 있었다. 그것이 본래의 상태였다. 지금까지 오랜 잠속에 빠져 있었던 것 같았다. 기억이 선명치는 않았지만 몹시 어수선한 꿈을 꾸고 있었다는 생각이 들었다. 막연한 슬픔 같은 것이 꿈의 여운처럼 잠시 아이의 의식 속에 남아 있다가 사라져갔다. 어디선가 푸득푸득 새의 날갯짓 소리가 들리고 있었다. 귀에 익은 소리 같았다. 눈을 뜨니 하늘이 보였다. 눈부신 구름들이 한가롭게 떠 있었다. 금빛 날개를 가진 새들이 아이의 주위를 호위하듯 선회하고 있었다. 처음 보는 새들이었다.

아이는 주위를 찬찬히 훑어보았다. 낯선 강변이었다. 모든 사물들이 비 갠 날 아침 햇빛 속에 젖어 있는 것처럼 신선하고 청결해 보였다. 이따금 명주실처럼 부드러운 바람이 얼굴을 스치고 지나갔다. 그때마다 자디잔 물비늘이 은어떼처럼 수면 위를 반짝거리며 쓸려 다니고 있었다. 끊임없이 꽃향기가 맡아져 왔다. 주변에 꽃나무들이 숲을 이루고 있었다. 더러는 선홍빛 과일들이 주렁주렁 매달려 있는 나무들도 있었다. 과일들은 모두 잘 영글어서 햇빛을 영롱하게 반사하고 있었으므로 마치 과일마다에 불빛이 하나씩 켜져 있는 듯한 느낌을 불러일으켰다. 이상하게도 모든 것들이 낯설었으나 매우 친숙한 느낌을 불러일으키고 있었다. 아주 오래전부터 여기서 살고 있었던 것 같은 느낌이었다. 하지만 전혀 기억해 낼 수가 없었다. 아이는 악몽에서 깨어나 본래의 상태로 되돌아와 있는 것이 아니라 또 다른 악몽 속으로 옮겨져 와 있는 것이나 아닐까 하는 의구심에 잠시 사로잡혀 있었다. 그러나 악몽이라고 하기에는 풍경이 너무도 아름다웠으며 공포심을 유발할 만한 분위기라고는 그 어디에서도 찾아볼 수가 없었다. 오직 평온만이 충만해 있을 뿐이었다. 여기가 저승일지도 모른다는 생각이 들었다. 그때였다. 바로 곁에서 인기척이 들려왔다.

"기분이 어떠냐."

백발노인 하나가 곁에 다가와 있었다. 인자해 보이는 얼굴이었다. 하얀 도포를 걸치고 있었다. 역시 낯선 모습이었으나 오래전부터 매우 친숙하게 지내온 사이 같았다. 모든 것들이 그런 느낌을 주고 있었다.

"여기가 저승인가요."

아이가 노인에게 물었다.

"너는 지금 선계(仙界)에 들어와 있느니라. 지금까지 살고 있던 시공과는 약간 성질이 다른 시공이지. 너는 기억이 잘 나지 않겠지만 하마터면 물에 빠져 목숨을 잃을 뻔했는데 그쪽 세상에서 지은 인연에 의해 무덕선인(無德仙人)께서 너를 구해 이쪽 세상으로 데리고 오셨느니라. 그쪽 세상의 평범한 생명체를 이쪽 세상으로 고스란히 옮겨다 적응시킬 수 있는 능력을 가지신 분은 그리 흔치가 않지. 허나 네 적응력은 이쪽 시간으로 겨우 사흘이 고작이니라. 이쪽 세상에서는 자신이 아름답다고 느끼기만 하면 그 어떤 대상이든 완전합일이 가능한데 우리는 그것을 편재(遍在)라고 일컫느니라. 두루 퍼져 있다는 뜻이지. 우주만물 중에서 아무리 하찮은 것이라 하더라도 각기 나름대로 마음이라고 하는 것을 가지고 있는데 이는 곧 우주를 비추는 거울이며 우리가 태어난 곳으로 되돌아갈 통로이니라. 마을로 가면 무선낭(舞仙娘)이 네게 편재를 가르쳐줄 것인즉 우주와 네가 둘이 아님을 알게 될 것이니라. 사흘 후 무덕선인께서 너를 저쪽 세상으로 다시 데려다주신다 하셨으니 아무 걱정 말고 그때까지 무선낭의 집에서 머물도록 하여라. 무선낭은 먼 전생의 어느 다른 시공에서 네게 마음의 빚을 진

적이 있으니 마땅히 그 인연이 너를 거기에 머물도록 하는 것이라고 무덕선인께서 말씀하셨느니라. 그분은 쌓으신 공덕이 한량없어서 수많은 우주공간 속을 그 어디든 자유자재로 넘나들 수 있는 분이시란다. 지옥의 불길 속에서도 능히 즐거움을 누리며 몇 년씩 노닐듯이 사시다가 다시 다른 곳으로 훌쩍 떠날 수가 있는 분이시지. 이 마을에는 비교적 자주 모습을 나타내 보이시기는 하지만, 그분에 비하면 우리의 어리석음은 아직도 태산 같아서 우리를 둘러싸고 있는 시공 바깥이 있다는 사실을 알면서도 한 치 바깥을 벗어날 재간이 없느니라. 우리는 이제 겨우 네가 살고 있던 차원의 시공 정도를 자유자재로 넘나들 수가 있을 뿐이란다. 비록 네가 살고 있던 세상 사람들보다는 한결 우주의 본질에 가깝게 접근해 있다고 하더라도 우리에게는 아직도 더 해야 할 공부가 남아 있느니라. 여기 머물러 있는 사흘 동안은 친구가 없어서 매우 심심하겠지만 무선낭이 여러 가지로 너를 잘 보살펴줄 것이니라. 우리가 살고 있는 마을에는 너만 한 아이들이라곤 한 명도 없느니라. 백 년에 겨우 한 명꼴로 아이들이 태어나는데 제일 나이가 어린 사람이 바로 무선낭이고 올해 나이가 스물네 살이니라. 춤으로써 가히 엄동설한에도 복사꽃이 만발하게 하고 오뉴월 염천에도 눈보라를 흩날리게 하나니 무극천(無極天)으로 등천(登天)한 공금율선(空琴律仙)이 남기고 간 선맥(仙脈)이니라."

　마을로 가는 도중 하늘을 쳐다보니 금빛 날개를 가진 새들이 줄곧 머리 위를 선회하면서 뒤따라오고 있었다. 학처럼 생긴 새들이었다. 금학(金鶴)이라고 노인이 설명해 주었다.

"너는 지금까지 그쪽 세상에서 겪은 일들을 꿈속처럼 생각하고 있겠지만 그쪽 세상도 이쪽 세상도 모두 꿈이 아닌 실재이니라. 너는 그쪽 세상에서 백학만을 보아왔을 것이다. 백학이 천 년을 살면 몸 전체가 검어져서 현학(玄鶴)이 되고, 현학이 천 년을 살면 몸 전체가 밝아져서 금학이 되느니라. 그쪽 사람들의 번거로운 지식을 모조리 동원해 본다고 하더라도 저 금학의 짧은 깃털 하나조차 제대로 분석해 낼 수가 없느니라. 저 금학은 거의 빛에 가까운 물질들로 이루어져 있으며 자신들의 의지에 따라 언제든지 시간과 공간을 초월해서 천변만화(千變萬化)하는 재주를 가지고 있는 영물이니라. 신선이 백 명모이면 비로소 금학이 한 마리 날아든다고 하니 이쪽 세상에서도 지금처럼 저렇게 여러 마리를 한꺼번에 만나기는 드물고 무덕선인이 머무르실 때를 전후해서 가끔 저렇게 여러 마리가 한꺼번에 출몰하곤 하지. 그쪽 세상의 표현을 빌리자면 금학은 길조(吉鳥) 중의 길조이니라. 이쪽 세상의 지혜로도 금학에 대한 모든 것을 소상히 알 수는 없느니라. 이쪽 세상에서는 거의 모든 것이 편재가 되지만 저 금학과 무덕선인만은 편재가 되지 않느니라. 그리고 그 이유조차도 우리 마을 사람들의 지혜로는 헤아릴 길이 없느니라. 아직도 우리는 나름대로 시간이나 공간의 제약을 받고 있는 존재들이지만 무덕선인과 금학들은 아무런 시간이나 공간의 제약을 받지 않고 전 우주를 넘나든다는 사실만 알고 있을 뿐이니라."

아이는 걸으면서 심신이 몹시 가벼워져가고 있는 듯한 느낌이었다. 전혀 자신의 체중을 느낄 수 없었다. 무중력 상태 같았다. 마음만 먹으면 구름처럼 하늘에 새하얗게 흩어져서 떠다닐 수도 있을 듯한 느낌이었다. 자갈을 하나 집어 들었다. 전혀 무게가 느껴지지 않았다. 그런데도 아무런 거부감이 느껴지지 않았다. 당연한 것 같았다. 무게란 사물들이 가지고 있던 일종의 속임수처럼 느껴졌다. 부피도 높이도 길이도 넓이도 마찬가지일 것 같았다. 얼마 전까지만 하더라도 그런 것이 있는 것처럼 느껴지는 공간 속에서 어처구니없게도 악몽을 꾸고 있었다는 생각이 들었다. 아이는 어느 순간에 문득 자신이 자갈을 만지고 있는 것이 아니라 자갈이 자신을 만지고 있는 듯한 착각 속에 빠져들었다. 손바닥에 가만히 힘을 주어보았다. 자갈의 감촉이 느껴지기는 하는데 전혀 견고한 물질이 아닌 것처럼 생각되었다. 금방이라도 스르르 녹아서 손바닥 속으로 스며 들어가버릴 듯한 느낌이었다. 너무나 생생한 느낌이었다. 그러나 아이는 그 느낌을 떨쳐버리듯 멀리로 돌팔매를 날렸다.

노인은 아이를 데리고 숲을 지나고 개울을 건너고 언덕을 넘었다. 거대한 오동나무숲이 나타났다. 그 오동나무숲은 너무나 거대해서 마치 암록빛 산이 자라 오르고 있는 듯한 느낌을 불러일으켰다. 그 암록빛 산 가운데 아담하고 평화로운 초가 마을 하나가 들어앉아 있었다. 하늘 위에도 오동나무 위에도 지붕 위에도 금학들이 날아다니고 있었다. 그 속에 현학과 백학들도 간간이 섞여 있었다. 도인 백 명이 있으면 겨우 금학 한 마리가 날아든다고 노인이 말했었다. 그리고 무덕선인이라는 사람이 머물 때를 전후해서야 이렇게 많은 금학을 구경할 수가 있다고 말했었다. 도대체 무덕선인이라는 사람은 누구일까. 아이는 불현듯 궁금해지기 시작했다.

"묵림소선(墨林素仙)께서 아이를 데리고 오시었소."

노인이 아이를 데리고 마을로 들어서자 사람들이 하나둘 몰려들어 아이를 에워싸기 시작했다. 그러나 아이들은 한 명도 보이지 않았다. 노인들과 어른들만 눈에 띄었다. 모두들 새하얀 천으로 만들어진 옷들을 입고 있었다. 마치 고치 속에서 갓 깨어난 흰나방의 여린 속날개처럼 부드럽게 하늘거리는 천이었다. 한결같이 준수한 모습과 아름다운 얼굴들을 가지고 있었다. 여자들도 남자들도 마찬가지였다. 노인들은 모두 자세가 바르고 단정해 보였다. 학처럼 고아해 보이는 모습들이었다. 주름살도 별로 없었다. 언제나 얼굴 가득 인자스러운 미소가 배어 있었다.

"이 아이가 무덕선인께서 건져내셨다는 아이인가요."

"우리와 같은 박덩굴에 열려 있는 박덩어리라 하시었소."

"그럼 이 나이에 벌써 달을 한 번 집어삼켰단 말인가요."

"아직은 매미 울음이 시끄러우니 때가 아니오."

"매미야 철마다 우는 것은 아니니 곧 박 속이 여물겠지요."

아이를 데리고 온 노인을 마을 사람들은 묵립소선이라고 불렀다. 노인은 마을 사람들과 몇 마디를 나눈 다음 아이를 데리고 마을을 벗어났다. 광막한 호수가 눈앞에 펼쳐졌다. 아까부터 금학 한 마리가 뒤를 따라오며 저공으로 선회하고 있었다. 호숫가에 오두막집 한 채가 낮잠에 취해 있었다. 노인은 아이를 데리고 오두막집으로 다가갔다.

"무선낭(舞仙娘) 계시는가."

노인의 말이 미처 끝나기도 전에 오두막집이 깜짝 놀라 낮잠에서 깨어나고 있었다. 방문이 열렸다. 역시 고치 속에서 갓 깨어난 흰나방의 여리고 부드러운 날개처럼 하늘거리는 옷을 걸친 여자 하나가 맨발로 섬돌 밑을 내려서며 노인에게 공손히 허리를 숙여 보였다. 그녀의 양쪽 손목과 허리춤과 양쪽 발목에는 작은 은빛 방울들이 매달려 있었다. 그러나 소리는 나지 않았다. 아이는 아직까지 그토록 아름다운 자태를 가진 여자를 한번도 본 적이 없었다. 마을에서 본 여자들도 모두 아름다워 보였지만 그중에서 무선낭의 아름다움을 따를 만한 여자는 한 명도 없을 것 같았다. 도대체 어디서 보았을까. 분명히 낯익은 얼굴이었다. 아이는 문득 달려가 안기고 싶은 충동에 사로잡혔다. 그러나 아무리 골똘히 생각해 보아도 어디서 본 얼굴인지 도무지 기억이 떠오르지 않았다. 단지 얼음물같이 시린 슬픔 한 모금만 가슴 밑바닥에 젖어들고 있을 뿐이었다. 근원을 알 수 없는 슬픔이었다. 너울너울 백학 몇 마리가 호수 위를 가로질러 가고 있었다. 수면 위로 그림자도 너울너울 따라가고 있었다.

"바로 이 도련님이시군요."

"알아보시겠는가."

"삼백 년 먹구름 속에 해맑은 달 하나가 잠겼습니다."

"사흘 동안 청명한 날씨가 계속될 것이니 복사꽃 향기가 더욱 짙을 것이다."

노인은 가벼이 손을 한 번 흔들어 보이고는 바람처럼 오던 길을 되돌아 사라져갔다. 그때까지 아이는 망연히 무선낭의 얼굴을 쳐다보며 가슴 밑바닥에 얼음물처럼 시리게 고여드는 슬픔의 근원을 찾아 헤매고 있었다. 끊임없이 짙은 꽃향기가 맡아져 왔다. 오두막 주변으로 꽃나무들이 꽃사태를 이루고 있었다. 사방이 고요했다. 마당가에 평상이 하나 설치되어 있었다. 아이는 평상에 앉아 있었다. 무선낭이 가야금을 꺼내 가지고 와 아이와 마주 앉았다. 그녀의 가느다란 손가락들이 팽팽한 가야금줄 위에 내려앉고 있었다. 나지막하게 음악 소리가 들리기 시작했다. 아이는 무선낭의 얼굴만 바라보고 있었다. 마음이 평온해져 왔다. 시간이 정지해 있는 것 같았다. 정지해 있는 시간 속에서 무선낭의 가야금 소리만 허공을 떠돌아다니고 있는 것 같았다. 아무 생각도 들지 않았다. 의식이 텅 비어 있는 것 같았다.

해가 지고 있었다. 해의 부스러기들이 호수 가득 떨어져 금빛 비늘을 뒤척이며 쏠려 다니고 있었다. 하늘이 불타고 있었다. 불타는 하늘을 가로질러 현학 몇 마리가 마을로 귀소하고 있었다. 땅거미가 조금씩 짙어지고 있었다. 무선낭의 가야금 소리도 차츰 숨을 죽여가고 있었다. 해가 호수 건너편 산 너머로 완전히 자취를 감추어버리자 무선낭의 가야금 소리도 완전히 끝이 났다. 어둠이 성큼성큼 호수를 건너오고 있는 모습이 보였다. 무선낭은 대체로 말이 없었다. 그러나 아이는 아무런 불편도 느껴지지 않았다. 다시금 모태 속에 들어앉아 있을 때의 행복감 같은 것이 아이의 전신을 감싸고 있었다. 아무것도 먹지 않았는데도 전혀 목이 마르거나 배가 고프지 않았다.

밤이 되자 만월이 벽오동나무숲 위로 떠올랐다. 무선낭은 호숫가 풀밭으로 아이를 데리고 나갔다. 풀밭 여기저기에는 한 줌씩 달빛을 흩뿌려놓은 듯 풀꽃들이 반짝거리고 있었다. 그녀는 처음에 미풍에 흔들리는 봄밤의 수양버들 가지처럼 조금씩 흔들리기 시작했다. 갑자기 주위의 모든 사물들이 숨을 멈추고 그녀를 주시하기 시작했다. 그녀는 맨발이었다. 그녀의 양쪽 손목과 허리춤과 양쪽 발목에 매달려 있던 은빛 방울들이 비로소 아름다운 소리들을 나지막하게 발하기 시작했다. 그녀는 우아하고 정적(靜的)인 동작으로 춤을 추고 있었다. 그녀의 팔소매가 한 번씩 허공을 스칠 때마다 아름다운 방울 소리가 들려왔고 그 방울 소리들은 이내 하늘로 올라가 별이 되었다. 그녀의 희디흰 맨발이 풀밭 위를 스칠 때마다 아름다운 방울 소리가 들려왔고 그 방울 소리들은 그녀의 맨발이 스친 자리마다 풀꽃이 되어 피어났다. 아이는 그녀의 모습이 몹시 아름답다는 생각을 했다. 이 세상뿐만 아니라 온 우주를 다 뒤져보아도 그녀가 가지고 있는 아름다움에 비길 만한 것이 없을 거라는 생각이 들었다. 온 우주에 존재하는 그 어떤 것도 그녀가 있는 한은 아름다울 수밖에 없다는 생각도 들었다. 일체의 미움과 더러움이 불시에 사라지고 가슴 안이 환하게 밝아져 있는 듯한 느낌이었다.

그때였다. 갑자기 아이는 무선낭과 자신이 합일되어 있음을 의식하게 되었다. 무선낭이 되어 춤을 추고 있는 자기를 또 하나의 자기가 바라보고 있었다. 무선낭을 바라보고 있는 자기 속에도 무선낭이 들어 있었다. 아이는 자신이 편재되어 있음을 비로소 의식하기 시작했다. 사방을 둘러보니 만월 속에도 호수 속에도 풀꽃 속에도 자신이 편재되어 있었다. 전체에도 편재되어 있었고 부분에도 편재되어 있었다. 나무에도 잎에도 꽃에도 열매에도 대궁에도 뿌리에도 자신이 편재되어 있었다. 무선낭과 함께였다.

사흘이 꿈결같이 지나가버렸다.

정오쯤에 묵림소선이 무선낭의 집을 방문했다.

"오늘은 떠나야 하느니라."

묵림소선이 아이에게 말했다.

"알고 있습니다."

아이가 공손한 목소리로 대답했다.

묵림소선과 무선낭과 아이는 평상가에 나란히 앉아 무덕선인을 기다리기 시작했다.

햇빛은 화창했으나 바람이 불고 있었다. 꽃잎들이 흩날리고 있었다. 눈보라 같았다. 바람이 불 때마다 짙은 꽃향기가 맡아져 왔다. 암록빛 벽오동나무숲들이 꽃향기에 멀미를 앓으며 쓰러지고 있었다. 바람 때문인지 새들은 한 마리도 보이지 않았다.

"무선낭의 춤을 보았느냐."

노인이 물었다.

"보았습니다."

아이가 대답했다.

"사람이 만나고 헤어지는 일에 우연이란 결단코 없는 법이니라."

묵림소선은 아이에게 다음과 같은 이야기를 들려주었다.

"전생의 아주 먼 옛날 어느 마을에 춤에 신명이 들린 처녀 하나가 있었느니라. 마음씨 착한 총각 하나가 그 처녀를 사모하여 몸져누울 정도가 되었는데 총각의 부모들이 수완 좋은 매파 하나를 물색해서 천신만고 끝에 혼약을 맺기에까지 이르렀느니라. 헌데 때마침 마을을 지나가는 예인(藝人)의 무리가 있어 여러 가지 무악(舞樂)과 재주들을 펼쳐 보이게 되었더란다. 운명이란 아주 질긴 실로 정교하게 짜놓은 그물 같은 것이지만 처녀는 그것을 거역하고 말았느니라. 예인들이 보여주는 여러 가지 무악과 재주들 앞에서 처녀는 완전히 넋을 잃어버리고 말았느니라. 비로소 처녀의 몸속에 도사리고 있던 춤의 신명이 기지개를 켜기 시작했느니라. 처녀는 마음이 들떠서 아무 일도 손에 잡히지 않았고 아무 생각도 할 수가 없었느니라. 그저 예인들의 모습만 눈 앞에 어른거릴 뿐이었느니라. 처녀는 앞뒤를 가늠해 볼 겨를도 없이 예인들의 무리를 따라 마을에서 자취를 감추어버리고 말았느니라. 그날부터 처녀의 모습은 마을 어디에서도 찾아볼 수가 없게 되었느니라. 그 사실을 안 총각은 몇 달간을 시름시름 몸져누워 있다가 어느 날 마음을 다잡아먹고 집을 나서게 되었더란다. 그리고 처녀를 찾아 온 천하를 떠돌기 시작했더란다. 허나 총각은 끝끝내 처녀를 만날 수가 없었느니라. 낯선 객지를 이리저리 떠돌다가 종국에는 눈 속에 파묻혀 동사하고 말았느니라. 처녀는 예인의 무리 속에 섞여서 춤을 추는 즐거움 하나로 총각의 일 같은 건 까마득하게 잊어버리고 있었더란다. 일반 사람들은 예인의 무리들을 천민으로 취급하던 시대였느니라. 허나 일반 사람들 수천 명 중에 과연 눈 밝고 귀 밝은 자가 몇몇이나 되던고. 그들이 보여주는 여러 가지 무악과 재주 속에는 항시 하늘의 뜻을 사람에게 전하고 사람의 뜻을 하늘에다 전하는 진언이 숨겨져 있건만 단지 눈멀고 귀 먼 자들이 그 뜻을 밝히 헤아리지 못할 따름이라. 그들은 자연 일반 사람들과는 쉽사리 어울리지 못하고 자신들끼리 무리를 지어 유랑생활을 했느니라. 그들은 어떤 것에든 예속되기를 싫어했고 위엄과 격식을 갖추기를 스스로 부끄러워하는 무리들이었느니라. 그들은 아름다움을 각별히 추앙하는 무리들로서 재주는 많았으나 욕심은 적었느니라. 꽃 따라 구름 따라 단풍 따라 바람 따라 정처 없이 떠돌면서 자신들이 가진 재주들을 일반 사람들에게 보여주고 곡식이나 물건을 마련해서 생계를 이어가는 무리들이었느니라. 허나 그들의 무리 속에 도를 아는 자가 있어 춤으로써 적멸보궁에 이르는 길을 처녀에게 가르쳐주었느니라. 처녀의 춤은 신묘하여 가히 보는 사람의 혼백을 날아오르게도 만들고 녹아 흐르게도 만들 수가 있었느니라. 처녀는 죽어서 판관 앞에 이르렀는데 판관이 최종적으로 내린 판결은 이러하였느니라. 비록 처녀가 춤으로써 만물을 아름다운 혼백으로 물들일 수 있다고는 하더라도 목숨이 다할 때까지 자신을 연모한 사람의 혼백이 어디를 떠돌고 있는지조차도 모르고 있으니 아무리 춤이 아름답다고 한들 무슨 소용이 있겠는가. 자신을 가장 사랑하는 사람을 춤 때문에 길바닥에서 얼어 죽게 만들었으니 아직도 그 춤은 완성된 아름다움을 나타내 보일 수가 없도다. 암흑지천(暗黑之天)을 떠돌게 하여 남을 간절히 사모하는 마음을 알게 하리라. 그리고 그대의 배필이 다시 인간으로 환생하는 때를 기다려 그대의 춤도 하늘의 큰 쟁반에 담으리라. 판결에 의해 처녀의 혼백은 암흑지천으로 떨어졌는데 삼백 년 동안 단 한 순간도 속죄하는 일념을 끊은 적이 없으므로 이를 가상하게 여기신 공금율선께서 선력(仙力)으로써 그 혼백을 거두시고 당신의 딸로 환생케 하시어 선계에 머무를 수 있도록 자비를 베풀어주시었느니라."

묵림소선이 말을 마치자 바람이 잠잠해지기 시작했다. 무선낭은 여전히 말이 없었다. 호수 가득 꽃잎들이 떠 있었다.

"사람에게는 눈이 네 가지가 있는데 첫째는 육안(肉眼)이요 둘째는 뇌안(腦眼)이며 셋째는 심안(心眼)이고 넷째는 영안(靈眼)이니라. 너는 어느 눈으로써 무선낭의 춤을 보았느냐."

묵림소선이 아이에게 물었다.

"눈멀고 귀 멀어 아무것도 듣고 보지 못했습니다."

아이가 대답했다.

"큰 도둑이 들었다 나가는도다."

노인이 말했다.

아이는 무슨 뜻이냐고 묻지 않았다. 이미 알고 있는 듯한 표정이었다.

"나도 그쪽 세상에 전할 소식이 있어 그림을 한 장 그려 가지고 왔느니라."

묵림소선은 금빛 통 하나를 들고 있었다. 그 속에 족자 하나가 들어 있었다. 족자 속에는 그림이 그려져 있었다. 금학 한 마리가 날개를 활짝 펼치고 벽오동나무 위로 내려앉고 있는 그림이었다. 벽오동나무 아래서 동자 하나가 그 광경을 무심히 쳐다보고 있었다. 묵림소선은 마당가에 서 있는 꽃나무 가지 끝에다 족자를 걸어놓았다.

"좋으냐."

묵림소선이 아이의 곁으로 다가와서 그림을 손가락으로 가리켜 보였다.

"좋아요."

아이가 대답했다.

묵림소선이 그림을 향해 손바닥 하나를 내밀어서 가벼이 흔들어 보이고 있었다. 그러자 이상하게도 그림 속의 금학이 푸득푸득 날개를 움직이기 시작했다. 꽃가지가 흔들리고 있었다. 꽃잎들이 떨어지고 있었다.

금학 한 마리가 그림 속에서 날갯짓을 하며 그림 바깥으로 빠져나오고 있었다. 금학은 그림 속을 빠져나와 상공을 낮게 몇 번 선회한 다음 묵림소선의 어깨 위에 내려앉았다. 묵림소선은 금학에게서 버들잎만 한 깃털 하나를 뽑아내었다. 족자를 넣어두는 비단통 끝에는 비단주머니 하나가 매달려 있었다. 묵림소선은 그 비단주머니 속에다 금학의 깃털을 넣어주었다. 묵림소선이 어깨를 한 번 추스르자 금학은 다시 상공을 낮게 몇 번 선회한 다음 족자 속으로 날아들어가 처음과 똑같은 자세로 동작을 정지했다. 그 여운으로 다시금 꽃가지가 흔들리고 있었다. 꽃잎들이 떨어지고 있었다.

"이 금학의 깃털은 네가 여기를 다녀갔다는 정표이니라. 돌아가면 네 아버지를 만날 수가 있을 것이니라. 허나 네 머리카락이 하얗게 세게 될 것인즉 그것만은 무덕선인께서도 어찌할 수가 없다고 하셨느니라."

묵림소선이 말을 마치자 하늘에서 갑자기 파도 소리 같은 것이 들려오기 시작했다. 백학과 현학과 금학 수천 마리가 떼를 지어 출몰하더니 마을 상공을 천천히 선회하기 시작했다.

"무덕선인께서 너를 다시 저쪽 세상으로 보내주기 위해 이리로 오고 계시느니라."

묵림소선이 새들의 동태를 살피더니 그렇게 말했다.

잠시 후 수십 마리의 금학들에게 둘러싸여 한 사람이 걸어오고 있는 모습이 보였다. 무선낭의 집 주변은 온통 백학과 현학과 금학 속에 둘러싸여 있었다. 사방에서 새의 날갯짓 소리가 들려오고 있었다. 묵림소선과 무선낭이 땅에 엎드려 예를 표하고 있었다. 아이도 그들처럼 땅에 엎드려 예를 표했다.

"일어나시오."

가까이서 목소리가 들려왔다. 묵림소선과 무선낭이 몸을 일으키고 있었다. 아이도 따라서 몸을 일으켰다. 그때였다. 저쪽 세상의 기억 한 부분이 비로소 아이의 머릿속에 선명하게 떠올랐다.

"삼룡이!"

아이는 자신도 모르게 그렇게 부르짖었다. 무덕선인은 틀림없는 삼룡이의 모습 그대로였다.

6

"마리 앙투아네트라는 이름을 들어보신 적이 있으십니까."

장일현 박사가 물었다.

"없는데요."

강은백이 대답했다.

"그 여자도 하룻밤 사이에 머리가 하얗게 세어버렸다는 설이 전해 내려오고 있습니다. 이 현상을 인정하는 사람들은 정신적 충격 때문에 모근의 혈액순환이 나빠지고 그로 인해 모발의 피질세포가 이완되어져 피질 안의 유압된 공기에 빛이 전반사하기 때문에 생겨나는 현상이라고 주장합니다. 하지만 현실 속에서 그런 실례를 직접 볼 수 있는 기회는 거의 없습니다."

봄이었다. 강은백이 입원한 지 육 개월이 지나 있었다.

"마리 앙투아네트라는 여자도 저와 비슷한 체험을 했었던 모양이지요."

장일현 박사는 환자가 여전히 망상에서 헤어나지 못하고 있다고 생각하고 있었다.

"마리 앙투아네트라는 여자는 프랑스 왕 루이 십육세의 왕후였습니다. 열네 살 때 결혼했지요. 작은 요정이라는 별명을 가지고 있었습니다. 그러나 검소한 국왕에 반하여 사치와 허영이 지나치게 심했습니다. 뿐만 아니라 그 여자는 여러 남자들을 연인으로 거느리기도 했었습니다. 우리나라에는 암탉이 울면 집안이 망한다는 속담이 있습니다. 그 여자는 이백여 년 전에 그 속담이 결코 허언이 아님을 프랑스라는 나라에서 몸소 입증시켜 준 여자였습니다. 프랑스 혁명 직전 재정 적자가 심각했을 때 하나의 떠들썩한 사건이 발생했습니다. 세칭 다이아몬드 사건이라는 것이었습니다. 당시 로앙 추기경은 그 여자의 총애를 얻기 위해 그 여자가 일찍이 가지고 싶어하던 엄청난 가격의 다이아몬드 목걸이를 구입하여 중개인이었던 라모트 백작부인에게 넘겨주었는데 그 백작부인은 왕후에게 그 목걸이를 전달하지 않고 런던에서 매각해 버림으로써 세인들에게 알려지게 되어 궁정에 일대 파란을 불러일으키게 되었습니다. 왕후의 사치와 무질서는 왕실 재정이 위기에 봉착해 있을 때였으므로 왕권에 대한 국민과 귀족들의 반감을 촉진시켰고 마침내는 프랑스 혁명을 발발시키는 도화선이 되었습니다. 그 여자는 시민봉기로 탕플탑에 유폐되어 국고를 낭비한 죄와 오스트리아와 공모하여 반혁명을 시도했다는 죄명으로 마침내 단두대의 이슬이 되고 말았습니다. 그런데 전날 밤 자신이 사형되리라는 사실을 알고 하룻밤 사이에 머리가 하얗게 세어버렸다고 합니다. 백발현상이란 일반적으로 멜라닌 형성 중절에 의해 머리털이 하얗게 세는 현상입니다. 모모(毛母)에 있는 색소세포가 멜라닌 생산을 정지함으로써 모발색소가 결핍되거나 소실되는 경우에 생겨납니다. 때로는 선천적으로 멜라닌을 만들어낼 수 없는 경우도 있습니다. 하지만 대개 생리적 노화 현상이나 여러 가지 질병들이 그 원인이 되는 수가 더 많습니다. 급성열성병, 쇠약정신병, 영양실조, 정신신경병 그리고 뇌하수체나 갑상선 등의 내분비질환 같은 것이 백발현상의 원인이 됩니다. 마리 앙투아네트나 강은백 씨도 분명 그러한 원인들에 의해서 머리가 하얗게 세었을 겁니다."

장일현 박사는 자신이 알고 있는 치료방법들을 모두 동원해서 환자를 망상의 늪으로부터 건져내려고 육 개월 동안이나 노력해 왔다. 그러나 환자는 망상의 늪에서 헤어나기를 스스로 강력하게 거부하고 있었다. 환자의 상태는 처음 이 병원에 입원했을 때와 조금도 달라진 것이 없었다. 더 이상 악화되지도 않았고 더 이상 호전되지도 않았다. 환자는 만성화되어 있었다. 단시일 내에 완치될 가능성은 전혀 보이지 않았다.

그러나 장일현 박사는 최근에 이르러 이 환자에 대해 자신이 어떤 용단을 내릴 때가 되었다는 생각을 굳히기 시작했다. 그는 환자가 전혀 호전을 보이지 않는데도 불구하고 퇴원을 시키는 방안을 검토해 보고 있었다.

의사의 입장으로 볼 때 강은백은 명백한 환자였다. 의사는 그것을 치료해 주어야 할 의무를 가지고 있었다.

장일현 박사는 정신질환자를 치료하기보다는 수용하는 입장을 취하고 있는 일부 사립 정신병원이나 국공립 정신요양원들의 실태에 대해 몹시 우려를 표명하고 있는 전문의 중의 하나였다. 그는 정신질환자를 사회로부터 격리시킴으로써 사회의 질서와 안녕을 유지시킬 수 있다는 생각을 가진 사람들을 혐오하는 의사 중의 하나였다. 일부 병원이나 요양원들이 치료에 별다른 진전도 없는 상태에서 장기간 환자들을 사회로부터 격리 수용하고 있다는 사실에 대해 그는 의사로서 어떤 죄책감까지 느끼면서 살아온 사람이었다. 정신병 환자는 문자 그대로 정신이 아픈 사람이지 결코 죄를 저지른 범법자가 아니라고 그는 생각하고 있었다. 정신병 환자들이라면 무조건 공격적이거나 위험을 내포하고 있다고 생각하는 일반 사람들의 잘못된 인식도 문제였다. 정신병 환자들은 오히려 마음이 여리고 폭력을 두려워하며 열등의식에 사로잡혀 있는 경우가 대부분이었다. 적절한 치료만 받으면 사회로 돌아가 얼마든지 타인과 정신적인 공동생활을 해나갈 수가 있었다. 다리를 절단했다고 몸 전체의 기능을 상실했다고 판단할 수는 없었다. 마찬가지로 정신 어느 부분에 일시적인 결함이 생겼다고 정신 전체의 기능을 상실했다고 판단할 수는 없었다. 따라서 공격성도 없고 위험성도 희박한 환자를 단지 정신질환자라는 이유만으로 장기간 병원이나 요양원에 격리 수용해야 한다는 발상은 전적으로 수정되어야 한다는 것이 장일현 박사의 견해였다.

"다른 환자들이 강은백 씨를 무슨 교주처럼 추종한다는데 그게 사실입니까."

장일현 박사가 강은백에게 물었다. 농담하듯 가벼운 목소리였다. 탁자 위에 순금빛 햇볕 한 장이 평행사변형으로 깔려 있었다. 유리창 밖으로 개나리가 피어 있었다.

"그건 정반대입니다. 제가 오히려 모든 사람들을 교주처럼 떠받들어 모시고 있습니다. 제 할머니께서는 언제나 저 자신의 위치를 가장 낮추어 생각하라고 말씀하셨습니다. 그렇게 하면 세상만물 중에서 아무리 하찮은 것이라 하더라도 제게 가르침을 주는 스승이 된다고 말씀하셨습니다. 저는 언제나 할머니의 말씀을 명심하며 살아가려고 노력하고 있을 뿐입니다."

강은백의 대답이었다.

"퇴원하고 싶지 않습니까."

"몸은 새장 속에 갇혀 있어도 마음은 언제나 창공을 자유롭게 날아다니고 있습니다."

"금학이 되어서 말입니까."

"파리가 되어서입니다."

"왜 하필이면 더러운 파리입니까."

"불교에서는 파리를 더럽다고 가르치지 않습니다. 파리는 만 사물에 붙어서 우주의 안과 밖을 이야기할 수 있는 곤충이라고 가르칩니다."

"역시 부처님은 인간에게 각종 질병을 옮기는 파리에게까지 관대하시군요."

그러나 강은백은 불교 신자가 아니었다. 그는 대체로 여러 종교를 두루 인정하는 입장을 취하고 있었다. 각기 나름대로의 특성을 가지고 같은 곳으로 향해 가고 있을 뿐이기 때문이라는 것이었다.

그는 육 개월 동안 아직 한번도 병원규칙을 어겨본 적이 없으며 의사의 지시를 어겨본 적도 없었다. 모든 일과표를 능동적으로 수행했으며 매우 성실하고 헌신적인 태도로 병원생활에 임하고 있었다. 그는 말하자면 모범환자였다. 병원에서도 만약 통지표라는 것을 지급해 준다면 그의 행동발달 사항은 모두 '가'를 주어야 마땅할 것 같았다.

대부분의 환자들이 그를 좋아했다. 식당에서도 복도에서도 휴게실에서도 그는 언제나 교주처럼 그의 추종자들에게 둘러싸여 있었다. 때로는 서로 그의 곁에 앉으려고 환자들끼리 멱살잡이까지 일어날 정도였다. 병원종사자들까지도 그를 좋아했다. 그는 사람의 마음을 평온하게 만들어주는 어떤 마력 같은 것을 지니고 있다는 것이었다. 그가 입원한 이후로 놀라울 정도로 환자들의 상태가 호전을 보이는 것도 이상한 일 중의 하나였다.

그러나 의사의 입장에서 볼 때 그는 망상에 의해서 모든 사고와 언어와 행동을 이끌어나가고 있으므로 냉정하게 말하자면 사람을 평온하게 만들어주는 그의 어떤 마력 같은 것도 그가 나타내 보이는 일종의 증세에 불과한 것이었다. 그는 단지 자신의 망상을 사실로 입증시켜 보이기 위해 의도적으로 타인들의 호감을 살 만한 일거리들을 찾아내어 나름대로 최선을 다하고 있을 뿐이었다. 어떤 환자 하나는 약을 먹는 일이 곧 독살당하는 일이라고 생각하는 것처럼 발악적으로 약 먹기를 거부했었다. 강제로 약을 먹이고 나면 그는 즉시 목구멍 속에다 손가락을 집어넣고 토해버리기 일쑤였다. 토해버리면 약만 바깥으로 튀어나와주지는 않았다. 온갖 오물들이 함께 쏟아져 나와 시멘트 바닥을 더럽히곤 했다. 그리고 그것을 말끔히 치우는 것은 언제나 강은백이었다. 수간호사 미스 윤의 말에 의하면, 환자들이 병원종사자들의 말에는 온갖 구실을 붙여 반박하는 습성을 가지고 있어도 그의 말이라면 무슨 어명처럼 떠받들어 순종한다는 것이었다. 폭력을 휘두르거나 공격성을 내포한 환자들도 그와 가깝게 지내기만 하면 상태가 급격히 좋아지는 것 같았다. 관리실에 찾아와 무엇인가를 맹렬히 비난하고 분노에 찬 목소리로 이야기할 때, 병동 안을 초조한 모습으로 급히 왔다 갔다 걸어다닐 때, 마치 무슨 긴요한 말을 할 듯 관리실 앞을 우왕좌왕하면서도 막상 물어보면 강경한 태도로 대답을 회피해 버릴 때, 갑자기 비명을 지르기 시작할 때, 병실에 누워 베개를 쥐어뜯으며 혼자 흐느껴 울 때, 병실 안으로 들어가 밖으로 나오지 않으려고 바리케이트를 칠 때, 광대처럼 기괴한 모습으로 화장을 할 때, 쓰레기통이나 창틀 위로 올라가 내려오지 않으려고 할 때, 병실 물건을 함부로 내던지는 등 난폭한 행동을 보일 때, 한자리에 똑바로 서서 꼼짝도 하지 않고 험악한 표정으로 치료자를 노려볼 때, 타인들과 돌아가면서 계속적으로 말다툼을 일삼을 때, 벽에 머리를 쾅쾅 부딪힐 때, 심각한 태도로 남에게 위협적인 말을 할 때, 부서진 의자의 다리나 면도날 따위의 무기를 들고 병동 안을 돌아다닐 때―대개 환자들은 폭력을 휘두를 위험성을 내포하고 있었다. 그러나 강은백이 입원한 이후로 그런 증세를 보이는 환자들이 급격히 줄어들어 있었다. 장일현 박사는 그것을 강은백에게 매력을 느낀 환자들의 군중심리에 의한 일시적 현상에 불과하다고 생각하고 있었다.

장일현 박사가 그의 퇴원을 생각하게 된 것은 그가 비록 망상증 환자임에는 분명하지만 능히 타인들의 삶에 해를 끼치지 않고 사회생활을 무리 없이 해나갈 수 있다고 판단했기 때문이었다. 그의 경우라면 망상에서 깨어나지 않는 편이 오히려 행복할 것이라는 생각도 들었다. 그는 이제 망상과 현실을 잘 결합해서 살아가는 방법을 자기 나름대로 터득하고 있었으며, 오히려 그것이 깨뜨려지면 그에게는 지금 상태보다는 한결 좋지 않은 불행이 초래되어질 것임이 분명했다. 그는 지나치게 동정심이 강하고 타인을 신뢰하는 경향이 있지만 그렇게 함으로써 자신의 마음이 평화로워진다고 생각하는 청년이었다. 망상증 환자들 중에는 두 가지 경우가 있었다. 한 가지 경우는 망상에 의해서 고통을 당하는 경우이고 다른 한 가지 경우는 망상에 의해서 즐거움을 느끼는 경우였다. 강은백의 경우는 후자였다. 그러나 장일현 박사가 그의 퇴원을 염두에 두게 된 것은 그의 초연함 때문이었다. 그는 다른 망상증 환자들과는 달리 그의 망상을 부정하는 사람들에게도 변함없이 그 초연함을 유지시킬 수 있는 장점을 가지고 있었다. 그리고 다른 환자에 비해 망상에 병적으로 집착하는 경향도 두드러져 보이지 않았다. 그는 망상과 현실 사이를 오가며 자신을 정상인처럼 컨트롤할 수 있는 능력도 구비하고 있었다.

"병실로 돌아가서도 좋습니다. 오늘 면담은 이것으로 끝입니다."

장일현 박사가 강은백에게 말했다.

목요일이었다. 삼십 분 후에 별관에서 사이코드라마가 있을 예정이었다.

"두목님이 뭐라고 합디까."

강은백이 병실로 돌아오자 자유를 노래하는 시인 김도문 씨가 물었다. 두목님이란 환자들이 원장인 장일현 박사를 지칭하는 말이었다.

"별로 중요한 이야기는 아니었습니다."

"강형 같은 사람이 정신병 환자라면 나는 온 세상 사람들이 정신병 환자가 되기를 바라겠소."

김도문 씨는 아직도 강은백에게 경어를 쓰고 있었다. 아무리 말씀을 낮추시라고 애원을 해도 소용이 없었다. 그는 두 달전부터 완전히 정상적인 상태로 돌아와 있었다. 이제 그는 침대 밑에 숨어서 잠을 자지도 않았고 날마다 자기 이름을 바꾸지도 않았으며 더 이상 노현경이라는 여자도 기다리지 않았다. 바람 부는 콩밭이라는 암호도 사라져버렸다. 장일현 박사는 그에게 퇴원을 종용했지만 그는 다시 사회로 돌아가기를 강력하게 거부했다. 사회로 돌아가면 자기는 하루도 못 가서 재발이 되어 다시 입원하게 될 것만 같다는 것이었다.

그는 요즘 열심히 시를 쓰고 있었다. 자신이 자유를 노래하는 시를 쓰기에는 정신병원이 가장 적합하다는 것이었다. 이제 그는 장기자랑 때가 되어도 엘뤼아르의 「자유」라는 시를 환자들에게 낭송해 주지는 않았다. 그 대신 자신이 쓴 「자유」라는 연작시들을 환자들에게 낭송해 주기를 좋아했다. 그 자신이 쓴 연작시들을 정신병 환자들에게 낭송해 줄 때 그의 표정은 언제나 행복감에 젖어 있었다. 그는 자기를 만약 강제퇴원시켜 버리면 자살하고 말겠노라고 장일현 박사에게 결의에 찬 목소리로 엄포를 놓은 적까지 있을 정도였다. 정신병원이야말로 자신이 마음 놓고 자유를 노래할 수 있는 최적의 조건들을 갖춘 장소라는 것이었다. 그를 여기서 내쫓는 것은 시를 시궁창 속에다 처박는 일과 마찬가지라고 그는 말했다. 그는 쇠그물이 쳐져 있는 봄의 창살 밑에서 날마다 온 정신을 집중시켜 원고지 속에다 자유라는 이름의 씨앗들을 심어 넣고 있었다.

"사이코드라마 보러 가실 겁니까."

김도문 씨가 물었다.

"가야지요."

강은백이 대답했다.

"그 여자도 갈까요."

김도문 씨는 앞 병실 쪽을 눈짓으로 가리키며 난감한 표정을 지었다.

바로 앞 병실인 이백십삼호에 별난 환자 하나가 보름 전부터 입원해 있었다. 여자였다. 스물네 살쯤 되어 보이는 나이였다. 교양도 있어 보이고 얼굴도 곱상해 보이는 여자였다. 그러나 겉으로 보기와는 딴판이었다. 백색혐오증(白色嫌惡症)으로 입원하게 되었다는 소문이었다. 별난 병명이었다.

그녀는 흰색만 보면 광기가 발동하는 증세를 가지고 있었다. 그녀는 병원에 존재하는 모든 흰색들을 맹렬히 혐오했다. 흰색만 보면 무조건 찢거나 부수거나 더럽혀놓아야만 직성이 풀리는 여자였다. 그녀가 입원수속을 끝내고 이백십삼호에 입실되어지던 날부터 병원은 초비상 사태에 돌입했다. 그녀가 병원종사자들의 흰색 가운과 병원 내부의 흰색 벽에다 립스틱으로 '좆'이라는 글자를 써넣으며 돌아다니기 시작했기 때문이었다. 의사들의 등에도 간호사들의 옆구리에도 붉은색 '좆'들이 매달려 있었다. 벽에도 커튼에도 붉은색 '좆'들이 매달려 있었다.

"그래 이 좆같은 놈들아. 나는 잡년이다. 술집 작부다. 어쩔 테냐. 도대체 순수가 뭐 말라비틀어진 거야. 순수가 밥을 먹여주니 등록금을 대주니, 죽으면 썩어질 몸뚱아리 공부하고 싶어서 시궁창에 내던졌다. 그래. 나는 더러운 년이고 순수하지 못한 년이다. 어쩔 테냐."

그녀는 명문여대를 졸업한 재원이었는데 어느 법대 출신의 남자와 열애 끝에 결혼을 했지만, 재학 당시 학비를 벌기 위해 잠시 요정에서 술시중을 들었던 사실이 발각되어 결혼한 지 한 달 만에 이혼을 당한 뒤로 갑자기 발병을 하기 시작한 모양이었다.

그녀는 절대로 하얀색 약을 먹지 않았다. 그래서 언제나 강제로 먹여야 했다. 그녀는 병실 바깥으로 나오기만 하면 마치 백색과 전쟁을 벌이듯이 용의주도한 눈초리로 사방을 샅샅이 수색해서 백색이 눈에 띄는 대로 가차 없이 공격을 가해버리곤 했다. 면담실 커튼이 찢어지거나 세면대가 깨지거나 립스틱으로 쓴 '좆'들이 생겨나기 시작했다.

그녀는 강은백과 천적관계에 놓여 있었다. 강은백을 보기만 하면 물어뜯을 듯이 달려들었다. 강은백은 언제나 혼비백산 도망쳐버리기 일쑤였다. 그러면 그녀는 고래고래 소리를 질러대며 강은백의 뒤를 쫓았다. 머리카락 때문이었다.

"왜 도망치는 거냐. 이 더러운 놈. 머리카락이 새하얗다고 뱃속까지 새하얀 줄 아니. 사내새끼들이란 너나 없이 뱃속이 시커먼 놈들이야. 나는 네놈의 머리카락만 보면 메스꺼워서 견딜 수가 없어. 사내새끼들은 하얀색만 순수한 줄 알고 있지만 그건 아직 순수가 뭔지를 모르고 있기 때문이야. 알고 보면 하얀색만 순수하지는 않아. 파란색은 파란색대로 순수하고 노란색은 노란색대로 순수한 거야. 똥색은 똥색대로 순수하고 밤색은 밤색대로 순수한 거야. 개눈에는 똥만 보이고 부처님 눈에는 부처님만 보이는 거야. 거기 서란 말야. 내가 네 머리카락을 모조리 집어 뜯어주겠어."

그러나 아직 한번도 그녀의 숙원은 이루어지지 않았다. 언제나 강은백이 날렵한 몸놀림으로 그녀의 시야에서 사라져버리기 때문이었다. 하지만 별관 공연장에서 사이코드라마가 진행되는 도중 그녀가 강은백의 뒤통수라도 발견하고 달려들게 된다면 속수무책일 것 같았다.

"건너편 환자들은 증세가 심한 편이니까 관람자 명단에서 빠져 있을 겁니다. 대개의 사이코드라마 속에는 신경정신과

의사들이 한 번쯤은 등장하기 마련인데 그 여자가 가운에다 립스틱으로 천박한 글자 하나를 휘갈겨 쓰도록 두목님이 그대로 내버려둘 사람인가요."

강은백이 말했다.

건너편 병실에 입원해 있는 환자들은 대체로 증세가 심한 편이었다. 이백십일호에 있는 환자는 오십이 약간 넘어 보이는 중년신사였는데 자신을 차기 대통령이 될 것이라고 굳게 믿고 있었다. 강은백이 입원하기 전부터 있었던 환자였다. 대부분의 환자들이 석 달 이내에 완치되어 퇴원하는 병원이었다. 치료자들도 모두 실력이 있다고 평판이 나 있었고 시설도 그만하면 최상급에 속한다는 병원이었다. 그러나 차기 대통령은 좀처럼 집권욕을 포기하지 않았다. 그는 가끔 장일현 박사를 향해 이렇게 말하곤 했다.

"장선생. 병원을 운영하는 일에 어려움 같은 것이 있으면 한 번 말해 보게. 내가 반드시 보사부장관에게 일러서 선처토록 하겠네. 그러니 자네는 두 눈 딱 감고 나를 찍어야 하네. 알겠는가."

그러면 장일현 박사는 깊이 머리를 조아려 보이며 이렇게 말하곤 했다.

"각하께서 출마를 포기하시는 일 하나만으로도 소인은 나라를 건진 것으로 알겠습니다."

차기 대통령은 누구 앞에서나 뒷짐을 진 자세를 갖추고 위엄 있는 목소리로 명령을 내리곤 했다. 육군 중사로 제대한 그는 부모님이 물려주신 고향의 논밭전지를 다 팔아서 어느 국회의원의 선거운동을 했었는데 그만 낙선이 되는 바람에 알거지가 되었다는 것이었다. 게다가 그는 세 명의 아들 중 두 명을 모두 월남전에서 차례로 잃어버린 모양이었다. 두 번째 전사망통지서를 받아드는 순간에 그의 부인은 실신상태로 섬돌에 머리를 부딪혀 뇌진탕으로 사망해 버리고, 그는 어느 날 갑자기 신에 의해 차기 대통령으로 공천이 된 모양이었다. 그는 병원종사자들과 환자들에게 분에 넘치는 부와 권력을 약속하고 선거 때 반드시 자기에게 깨끗한 한 표를 던져주기를 누누이 당부하기를 잊지 않았다. 어떤 환자들은 그의 곁에 붙어서 벌써 국무총리 행세를 하려 들고 참모총장 행세를 하려 드는 사람들도 있었다. 모두 건너편 병실에 있는 환자들이었다. 그들은 왜 대학생들이 날마다 기를 쓰고 데모를 하는지 전혀 모르고 있었다. 어쩌면 차기 대통령을 국민들이 직접 뽑을 수 있는 기회가 오지 않을지도 모른다는 사실을 조금도 의식하지 못하고 있었다.

"내가 차기 대통령이 되면 자네가 쓰고 싶은 시를 마음대로 쓰도록 허락하겠네."

어느 날 김도문 씨에게 차기 대통령이 남발한 공약이었다.

"만약 차기 대통령을 직접선거로 뽑는다면, 그리고 저 사람이 정말로 출마한다면, 비록 저 사람이 구제불능의 정신병 환자라 하더라도 나는 저 사람을 찍을 거요. 내가 쓰고 싶은 시를 마음대로 쓰도록 허락하겠다니 얼마나 눈물겨운 배려입니까. 시인의 아픔을 이해할 수 있는 대통령은 만백성의 아픔도 이해할 수가 있습니다."

그 말을 들은 김도문 씨가 강은백에게 해주던 말이었다. 비록 정신병 환자의 허언(虛言)이기는 했지만 김도문 씨는 매우 즐겁고 행복한 기분에 들떠 있는 것 같았다. 그런데 차기 대통령은 건망증이 몹시 심한 모양이었다. 며칠 후에는 자신의 공약을 일방적으로 뒤엎어버렸다. 그리고 이런 망발도 서슴지 않았다.

"시라는 건 아무짝에도 쓸모가 없는 걸세. 시를 아무리 다량으로 생산해 낸다고 하더라도 그걸로 백성들의 배를 채울 수는 없는 노릇이지. 차라리 대기업의 회장 자리를 하나 줄 터이니 궁상스러운 시 따위는 지금부터라도 쓰레기통 속에다 집어던져버리게."

김도문 씨는 그 말을 듣자 순식간에 얼굴에서 핏기가 사라져버렸다. 그때 강은백은 처음으로 김도문 씨의 화내는 모습을 보았다. 김도문 씨는 분노로 몸 전체를 부들부들 떨고 있었다.

"뭐라고 말했어. 이 무식한 정신병자야. 다시 한 번 아가리를 놀려봐. 이 세상에서 아무리 높은 놈이라고 하더라도 시를 모독할 수는 없어. 이 세상이 왜 이토록 험악해졌는 줄 알아.

시를 사랑하는 마음들을 가지고 있지 않기 때문이야. 만약 하늘을 향해 한 점 부끄럼 없기를 잎새에 이는 바람에도 나는 괴로워했다는 시인의 가슴을 모두가 느낄 수만 있다면 이 세상에 최소한 전쟁이나 증오 따위는 존재하지 않았을 거야. 인간이 시를 모른다는 사실은 곧 죄악이야."

김도문 씨는 차기 대통령의 멱살을 움켜잡고 미친 듯이 흔들어대기 시작했다. 차기 대통령은 잠시 넋 나가버린 듯한 표정을 짓고 있었다. 강은백이 달려들어 억지로 멱살 잡은 손을 풀었고 차기 대통령은 켁켁거리는 기침 소리를 남기며 슬금슬금 꽁무니를 빼고 있었다. 겁먹은 얼굴이었다. 그때부터 차기 대통령과 김도문 씨 사이도 천적관계가 되어버렸다. 그 무렵부터 김도문 씨는 현저하게 빠른 속도로 피해망상증에서 벗어나기 시작했는데 최근에 이르러서는 시인과 시를 모독하지 않는다면 누구에게나 붙임성 있는 태도를 보이고 있었다.

철커덕!

잠시 후 출입문의 자물쇠 풀리는 소리가 들렸다. 사이코드라마를 관람하기 위해 별관으로 가야 할 시간인 모양이었다. 오늘 드라마의 제목은 '종이 해바라기'였다. 유명한 연극배우 한 명이 출연한다는 소문이어서 여자 환자들은 아침부터 요란하게 화장을 하고 하루 종일 시계만 쳐다보고 있었다는 소문이었다.

별관에 다다를 때까지 두 사람은 다행히 백색혐오증에 걸린 여자나 차기 대통령을 만나는 불상사를 겪지는 않았다. 그들은 예상대로 아마 관람자 명단에서 제외된 모양이었다.

"저 어쩌면 가까운 시일 내에 퇴원하게 될는지도 몰라요."

별관 가까이에 이르자 강은백은 나지막한 목소리로 김도문 씨에게 말했다.

"두목님이 그럽디까."

김도문 씨가 물었다.

"면담시간에 제가 느낀 예감입니다."

강은백의 대답이었다.

별관 뜨락에 봄 햇빛이 박살나 있었다. 환자들이 공연장 안으로 들어갈 생각을 하지 않고 박살난 햇빛 조각을 밟으면서 해바라기만 하고 있었다. 김도문 씨의 얼굴은 약간 쓸쓸한 빛을 띠고 있었다. 노랑나비 한 마리가 환자들의 머리 위를 나풀나풀 날아다니고 있는 것이 보였다.

그로부터 나흘 후 강은백은 장일현 신경정신과병원에서 퇴원했다. 퇴원이 결정된 사실을 안 것은 밤 열 시쯤이었다. 저녁 식사 후 투약 시간에 그가 지급받은 약들은 종전에 지급받던 약들과 판이하게 다르다는 느낌을 받았다. 그러나 그는 개의치 않았다. 처음 한 달간은 병원에서 지급해 주는 약들을 한 번도 빼놓지 않고 자신이 복용했지만 그 이후부터는 줄곧 쓰레기통에게 복용시켰던 것이다. 약을 먹고 나면 머리가 무겁고 무기력해지면서 계속 잠만 왔다. 잠에서 깨어나면 심신이 구정물 속에 들어앉아 있는 것처럼 혼탁한 느낌이었다.

"강은백 씨는 약이 모자라서 오늘부터 소화제만 드리기로 했어요."

무슨 비밀이라도 누설하듯 약을 지급하던 간호사가 나지막한 목소리로 귀띔해 주던 말이었다.

그날 밤 열 시쯤에 출입문의 자물쇠가 풀리는 소리가 들렸다. 그는 침대 위에서 이불을 뒤집어쓰고 누워 있었다. 잠이 잘 오지 않았다. 문이 열리고 형광등 스위치가 켜지는 소리가 들렸다. 구두 발자국 소리 하나가 천천히 그의 침대 가까이로 다가오고 있었다.

"강은백 씨, 일어나서 퇴원 준비하세요."

원무과 직원 한 명이 그의 어깨를 흔들고 있었다. 그는 자리에서 몸을 일으켰다. 예감대로였다. 아침부터 그는 퇴원하게 될는지도 모른다는 예감에 사로잡혀 있었다. 김도문 씨는 나지막하게 코를 골고 있었다. 깊이 잠들어 있는 것 같았다. 깨우려고 했으나 원무과 직원이 강력하게 만류했다. 밤늦은 시간에 퇴원시키는 것은 다른 환자들이 모르도록 하기 위한 병원 측의 배려라는 것이었다. 환자들이 퇴원하는 광경을 보게 되면 간혹 심리적인 동요를 일으켜서 며칠간 치료에 지장을 초래하게 된다는 것이었다. 그는 몹시 서운했지만 원무과 직원의 태도가 너무나 사무적이고 강경했으므로 어쩔 수가 없었다.

그는 족자가 들어 있는 황금빛 비단통을 꺼내 어깨에 둘러메고 옷가지들과 사물들을 가방 속에다 챙겨 넣었다. 형광등을 끄기 전 출입문 앞에서 뒤를 돌아다보았다. 자유를 노래하는 시인 김도문 씨는 창백한 얼굴로 잠들어 있었다. 쓸쓸해 보였다. 그가 정신병원 바깥에서 마음 놓고 자유를 노래할 수 있기를 빌어주었다.

"원장님이 기다리십니다. 퇴원하는 환자가 있는 날은 퇴근을 늦게 하시지요. 동생이라는 여자분도 원장실에서 기다리고 계십니다."

원무과 직원의 말이었다.

희연이가 와 있는 모양이었다. 그녀는 강은백과 동갑이었다. 그러나 강은백의 생일이 두 달쯤 빨랐다. 배다른 동생이었다. 자조적이고 냉담한 성격을 가지고 있었다. 아직 한번도 그를 오빠라고 부른 적이 없었다. 명문여대 무용과를 다니고 있었다.

"퇴원을 축하합니다."

원장실에 들어서자 장일현 박사가 악수를 청해 왔다. 손을 잡으니 따스한 온기가 느껴져 왔다. 인정이 많은 의사였다. 백색혐오증을 앓는 여자 하나를 위해 며칠 전 병원의 벽을 모두 계란색으로 바꾸어 도색하고 간호사나 치료사들의 가운도 모두 하늘색으로 바꾸어주었다. 하얀색만 보면 환자가 심리적 고통을 느끼기 때문에 그 고통을 덜어주기 위해 그렇게 했다

175

는 것이었다. 다른 환자들도 가급적이면 그녀에게 하얀색을 보이지 않도록 협조를 부탁하는 것도 잊지 않았다.

"퇴원하시면 과거지사는 마음속에 혼자 간직하시고 남들에게 지나친 동정심을 보이거나 탑골공원 팔각정 같은 데 맥쩍게 앉아서 시간을 보내시는 일이 없도록 하십시오."

장일현 박사의 당부였다.

희연이는 아무 말도 하지 않았다. 소파에 앉아 무표정한 눈으로 창 밖을 내다보고 있었다. 창 밖에는 어둠이 보였다.

"동생분한테 물어보니까 가는 방향이 다르더군요. 하지만 버스를 탈 수 있는 곳까지는 내 차로 두 분을 모셔다드리지요."

장일현 박사가 말했다.

세 사람은 장일현 박사가 운전하는 승용차를 타고 병원을 빠져나왔다. 갑자기 시야가 넓어졌다. 어둠 저 멀리에 도시의 불빛들이 보석처럼 반짝거리고 있는 것이 보였다. 뒤를 돌아다보니 어둠 속에 병원 건물 하나가 암울한 모습으로 웅크리고 있었다. 김도문 씨의 얼굴이 떠오르고 백색혐오증 환자의 얼굴이 떠오르고 차기 대통령의 얼굴이 떠올랐다. 잠시 많은 사람들의 얼굴들이 그 암울한 병원 건물 위에 떠올랐다가는 사라져갔다.

장일현 박사는 국도의 어느 시내버스 정류장에 이르러 두 사람을 내려놓았다. 그리고 행복한 인생을 살아가길 빈다는 마지막 인사말을 남기고는 가벼이 손을 한번 흔들어 보였다.

장일현 박사의 승용차는 잠시 후 시야에서 까마득히 멀어져
갔다.

"우리 집은 이사를 했어. 하지만 엄마가 가르쳐주지 말라고
했어. 엄마는 나를 백일규한테 시집보내지 않으면 복장이 터
져서 죽어버리고 말 거야. 다행히 그 멀대 같은 자식이 침을
흘리면서 나를 쫓아다니니까 그런 꼴은 보지 않아도 되겠지.
하지만 엄마는 그쪽 집안에서 우리 집안 내력을 알게 되면 틀
림없이 일이 성사되지 않을 거라고 생각하는 거야. 어른들이
란 가문을 중시하기는 하지만 엄마는 알다시피 병적으로 열
등의식을 느끼고 있거든. 그래서 아빠와 의논 끝에 한남동에
다 한옥 한 채를 사두었어."

버스를 기다리는 동안 희연이가 그동안에 집에서 일어났던
변화들을 비교적 소상하게 들려주었다. 그러나 그녀의 목소리
에는 아무런 감정도 섞여 있지 않았다. 단지 전달만 하면 그뿐
이라는 듯한 목소리였다. 약간 가라앉아 있었다.

그녀의 말에 의하면 계모는 강은백이 퇴원하면 혼자 살아갈
수 있도록 집을 한 채 사둔 모양이었다. 계모는 강은백이 어릴
때부터 노골적으로 싫어했다. 아버지는 자신을 한동안 총각이
라고 속여 왔었던 모양이었다. 말끝마다 저런 혹이 달려 있는
줄 알았으면 재혼 같은 건 꿈도 꾸지 않았을 거라는 탄식을
섞어 넣기 일쑤였다. 자연히 부부싸움이 잦았다. 그러나 아버
지는 차츰 기가 죽어가고 있었다. 단 한 번도 계모의 주장을

꺾어본 적이 없었다. 계모의 재산 때문인 것 같았다. 그녀의 아버지는 소문난 고리대금업자였는데 전쟁이 끝나고 몇 달이 되지 않아 당뇨병으로 세상을 떠나버렸고 계모가 모든 재산을 물려받게 된 모양이었다. 명동에 있는 세칭 금싸라기 땅도 몇백 평이나 소유하고 있다는 것이었다. 아버지는 계모의 재산을 발판으로 하여 국회의원이 될 것을 꿈꾸고 있었다.

계모의 전남편은 일본에서 인형공장을 경영하는 재일교포였고 바람기가 아주 심했던 모양이었다. 무좀 걸린 사람이 오뉴월에 양말 갈아신듯이 여자를 갈아치우면서 그녀의 속을 썩인 모양이었다. 결국 가정불화가 잦아 딸애 하나를 낳고 갈라서버렸다는 것이었다. 아버지는 일본에서 공부를 할 때 그녀의 전남편과 친구 사이였으며 이혼하기 전에도 계모와는 서로 안면이 있는 사이였다는 것이었다. 별로 매끄럽지는 않은 인연이었다.

계모는 병적으로 상류계층을 숭앙하고 있었다. 그녀는 스스로 자기를 허영과 자존심과 돈과 미모를 빼고 나면 교양밖에 남는 것이 없는 여자라고 남들에게 자랑스러운 목소리로 소개할 정도였다. 백일규라는 남자가 희연이를 쫓아다닌다는 사실을 알았을 때 계모는 처음으로 하나님의 존재를 인정했다.

"의과대학생이란 말이지. 뿐만 아니라 아버지가 법조계에서 내로라하는 인물이란 말이지. 하나님이 있기는 있는 모양이로구나."

그러나 계모는 남자 측에서 이쪽 집안의 내력을 알게 되면 어떻게 할까. 몹시 불안해 하는 눈치였다. 계모는 강은백을 더욱 거추장스러워하는 느낌이었다. 그를 정신병원에 입원시키자고 강력히 주장한 것도 계모였다. 한남동에다 집을 한 채 사두었다니 잘된 일이었다. 이해할 수 있었다.

버스를 타고 한남동에 다다를 때까지 희연이는 입을 다물고 아무 말도 하지 않았다.

계모가 아버지와 의논해서 한남동에다 사두었다는 한옥은 부엌 하나에 방 세 칸이 달려 있는 기역자형이었다. 언덕 중간쯤에 자리 잡고 있었다. 대문 앞에 이르러 희연이가 핸드백을 열더니 열쇠꾸러미 하나를 건네주었다. 몇 개의 열쇠 중에서 대문 열쇠를 찾아내었다. 자물쇠를 풀자 나지막한 비명 소리를 발하며 대문이 열렸다. 불이 꺼진 한옥 한 채가 어둠 속에 웅크린 채로 잠들어 있었다. 적막해 보였다. 희연이가 처마 밑에 드리워져 있는 실외등을 켰을 때도 적막함은 잠시 그대로 남아 있었다. 생각보다는 아담하고 깨끗해 보였다. 마당도 있었고 화단도 있었다. 마당 가운데는 수도가 설치되어 있었다.

희연이가 강은백을 데리고 다니며 집의 구조를 대충 설명해 주었다. 새로 지은 집은 아니었다. 희연이의 말에 의하면 어떤 말단 공무원이 살던 집이었는데 급한 사정으로 돈이 필요해서 부득이 이 집을 팔고 다른 곳으로 이사를 가게 되었다는 것이었다.

부엌에는 여러 가지 살림도구들이 고루 잘 갖추어져 있었다. 얼마간의 쌀과 연탄과 반찬거리도 준비되어 있었다. 계모의 배려였다. 그 배려 속에는, 충분히 혼자 살아갈 수 있는 여건을 갖추어놓았으니 인연을 끊고 서로 모르는 사이처럼 살아가자는 뜻이 내포되어 있음을 강은백이 누구보다도 잘 알고 있었다. 하지만 그는 오래전부터 이런 일이 생겨나주기를 바라고 있던 터였으므로 오히려 고마운 심정이었다.

세 개의 방 중에서 두 개는 텅 비어 있었다. 벽과 장판이 새로 도배되어 있었다. 공허해 보였다. 새로 도배한 장판과 벽지들이 공허함을 오히려 더해주고 있는 것 같았다.

나머지 한 개의 방은 여러 가지 가구들로 가득 차 있었고 그가 전에 사용하던 물건들이 모두 옮겨져 대충 정리정돈된 분위기를 풍겨주고 있었다. 가장 면적이 넓은 방이었다. 못 보던 물건들도 많이 눈에 띄었다. 텔레비전도 장롱도 전축도 전에는 못 보던 물건들이었다. 한쪽 벽에 창문이 나 있었다. 커튼을 젖히고 바깥을 내다보니 도시의 불빛들이 졸고 있었다.

"엄마가 서두르는 걸로 봐서는 아무래도 일찍 시집을 가게 될 것 같아. 일 년 재수 끝에 거액의 기부금을 재단에 희사하고 대학을 들어간 주제에 전공을 살려 평생을 토슈즈만 신고 다니겠다고 말한다면 무용이라는 이름의 예술을 모독하는 일일 거야. 실력도 없는 주제에 교습소나 학원을 차린다는 것도 우습지. 하지만 직장생활 따위는 체질에 맞지 않고 집 안에 죽치고 앉아 있자니 가슴속에 회의만 화산재처럼 내려 쌓이더라니까. 무슨 변화라도 오지 않으면 질식해 버릴 것 같은 기분이었어. 내가 시집이라도 가버려야겠다고 말하니까 엄마는 대한민국 땅덩어리 전부를 고가로 매각처분할 수 있는 특권이라도 부여받은 듯한 얼굴이었어. 엄마는 항시 권력이라는 것이 달팽이 껍질처럼 등에 붙어 있는 날이 오게 되기를 민족의 숙원처럼 간절히 빌어 왔었으니까. 나도 어차피 시집을 갈 바에야 가난한 집 시집살이보다는 부잣집 시집살이가 한결 나을 거라는 생각이야. 속물다운 생각이지."

희연이의 말이었다.

그녀는 집안 식구들을 아무도 좋아하지 않았다. 아버지도 계모도 강은백도 그녀에게는 타인이었다. 그녀는 자신이 모두에게 버림받았다고 생각하고 있었다. 어릴 때부터 모든 대상을 부정적인 시각으로만 보려고 들었다. 성장해 가면서 조금씩 고쳐지기는 했으나 아직도 그 뿌리는 남아 있었다.

"저 바보 같은 애는 누구야?"

강은백과는 여러 가지로 대조적인 성격을 가진 아이였다. 처음 대할 때부터 어떤 적의를 확연히 드러내 보였었다. 먼지털이개를 둘러메고는 때릴 듯한 시늉까지 해 보였다. 예의니 범절이니 하는 말들은 들어본 적도 없는 모양이었다. 어른들에게도 전혀 공손하지 않다. 심부름 따위를 시켜도 고분고분 순종하는 법이 없었다. 싫어, 습관처럼 거부했고, 아니야, 습관처럼 부정했다. 툭하면 손을 뒤로 젖혀 상대편을 때리겠다는 시늉을 해보였다. 고집불통에다 변덕쟁이였다. 그런데도 계모는 팥쥐 엄마처럼 그녀만 감싸고 돌았다.

하지만 팥쥐는 중학교에 들어가면서부터 질이 나쁜 친구들과 어울려 다니기 시작하더니 급기야는 불량서클을 결성하여 무단결석을 일삼고 미성년자 출입금지 구역을 몰래 출입하다가 두 번씩이나 정학을 맞는 불행을 초래했다. 고등학교 때도 마찬가지였다. 남학생들과 어울려 캠핑을 다니거나 유흥업소 따위를 드나들다가 들통이 나서 두 번씩이나 학교를 옮겨 다녀야 하는 번거로움을 겪어야 했다.

당연히 대학입시에는 낙방이었다. 계모는 그녀를 명문 여자대학 무용과에 응시토록 권유했지만 그녀는 계모의 자존심을 무시하고 이류대학에 응시했었다. 그래도 낙방이었다.

그러나 계모는 다음해 기어이 희연이를 명문 여자대학 무용과에 입적시켜 놓고 말았다. 재단에다 거액의 기부금을 희사했다는 것이었다. 옛날이나 지금이나 돈만 있으면 아니 땐 굴뚝에서도 연기가 나게 할 수 있고 나뭇가지 끝에서도 고등어가 열리게 할 수 있다는 계모의 말이 맞기는 맞는 모양이었다. 하지만 희연이는 대학을 들어가자 차츰 냉소적이고 자조적인 성격으로 변해가기 시작했다.

"백대가리."

서울로 전학을 와서 채 한 달도 못 되어 강은백의 별명은 전교생에게 알려져 있었다. 그는 쉬는 시간만 되면 아이들에게 둘러싸여 놀림감이 되었다. 그는 도시의 모든 것에 익숙하지 않았다. 학교만 가면 병든 병아리처럼 겉도는 수밖에 없었다. 누구와도 대화가 통하지 않았다. 명심보감도 사서삼경도 천부경도 서울에서는 이미 구시대의 유물이 되어 있었다. 서양의 학문들이 들어와 완전히 자리를 잡아가고 있었다.

그는 다른 아이들이 아무리 야비한 말투와 야만적인 행동으로 자기 자신을 놀려대도 맞상대를 해서 말다툼을 하거나 주먹질을 하는 법이 없었다. 그저 묵묵히 고개를 숙인 채 온갖 수모를 감수해 낼 뿐이었다. 그때마다 삼룡이의 얼굴이 떠올라서는 그에게 어떤 자부심을 안겨주었다. 다행스럽게도 그는 낙천적인 성격을 가지고 있었다. 별로 얼굴을 찌푸려본 적이 없었다. 아이들은 그를 약간 모자라는 애쯤으로 취급하고 있었다. 그는 학교생활에 전혀 흥미를 느낄 수가 없었다. 공부도 마찬가지였다. 학과성적은 언제나 중위권을 맴돌았다.

집에 돌아와서도 겉돌기는 마찬가지였다. 아무도 그를 이해할 수 없었다. 그는 자기 방에서 한문투성이의 책들이나 읽으면서 혼자 우울한 학창 시절을 보냈다. 어느새 서울은 서양 문물로 가득 차 있었다.

고등학교를 졸업할 때까지 그의 성적은 줄곧 중위권을 맴돌았으므로 집안 식구들은 그가 대학에 합격하리라고는 생각지 않고 있는 것 같았다. 하지만 그는 공부에 관심을 기울이지 않앉을 뿐이지 머리가 나쁜 편은 아니었다. 그는 몇 달 동안 집중적으로 입시공부에 몰두했으며 각종 참고서에 적힌 활자들을 모조리 기억의 서랍 속에 저장시켜 두었다. 여러 권의 예상 문제집들을 수월하게 풀었다.

그는 명문대 국문과에 응시했고 무난히 합격할 수가 있었다.

그러나 대학에서 배우는 여러 가지 과목들에 대해서도 그는 별로 흥미를 느낄 수가 없었다. 전공과목에 대한 회의가 특히 짙었다. 문학은 예술이며 예술은 감상되는 것이지 분석되는 것은 아니라는 것이 그의 견해였다. 하지만 교수들은 열심히 예술을 통조림화시키고 있었다. 설상가상으로 면학의 분위기조차도 제대로 갖추어져 있지 않았다. 연일 데모가 열기를 더해갔고 그때마다 휴교령이니 조기 방학 따위의 조처가 취해졌다. 그래도 소용이 없었다. 개학을 하면 데모는 다시 고개를 쳐들었다. 많은 학생들이 굴비처럼 엮여서 어디론가 끌려갔다. 교수들은 침울한 표정으로 사태를 관망하고 있을 뿐 별다른 대책을 강구해 내지 못하고 있었다. 급기야는 정문이 폐쇄되고 군인들이 무장한 모습으로 학교를 지키는 사태까지 발생했다. 강은백은 세상에 대해서도 점차 흥미를 잃어가기 시작했다.

그러나 계모와 아버지의 결혼은 그야말로 천생배필이라는 말 그대로였다. 강은백 때문에 일어나는 몇 가지 문제들을 제외하고 나면 언제나 두 사람은 집게와 말미잘처럼 공생관계가 잘 이루어지는 사이였다. 계모와 아버지는 언제부터인가 고리 대금업과 부동산 투기업을 겸업하기 시작했다. 계모는 사업에 타고난 자질을 갖춘 여자였다. 무슨 일이든 벌여놓기만 하면 성공을 이루었다. 부동산 투기업을 시작하고 나서도 마찬가지였다. 눈덩이처럼 재산이 불어났다. 계모는 여러 부처의 기관장 부인들과 매우 가깝게 지내는 사이였다. 물론 끊임없는 뇌물공세로 환심을 사두는 일도 게을리하지 않았다. 그러나 계모는 기관장 부인들을 만나고 들어온 날은 반드시 신세타령을 늘어놓았다.

"가문 한 가지가 즈이들만 못해서 그렇지 내가 무엇이 모자라서 온갖 아부를 다 떨어주어야 한단 말이냐."

계모는 가문에 대해서 남달리 열등의식을 느끼고 있음이 분명했다. 재일교포 남자와 결혼하기 전에 어느 권력층의 자제와 혼담이 오갔었는데 가문이 별로 탐탁지 못하다는 이유로 혼사가 성사되지 못한 모양이었다. 계모는 일평생을 통해 그때만큼 자존심이 상했던 적은 없었노라고 회고한 적이 있었다.

"두고 봐라. 십 년 이내로 내 서방도 국회의원이 되도록 만들고야 말 테니까."

아버지는 계모의 말이라면 무조건 찬동하는 태도를 취했다. 국회로 가기 위해서라면 무슨 일이든지 감수하겠다는 결의가 확고부동하게 서려 있는 듯한 표정이었다. 아버지는 지역주민들의 환심을 사기 위해서라면 무슨 일이든지 불사했다. 결혼식장, 졸업식장, 장례식장, 환갑잔치, 백일잔치—사람들이 많이 모이는 곳이라면 투전판이라도 쫓아가서는 기부금을 돌리고 명함을 뿌리고 싶어하는 습성을 몸에 익히기 시작했다. 새로 이사 오는 사람들이 있으면 사돈의 팔촌까지 신상명세서를 작성해 두었다가 생일이나 명절에 일일이 축하엽서 따위를 보내주었고, 어려운 일이 발생하면 돈의 위력을 빌려서라도 끝까지 해결해 주려고 노력했다. 아버지는 어느새 지역주민들로부터 존경받는 대상이 되어 있었다.

그러나 아버지는 한편 돈을 벌기 위해서라면 어떤 악행이라도 저지를 수 있다고 생각하는 사람 같았다. 때로는 조직폭력배들을 매수하여 채무자들에게 공갈협박을 일삼거나 진로를 방해하는 인물이 있을 때는 테러 따위도 서슴지 않았다. 강은백은 아버지에 대해서도 조금씩 회의를 느껴가기 시작했다.

이제 독립해서 혼자 살게 되었다니 잘된 일이었다. 그러나 왠지 가슴 한구석이 허전해져 왔다.

"이사 간 집 전화번호라도 가르쳐줄까."

희연이가 물었다.

"효도를 하려면 모르고 있는 것이 좋겠지."

강은백은 사양했다.

"나 다음달에 아마 시집가게 될는지도 몰라."

"나는 아무래도 끼지 않는 게 좋겠지."

"나는 그렇지 않아."

처음으로 희연이는 입가에 웃음을 떠올려 보였다.

"나는 믿고 이해하니까."

희연이는 강은백의 이름으로 삼천만 원이 입금되어 있는 예금통장과 도장 하나를 남겨놓고 돌아갔다. 택시를 잡아주고 돌아오는 길에 무심코 하늘을 쳐다보았다. 별이 하나도 보이지 않았다. 밤이 깊어 있었다. 집에 돌아와 자리에 누우니 통금 사이렌이 울었다. 무슨 짐승의 거대한 울부짖음 같았다. 잠이 오지 않았다. 새벽녘에 소리 죽여 흐느끼는 빗소리를 들었다. 가슴 밑바닥에 시린 슬픔 한 사발이 고여들고 있었다. 마치 할머니가 돌아가시고 혼자 남았을 때와 흡사한 기분이었다. 그는 다시 기억의 수레에 실려 과거의 시간 속으로 거슬러 올라가고 있었다. 잠시 후 수레는 지난 가을의 어느 간이역에서 바퀴를 멈추고 있었다.

"지금은 나 혼자야."

식모애가 응접실에서 전화를 받고 있었다. 그녀는 강은백이 신문지로 얼굴을 가린 채 등 뒤 소파에 몸을 기대고 있다는 사실을 전혀 의식지 못하고 있는 것 같았다. 대형 화분 하나가 가로놓여 있기 때문인 것 같았다.

"내가 집주인이나 다름없다니까."

아버지는 제주도로 출장을 갔고 계모는 외출 중이었다. 집안 식구들이 집을 사용하는 시간보다는 식모애가 집을 사용하는 시간이 훨씬 더 많았다. 대부분의 현대인들이 집 바깥에다 시간을 쓸모없이 방류시키면서 살고 있었다.

"아직 아무런 대책도 세워놓지 못했어."

식모애가 태산 같은 한숨을 쉬고 있었다. 무슨 문제가 생겨난 모양이었다. 그녀는 요즘 들어 얼굴이 몹시 수척해져 있었다. 그녀의 말로는 가을을 타기 때문이라고 했다. 하지만 정직한 대답같이 들리지는 않았다. 그저 둘러대는 소리 같았다.

"대문 열쇠는 식구들마다 모두 한 개씩 가지고 있지. 제일 먼저 집에 들어오는 건 이 집 아들이야. 내가 전에 말했잖아. 백대가리. 아마 사모님이 낳은 자식이 아닐 거야. 닮은 사람이 아무도 없어. 서로 말도 잘 하지 않는 편이야. 딸도 절대로 오빠 소리를 하지 않는다니까. 지능이 약간 모자라는 사람인가 봐. 두 달 전에는 식구들 몰래 거지애들을 밤늦게 세 명씩이나 데려다 자기 방에서 재워 보냈는데 온 식구들이 옴이 옮아서 며칠 동안이나 진저리를 떨었다구. 사모님이 노골적으로 미워하지. 아마 저녁때쯤에나 들어올 거야. 학교 갔지. 대학생이라니까. 일류대학이야. 글쎄 말이야. 머리가 너무 좋아서 돌아버렸는지도 모르지. 대개 그렇다잖아. 머리가 둔한 사람은 돌지도 않는다잖아."

식모애는 상대편에게 강은백을 소개하고 있었다. 그녀도 남들처럼 강은백을 정상인으로는 보지 않고 있는 것 같았다.

"딸애는 밤중에나 들어올 거야."

희연이는 얼마 전에 무용과 선배가 차린 학원에서 강사 자리를 위임받은 뒤로 밤늦게야 귀가하곤 했다. 강은백도 지금쯤은 강의실에 있어야 할 시간이었다. 그러나 대학은 어제부터 휴교였다. 돌이켜보면 언제 무엇을 공부했는지 도무지 종잡을 수가 없었다. 졸업을 하면 남아 있는 것이라곤 최루탄가스에 대한 기억과 정치에 대한 불신과 미래에 대한 절망감밖에 없을 거라는 것이 오늘날 대부분의 대학생들이 간직하고 있는 현실적 견해였다. 게다가 문교부는 문교부대로 마치 더듬이가 잘려버린 곤충처럼 방향감각을 잃어버리고 미로상자 속을 이리저리 헤매고 있었다. 자세히 들여다보면 세상 사람 모두가 방향감각을 잃어버리고 미로상자 속을 이리저리 헤매고 있었다. 한 걸음 앞으로 내디딜 때마다 목적지가 어긋나고 있었다. 사람과 사람 사이가 조금씩 멀어지고 있었다.

"날 보고 당장 수술비를 어디서 구하란 말야."

갑자기 식모애의 언성이 높아지고 있었다.

집 안은 적적했다. 식모애가 전화받는 소리만 명료하게 응접실의 텅 빈 공간을 떠돌아다니고 있었다. 강은백은 난감해져 있었다. 자기가 본의 아니게 그녀의 바로 등 뒤에서 전화 내용을 도청하고 있었다는 사실을 알게 된다면 그녀는 도대체 어떤 표정을 지을까. 하지만 이제는 어쩔 도리가 없었다. 그저 시종일관 신문지로 얼굴을 가린 채 깊이 잠들어 있는 시늉을 하는 수밖에 없다는 생각이 들었다.

"석 달이 넘어버리면 수술하기 힘들대."

그녀는 지난 여름에 이 집에 들어왔었다. 식모살이를 해서라도 돈을 벌겠노라고 작심하듯 허리띠를 졸라매는 여자들은 이제 그리 흔치 않았다. 먼저 있던 스물일곱 살 노처녀는 혼처가 생겨 낙향해 버리고 한 달 동안 식모의 권좌는 비어 있었다. 마땅한 식모 한 명을 집 안에 들여놓기가 숫처녀 불알 구하기 만큼이나 힘이 드는 세상이라고 계모는 한 달 내내 푸념을 늘어놓았다. 사람들이 먹고살 만해지니까 마치 식모들의 천국이라도 도래한 줄 아는 것처럼 행세들을 하더라는 것이었다. 막상 소개를 받아 만나보면 하나같이 무슨 조건들을 그렇게 많이도 따지는지 마치 주인이 식모에게 면접시험이라도 치르고 있는 듯한 느낌이더라는 것이었다. 요즘 식모들은 텔레비전이나 냉장고가 없는 집에서는 절대로 식모살이를 하려 들지 않을 정도로 세도가 당당해져 있다는 소문이었다. 계모는 날마다 전화통을 부여잡고 식모타령에 여념이 없었다. 식모를 집에 들여놓지 않으면 가세가 기울어져 몰락 지경에 이르게 된다고 굳게 믿고 있는 사람 같았다. 계모는 여러 방면으로 수소문을 하던 끝에 마침내 남의 집에서 일하던 아이 하나를 몰래 빼돌리는 데 성공했다.

이름이 화영이라고 했다. 비교적 차분한 성격을 가지고 있었다. 별로 세도를 부리지도 않았다. 대체로 말이 없었다. 식구들이 무슨 일이든지 시키기만 하면 고분고분 말을 잘 들어주었다. 불가능한 일이라고 하더라도 절대로 이유를 갖다 붙이는 법이 없었다. 잔소리를 하기 전에 모든 일을 알아서 깔끔하게 처리해 놓는 기민함도 갖추고 있었다. 얼굴도 그만하면 예쁜 편이었다. 겉으로 보아서는 그녀를 식모라고 생각할 사람이 아무도 없을 것 같았다. 집은 시골인데 가정 형편이 여의치 않아서 고등학교를 중퇴하고 아는 사람의 소개로 서울 어느 가정집에서 식모살이를 하게 되었다고 계모가 식구들에게 말해 준 적이 있었다. 유순해 보였다.

"사모님이 아시게 되면 그날로 당장 쫓겨나고 말 거야. 지금은 붕대로 동여매서 별로 표가 나지 않지만 늘 이런 상태로 있어주는 건 아니잖아. 쫓겨나면 어떻게 할 테야. 배가 남산만 해 가지고는 아무 데서도 일거리를 얻을 수가 없잖아. 빨리 해결책을 강구해 보라니까. 지금 내가 무슨 돈이 있어. 지난번에 있는 돈 몽땅 털어서 다 주는 거라고 말했잖아. 답답해."

계모는 식모애를 집안 식구들보다 더 신뢰하고 있었다.

그러나 한 달이 지나자 식모애는 외출이 잦아지기 시작했다. 얼굴도 점차로 수척해지기 시작했다. 이마에는 언제나 수심의 그늘이 드리워져 있었다. 계모는 향수병 때문일 거라고 진단하고 있었다. 그러면서도 그녀를 고향에 보내주지는 않았다.

"정화영 씨 계시면 좀 바꿔주십쇼."

"누구신데요."

"댁은 누구죠."

"저는 이 집 아들 되는 사람인데요."

"정화영 씨는 안 계십니까."

가을이 되면서부터 그녀를 찾는 전화가 자주 걸려오기 시작했다. 강은백이 몇 번 받아서 그녀에게 바꿔준 적이 있었다. 목소리가 거칠었다. 도전적인 느낌을 주고 있었다. 언제나 껌을 질겅질겅 씹고 있는 소리가 송수화기 속에서 들려왔다. 그녀에게 누구냐고 물으니까 오빠친구라고만 대답했다. 전화만 걸려오면 그녀는 외출했다. 아마 오늘도 통화가 끝나면 외출할 거였다. 강은백은 그때까지 자는 척 내숭을 떨며 버티고 있을 일이 걱정이었다.

"한 가지 방법밖에 없다니 그게 무슨 소리야. 방법이 있기는 있단 말이지. 그럼 어디 한번 말해 봐."

식모애의 목소리가 갑자기 생기를 띠기 시작했다.

강은백은 관절이 저려오기 시작했으나 참는 도리밖에 없었다. 통화는 좀처럼 끝이 날 것 같지가 않았다. 만약 전화기가 없어져버린다면 얼마나 많은 여자들이 우울증에 사로잡히게 될까.

"알았어."

식모애가 송수화기를 내려놓는 소리가 들렸다. 강은백은 비로소 안도의 숨을 내쉴 수가 있었다. 그러나 통화가 다 끝난 것이 아니었다. 식모애는 상대편의 통화료를 염려해서 일단 전화를 끊은 다음 이쪽에서 다시 거는 방법으로 바꾸었을 뿐이었다.

"좀더 자세히 말해 봐."

저쪽에서 무슨 이야기인가를 상당히 오래도록 늘어놓고 있는 모양이었다. 식모애는 한참 동안 조용히 듣고만 있었다.

"지금 무슨 쓸데없는 변명을 늘어놓고 있는 거야. 누가 노름판에 끼어들랬어. 그딴 얘긴 더 이상 듣고 싶지 않아. 아까 한 가지 방법이 있기는 있다고 말했잖아. 그 얘길 한번 해보라니까."

그러나 저쪽에서 뜸을 들이고 있는 모양이었다.

"알았어. 내가 그리로 나갈게."

비로소 통화가 끝났다. 식모애는 분주하게 옷을 갈아입고는 현관문과 대문을 걸어 잠그고 외출해 버렸다. 휴우. 강은백은 얼굴에서 신문지를 걷어내고 막혀 있던 숨을 길게 한번 토해 냈다. 유리문을 통해 응접실 가득 가을 햇볕이 쏟아져 들어오고 있었다. 벽시계가 오전 열한 시를 가리키고 있었다.

그로부터 며칠 후 사건이 발생했다.

이른 아침부터 식모애의 모습이 보이지 않았다. 강은백이 탑골공원에서 돌아오자 계모가 대문을 열어주었다. 집 안은 텅 비어 있었다. 아버지는 아직도 출장에서 돌아오지 않고 있었다.

"나하고 이야기 좀 하자."

계모가 강은백의 방으로 들어서고 있었다. 표정이 몹시 경직

되어 있었다. 목소리도 얼음처럼 싸늘한 느낌을 주고 있었다.

"화영이 문제는 내가 깨끗이 잘 해결했다. 오빠라는 녀석이 숫제 팔자를 고칠 작정으로 대드는 바람에 기둥뿌리가 모조리 뽑힐 뻔했다. 만약 요구사항을 들어주지 않으면 고소를 하겠다는 거야. 그렇게 되면 네 아버지에게 얼마나 지대한 악영향을 끼치게 된다는 것쯤 너도 잘 알고 있겠지. 다른 사람의 경우 같으면 이십만 원이면 해결이 되고도 남을 일을 이백만 원이나 주고도 큰소리 한번 치지 못했다. 만약 이 사실이 밖으로 새어 나가게 되면 온 집안 식구들의 얼굴에 똥칠을 하는 격이야. 도대체 정신병자가 아니고서야 어떻게 그런 일을 저지를 수가 있단 말이냐."

계모의 말에 의하면 강은백이 식모애를 임신토록 만들었다는 것이었다. 집이 비어 있을 때면 강은백이 으레 강제로 식모에게 욕을 보였노라고 고백했다는 것이었다. 강은백은 극구 부인했으나 계모는 결코 믿지 않았다. 계모는 일단 자신의 판단과 견해가 틀림없다고 확신하기 시작하면 잘못이 밝혀져도 절대로 수정하려 들지 않는 성격이었다.

"증거물들을 보여줄까."

계모는 강은백에게 보따리 하나를 풀어 보였다. 강은백은 보따리 속의 내용물들이 무엇인가를 확인한 순간 반사적으로 고개를 돌려버렸다. 여자들의 팬티였다. 분홍팬티·하얀팬티·까만팬티·노란팬티들이 가득 들어 있었다.

"네 방 책장 뒤에 깊숙이 감추어져 있었는데 요즘 대학생들은 여자 팬티에 관한 논문도 쓰는 모양이지."

강은백은 숨통이 막힐 지경이었다. 어떤 음모 속에 걸려들었음이 분명했다. 그러나 빠져나올 방도가 없었다. 계모는 전적으로 식모애의 말만 신뢰하고 있었다.

다음 날 아버지가 돌아왔고 계모는 강은백을 정신병원에 입원시키자는 동의를 얻어냈다. 그러나 아버지는 끝끝내 팬티와 식모에 관계된 얘기만은 의사에게 꺼내놓지 않았다.

7

그로부터 십 년 후.

낙원동 허리우드 극장 앞.

날이 저물고 있었다. 추운 날씨였다. 매운 바람이 불고 있었다. 바람 속에 희끗희끗 눈발이 비껴 날리고 있었다. 매표소 앞은 한산했다. 스물다섯 살쯤 되어 보이는 청자켓 차림의 청년이 애인 같아 보이는 여자 하나와 팔짱을 낀 채 매표소 앞으로 다가서고 있었다. 그때였다. 어디서 나타났는지 아이 하나가 양팔을 벌리고 불쑥 그들의 앞을 가로막았다. 남루한 차림새였다. 국민학교 사학년쯤 되어 보였다. 잘 여문 도토리처럼 옹골져 보였다.

"아니, 이 뼉새끼가 도대체 뭘 하자는 거야."

청년이 약간 신경질적인 표정으로 아이를 노려보고 있었다. 눈초리가 매서워 보였다. 광대뼈에 칼자국이 한 줄 그어져 있었다. 바느질 솜씨가 형편없는 의사에게서 꿰맸는지 뒷골목 구두수선공한테 부탁해서 꿰맸는지 꿰맨 자리가 너무나 선명하고 흉측해 보였다.

"앵벌이 같은데."

여자가 말했다.

여자는 분주하게 껌을 씹고 있었다. 여자의 턱이 움직일 때마다 그녀의 어금니에서 껌이 깨지는 소리가 연속적으로 들려오고 있었다.

아이는 상대편이 자기의 존재를 의식하자 아주 거만한 동작으로 팔을 앞으로 모두어 팔짱을 꼈다. 그리고 무슨 여유라도 부리듯 한쪽 다리를 건들건들 흔들어 보이기 시작했다. 눈은 여전히 날카롭게 청년을 쏘아보고 있었다. 한참 동안 말이 없었다.

"형씨가 바로 날치라는 사람이슈."

이윽고 아이가 어깨를 추스르며 청년에게 물었다. 느리고 거만한 말투였다.

"그런데 무슨 일이야, 쨔샤."

청년이 자신의 신분을 상대편이 알고 있다고 생각했기 때문인지 다소 강압적인 태도로 아이에게 말했다.

"말조심해, 임마."

아이가 대뜸 청년의 말을 야비한 어투로 맞받아주고 있었다.

청년의 얼굴이 삽시간에 험악하게 일그러지고 있었다.

"이 뻑새끼가 뒈지려고 환장을 했나."

그러나 아이는 더욱 여유만만한 표정을 짓고 있었다.

"뒈져야 할 건 바로 너야."

아이가 냉랭한 목소리로 말하기 시작했다.

"너는 싸나이가 아니야. 똘마니를 시켜 우리 왕초한테 곤죽이 되도록 술을 퍼먹이고 골목길에서 칼로 찔러 죽이게 만들었지. 그리고 모든 죄를 똘마니한테 다 뒤집어씌우고 너만 깔치하고 활개를 치면서 돌아다니고 있는 거지. 비겁한 자식. 오늘이 바로 네 제삿날이야. 우리 왕초는 나를 다섯 살에 길바닥에서 주워다가 오늘날까지 보살펴주었어. 물론 좆나게 매도 많이 맞았지만 그래도 나를 알아주는 사람은 왕초밖에 없었어. 네가 우리 왕초를 죽게 만들었으니까 너도 오늘은 내 손에 죽게 될 거야."

아이의 표정은 결의에 차 있었다.

"이 자식이 어디서 겁대가리 없이 아가리를 함부로 나불거리고 있는 거야. 너 좆만 한 나이에 폭력영화를 너무 많이 봤구나. 저리 비켜. 삼 초내에 눈 앞에서 사라져버리지 않으면 해골을 박살내버릴 테니까."

청년은 나지막한 소리로 아이에게 명령했다. 그리고 손목시계를 들여다보며 또박또박 초침을 읽어나가기 시작했다. 일

초. 이 초. 삼 초. 그러나 아이는 청년의 눈 앞에서 사라져주지는 않았다. 그 대신 찰칵 하는 소리와 함께 잭나이프 하나를 꺼내 들었다.

"오늘 날치형 임자 한번 제대로 만났는데."

여자가 분주하게 껌을 씹으면서 해들해들 웃고 있었다.

"너도 자신 있게 사용할 수 있는 무기가 있으면 꺼내 들어. 나는 공평하고 싶으니까."

아이가 말했다.

그러나 그 말이 채 끝나기도 전에 청년의 발이 빠르게 허공을 한 번 가르는 것이 보였다. 아이가 멀리 나가 떨어져 냉동새우처럼 몸을 웅크린 채 잠시 꼼짝도 하지 않고 있었다. 지나가던 사람들이 그 광경을 보았으나 모르는 척 걸음을 재촉하고 있었다.

"별 우스운 자식 다 보겠네."

청년이 여자의 어깨에 팔을 감고 극장 출입문 쪽으로 걸어가고 있었다. 그때였다. 아이가 순간적으로 벌떡 몸을 일으키더니 쏜살같이 청년의 뒷모습을 향해 달려들었다. 번뜩. 섬광이 한 번 스치고 지나갔다. 반사적으로 청년이 돌아서면서 아이의 복부를 발길로 걷어차는 모습이 보였다. 아이는 고통스럽게 복부를 감싸 안고 바닥에 나뒹굴고 있었다. 잭나이프는 손에 그대로 쥐어져 있었다. 청년의 청자켓 등가죽이 찢어져 있었다. 찔린 모양이었다. 여자가 들추어 보자 셔츠에 피가 배어들고 있었다.

"오늘 날치 형님 진짜로 피 본 날일세."

여자는 여전히 분주하게 껌을 씹으며 해들해들 웃고 있었다.

아이가 다시 몸을 일으키고 있었다.

"덤벼라."

아이는 몹시 숨을 헐떡거리고 있었다.

청년이 싸늘한 표정으로 아이에게 다가서고 있었다.

아이는 물러서지 않았다. 잭나이프를 쥔 손에 힘을 주며 청년이 사정거리까지 들어와주기를 기다리고 있었다. 번쩍. 잭나이프를 든 아이의 손이 높이 들려지는 것이 보였다. 그러나 이번에는 빈 허공이었다. 청년의 발길질이 보다 빠르게 아이의 턱을 강타해 버린 것 같았다. 얼굴이 삽시간에 피투성이로 변해 있었다. 그래도 아이는 일어섰다.

"저 꼬마 근성 하나는 끝내주는데."

여자가 말했다. 청년의 발길질에 다시 아이가 나둥그러지는 모습이 보였다. 아이는 몇 번이고 안간힘을 다해 일어섰고 청년은 몇 번이고 무자비하게 발길질을 가하고 있었다. 아이는 절대로 굴복하지 않을 것 같았다. 신음 소리조차 입 밖으로 꺼내놓지 않으려고 애쓰고 있는 기색이 역력했다. 잭나이프는 여전히 손에 굳게 쥐어져 있었다. 그러나 청년은 잭나이프를 전혀 신경 쓰지 않고 있는 것 같았다. 발길질 하나만으로도 충분히 제압할 수 있다고 확신하고 있는 것 같았다. 아이는 이제

기력이 다해서 일어서서도 몸을 제대로 가누지 못한 채 비틀거리고 있었다. 아무도 말리는 사람은 없었다. 한결같이 겁먹은 표정으로 현장을 곁눈질하며 멀찍이 피해 다니고 있을 뿐이었다.

"덤벼라."

아이는 신음하듯 그 말만 되풀이하고 있었다.

"갈비뼈를 몽땅 분질러주지."

청년이 다가서고 있었다. 그때였다. 지나가던 노스님 하나가 뛰어들어 청년의 발길질을 한 손으로 가볍게 퇴치해 버리더니 아이를 번개같이 들쳐업고 바람처럼 행인들 사이로 사라져가고 있었다. 눈 깜짝할 사이에 일어난 일이었다.

"내려주세요. 나는 원수를 갚아야 한단 말이에요. 왕초와 나는 같이 죽기로 피를 섞어서 맹세한 사이란 말이에요. 싸나이들의 세계에서는 의리가 생명이에요. 나는 의리를 지켜야 해요. 내려달라니까요."

아이는 노스님의 등에 업혀 가며 발버둥을 쳐보았으나 아무 소용이 없었다. 노스님은 들은 척도 하지 않고 성큼성큼 걸음만 재촉할 뿐이었다. 눈이 부리부리하고 체격이 건장한 스님이었다. 눈가에 주름살이 잡혀 있었고 머리 위에 된서리가 하얗게 덮여 있었다.

"당장 내려주세요. 만약 내려주시지 않으면 칼로 찌르겠어요. 저는 찌른다면 찌르는 애라구요."

아이가 위협적인 목소리로 소리쳤으나 노스님은 여전히 걸음만 재촉하고 있었다. 아이가 정말로 잭나이프를 번쩍 치켜들었다. 그리고 노스님의 어깻죽지를 내리찍었다. 그래도 노스님은 아무런 반응이 없었다. 잭나이프는 분명 노스님의 어깨에 꽂혀 있었고 승복에 조금씩 피가 배어들고 있었다. 아이는 노스님의 어깨에서 잭나이프를 뽑으려 했으나 그것은 꼼짝도 하지 않았다. 마치 단단한 바위벽 속에 박혀 있는 것 같았다. 아무리 힘을 주어 이리저리 흔들어보아도 미동조차 하지 않았다.

날이 완전히 어두워져 있었다. 휘황한 간판들이 울긋불긋 되살아나고 있었다. 대부분이 서양식 이름을 딴 간판들이었다. 이제 온 나라가 서양화되어 있었다. 의식주도 서양화되어 있었고 사고방식도 서양화되어 있었다. 서양에서 공부를 하지 못한 학자들은 학계에서조차도 별로 인정을 못 받을 지경이었다. 서양의 이름난 가수들이 내한공연을 하면 감동이 극에 달해서 까무라쳐버리거나 무대 위로 팬티를 벗어던지며 울부짖는 여자들까지 있었다.

백화점마다 산타클로스 할아버지들이 대형광고판 속에서 선물용 겨울상품들을 선전하고 있었다. 상점들마다 오색찬란한 색전구들이 반짝거리고 있었고 거리마다 캐롤송이 울려퍼지고 있었다. 크리스마스가 보름 정도 남아 있었다. 그러나 라디오에서는 북괴군이 중부전선 비무장지대에서 아군초소에 총격도발을 일으켰다는 보도가 있었다. 석가모니가 다녀가셔도 아무 소용이 없고 예수님이 다녀가셔도 아무 소용이 없는 모양이었다. 아직도 인간들은 끊임없이 싸움질을 계속하고 있었다. 나라와 나라끼리도 싸우고 있었고 개인과 개인끼리도 싸우고 있었으며 종교와 종교끼리도 싸우고 있었고 신도와 신도끼리도 싸우고 있었다. 유사 이래로 인간세상에 그토록 많은 성자 성현들이 다녀갔는데도 인류는 아직 구원받지 못한 모양이었다.

눈발이 조금씩 굵어지고 있었다. 몇 시간 후 노스님은 아이를 들쳐업고 청량리 역 광장으로 들어서고 있었다.

그의 법명(法名)은 침한(枕寒)이었다. 그의 스승인 기산선사(起山禪師)가 가히 한산자(寒山子)를 베고 누울 만한 법통이라 하여 붙여준 법명이었다. 스물네 살에 출가하여 이십 년 동안 기산선사에게서 가르침을 받았으며 후에 백봉산(白峯山)으로 들어와 토굴 하나를 암자 삼아 십 년 동안 용맹정진을 거듭했고 지금은 무애행(無碍行)으로 비산비야(比山比野)를 바람처럼 떠돌고 있는 중이었다.

사흘 동안 폭설이 계속되고 있었다. 침한이 아이를 들쳐업고 백봉산 월천곡(月川谷)에 당도했을 때는 이미 날이 저물고 있었다. 눈발이 아까보다 약간 뜸해지기는 했으나 그칠 기세는 아니었다. 길이라는 길은 모두 눈 속에 매몰되어 있었다.

아이는 깊이 잠들어 있었다. 머리 끝까지 승복이 덮여씌워져 있었다. 침한의 상반신은 내복 차림이었다. 그러나 추워 보이지는 않았다. 오히려 이마에 땀이 송글송글 맺혀 있을 정도였다. 아이는 몹시 피곤한 모양이었다. 이따금 까드득 앙증맞은 소리로 이빨을 갈아붙이며 잠꼬대를 하고 있었다.

"씹새꺄 왜 때려."

세 번째 똑같은 잠꼬대였다.

침한은 그저 눈발을 헤치며 묵묵히 걸음만 옮겨놓고 있었다. 대단한 적설량이었다. 눈이 허리까지 차오를 정도였다. 산짐승들은 모두 어디로 갔을까. 새들은 모두 어디로 갔을까. 울음 소리도 들리지 않았고 발자국도 보이지 않았다.

사방이 적막했다. 소리라는 소리는 모두 눈 속에 결빙되어 있었다. 폭포 소리도 개울물 소리도 바람 소리도 새 소리도 하얗게 결빙되어 있었다. 다시 빙하기가 도래하고 있었다. 적막강산. 시간이 눈발 속에 떠내려가고 있었다. 겹겹이 둘러쳐진 산들이 원경부터 차례로 눈발 속에 지워지고 있었다. 날이 급격히 어두워지고 있었다.

침한은 길도 없는 골짜구니를 힘겹게 거슬러 올라가고 있었다. 눈속에 박힌 발이 잘 빠지지 않아 걸음이 더욱 느려지고 있었다. 그러나 그는 아직 지쳐 있는 것 같지는 않았다. 숨소리도 별로 가쁘지 않았다. 예순이 넘은 나이 같지 않아 보였다. 이따금 머리 위에서 소나무에 얹혀 있던 눈더미가 더 이상 무게를 지탱하지 못하고 풀썩풀썩 떨어져 내리곤 했다.

얼마나 걸었을까. 멀리 흐린 불빛 한 점이 보였다. 침한은 그리로 곧장 방향을 잡았다. 날은 이제 완전히 어두워져서 사물들이 잘 분별되지 않았다. 그러나 침한은 길을 잘 알고 있는 것 같았다. 아무런 장애물도 만나지 않고 무사히 불빛 가까이로 접근할 수가 있었다. 초가집 한 채가 눈 속에 파묻혀 있는 것이 보였다. 마당을 가로질러 섬돌까지 길이 나 있었다. 사람 하나가 겨우 드나들 수 있을 정도의 통로였다. 그러나 그 통로마저도 장딴지까지 눈이 차오를 정도였다.

"천하잡승 침한의 발자국 소리 아닌가."

침한이 섬돌 앞에 이르자 방 안에서 카랑카랑한 노인의 목소리가 들려왔다. 벌컥 방문이 열렸다. 펄럭거리는 등잔불 밑에 하얀 한복을 걸친 노인 하나가 앉아 있었다. 수염도 머리카락도 하얗게 세어 있었다. 약간 마른 체형이었다. 침한과는 대조적인 모습이었다.

그가 바로 화단에서 전설적인 인물로만 알려져 있는 수묵화의 대가 고산묵월(孤山墨月)이었다. 고산묵월은 외로운 산에 먹으로 그린 달이라 하여 침한이 붙여준 별호였다. 침한과는 술친구였으며 도반과 같은 사이였다. 요즘 들어 그는 외엽일란(外葉一蘭)에 심취해 있었다. 이파리도 하나 대궁도 하나 꽃도 하나인 난이었다. 붓 끝에 먹을 한 번 찍어 숨도 쉬지 않고 일필(一筆)로 순식간에 피워내는 난이었다. 낙관을 찍고 나면 언제나 화선지에서 은은한 난초 향기가 맡아져 왔다. 때로는 화선지 속에서 쏴아 하는 솔바람 소리도 들려왔다. 그는 혼자 채마밭이나 일구고 묵향이나 다스리면서 속세와는 거의 인연을 끊은 듯이 살고 있었다. 재작년에 침한이 구해다 준 당나귀 한 마리가 노인에게 딸려 있는 유일한 식솔이었다. 외양간에 매여 있었다. 인기척을 들었기 때문인지 발로 몇 번 땅바닥을 긁어대고 있었다.

"저 늙어빠진 화공이 친구가 오는 줄 미리 알고 신통하게도 마당에다 길을 내놓았구만."

침한이 말했다.

"자네가 백 리 밖에 들어섰을 때 나는 이미 술 냄새를 맡고 있었네. 그래서 어제부터 마당에다 길을 뚫어놓았네."

노인의 무릎 밑에는 외엽일란 한 송이가 피어 있었다.

침한은 섬돌 밑에서 머리와 어깨와 승복에 묻어 있던 눈을 대충 털어내고 있었다. 아이는 그때까지도 잠을 깨지 않고 있었다. 한번 잠이 들면 난리 북새통이 일어나도 모르는 체질인 모양이었다.

"손님이 먼 데서 두 분씩이나 오셨는데 방 안도 누추하고 대접할 것도 전혀 없으니 양해하시게."

침한이 방으로 들어서자 노인은 지필묵들을 대충 탁자 위에다 정돈하고 아이를 방바닥에다 누이는 일을 거들었다.

"어찌 된 아이인가. 속가에서 어느 계집이라도 건드렸는가."

206

노인이 물었다.

"저잣거리에서 사자새끼 한 마리를 만났다네."

침한의 대답이었다.

"자네 어깨의 상처는 어쩌다가 생긴 것인가."

침한의 내의에 피가 후박잎처럼 생긴 얼룩으로 말라붙어 있었다.

"사자새끼의 발톱 자국이라네."

"예리한 칼 자국 같은데 자네 하마터면 견장혈을 맞을 뻔했구만."

"아주 사나운 놈일세."

"그야말로 살불살조(殺佛殺祖)하는 놈인 모양이지."

침한은 기특하다는 듯 아이의 궁둥이를 몇 번 가벼이 두드려주었다.

"왜 때려 씹새꺄."

아이가 느닷없이 잠꼬대를 되풀이하고 있었다. 그러나 노인은 그 말이 무슨 뜻인지 알아듣지 못한 듯한 표정이었다.

"자네의 도를 먼저 알게 한 다음 부처의 도를 알게 하겠네."

"내가 무슨 도를 가르칠 수가 있단 말인가."

"심부름이나 시키면서 데리고 있으면 저절로 알 만한 재목일세. 사자새끼는 어쨌거나 사자 품에서 자라야 하네."

"한 마리의 사자가 사냥하기 위해서는 하루에 스무 번씩 사력을 다해 다른 짐승을 쫓아다녀야만 한다네. 허나 스무 번

중에 겨우 한 번꼴로 사냥에 성공할 뿐 다른 때는 항시 허기가 져 있지. 백수의 왕이란 게 알고 보면 별것도 아닐세. 아직 내 배도 허기져 있는데 새끼까지 한 마리 딸리게 되면 얼마나 불편하겠는가."

"우선 곡차로 목이나 축이면서 이야기하세."

"이런 심산유곡에 술이 어디 있단 말인가."

"나도 냄새를 맡고 알았네. 뒤주 속에 술단지가 하나 들어 있는데 국화주일세. 술이 잘 익었구만. 어서 꺼내오게."

"자네는 지금까지 깨달음이란 결국 코가 밝아지는 현상이라고 생각하면서 부처님 뒤를 쫓아다닌 모양이로구만."

"그렇다면 모든 개들은 다 깨달음을 얻었단 말인가."

"깨달음을 얻지는 않았어도 불성은 가지고 있는 법일세."

겨울이 깊어가고 있었다. 시간이 가라앉고 있었다.

두 사람은 개다리소반 하나를 사이에 두고 마주 앉아 술을 마시기 시작했다. 등잔불이 졸고 있었다. 우수수 처마 밑으로 눈더미 떨어지는 소리가 들려왔다. 아이는 곤하게 잠들어 있었다. 나지막하게 코 고는 소리도 들리고 있었다. 자주 이불을 걷어차고 네 활개를 중구난방으로 내던지면서 몸을 뒤척거리고 있었다. 비교적 고약한 잠버릇이었다.

"한동안 발길이 뜸하더니 그동안 어디서 무엇을 했나."

노인이 물었다.

"어느 부잣집에서 한 십 년쯤 머슴살이를 했었네."

침한이 대답했다.

"왜 하필이면 머슴살인가."

노인이 물었다.

"농사짓는 부처님들한테서 좋은 종자나 한 줌 훔쳐낼까 해서였네."

"그래 훔쳤는가."

"훔치다가 들켜버렸네."

"속가에서 자네를 알아보는 눈 밝은 자가 있더란 말인가."

"신분과 정체를 알 수 없는 어떤 거렁뱅이 할망구였네."

침한은 그날 싸리비로 마당을 쓸고 있었다. 아침 나절이었다. 차림새가 남루한 거렁뱅이 노파 하나가 동냥을 왔었다. 남정네라고는 침한뿐이었다. 장날이었으므로 모두 출타 중이었다. 주인마님과 며느리는 마루에 나앉아 빨랫거리를 손질하고 있었다.

"내가 오래전부터 어린 금학 한 마리를 쫓고 있는 중인데 목이 말라서 들렀으니 냉수나 한 사발 적선하시오."

노파는 지팡이를 짚고 있었다. 광목자루 하나가 목에 걸려 있었다. 머리가 하얗게 세어 있었다. 어울리지 않게도 팔목에 구형의 디지털 시계 하나가 헐렁하게 매달려 있었다.

"노망이 든 할마씨로구나."

주인마님이 측은하다는 듯한 표정으로 말했다.

며느리가 냉수 한 사발을 떠다 주었다.

"부처님 터럭을 잘라 싸리비를 묶어서 도인 하나가 아침 나절 마당을 쓰니 티끌 한 점 없는 가을 하늘이 냉수 사발 가득히 담겨 있구나."

노파가 냉수 한 사발을 말끔히 비우고 나서 읊조린 말이었다. 선시(禪詩)였다. 침한이 깜짝 놀라서 곁눈질로 노파를 유심히 탐색해 보았으나 도무지 정체를 알 길이 없었다.

"도인 하나가 마당을 쓴다니."

며느리가 의아한 눈초리로 침한을 바라보고 있었다.

"네가 노인을 도인으로 잘못 들은 게 아니냐."

주인마님도 그럴 리가 없다는 듯한 눈초리로 침한을 바라보고 있었다. 침한은 갑자기 자신이 어떤 그물에 걸려버린 듯한 느낌을 받았다. 들켰다. 침한은 밤이 되자 그 집에서 줄행랑을 놓고 말았다. 옛선사들이 말씀하셨다. 네가 도를 알았거든 귀신도 모르게 하라. 그렇다면 한갓 거렁뱅이 노파에게 들켜버린 자신의 도는 아직 멀었노라고 침한은 생각하고 있었다.

"이제는 어떻게 할 작정인가."

노인이 물었다.

"토굴이나 파고 다시 들어앉아야지."

침한의 대답이었다.

"또 땅강아지 흉낸가."

"이번에는 우주의 이쪽과 저쪽에 맞구멍을 뚫어버리겠네."

두 사람은 새벽까지 술을 마셨다.

동틀 무렵이 되자 얼굴이 불콰해진 침한이 자리에서 일어나 승복을 차려입었다. 그만 가봐야겠다는 것이었다. 아무리 붙잡아도 소용이 없었다. 가고 옴에 걸림 없이 살자는 게 중들이라는 것쯤 노인도 모르는 바는 아니었다. 하지만 사방이 눈 속에 파묻혀 있었다. 길이라는 게 있을 턱이 없었다.

"길이 있어 내가 가는 것이 아니라 내가 감으로써 길이 생기는 것이라네."

침한은 마당에 있는 통로를 벗어나자 온몸으로 적설을 헤치면서 앞으로 전진하기 시작했다. 힘들면 돌아오게. 노인은 더이상 붙잡을 수가 없었다. 다행히 눈발은 그쳐 있었다.

노인이 방으로 들어와 술상을 치우고 잠자리를 펼 때까지도 아이는 잠에서 깨어나지 않고 있었다. 노인은 호롱불을 끄고 아이 곁에 몸을 뉘었다. 시간이 침잠하고 있었다. 침잠하는 시간 저쪽에서 희뿌연 새벽 미명이 밀려와 문창호지를 적시고 있었다.

아이가 눈을 떴을 때는 아침 나절이었다.

아이는 처음에 자신이 환각제 따위를 복용하고 환각상태에 빠져 있는 것으로 잠시 착각했었다. 앵벌이를 나갈 때면 왕초가 노오란 알약을 주곤 했었다. 먹으면 기분이 들뜨기 시작하면서 몸이 공중으로 떠오르는 듯한 느낌이었다. 세상이 온통 아름다워 보였다. 무슨 일을 해도 전혀 불안감이나 수치심이 느껴지지 않았다. 처음에는 다섯 알씩 먹었는데 나중에는 효력이 없어 스무 알씩 먹게 되었다. 그러나 지금은 약을 먹었을 때와는 전혀 다른 기분이었다. 아이는 아주 생소한 환경 속에 자신이 버려져 있는 느낌을 받았다.

"내가 너를 만인이 우러러볼 수 있는 큰 인물로 키워주겠다."

며칠 동안 아이를 데리고 다니며 묵묵히 보살펴주던 스님의 말이었다.

그러나 스님은 보이지 않았다. 변소에라도 갔는가 싶어 기다려보았으나 종무소식이었다. 낯선 노인 하나만 곤하게 잠들어 있었다. 방문을 열어보니 사방이 눈에 덮여 있었다. 문 앞에 통로가 하나 나 있었다. 눈이 아이의 키보다 높이 쌓여 있었다. 통로를 따라가보니 앞이 막혀 있었다. 기어 올라가보려고 애를 써보았으나 눈이 자꾸만 무너지는 바람에 포기하고 말았다. 잘못하면 눈 속에 생매장을 당해버릴 듯한 느낌이었다.

"꿈인가. 꿈인지도 몰라."

아이는 자신의 허벅지를 한 번 세차게 꼬집어보았다.

"좆나게 아프네. 씨팔."

꿈은 아니었다.

아이는 우선 오줌부터 누어야겠다는 생각을 했다. 오줌보가 터져버릴 듯한 느낌이었다. 눈 속에다 시원하게 오줌을 내갈겼다. 오줌 방울들은 힘차게 날아가 눈 속에 빠꼼빠꼼한 구멍들을 뚫어놓고 있었다.

"하루빨리 왕초의 복수를 해야 할 텐데. 싸나이 의리에 곰 팡이가 슬면 안 된다고 했는데."

아이는 혼잣소리로 중얼거리며 다시 방으로 들어왔다. 무료해서 견딜 수가 없었다. 배도 몹시 고팠다. 아이는 노인을 흔들어 깨우기 시작했다.

"할아버지. 할아버지."

그러나 노인은 흔들리기만 할 뿐 잠을 깨지는 않았다. 몇 번이나 시도해 보았지만 헛일이었다. 노인의 콧김 속에 달짝지근한 술 냄새가 배어 있었다.

"낙원동 악바리가 가오가 있지. 아침까지 굶고 이게 무슨 꼴이람. 서울에 가면 내 밑으로도 똘마니가 세 명이나 있는데."

아이는 혀를 차면서 불만스런 표정으로 노인에게 눈을 한 번 흘겨주었다. 문득 여름에 어느 삼류극장에서 보았던 무협 영화 한 편이 떠올랐다. 주인공이 산속으로 들어가 어떤 노인한테 무술을 배워가지고 악당들을 물리치고 부모의 원수를 갚는다는 내용의 영화였다. 자기도 지금 영화 속의 주인공과 똑같은 상황에 처해 있는 것이나 아닐까 하는 생각이 들었다. 잠들어 있는 노인의 모습을 보니 영화 속에 등장하는 무림고수들의 모습과 흡사한 것 같았다. 만약 그렇다면 무술을 배워서 낙원동 바닥을 완전히 장악해 버릴 수도 있을 거라는 생각이 들었다. 날치 따위를 처치해 버리는 건 시간문제일 거였다. 아이는 스님이 무술을 가르치기 위해 자기를 무림고수에게 맡겨놓았을 거라고 짐작했다. 어떤 일이 있더라도 무술을 배우리라. 왕초의 복수를 해주리라. 싸나이 의리에 곰팡이가 슬지 않았다는 사실을 보여주리라. 아이는 마음속으로 굳게 다짐을 했다.

"식솔이 하나 배를 곯고 있는 줄도 모르고 늘어지게 잠만 잤구나. 깨워서 먹을 걸 달라고 하면 될 일을 가지고 공연히 배를 곯고 있다니. 미련한 녀석."

무림고수가 잠에서 깨어난 것은 점심 나절이었다. 무협영화에서는 흔히 이 부분에서 주인공이 무릎을 꿇고, 사부님 부디 저를 제자로 삼아주십시오, 라고 말하는 것이 상식으로 되어 있지만 아이는 결코 그렇게는 하지 않았다. 싸나이 중의 싸나이는 결코 아무에게도 무릎을 꿇을 수가 없는 것이다. 왕초에게도 무릎을 꿇을 수가 없는 것이다. 사부님에게도 무릎을 꿇을 수가 없는 것이다. 대통령에게도 무릎을 꿇을 수가 없는 것이다. 왜냐. 싸나이 중의 싸나이기 때문이다. 왕초가 그렇게 말했었다. 아이는 그 말을 싸나이들 세계의 경전으로 생각하고 있었다.

"깨워도 일어나지 않았단 말이에요."

아이는 노인에게 핀잔을 듣자 불만스런 목소리로 항의하듯 말했다.

"잠시만 기다리거라."

노인이 서둘러 부엌으로 나가 고구마 한 바가지를 가지고 들어왔다. 아이가 황급히 하나를 집어 들었다. 그러자 어른들이 먼저 음식을 드신 다음 아이들이 먹도록 하는 것이 올바른 법도라고 노인이 점잖게 타일러주었다. 이런 부분도 무협영화의 한 장면과 흡사했다. 사부님들은 언제나 사사건건 트집을 잡아서 요모조모를 뜯어고치게 함으로써 제자들을 인격적으로 완벽한 고수가 되도록 만드는 것이다.

"명심하겠습니다."

아이는 영화 속의 주인공 같은 목소리로 말했다.

"오늘부터는 나를 스승이라고 부르도록 하여라."

노인이 말했다.

틀림없는 영화 그대로였다.

아이는 자신이 무술을 배워가지고 서울 장안의 모든 건달 패들을 때려잡아 부하로 거느리기까지의 활약상을 슬로비디오로 머릿속에 비쳐보고 있었다.

"무술은 언제부터 배웁니까."

아이가 무림고수에게 물었다.

아이는 모든 각오가 되어 있었다. 모래주머니를 발목에 달고 자갈밭을 달리기. 물통에 물이 가득 담긴 물지게를 지고 내리막길 달리기. 가마솥에 모래를 달구어놓고 맨손으로 찌르기. 작은 항아리들을 무질서하게 늘어놓고 눈을 가린 채로 그 위를 걸어 다니기. 그런 기본적인 시련과 고통들은 얼마든지 감수할 수가 있었다.

"무술이라니 무슨 뚱딴지 같은 소리냐. 너는 나한테 먹을 배울 것이니라. 알겠느냐."

노인이 말했다.

그러나 아이는 그 말을 곧이곧대로 믿지 않았다. 사부님들이란 원래 제자들 앞에서는 시침을 떼는 데 명수들이라는 사실을 영화를 통해 이미 잘 알고 있었기 때문이었다. 아이는 무협영화라면 사족을 못 쓰는 편이었다. 서울 변두리 극장에서 상영하는 무협영화는 하나도 빼놓지 않고 다 보았을 정도였다.

그날부터 아이의 산중생활이 시작되었다.

노인은 아이에게 날마다 먹을 가는 법만 가르쳐주었다. 체력 단련 같은 것도 시키지 않았고 기본자세 같은 것도 가르쳐주지 않았다. 오직 틈만 있으면 먹만 갈게 했다. 지루해서 견딜 수가 없었다. 먹을 가는 일 하나로 겨울을 다 보냈는데도 전혀 무술에 대한 언급을 하지 않았다. 아이는 스승님이 자신의 인내심을 시험해 보고 있는 것이라고 판단했다.

"저도 그림을 그려보면 안 되나요."

어느 날 아이가 노인에게 물었다.

노인이 그림을 그리는 모습을 보고 있으면 언제나 황홀한 느낌에 빠져들곤 했었다. 화선지 위로 붓이 가볍게 한 번씩 스쳐 지나갈 때마다 새가 날아올랐다. 매화가 피어났다. 산이 일어섰다. 안개가 스러졌다. 바람이 불었다. 숲이 흔들렸다. 무림고수들일수록 무술 외의 특기들을 대개 한 가지씩 정도는 가지고 있는 것이 상례였다. 가야금을 잘 탄다든가 퉁소를 잘 분다든가 바둑을 잘 둔다든가 도박을 잘 한다든가 그림을 잘 그린다는 사실은 아이에게 있어서 하나도 이상할 바가 없는 일 중의 하나였다.

"그림을 그리고 싶으면 먹을 열심히 갈아라."

"지금까지 열심히 갈았잖아요."

"아직 멀었느니라."

"벼루가 다 닳아 없어져야 하나요."

"달 중에서 가장 밝은 달이 무슨 달인가를 알 때까지 먹을 갈도록 하여라. 허나 그것을 알았다고 하더라도 당장 그림을 그릴 수 있는 자격을 부여하지는 않을 것이니라. 그것을 알게 되면 네가 종이를 만질 수 있는 자격을 부여하마. 내 문하에서 문방사우를 모두 다룰 수 있는 자격을 부여받으려면 몇 가지 어려운 관문을 통과해야만 하느니라. 그 관문을 모두 통과하는 것만으로도 너는 무술 따위를 익힌 자들보다 몇 배나 값진 것을 몸에 지니게 되느니라."

노인은 달 중의 가장 밝은 달이 절대로 보름달은 아니라고 했다. 보름달보다도 더 밝은 달이 있다는 것이었다. 아이는 먹을 갈면서 그 달이 무슨 달인가만 골똘히 생각하기 시작했다. 하이타이로 씻어낸 보름달. 서치라이트를 비춘 보름달. 왁스로 빤질빤질하게 닦아놓은 보름달. 광량증폭장치가 달려 있는 보름달. 이태백이가 놀던 보름달. 쟁반같이 둥근 달. 여러 가지 달들을 생각해 내어 보았지만 모두 불합격이었다. 봄이 오고 있었다. 마당가에 연둣빛 풀잎들이 돋아나고 있었다.

8

무육점(無肉店).

강은백이 오 년 전부터 경영하고 있는 정육점 상호였다. 한 남동 연립주택가에 자리 잡고 있었다. 상호대로라면 고기 없는 정육점이었다. 그러나 항시 충분한 고기가 시뻘건 조명빛을 머금고 진열대 안에 주렁주렁 매달려 있었다.

"무육점이라면 고기가 없는 상점이라는 뜻입니까."

간혹 고기를 사러 온 손님들이 질문을 던지는 때도 있었다. 이 정육점에서는 고기를 팔지 않고 뼈를 파느냐는 것이었다.

"살을 팔지요."

강은백은 짤막하게 대답해 주곤 했다.

그러나 손님들은 고기와 살의 차이점을 전혀 모르고 있는 듯한 표정들이었다. 그들은 대개 직관력이 퇴화되어 있었다. 그들은 대상에 대한 분석과 이해를 거의 육안과 뇌안에 의존하고 있었다. 살을 팔지요, 라고 말해 주어도 단지 비계나 기름이 포함되어 있지 않은 근육질의 고기만을 판다는 의미로밖에는 해석하지 못하는 것 같았다. 고기는 세포가 죽어 있는 상태이지만 살은 세포가 살아 있는 상태라는 사실을 알고 있는 사람은 아무도 없는 것 같았다.

"어서 오십시오. 무슨 고기로 드릴까요. 돼지고기로 두 근 말이죠. 여기 있습니다. 이천 원입니다. 안녕히 가십시오."

요즘 그가 가장 많이 사용하는 문장들이었다. 그가 사용하는 문장들은 언제나 간결했다. 이제 그는 세상 사람들과의 대화를 거의 단절한 상태에서 살아가고 있었다. 그들과의 대화는 언제나 그를 공허하게 만들었다. 그들은 대개 심안과 영안이 실명되어 있었다. 그들의 눈에는 현실밖에 보이지 않는 것 같았다. 그들은 살아 있으면서도 살아 있기 위해 발버둥치고 있었다.

강은백은 그들을 금 안에 사는 사람들이라고 규정했다. 금 안에는 신화가 죽어 있었다. 금 안에는 전설도 죽어 있었다. 모든 사물들의 가슴에도 자물쇠가 걸려 있었다. 그 어떤 것과도 편재가 되지 않았다.

강은백은 이제 세상에 대해 절망하고 있었다. 그는 극도로 외로움을 느끼기 시작했다. 그는 과묵한 성격으로 변해 있었

다. 오직 책만이 그의 유일한 친구였다. 그는 손님이 와도 결코 책에서 시선을 떼는 법이 없었다

"어서 오십시오."

그는 언제나 한 손에 책을 들고 그것을 들여다보며 손님과 대화를 나누거나 일을 하는 습관을 가지고 있었다.

"등심으로 두 근만 주세요."

손님이 고기를 주문하면 그는 한 손만을 사용했다. 고기를 꺼내고, 칼질을 하고, 포장을 하고, 대금을 받는 과정을 모두 한 손으로만 민첩하게 처리했다. 나머지 한손은 책을 들고 있기 때문이었다.

그는 고기를 결코 저울에 달아보는 법이 없었다. 두 근입니다. 언제나 말로만 손님에게 근수를 알려줄 뿐이었다. 저울조차 비치해 두지 않고 있었다.

고객은 왕이라는 상술가들의 사탕발림을 무슨 율법처럼 신봉하는 사람들은 그를 매우 거만하고 버르장머리 없는 장사꾼으로 치부해 버리는 기색이 역력했다.

"근수를 달아서 확인해 보셔야지요."

불쾌한 표정으로 따지듯이 말하는 여자들도 있었다.

"틀림없는 두 근입니다."

"그래도 한번 달아봐 주세요."

"틀림없는 두 근이라니까요."

"달아보지도 않았는데 어떻게 믿을 수가 있어요."

"저울은 믿을 수 있는데 사람은 믿을 수 없단 말입니까."

"그래도 한번 달아봐 달라니까요."

"저울이 없습니다."

"기가 막혀."

그러나 단골들도 많았다. 그는 병든 짐승의 고기도 팔지 않았고 물 먹인 짐승의 고기도 팔지 않았다. 그는 항시 양질의 고기들만 보유하고 있었다. 단골들은 그를 인간저울이라고 불렀다. 단골들은 알고 있었다. 그가 아직 한 번도 근수에 맞지 않게 고기를 팔아본 적이 없다는 사실을. 집에 와서 저울에 달아보면 언제나 단 일 그램도 빠지거나 초과하는 경우가 없었다는 사실을.

강은백은 십 년 전 정신병원에서 퇴원한 이후로 아직 한번도 식구들을 만난 적이 없었다. 신문이나 텔레비전을 통해서 아버지의 이름과 얼굴을 대한 적은 몇 번 있었다. 아버지는 국회의원이 되어 있었다. 여당이었다. 언젠가 한 번 텔레비전에서 국회가 열리는 장면을 자료화면으로 비춰준 적이 있는데 아버지가 졸고 있는 모습이 잠깐 카메라에 잡힌 적이 있었다.

십 년 동안 시국은 불안하고 어수선했다. 언제나 데모가 끊이지 않았다. 어느 해에는 몇 개의 국립대학병원 레지던트 사백여 명이 처우개선을 요구하며 총태업에 들어갔다. 그 사태를 계기로 전국의 레지던트들이 이에 동조하여 집단사퇴를 감행하는 바람에 전국 종합대학병원의 기능이 모조리 마비되어

버리는 결과를 초래하기도 했다. 정부는 사퇴 수련의들에게 즉각 입대조치 결정을 내려버렸다. 대학생들은 교련 반대운동을 개시했고 경찰은 처음으로 헬리콥터에서 수십 발의 최루탄을 투하했다. 경기도 광주군 중부면 광주단지에서는 서울시에서 강제철수된 극빈자 약 오만 명이 정부의 공약위반과 생활고를 이유로 공공건물을 방화하고 차량을 탈취하는 등의 폭동사건이 발생했다. 정부는 군인과 경찰을 긴급 출동시켜 주동자 스물한 명을 구속기소했다. 고용계약으로 파월되었던 기술자와 그 가족 사백여 명이 착취한 노임을 내놓으라고 회사에 몰려들어 방화를 하고 기물을 파손하는 등 집단항쟁을 벌였는데 경찰이 출동해서 주동자 백여 명을 연행하고 주모자를 기소했다. 대통령은 히피족의 텔레비전 출연금지를 지시했고 당국은 퇴폐풍조 일소를 목적으로 장발족을 단속하기 시작했다. 경찰들이 가위를 번뜩이며 거리를 돌아다니는 진풍경이 연출되고 있었다. 학생들의 데모가 점차 고조됨에 따라 정부는 서울시 일원에 위수령을 선포하고 시내대학 열 군데에 무장군 부대를 투입하여 천팔백여 명의 학생들을 연행했다. 데모 주동학생 백오십여 명이 제적되었으며 서클들은 해체되었고 간행물도 폐간조치되었다. 한국신문협회를 필두로 한 언론단체들이 국가비상사태 선언을 지지한다고 공동성명서를 발표했다. 어느 호텔에 사상 최대의 화재가 발생해서 백육십여 명이 사망하고 이십일 층이 전소되었으며 팔억 오천여만 원이라는 재산피해를 가져왔다. 인명을 경시하는 풍조가 만연해서 살인강도와 강간범들이 들끓기 시작했다. 망우리 공동묘지는 이제 더 이상 빈 터가 없다는 이유로 입묘금지조치(入墓禁止措置)가 내려졌다.

갑자기 새마을운동이라는 것이 일어나더니 초가집들이 차츰 사라져버리고 천박하게 페인트칠을 한 슬레이트 지붕들이 나타나기 시작했다. 대학생들은 여전히 데모를 계속하고 있었다. 열기가 점차 고조되고 있었다. 전국에 비상계엄령이 선포되었고 대학은 다시 문을 닫았다. 통일주체국민회의라는 것이 생겨났고 국민은 이제 대통령을 직접 선출할 수 있는 주권을 상실했다. 많은 것이 변해가고 있었다. 해마다 대형사고들이 속출하기 시작하더니 급기야는 부산과 마산에서 학생과 시민들의 대규모 시위가 발생했고 그 해에 대통령은 피격되었다. 이듬해 전라도 광주에서 대규모 민주항쟁이 발발했고 진압군이 투입되어 엄청난 사상자가 발생했다. 국보위는 비상대책위원회를 신설했고 몇 달 후 문공부는 백칠십여 개의 정기간행물의 등록을 취소했다. 잠시 국무총리가 대통령직을 맡고 있다가 일 년도 못 되어 하야했고, 그 후 국보위상임위원장으로 있던 사람이 대통령이 되었다. 미국 정부는 그가 대통령에 추대되는 데 반대하지 않기로 결정했다고 사전에 보도한 바가 있었다. 그러나 새로운 대통령은 언론을 통폐합시킴으로써 몇 개의 방송국과 신문사가 현판을 내렸다. 그리고 언론기본법이 공포되었다. 유언비어(流言蜚語)가 난무하기 시작했고 유비통신(流輩通信)이라는 말이 생겨났다. 식자(識者)들은 언론을 믿지 않기 시작했다.

강은백은 대학을 졸업하고 몇 년 동안 통장에 있는 돈의 이자를 아껴 쓰면서 비단통 하나를 들고 동서남북을 떠돌아다녔다. 자주 무선낭의 얼굴이 떠올랐다. 그때마다 편재불능의 이 세상에서 살아가는 일이 힘겹게만 느껴졌다. 아무도 혼자서만은 행복해질 수가 없다는 사실을 금 안에 사는 사람들은 모르고 있는 것 같았다. 철두철미하게 벽을 쌓으면서 살아가고 있었다. 행복을 원하고는 있었지만 행복이 무엇인지도 모르고 있었다. 사랑을 원하고는 있었지만 사랑이 무엇인지도 모르고 있었다. 그들은 대개 부를 종교처럼 숭배했고 권력을 성령처럼 받들어 모셨다. 학생들의 책가방은 갈수록 무거워져 갔고 대학문은 갈수록 비좁아져 갔다. 그런데도 서점들은 장사가 되지 않아 문을 닫는 경우가 많았으며 술집과 여관 들은 밤마다 손님들이 미어터질 지경이었다.

하지만 아직도 끼니를 거르면서 사는 사람들이 많았다. 강은백은 돈을 좀 벌어야겠다는 생각을 했다. 그는 오 년 전에 계모로부터 하사받은 한옥을 팔아버리고 정육점을 차렸다. 그러나 그는 장사와는 별로 인연이 없는 모양이었다. 생각보다는 벌이가 그리 신통치 않았다. 겨우 한 달에 한 번씩 행려병자수용소에다 약품과 의류 따위를 얼마간 지원해 주고 만나는 거지들마다 몇 푼씩 집어 주고 나면 현상유지가 고작이었다.

장사를 하는 일에도 떠도는 일에도 그는 이제 지쳐 있었다. 요즘은 자신이 마치 냉동된 고깃덩어리와 흡사하다는 생각이 들곤 했다. 한 달에 한 번씩 비단통을 배낭에 부착하고 습관처럼 먼 길을 떠나면 세상이 온통 낯설어 보이곤 했다. 그는 비범한 인물이 있다는 소문을 들으면 남한 일대의 어디 있는 누구든지 기를 쓰고 찾아가 만나보아야만 직성이 풀렸다. 영능력을 가지고 있다는 사람도 만나보았고 신의 계시를 받았다는 사람도 만나보았다. 그러나 그가 가지고 있는 그림 속을 자유자재로 드나들 수 있는 사람은 아무도 없었다.

불현듯 유년 시절이 그리워서 몇 번 고향에 내려가본 적도 있었다. 아이가 살던 농월당은 흔적조차 남아 있지 않았다. 집터 자리는 양계장으로 변해 있었다. 아버지는 국회의원에 출마하기 전 고향에 있는 얼마간의 땅을 처분해 버린 모양이었다. 소유주가 달라져 있었다. 할머니의 무덤가에는 잡초가 무성하게 자라 올라 있었다. 벌초를 하면서 어린 시절들을 떠올리면 공연히 눈시울부터 젖어왔다.

마을은 엄청나게 변해 있었다. 노인들 몇 명을 제외하고는 거의가 낯이 설었다. 무영강 건너편에 온천관광단지가 조성되면서 외지 사람들이 많이 유입되었다는 것이었다. 도로무기소 부근에는 옛날처럼 운무가 그리 짙게 끼어 있지 않았다. 온천의 수맥을 인위적으로 조정하고 있기 때문이라고 했다. 호텔과 온천장들이 우후죽순처럼 생겨나고 있다는 것이었다. 운무가 있던 자리에는 이제 새로 지어지는 건물들의 앙상한 갈비뼈들만 을씨년스럽게 얽혀 있었다. 황량해 보였다. 그는 처음으로 어릴 때의 모든 체험들이 환각이나 환시가 아니었을까 하는 의구심에 사로잡혔다. 비참했다. 그 후로 그의 낙천적인 성격은 차츰 비관적인 성격으로 변해가기 시작했다. 자기가 찾는 사람이 결코 이 지구상에는 존재하지 않을는지도 모른다는 생각이 들었다.

이따금 삼룡이의 모습이 떠올랐다. 삼룡이라면 그가 가시고 있는 그림 속을 자유자재로 드나들 수가 있을 것 같았다. 그래서 한때는 바보들만 찾아다닌 적도 있었다. 알고 보면 놀랍게도 마을마다 필수요원처럼 바보들이 최소한 한두 명씩은 확보되어 있었다. 그들은 착하고 순진하고 어리석고 단순했다. 대체로 삼룡이와 흡사했다. 하지만 그들 역시 그림 속을 자유자재로 드나들지는 못했다.

"그림 속에 대문이 없는데 어떻게 들어가유."

어느 바보가 해주던 말이었다.

강은백은 그때 그 말이 법문 같다는 생각을 했다.

누가 과연 그의 그림 속에다 대문을 만들어줄 수가 있을 것인가. 그는 정육점을 차려놓고 난 뒤에도 한 달에 한 번씩은 반드시 비단통을 둘러메고 낯선 마을들을 찾아다니곤 했다. 십 년 동안 그는 남한 일대를 샅샅이 뒤져보았다. 마침내 그는 자신이 찾고 있는 인물이 속세에 몸담고 있는 사람이 아닐 거라는 생각을 하기 시작했다. 그는 삼 년 전부터 명산이라는 명산을 두루 찾아다니면서 수도하는 사람들을 만나보기 시작했다.

내일은 정기휴일이었다. 그는 무육점의 셔터를 일찍 내려버리고 여행을 떠나기 위해 배낭을 꾸리기 시작했다.

한국 신선전(神仙傳)이라고 할 수 있는 『화헌파수록(華軒罷睡錄)』에 의하면, 가평의 최씨라는 사람이 춘천의 외조부를 만나러 가다가 폭설 속에 길을 잃고 선계로 빠져 들어가 거기 여자와 결혼해서 일 년 동안 살다가 본가로 돌아왔다는 것이었다. 그런데 병자년 봄이 되자 홀연히 말을 탄 사람 하나가 나타나 봉한 편지 한 통을 바쳤는데 바로 선계에서 온 편지였다. 뜯어보니 금년 겨울에 너희 나라에는 반드시 큰 재난이 일어나서 뭇 생령들이 모두 어육으로 변할 것이니 가족들을 모시고 선계로 오라는 내용이었다. 장인어른의 친필이었다. 최씨는 즉시 하나밖에 없는 어머니를 모시고 행장을 꾸려 집을 떠났는데 그 후로는 영영 소식이 없다는 것이었다. 병자호란이 나던 해의 일이었다.

최씨가 폭설 속에서 길을 잃고 헤매었던 곳이 어디쯤일까. 강은백은 가평과 춘천 사이를 한번 답사해 볼 심산이었다.

"어디까지 가십니까."

버스가 마석을 지날 때였다. 곁에 앉아 있던 사내가 말을 걸었다. 마흔 살쯤 되어 보이는 얼굴이었다. 시골 사람 같지는 않아 보였다. 옷차림이 세련되어 있었다. 사내는 아까부터 사홉들이 소주로 혼자 병나발을 불고 있었다. 병뚜껑을 따자마자 강은백에게 먼저 한 잔을 권했지만 사양했다. 소주는 벌써 반 이상이나 비어 있었다. 그러나 사내는 주량이 센 모양인지 아직 취한 상태는 아니었다.

"특별히 정해놓은 행선지는 없습니다."

강은백이 대답했다.

"저하고 같은 처지로군요."

사내가 반가워하는 표정을 지어 보였다. 그 표정 속에는 짙은 외로움의 그늘이 감추어져 있었다. 사내는 목을 젖혀 소주를 한 모금 삼킨 다음 자신에 대해 말하기 시작했다.

"저는 어릴 때 어느 읍소재지에서 살았었습니다. 제 아버님은 조상의 대를 이어 징을 만드는 사람이었습니다. 무척 가난했었지요. 소리가 제대로 잡힌 징을 만들려면 목욕재계를 하고 온갖 치성을 다 드려야만 합니다. 가히 수도자적인 마음가짐을 갖추지 않으면 절대로 좋은 징을 만들 수 없다는 것이 아버님의 신념이었습니다. 제대로 소리가 잡힌 징이 만들어지는 데는 꼬박 한 달 정도의 시일이 걸립니다. 그러나 만들어놓아도 찾는 사람은 별로 없었습니다. 어머님이 남의 집 길쌈이나 농삿일을 거들어준 대가로 얻어 오는 곡식들로 간신히 끼니를 때워갈 정도였습니다. 하지만 아버님은 오직 징 만드는 일밖에 모르시는 분이었습니다. 아버님은 징 소리가 세상만물들의 잠든 영혼을 일깨워준다고 믿고 있었습니다."

차창 밖으로 강이 보이기 시작했다. 강은 아침 햇살을 받아 눈부시게 반짝거리고 있었다. 사내가 계속해서 말하기 시작했다.

"징을 만드는 과정 중에 소리잡기라는 것이 있습니다. 반드시 새벽에 삼합수(三合水)에 나가 소리를 잡아야 하는데 다섯 살 때부터 귀를 틔워놓아야만 제대로 소리를 잡을 수 있는 장인이 될 수가 있다고 합니다. 저는 다섯 살 때부터 날마다 새벽이면 강제로 이불 속에서 끌어내어졌습니다. 정말로 진저리쳐지는 일이었습니다. 아버님이 그토록 증오스러울 수가 없었습니다. 어릴 때 저는 몹시 허약했었지요. 선잠에서 깨어나는 일이 가장 고통스러운 일 중의 하나였습니다. 눈을 뜨면 언제나 사방에 어두컴컴한 어둠이 도사리고 있었습니다. 아버님은 저를 데리고 삼합수로 나가 소리를 잡는 법을 가르쳐주곤 했었습니다. 삼합수란 세 갈래의 강물이 합쳐지는 지점을 일컫는 말이지요. 마을에서 십 리나 멀리 떨어져 있었습니다. 아버님은 저를 데리고 그리로 가서 소리를 잡는 법을 가르쳐주시곤 했었습니다. 하지만 열 살이 훨씬 넘어서까지 제 귀는 트이지 않았습니다. 아버님은 대물림을 걱정하셨지만 저는 죽어도 징 만드는 사람이 되고 싶지는 않았습니다. 저보다 두 살 아래인 남동생이 하나 있었는데 대물림은 그 애가 하면 된다고 생각했었습니다. 자연히 아버님께 자주 미움을 사게 되어 호되게 매도 많이 맞았습니다. 열두 살 때 저는 현실에 강한 반발을 느끼고 무작정 가출해 버리고 말았는데 어느 고아원에 붙잡혀 가 일 년 동안 원생으로 있다가 독일로 입양되었습니다."

토요일이었으나 버스 안은 별로 붐비지 않았다. 아직 이른 시간이기 때문인 것 같았다. 빈 의자들도 몇 개 눈에 띄었다. 차창을 통해 쏟아져 들어온 초여름 햇빛이 빈 의자들마다 옥양목 빨래처럼 펄럭거리고 있었다.

"양부모님들은 모두 고등학교에서 교편을 잡고 계셨는데 저로 하여금 세계적으로 유명한 바이올리니스트에게 바이올린을 배울 수 있도록 배려해 주셨습니다. 저는 마치 바이올린이라는 악기가 저를 위해 만들어진 악기라고 생각될 정도로 성장이 빨랐습니다. 사사를 받은 지 오 년도 못 되어 권위 있는 콩쿠르에서 여러 번 대상을 차지하는 영광을 누리기 시작했습니다. 독주회가 열릴 때마다 평론가들은 극찬을 아끼지 않았습니다."

사내는 창문 쪽에 앉아 있었다. 버스가 노변을 스쳐 지나갈 때마다 포플러들이 일제히 기립박수를 치고 있었다.

"나이가 들어가면서 차츰 조국이 그리워지기 시작하더군요. 언젠가는 돌아가리라 마음먹고 있었습니다. 어릴 때부터 말을 잊어버릴까 봐 혼자 있을 때는 여러 가지 사물들과 한국말로 이야기를 나누는 습관을 익히고 있었습니다. 부모님을 모시지 못한 죄책감도 항시 저를 괴롭히고 있었습니다. 이제 양부모님들은 모두 돌아가시고 독일에는 저 혼자뿐이었습니다. 저는 마침내 귀향을 결심하기에 이르렀습니다. 왠지 그즈음 제 음악은 딜레마에 빠져 있었습니다. 저는 그것을 향수병 때문이라고 생각했었습니다."

버스가 공사 중이라는 적색 표지판이 설치되어 있는 비포장도로로 진입해 들어가고 있었다. 승객들이 황급히 창문을 닫고 있었다. 누우런 흙먼지가 일고 있었다. 버스가 가래 끓는 소리를 발하며 비포장도로를 통과하고 있었다. 왜 도로를 한번에 오래 갈 수 있도록 만들어놓지 못하는 것일까. 왜 해마다 군데군데 등가죽이 벗겨지고 흉측하게 살점들이 떨어져 나가게 만드는 것일까. 버스는 계속 불만스럽게 투덜거리고 있었다.

"놀랍게도 부모님들은 옛날 그 자리에 그대로 살고 계셨습니다. 조금도 변한 것이 없었습니다. 동생은 서울에 취직이 되어 직장생활을 하고 있는 모양이었습니다. 아버님은 그때까지도 제가 나타나면 대물림을 하겠다는 생각을 버리지 않고 계셨습니다. 반드시 장손이 대물림을 해야 된다는 것이었습니다. 저는 그러한 아버님의 완고성에 벌컥 짜증부터 치밀어 올랐습니다. 아버님이 만드시는 징 천 개를 팔아도 제가 가지고 있는 바이올린 한 개를 살 수가 없노라고 저는 아버님께 소리

쳤지요. 이런 단조로운 소리의 타악기 하나에 매달려 자손만
대가 배를 곯으면서 살아야겠느냐고 따지듯이 물었지요. 아버
님은 아직도 제 귀가 소리를 제대로 들을 만큼 틔어 있지 않
기 때문에 징을 잘 모르고 있을 뿐이라고 말씀하셨습니다. 하
지만 저는 자타가 공인하는 바이올린의 천재였습니다. 저의 청
음력을 의심한다는 것은 도저히 용납될 수가 없는 일이었습
니다. 아버님의 징 소리가 만사물의 잠들어 있는 영혼을 일깨
워주는 악기라면 제가 가진 바이올린은 온 우주의 잠들어 있
는 영혼을 일깨워주는 악기라고 말씀드렸습니다. 스트라디바
리라는 이름의 악기입니다. 전세계에 육백 개만 현존해 있습니
다. 아버님은 제 말을 들으시더니 그 서양 깽깽이가 그렇게 대
단하다면 어디 한번 내가 만든 징 소리와 겨루어보자고 말씀
하시더군요. 다음 날 새벽 어두컴컴할 무렵에 아버님은 어릴
때처럼 저를 다시 이불 속에서 끌어내셨습니다. 전세계에 육
백 개밖에 없다는 그 서양 깽깽이를 들고 나를 따라오너라. 아
버님의 목소리는 거역할 수 없는 준엄함을 느끼게 만들어주고
있었습니다."

사내는 여기서 말을 잠시 중단하고 다시 소주를 한 모금 들
이켰다. 안주는 없었다. 버스는 이제 검문소 하나를 통과하고
있었다.

"아버님은 저를 데리고 읍내에서 약 십여 리 떨어져 있는 금
의산으로 갔습니다. 그리고 계곡을 따라 한 시간 남짓 산을 거

슬러 올라갔지요. 폭포가 하나 있었습니다. 장엄한 폭포였습니다. 물 소리가 온 천지를 뒤흔들어놓고 있는 듯한 느낌이었습니다. 네가 그토록 자랑스러워하는 그 서양 깽깽이를 여기서 한번 켜보도록 하여라. 폭포 소리가 그 서양 깽깽이 소리에 숨을 죽이고 귀를 기울이는 기미라도 행여 있으면 나는 오늘부터 징 만드는 일을 그만두겠다, 하고 아버님이 말씀하셨습니다. 저는 바이올린을 꺼내 들고 조율을 하기 시작했습니다. 하지만 음을 제대로 고를 수가 없었습니다. 폭포 소리가 너무 컸기 때문입니다. 저는 언제나 조용한 곳에서만 조율을 해왔었지요. 상당히 오랜 시간이 걸려서야 간신히 음을 제대로 고를 수가 있었습니다. 연주자세를 취하자 습관처럼 긴장감이 가슴 속에 차오르면서 폭포 소리가 관중들의 박수 소리처럼 들려오기 시작했습니다. 저는 약간 자신감을 되찾게 되었습니다. 아버님이 서양 음악을 이해하시리라고는 생각지 않았지만 저는 그 어떤 연주회에서 연주할 때보다 진지하게 아버님 앞에서 제 음악을 연주해 드리고 싶었습니다. 제가 연주한 곡은 파가니니 바이올린 협주곡 일 번이었습니다. 아버님은 눈을 지그시 감으시고 처음부터 끝까지 바이올린 소리에 귀를 모으고 계셨습니다. 그러나 연주가 다 끝났을 때 저는 솔직히 말해서 비참한 기분이었습니다. 연주하는 동안 시종일관 폭포 소리가 제 바이올린 소리를 지푸라기처럼 바스러뜨려놓고 있었습니다. 선율이 제대로 살아나지 않고 있었으므로 전혀 감정

또한 잠을 수가 없었습니다. 저는 식은땀을 흘리기 시작했습니다. 주변에 있는 풀과 나무들이 저를 향해 끼득끼득 웃고 있는 것 같았습니다. 이번에는 징 소리를 들을 차례다. 아버님이 말씀하셨습니다. 단 세 번만 칠 터인즉 잘 들어보도록 하여라. 아버님은 산신령께 세 번 절하고 징과 징채를 집어 들었습니다. 첫 번째 징이 울리자 일순 폭포 소리가 뚝 끊어지는 듯한 느낌을 불러일으키면서 징 소리만 온 산을 가득 채운 듯한 느낌이었습니다. 산이 기지개를 켜고 있었습니다. 나무와 나무 사이로 햇빛이 스며들고 안개들이 미세하게 반짝거리면서 흩어지기 시작했습니다. 사물들이 생기를 되찾기 시작했습니다. 징 소리는 오래도록 여운을 남기며 아주 미세한 사물들의 영혼 속에까지 파고들어가고 있는 듯한 느낌이었습니다. 잠시 후 징 소리가 점차 사그라들면서 폭포 소리가 다시 살아나고 있었습니다. 그때였습니다. 두 번째 징이 울렸습니다. 그때 저는 분명히 들었습니다. 산 속에 있는 모든 사물들이 징 소리와 화음을 이루어 일제히 공명하는 소리를. 삼라만상이 모두 영혼의 깊은 잠에서 깨어나 징 소리를 따라 울고 있었습니다. 저는 귀가 틔어 있었던 것입니다. 적어도 그런 소리들쯤은 들을 수가 있는 수준이 되어 있었던 것입니다. 하지만 아버님은 세 번째 징을 치시지는 않았습니다. 저는 아버님께 여쭈어보았지요. 왜 세 번째 징은 치시지 않으십니까, 그러자 아버님께서는 저를 한심하다는 듯한 눈초리로 바라보시면서 이렇게 말씀하셨습니다. 이미 쳤는데 네가 듣지 못했느니라."

　사내는 독일로 돌아갈 것을 단념해 버렸노라고 말했다. 이
제야 비로소 자기의 아버님이 얼마나 위대한 존재인가를 알게
되었다는 것이었다.

　"아버님께서 제게 고국산천을 한번 두루 돌아보라고 말씀하
셨습니다. 하지만 돌아다니면서 보니까 너무 서양식으로 변해
있더군요. 형씨, 제가 떠들어대는 바람에 여행에 방해가 되지
나 않으셨는지 모르겠습니다. 죄송합니다. 한국말로 무엇이든
무한정 떠들어보고 싶어서요."

　강은백은 좋은 이야기를 들려주셔서 오히려 고맙노라고 말
했다.

　화엄경(華嚴經) 동종선근설(同種善根說)에 일천 겁 동종선
근자(同種善根者)는 일국동출(一國同出)이며 이천 겁 동종선
근자는 일일동행(一日同行)이라는 말이 있었다. 일천 겁의 같
은 선근을 인연으로 해서 같은 나라에 태어나고 이천 겁의 같
은 선근을 인연으로 해서 하루를 동행한다는 뜻이었다. 일 겁
은 사전적으로 말하면 천지가 한 번 개벽하고 다음 개벽이 시
작될 때까지의 시간인데 불교에서는 버선발로 승무를 추어
바윗돌 하나가 다 닳아 없어지는 시간이라고 말하기도 했다.
인연이란 얼마나 지중한 것인가.

　그러나 춘천에서 약 이천 겁의 동종선근에 의한 인연으로
만났던 사내와 강은백은 서로 악수를 하고 헤어졌다. 인연이

있으면 또 만날 것이라는 식의 말들을 잠깐 주고받았다. 사흘들이 소주를 혼자서 말끔히 다 비워버렸으므로 그는 그제서야 다소 혀가 꼬부라져 있었다.

강은백은 등선폭포(登仙瀑布)로 향할 예정이었다. 삼악산(三岳山)에 있었다. 시내에서도 잘 보였다. 준수한 세 개의 봉우리가 신선처럼 의연한 자세로 다른 산들을 굽어보고 있었다. 등선(登仙)이라는 수식어가 그의 마음을 잡아끌고 있었다. 시내에서 등선폭포 입구까지 가는 버스가 있었다.

그는 열한 시쯤에 거기에 당도하였다. 여러 대의 관광버스가 정차해 있었다. 자가용도 줄지어 도로변을 점유하고 있었다.

인파가 들끓어 폭포로 오르는 소로가 비좁을 지경이었다. 등산객들이 떠들어대는 소리들이 계곡과 능선을 온통 시끄럽게 어지럽히고 있었다. 여러 사람이 발악적으로 유행가를 불러대는 소리. 볼륨을 최대한으로 올려놓은 녹음기의 찢어지는 음악 소리. 먼저 기어 올라간 동료들의 이름을 고래고래 불러대는 소리. 장사꾼들이 아귀다툼을 하며 등산객들을 자기 집에다 유치하려고 질러대는 소리. 소주병 깨지는 소리. 기타 소리. 장고 소리. 그런 소리들이 계곡의 맑은 물 위로 쓰레기들처럼 떠내려가고 있었다. 폭포로 오르는 오솔길 하나를 사이에 두고 양쪽으로 통나무 건물들이 한 걸음 건너 한 채꼴로 들어차 있었는데 기념품과 음식을 파는 집들이었다. 아름다운 절경이 벼룩시장처럼 난장판으로 변해 있었다. 새들은 모두 도망쳐버린 모양이었다. 울음 소리가 전혀 들리지 않았다. 나비들이 신경쇠약을 앓으며 허공을 위태로운 동작으로 날아다니고 있었다. 꽃들이 귀를 막은 채 풀숲에 얼굴을 파묻고 있었다. 오늘날 인간은 지구에게 어떤 존재들일까. 악성피부병을 유발시키는 백해무익의 세균 같은 존재들은 아닐까. 옛날에는 신선들이 살던 선경이었을는지 모르지만 지금은 아니었다. 강은백은 속세와 너무 근접해 있는 장소를 선택한 자신의 둔감함을 나무라는 수밖에 없었다. 여기도 금 안에 사는 사람들만 가득 들끓고 있었다.

9

"이름이 무엇이냐. 나이가 몇 살이냐. 고향이 어디냐. 부모님
은 무엇 하는 분이시냐."

아이가 처음 고산묵월에게 그런 질문을 받았을 때 확실하
게 대답할 수 있는 항목은 아무것도 없었다. 이름은 동칠이라
고 부르는 사람도 있었고 똥칠이라고 부르는 사람들도 있었다.
성은 없었다. 상대편이 김씨라고 말하면 자기도 김씨라고 말했
고 상대편이 박씨라고 말하면 자기도 박씨라고 말했다. 나이
역시 필요에 따라 올리기도 했고 내리기도 했다. 노인은 그날
로 아이에게 이름을 하나 지어주었다. 백득우(白得牛). 성은 백
봉산의 첫글자를 빌렸으며 크게 깨달음을 얻으라는 뜻이 내
포되어 있다는 설명이었다. 아이는 그 이름이 매우 마음에 들

었다. 어딘지 모르게 무협영화의 주인공 같은 느낌이 드는 이름이라고 생각했다. 전에 쓰던 동칠이라는 이름은 주인공이 휘두르는 칼날 한 번에 찍 소리도 못하고 쓰러져버리는 엑스트라 이름 같아서 언제나 불만이었다.

"낙원동 악바리라고 부르지 말고 싸나이 백득우라고 불러다오."

서울에 갈 기회가 있으면 낙원동에 들러 앵벌이들을 모아놓고 자신의 인품을 한껏 과시해 보일 작정이었다.

"득우야, 득우야."

노인은 언제나 동트기 전에 아이를 깨웠다. 눈을 뜨면 희끄무레한 새벽 미명이 창호지에 젖어 있었다. 이부자리를 정돈하고 밖으로 나오면 안개가 자욱했다. 안개 저쪽에서 끊임없이 물 소리가 들렸다. 마당을 다 쓸고 나면 계곡으로 내려가 세수를 한 다음 물지게를 지고 바위 웅덩이에 고여 있는 석간수를 뜨러 갔다. 바위 웅덩이에는 백봉산 머리 부분이 거꾸로 비치고 있었다. 잠에서 깨어난 새들이 시끄럽게 우짖기 시작하면 백봉산 머리 위로 맑게 씻긴 해 하나가 솟아올랐다. 아이는 바로 그 시간에 두 개의 초롱 가득 물을 채워 넣어야 했다. 바위 웅덩이 속에 해가 빠져 있을 때 길어낸 물로만 차를 달이고 밥을 짓고 먹을 갈도록 스승이 당부해 두었기 때문이었다.

"왜 해가 빠져 있는 물로만 차를 달이고 밥을 짓고 먹을 갈아야 해요."

"풍류가 있기 때문이니라."

"풍류가 뭔데요."

"아름다움을 즐기는 마음이니라."

아이는 설거지가 끝나면 먹을 갈기 시작했다.

먹을 가는 일은 생각보다 그리 쉽지가 않았다. 벼루와 먹과 연적이 준비되면 자세를 단정히 하고 마음을 평온하게 가라앉힌 다음 먹을 갈기 시작하는데 자세가 흐트러지거나 잡념이 떠오르면 노인은 귀신같이 알고 불호령을 내리거나 회초리로 방바닥을 두드리기 일쑤였다. 먹을 마주했을 때는 스승의 표정이 언제나 경건하고 엄숙해 보여서 아이는 숨도 제대로 쉬지 못할 정도로 주눅이 들어 있곤 했다. 확실히는 모르지만 스승은 무술을 가르치기 전에 자신에게 인격수양부터 가르치고 있는 것이라고 굳게 믿고 있었다. 처음에는 잠시만 먹을 갈면서 앉아 있어도 장딴지에 쥐가 나고 오금이 저려왔다. 아무리 정신을 바짝 차리고 갈아도 먹 밑바닥의 갈린 자국은 경사가 졌다. 다 갈고 나서 경사가 져 있으면 회초리로 종아리를 맞아야 했다. 처음에는 거의 날마다 종아리를 맞았으므로 도망쳐버리고 싶은 생각도 없지 않았다. 하지만 집 주위를 아무리 둘러보아도 길은 없었다. 계곡으로 이르는 길과 채마밭으로 가는 길과 바위 웅덩이로 가는 길만 선명하게 나 있었다. 사방은 기암괴석들로 둘러싸여 있었고 높은 지대에 올라가 멀리까지 둘러보아도 길이나 인가는 보이지 않았다. 오직 겹겹이

둘러싸인 능선들만 보였다. 아이는 무술을 완전히 터득하기
전에는 빠져나갈 수 없는 장치 속에 자신이 갇혀 있는 것이라
고 판단했다.

"군사부일체라는 말이 있느니라."

스승은 가끔씩 아이에게 유식한 말들을 한마디씩 가르쳐주
곤 했다.

"임금과 스승과 어버이의 은혜는 모두 같으니 하늘처럼 모
시라는 뜻이 내포되어 있느니라."

스승은 확실히 왕초에 비하면 문교부 물을 많이 먹은 모양
이었다. 왕초는 공부를 많이 한 사람을 문교부 물을 많이 먹
은 사람이라고 말한 적이 있었다. 왕초는 자기가 만약 문교부
물만 많이 먹었다면 장관자리 하나쯤은 따놓은 당상인데 시
대와 조상을 잘못 타고나서 낙원동 바닥에 뚝건달로 썩고 있
다고 신세타령을 늘어놓곤 했었다. 그때 아이는 문교부라는
데가 어디 있는지 말해 주기만 하면 물을 한 세숫대야쯤 훔쳐
다 줄 수 있노라고 결의에 찬 목소리로 말했었다. 하지만 아
이는 공부라면 담을 쌓은 지 오래였다. 겨우 한글을 떠듬떠듬
읽을 수 있을 정도의 수준이었다. 한번 앵벌이는 영원한 앵벌
이다. 왕초의 가르침이었다. 송충이는 솔잎만 먹고살아야 한
다는 것이었다. 아이는 왕초의 말이라면 무조건 진리라고 생
각했었다.

그러나 아이는 스승에게서 유식한 말들을 한마디씩 배울

때마다 마음이 몹시 뿌듯해지는 듯한 느낌이 들었고 자신이 매우 인격적인 존재로 변해가고 있는 듯한 착각에 사로잡히곤 했다. 아이는 자신이 배운 유식한 말들을 누군가에게 한 번쯤 써먹음으로써 인격적인 존재로 변해 있는 자신을 드러내 보이고 싶었으나 사방을 둘러보아도 스승을 제외하면 말동무라곤 당나귀 한 마리밖에 없는 첩첩산중이었다.

"영웅은 언제나 고독한 거야."

아이는 어느 무협영화의 주인공이 툭하면 뇌까리던 말을 자주 흉내 내는 습관을 가지기 시작했다. 반드시 무예의 최고봉이 되어 왕초의 원수인 날치를 응징하고 모든 악의 무리들을 이 세상에서 추방시켜 버리리라. 아이는 먹을 갈다가도 스승이 출타 중이거나 낮잠에라도 취해 있을 때면 몰래 감춰두었던 잭나이프를 숫돌에다 갈았다.

스승은 책을 읽거나 시를 짓거나 차를 마시거나 채마밭을 일구거나 산책을 하거나 낮잠을 자거나 그림을 그리는 것이 하루 일과의 전부였다. 아이는 이제 하루 종일이라도 자세를 흐트리지 않고 먹을 갈 수가 있었으며 갈린 밑바닥도 언제나 반듯한 수평을 유지시킬 수가 있게 되었다. 그래도 스승은 전혀 무술을 가르쳐줄 낌새가 아니었다.

"자연의 마음을 알지 못하면 인간의 마음을 알 수 없고 인간의 마음을 알지 못하면 하늘의 마음을 알 수가 없느니라."

스승은 어떤 사물들과도 이야기를 나눌 수가 있는 신통력을 가지고 있는 것 같았다. 당나귀와도 이야기를 나누고 다람쥐와도 이야기를 나누었다. 백봉산과도 아야기를 나누고 모래알과도 이야기를 나누었다. 하늘과도 이야기를 나누고 바람과도 이야기를 나누었다. 모든 사물들을 마치 사람처럼 대해주고 있는 것 같았다. 하지만 아직 하늘을 날아다니거나 몸을 사라지게 하는 비술 따위는 한번도 아이에게 보여주지 않았다. 역시 고수다운 처사라고 아이는 경탄해 마지않았다. 고수일수록 자신의 무예를 남에게 함부로 보여주지 않는 겸손함을 몸에 지니고 있는 것이다. 스승의 무예는 과연 어느 정도의 경지에 달해 있는 것일까. 특기는 무엇일까. 아이는 궁금한 것들이 한두 가지가 아니었다.

"달 중에서 가장 밝은 달이 무슨 달이냐."

스승은 먹을 다 갈고 나면 항시 그렇게 물어보았다.

"모릅니다."

아이는 습관처럼 그렇게 대답하는 수밖에 없었다.

세월이 가고 있었다. 산중에는 달력도 없었고 시계도 없었다. 해와 달이 시계였고 풀과 나무들이 달력이었다.

"저토록 달이 밝은 걸 보니 오늘이 필시 팔월 대보름일 것이다."

아이가 산중에 들어온 지 오 년째 되는 해의 가을이었다. 그날 밤에는 유난히 달이 밝았다. 스승은 툇마루에 앉아 달을 감상하고 있다가 아이에게 그림을 그리고 싶으니 먹을 준비하라고 일렀다. 풀벌레들이 달빛 속에서 명주실같이 반짝거리는 소리로 울고 있었다. 날씨가 서늘해져 있었다.

아이가 툇마루에다 벼루와 먹과 연적을 준비하는 동안 스승은 화선지와 문진과 붓들을 꺼내놓았다. 아직도 아이는 먹과 벼루밖에는 만질 수가 없었다. 스승의 신묘한 붓놀림을 곁에서 지켜볼 때마다 자기도 한 번쯤 흉내를 내보고 싶은 생각이 간절했지만 먹과 연적과 벼루 이외의 도구들은 모두 재래식 자물쇠가 매달려 있는 궤 속에 보관되어 있었다. 스승은 이따금 마술사처럼 여러 가지 물건들을 그 속에서 꺼내 보이곤 했다. 삶은 감자가 나오는 때도 있었고 군밤이 나오는 때도 있었다. 대패가 나오는 때도 있었고 망치가 나오는 때도 있었다. 꿀이 나오는 때도 있었고 약이 나오는 때도 있었다. 스승이 지금까지 그린 그림들도 모두 그 속에 보관되어 있었다. 아이가 투정을 부리거나 볼이 부어 있으면 스승은 가끔씩 궤를 열어 먹을 것들을 꺼내주거나 옛날에 그려놓았던 그림들을 보여주곤 했다.

"그림을 그릴 때는 자신이 그리고자 하는 대상이 진실로 아름답다고 생각되지 않으면 절대로 붓을 잡아서는 안 되느니라."

자신이 아름답다고 생각되지 않는 대상을 그리게 되면 잔재주와 속임수만 익히게 될 뿐이라는 것이었다. 그리고 잔재주와 속임수로는 대상의 겉모습밖에는 그려낼 수가 없다는 것이었다.

"자신의 마음과 모든 사물의 마음까지를 그려낼 수 있을 때 비로소 그림을 좀 그릴 줄 안다고 말할 수가 있느니라."

진실로 아름다운 것들은 마음 안에 있다는 것이었다.

"저 세간의 눈먼 자들은 행복이 마음 바깥에 있는 것으로 착각하면서 살아가고 있지만 행복이란 결코 마음 바깥에 있는 것은 아니니라. 행복이 마음 바깥에 있다고 생각하는 자들은 행복하면서도 행복한 줄 모르고 있기 때문에 불행한 것이니라."

행복이란 세상만사를 모두 아름답게 보는 마음에서 비롯되는 것이라고 스승은 말했다.

"풀과 나무들을 자세히 관찰해 보아라. 그것들은 모두 어딘가를 바라보고 있느니라. 그것들은 자신들이 태어난 우주의 중심부를 바라보고 있는 것이지. 그것들은 거기에서 태어났으며 거기로 돌아갈 것이니라. 우주의 본질적 구성요소가 바로 아름다움 그 자체이니라. 풀과 나무들은 아름답고자 하는 소망에 의하여 꽃을 피우고 열매를 만들고 씨앗을 싹 틔우는 것이니라. 본디의 모습으로 돌아가기 위한 그 소망은 비단 풀과 나무들뿐만 아니라 모든 만물들이 공통적으로 가지고 있는 존재의 이유이니라. 사람들은 누구나 행복하기 위해 살아가는 것인즉 행복이란 바로 마음이 아름다워진 상태가 아니면 느낄 수가 없는 감정이니라. 따라서 아름다움을 모를 때 사람은 불행한 법이니라. 사람이 살아가는 목적은 자신이 우주와 합일된 아름다움을 획득하고 그것을 관조함에 있는 것이니라. 허나 때로 어리석은 인간들은 현실에 너무 집착한 나머지 소망과 욕망을 혼동하면서 살아가고 있느니라. 욕망에 아름다움을 더하면 소망이 되고 소망에 아름다움을 빼면 욕망이 된다는 사실조차도 모르고 있는 실정이니라."

스승은 어느 날 아이에게 바위와 이야기를 나누어보라고 권유한 적이 있었다. 대상이 가지고 있는 아름다움을 마음으로 느끼면서 이야기를 나누어보면 무엇이든지 그 속을 열어 보이게 된다는 것이었다. 바위가 말하는 소리까지도 들을 수가 있다는 것이었다. 얼굴에 붙어 있는 귀로는 들을 수가 없지만 마음속에 간직되어 있는 귀로는 들을 수가 있다는 것이었다.

"오늘부터 계곡에 내려가 바위 하나를 정해놓고 틈나는 대로 찾아가서 네가 하고 싶은 이야기를 들려주도록 하여라. 무슨 이야기라도 상관이 없지만 될 수 있는 대로 무엇을 미워하는 감정이 남아 있을 때는 가급적이면 이야기를 하지 않도록 하여라. 처음에는 전혀 대화가 통하지 않을 것이니라. 허나 계속하다 보면 어느 날 문득 바위의 마음을 알게 되는 날이 올 것이니라. 네가 바위를 사랑하면 사랑할수록 바위의 마음이 열리는 날이 빨리 도래하게 될 것이니라. 대상을 아름다워하는 마음이 바로 대상을 사랑하는 마음임을 명심하여라."

그때 아이는 스승이 드디어 굉장한 무술의 비법 하나를 자기에게 가르쳐준 것이라고 생각했다. 그래서 계곡으로 내려가 가장 마음에 드는 바위 하나를 선택해서는 하루에도 열두 번씩 온갖 이야기를 다 털어놓곤 했다. 만약 바위와 이야기를 나눌 수 있으면 돌멩이와도 이야기를 나눌 수가 있을 것이며 돌멩이를 비밀첩보원 따위로 만들 수도 있을 거라는 생각이 들었다. 보통 사람들은 상상도 못할 비술이었다. 아이는 스승이 엄청난 고수임을 다시 한 번 굳게 믿지 않을 수 없었다.

하지만 아이는 아직 바위의 마음도 알 수가 없었고 바위의 목소리도 들을 수가 없었다. 단지 바위가 자신에게 어떤 정 같은 것을 느끼고 있으며 자신의 이야기에 귀를 기울이고 있다는 사실만은 어렴풋이 느낄 수가 있었다.

아이는 이제 먹을 가는 일이 하나의 도락처럼 되어 있었다. 먹을 갈면 아무 잡념도 일지 않았다. 마음이 한정 없이 고요해졌다. 때로는 자신이 먹을 갈고 있다는 사실조차도 의식되지 않았다. 온 우주 안에 은은한 묵향(墨香)만 가득 번지고 있었다. 하루라도 먹을 갈지 않고 잠자리에 든 날은 왠지 잠이 잘 오지 않았다. 아이는 비로소 고요함의 참된 의미를 조금씩 깨달아가고 있었다. 이제 서울에 대한 기억들은 아이의 머릿속에서 거의 퇴락해 있었다. 그러나 아직도 왕초에 대한 복수만은 잊지 않고 있었다. 스승이 보지 않을 때를 틈타 가끔씩 잭나이프를 숫돌에 가는 일도 중단하지 않고 있었다.

"오늘 따라 묵향이 더욱 짙구나."

스승이 먹을 갈고 있는 아이의 모습을 보며 혼잣소리로 그렇게 중얼거리고 있었다. 그때였다. 갑자기 아이가 먹을 갈던 손을 멈추었다. 그리고 벼루 속을 뚫어지게 들여다보고 있다가 상기된 목소리로 소리치기 시작했다.

"보았어요! 보았어요!"

건너편 산이 깜짝 놀라 잠에서 깨어나더니 영문도 모르고 아이의 목소리를 흉내 내기 시작했다. 보았어요. 보았어요. 다른 산들도 잠에서 깨어나 똑같은 말을 한 번씩 잠꼬대처럼 되풀이하고는 다시 깊은 잠에 빠져들었다. 아이는 굉장한 감동에 사로잡혀서 아무 말도 할 수 없다는 듯한 표정을 짓고 있었다.

"무엇을 보았느냐."

스승이 물었다.

"달 중에서 가장 밝은 달을 보았어요."

아이의 대답이었다

스승이 정색을 하며 자세를 바로 갖추고 있었다.

"이리 오너라."

스승은 아이를 불러 자기 앞에 바른 자세로 앉히고는 엄숙한 표정으로 묻기 시작했다.

"달 중에서 가장 밝은 달이 무슨 달이냐."

아이가 거침없는 목소리로 대답했다.

"그믐달입니다."

아이는 자랑스러움에 찬 표정을 감추지 못하고 있었다.

"네가 진실로 보았는지 내가 한번 물어보리라. 어느 산에 뜨더냐."

"벼루 속에 뜹니다."

촌각의 망설임도 없이 아이는 스승의 질문에 답변했다. 이번에는 스승이 아이를 덥석 끌어안으며 감격적인 목소리로 소리 질렀다.

"보았구나! 보았구나!"

건너편 산이 다시 깜짝 놀라 잠에서 깨어나서는 스승의 목소리를 되풀이했고 다른 산들이 덩달아 보았구나. 보았구나. 잠꼬대를 이어나가기 시작했다.

"이제부터는 저도 그림을 그릴 수가 있나요."

아이가 스승에게 물었다.

"아직은 문방사우 중에 세 가지밖에는 만질 자격을 갖추지 못했느니라."

스승의 대답이었다. 벼루와 먹과 종이는 만질 수가 있으나 붓을 만지려면 하나의 관문을 더 통과해야 한다는 것이었다. 스승은 다음 날 아침 아이에게 사흘간의 여유를 줄 터이니 집밖으로 나가 네가 본 것들 중에서 가장 더럽다고 생각되는 것을 세 가지만 화선지에다 조금씩 떼어서 싸가지고 오라는 것이었다. 그 세 가지가 스승의 생각과 일치하는 것이면 문방사우들을 모두 다룰 수 있는 자격을 부여하겠다는 것이었다.

"나도 어디를 좀 다녀와야 할 데가 있느니라."

스승은 아이에게 화선지 한 장을 쥐어주고는 당나귀를 타고 어딘가로 떠나버렸다. 아이는 그날부터 집 밖으로 나가 더럽다고 생각되는 것들을 찾아 헤매기 시작했다.

사흘 만에 스승이 먼저 집으로 돌아왔다. 스승은 아이에게 벼루를 만들어주기 위해 당나귀를 타고 보령까지 가서 남포석 한 덩어리를 떼어왔던 것이다.

아이가 집으로 돌아와보니 스승은 검은빛 돌 하나를 재단하고 있었다.

"어떤 것들을 찾아서 싸가지고 왔는지 어디 한번 화선지를 펼쳐보아라."

그러나 아이가 화선지를 펼쳤을 때 화선지에 담겨 있는 것은 아무것도 없었다.

"게으름을 피웠구나. 아무것도 찾아내지 못하지 않았느냐."

스승이 준엄한 표정으로 아이를 나무라고 있었다.

"아무리 돌아다녀보아도 이 세상에 더러운 것은 아무것도 없다는 생각이 들었어요."

갑자기 스승의 얼굴이 활짝 개었다.

"다 통과하였느니라. 이제 너는 비로소 내 제자의 자격을 갖추었느니라."

스승은 그날부터 밤을 새워 아이의 벼루를 만들기 시작했다.

10

그날은 인사동 오죽산방(烏竹山房) 주인 서동균(徐東均)
씨에게 있어 개점 이래 가장 재수가 없는 날이 아닐 수가
없었다.

그날 서씨는 삼십대 중반쯤으로 보이는 귀부인 하나를 응접
용 소파에 앉혀놓고 고산묵월의 가짜 〈외엽일란도〉가 도착하
기를 기다리고 있었다. 점심때가 조금 지나 있었다.

그는 열일곱 살에 이 바닥에 점원으로 발을 들여놓았고 이
십 년 만에 독립을 해서 오죽산방이라는 간판을 내건 사람이
었다. 그러나 이순을 바라보는 오늘날까지 진품이라는 걸 별
로 취급해 본 적이 없었다.

그의 동갑내기로 이 바닥에서 닳고닳은 문태현(文太顯)이

그의 동지였다. 손재주가 뛰어나서 가짜를 만들어내는 데는 그 어떤 골동품이든지 타의 추종을 불허하는 인물이었다. 명나라 동기창(董其昌)의 골동십삼설(骨董十三設)에 명기되어 있는 사류십일품(四類十一品) 중에서 가장 모사하기 힘든 것이 서화(書畵)인데 그는 누구의 붓이든지 감쪽같이 모사해 낼 수 있는 손재주를 가지고 있었다. 서씨는 그에게 고산묵월의 〈외엽일란도〉 한 장을 부탁했었다. 어느 날 삼십대의 귀부인 하나가 찾아와서 고산묵월의 〈외엽일란도〉가 있으면 오천만 원을 내겠다고 말했기 때문이었다.

인사동에서는 고산묵월을 줄여서 고묵이라고 불렀다. 식자들 간에도 아호처럼 쓰여지고 있었다. 그가 즐겨 그리는 〈외엽일란도〉는 문자 그대로 이파리도 하나 줄기도 하나 꽃도 하나뿐인 난이었다. 문방사우가 만들어진 이래 최대 신필이라는 찬사 아래 수집가들이 무슨 불사약이라도 되는 듯이 눈에 불을 켜고 찾아 헤매는 그림이었다. 잡귀를 쫓고 우환을 없애는 신통력을 가지고 있는 그림이라고 풍문까지 나돌고 있었다. 그의 그림 속에는 항시 아무런 글자나 기호도 씌어 있지 않았고 고산묵월 네 글자가 한문으로 음각된 단관 하나만 찍혀 있었다. 서씨도 지금까지 인사동 바닥에서 딱 한 번밖에는 진품을 구경한 적이 없었다.

하지만 고묵에 대해서 어느 것 하나라도 정확하게 말할 수 있는 사람은 아직 화단(畵壇)에도 인사동에도 없는 실정이었다. 도대체 어디에 살고 있으며 나이는 몇 살이며 누구의 문하인지 도무지 불분명했다. 단지 그의 수묵화들만 닭장 속에 봉황 숨어들 듯 드물게 인사동 바닥에 흘러들곤 했는데 요즘은 복부인들의 새로운 투기 대상으로까지 떠올라서 가짜들이 많이 나돌아 다니고 있는 형편이었다. 식자들은 그가 사용하는 종이나 먹의 질로 보아 현존하는 인물임에 틀림이 없다고 주장하고 있었다.

일부 의식 있는 수집가나 소장가들은 고묵의 그림이 무슨 신통력 따위가 있기 때문에 관심의 대상이 되었다고는 생각지 않고 있었다. 오히려 그들은 그러한 사실들을 불쾌하게 받아들이고 있었다. 그림을 제대로 보는 안목을 갖추지 못한 사람들일수록 그림 자체의 예술성에 대해서는 말하지 않고 거기에 연관된 일화들에 관해서만 말하기를 좋아한다는 것이었다. 그러한 소치는 수묵화가 생겨난 이래 동서고금을 막론하고 먹의 깊이와 아름다움을 가장 자유롭고 완벽한 필치로 표현해 낸 고묵의 예술적 가치를 격하시킬 우려까지 있다는 주장이었다. 〈외엽일란도〉가 독창적인 필법에 의해 더할 수 없이 고매한 아름다움을 느끼게 만드는 그림이기는 하지만 고묵의 수묵화를 대표할 만한 그림은 아니며, 그를 평가하는 기준치가 되어서는 안 된다는 주장이었다. 〈외엽일란도〉 외에도 높은 예술성을 가지고 있는 고묵의 산수나 화조들의 진품이 나돌고 있는 것으로 보아 고묵의 세계가 그리 단조롭지 않다는 사실을 알아야 한다는 것이었다. 보다 체계 있게 연구되어야 할 대상이라는 것이었다.

그러나 오죽산방 주인 서씨는 누가 뭐라고 떠들어대건 돈만 벌 수 있다면 상관할 바가 아니었다. 이 세상은 돈이 없으면 사람답게 살아갈 수가 없도록 만들어져 있다는 사실을 그는 어린 시절부터 뼈저리게 느껴온 사람이었다. 그는 고객들을 가짜로 속여먹는 일을 별로 큰 죄라고는 생각지 않고 있었다. 이 세상에는 자기보다 몇 배나 끔찍한 악행을 저지르는 사람들이 부지기수였다. 생존경쟁이란 어차피 살아남기 위한 전쟁이었다. 양심적으로 살려고 애쓰는 사람일수록 손해를 보기 마련이었다.

"왜 아직까지 아무 소식이 없는 거죠."

삼십대의 귀부인은 짜증 섞인 목소리로 서씨에게 물었다. 그녀는 전신을 최고급 의류와 값비싼 액세서리들로 치장하고 있었다. 비교적 아름다운 용모와 자태를 가지고 있었다. 백자수병같이 매끄럽고 해맑은 피부를 가지고 있었다. 그러나 어딘지 모르게 오만하고 냉정한 분위기를 느끼게 해주는 여자였다. 남편이 어느 권력기관의 상급자로 있다고 말해 준 적이 있었다. 서씨는 그녀의 백자수병 같은 얼굴이 가짜일는지도 모른다는 생각을 하고 있었다. 요즘은 돈만 있으면 성형외과에 가서 뚝배기 같은 얼굴도 백자수병 같은 얼굴로 고칠 수가 있기 때문이었다. 돈이야말로 행복 그 자체라고 아니할 수 없었다.

"사모님께서는 골동품(骨董品)이라는 말의 유래를 아십니까."

서씨가 그녀에게 물었다.

"글쎄요."

그녀는 결코 모른다는 말은 하지 않았다. 자존심이 강한 여자이기 때문일 거라고 서씨는 판단하고 있었다.

"골동품이라는 말은 송나라 때 문인 소동파(蘇東坡)의 구지필기(仇池筆記) 중 골동이라는 음식에서 유래되었습지요. 뼈를 오래도록 고아서 국물을 엉기게 만든 음식이었답니다. 그래서 그런지 시간이 좀 걸리는군요. 좋은 물건일수록 손에 넣기 힘든 것은 당연한 이치가 아니겠습니까. 이번에는 틀림이 없으니 조금만 더 기다려보십시오. 아마 협회에서 감정서를 발급받는 데 시간이 좀 걸릴 겁니다. 폭설로 인해 교통도 원활치가 못할 겁니다."

오죽산방 진열장 판유리 속으로 함박눈이 쏟아져 내리고 있었다. 진열장 판유리는 수증기에 흐려져 있었다. 그래서 눈송이가 주먹만큼씩이나 커 보였다. 겨울이 깊어 있었다. 석유난로 위에서 주전자가 부글부글 끓는 소리를 내고 있었다. 주전자 꼭지에서 끊임없이 김이 뿜어져 나오고 있었다. 고객은 자꾸만 손목시계를 들여다보고 있었지만 서씨는 태연자약한 얼굴이었다. 그는 급히 먹는 밥이 체한다는 선조들의 증언을 가훈처럼 받들면서 살아온 사람이었다. 아무리 고객이 급히 찾는 물건이 있다고 하더라도 원하는 날짜에 물건을 갖다 바처본 적이 없었다. 쉽사리 구했다는 인상을 주게 되면 가짜로 의심받기도 쉽거니와 가치도 그만큼 떨어지기 마련이었다. 그는 이쪽에서 사라고 사라고 권유하기 전에 저쪽에서 팔라고 팔라고 떼를 써올 때까지 끈질긴 인내심을 가지고 작전을 수행해 나가는 스타일이었다. 그는 비록 학벌은 낮았으나 지능지수는 높은 사람이었다. 겉으로는 어수룩해 보였으나 속으로는 항시 고객의 머리 꼭대기에 올라가 있었다.

그는 지난달에도 고묵의 〈외엽일란도〉를 한 점 구했으니 한 번 가게로 나와 보시라고 그녀에게 전화를 한 적이 있었다. 그러나 그녀가 오죽산방에 도착했을 때는 그림이 발기발기 찢겨진 채로 가게 바닥에 널려 있었다.

"나를 도대체 뭘로 아는 거야. 인사동 바닥에서 신용 하나로 삼십 년을 버티어온 사람이야. 자네 누구 망하는 꼴을 보려고 작정을 했구만. 꼴도 보기 싫으니 당장 내 눈 앞에서 꺼져버려."

그는 노기충천한 목소리로 사십대의 사내 하나를 닦아세우고 있었다. 사내는 무슨 큰 죄라도 저지른 사람 모양 허리를 굽신거리며 사죄의 말을 거듭하고 있었다. 문태현의 수하와 짜고 벌이는 조작극이었다.

"사모님께는 뭐라고 사죄를 드려야 할는지 모르겠습니다. 진품여부를 확실하게 해두기 위해 협회에다 감정을 의뢰했더니 가짜로 판명이 나버렸습니다. 정말로 죄송합니다."

그러나 고객은 한번 가지려고 마음먹었던 물건을 쉽게 포기하지 못하는 습성들을 가지고 있었다. 귀부인도 마찬가지였다. 더욱 몸이 달아 있었다. 어떠한 수단과 방법을 가리지 않고서라도 진품을 입수할 수 있도록 애를 써달라는 것이었다. 작전이 주효하고 있었다.

"예술적 가치 따위는 제게 그리 중요하지 않아요. 대학을 다닐 때부터 숙명적인 라이벌 관계에 놓여 있던 계집애가 하나 있는데 고서화들을 수집하는 취미를 가지고 있어요. 만나기만 하면 그것들을 펼쳐놓고 고상한 체하는 꼴을 저는 더 이상 두고 볼 수가 없어요. 하지만 계집애는 아직 고묵의 〈외엽일란도〉는 구하지 못했대요. 만약 내가 먼저 진품을 손에 넣을 수만 있다면 그 계집애의 도도한 콧대를 일수에 꺾어버릴 수가 있단 말이에요. 아시겠어요. 그 계집애한테 자존심을 깎이는 일은 죽기보다 싫은 일이에요. 반드시 진품을 한 점 구하도록 하세요."

"혹시 고묵의 〈외엽일란도〉를 포기하시고 민화 쪽으로 생각을 바꾸어보실 의향은 없으신지요. 까치 호랑이가 진품으로 한 점 확보되어 있기는 합니다만 사모님 의향이 어떠실지 모르겠습니다."

"이제 와서 무슨 뚱딴지 같은 말씀을 하시는 거예요."

"분명히 말씀드립니다만 시간적인 여유를 며칠간만 더 주신다면 틀림없이 진품을 구해드릴 수는 있습니다. 하지만 출혈이 너무 심하시지 않을까 해서 말입니다."

"출혈이 심하다니요. 고묵의 〈외엽일란도〉를 사게 되면 대동맥이라도 터져버리게 되어 있나요."

서씨는 고객의 자존심을 적당히 이용하게 될 경우 더욱 구매욕을 부추길 수가 있다는 사실을 누구보다도 잘 알고 있었다.

"사실 처음 말씀드렸던 금액으로는 어림도 없게 되었습니다. 일본 굴지의 재벌 하나가 고묵의 그림들만 전문으로 사들이기 시작하는 바람에 값도 엄청나게 뛰었고 구하기도 더욱 힘들게 되었습니다. 전국적으로 사람을 풀어 수소문하는 데도 적지 않은 비용이 듭니다. 그래서 경제적으로 다소 부담이 되실 것 같아서 말입니다."

가격을 올리기 위한 수단이었다.

그러나 고객은 아무런 의심도 없이 그의 올가미에 걸려들고 있었다.

"반드시 고묵의 외엽일란이라야 해요."

그녀는 진품을 구할 수만 있다면 돈 같은 건 별로 걱정할 바가 없다는 듯한 태도였다. 그녀는 각본대로 올가미에 걸려들고 있었다.

그런데 오죽산방 유리문이 열리면서 느닷없이 각본에 없는 사내 하나가 무대 안으로 걸어 들어오고 있었다. 머리카락은 하얗게 세어 있는데 얼굴에는 주름살이 하나도 보이지 않았다. 나이를 종잡을 수가 없는 얼굴이었다. 서른은 넘은 것 같고 마흔은 못 되는 것 같았다. 사내는 등산복 차림에 배낭을 메고 있었다.

"어떻게 오셨습니까."

서씨가 물었다

"며칠 전에 《월간 한국화》라는 잡지에서 고산묵월에 대해 쓴 글을 읽고 몇 말씀 여쭤볼까 해서 왔는데요."

사내가 대답했다.

"바로 여기 실려 있는 이 글을 읽으신 모양이로군요."

서씨는 《월간 한국화》라는 잡지를 뒤적거려 고산묵월에 대한 일화들이 실려 있는 부분을 찾아내었다. 바로 서씨의 이름으로 게재되어진 글이었다. 하지만 서씨가 직접 쓴 글은 아니었다. 담당기자가 사실무근한 이야기들을 흥미 위주로 조작해서 게재하고는 서씨의 이름을 도용했을 뿐이었다. 정기적으로 촌지를 받아먹던 기자였다.

"이 글을 선생님이 쓰셨습니까."

사내가 물었다.

"그렇습니다."

서씨가 대답했다.

귀부인이 다가와 잡지를 들여다보고 있었다. 서씨는 뜻밖의 배역이 나타나 자신의 연극을 도와주고 있다는 생각이 들었다. 사람들은 대개 활자화된 내용이면 무조건 진실이라고 믿어버리는 맹점들을 간직하고 있었다. 그의 글이 잡지에 실린 걸 알게 되면 귀부인은 더욱 자신을 신뢰할 것임이 분명했다.

"실례가 되지 않는다면 고묵에 대해서 좀더 자세한 설명을 들었으면 하는데요."

사내가 말했다.

그는 자신이 한남동에서 정육점을 하고 있는 사람이라고 했다. 순진해 보였다. 한국화를 공부하는 사람일 거라는 생각을 했다.

"평소 고묵의 그림을 가까이 두고 보신 적이 있으십니까."

서씨가 사내에게 물었다.

"말로만 들었지 아직 한번도 본 적이 없습니다."

사내의 대답이었다.

서씨는 재빨리 머리를 굴리기 시작했다.

"잡지에 실려 있는 내용 이상은 저도 잘 모르고 있습니다. 원체 신비에 싸여 있는 인물이니까요. 하지만 오늘 그림이 한 점 입수되었으니까 원하신다면 감상하고 가시지요."

서씨는 이 사내를 붙잡아둠으로써 고묵에 대한 진가를 더욱 높일 수가 있을 거라는 계산을 재빨리 하고 있었다. 아직 사내가 고묵의 그림을 한번도 본 적이 없다니 정말로 다행스러운 일이 아닐 수 없었다. 잠시 후 문태현이 고묵의 가짜 〈외엽일란도〉를 가져오게 되면 사내는 체면치레로라도 한두 번 정도의 감탄사는 연발해 줄 것이기 때문이었다.

"대단히 고맙습니다."

사내가 허리를 숙여 보이고는 소파에 앉아 건성으로 주위를 한번 훑어보고 있었다.

귀부인은 서씨의 이름으로 잡지에 게재된 글을 열심히 들여다보고 있는 중이었다. 그 글은 그녀의 구매욕에 틀림없는 부채질을 가해줄 것임이 분명했다. 재수가 좋으면 사내에게도 가짜를 한 점 팔아먹을 수 있을는지 모를 노릇이었다.

"늦어서 죄송합니다."

잠시 후 정방형 오동나무 상자 하나를 들고 문태현이라는 작자가 나타났다. 그는 갈색 베레모를 쓰고 있었으며 마도로스 파이프를 물고 있었다. 겉으로 보기에는 학식과 덕망을 갖추고 있는 저명인사 같은 모습이었다. 서씨는 귀부인에게 그를 한국화 전공의 퇴임교수로 소개했다. 세 사람은 탁자 하나를 사이에 두고 소파에 둘러 앉았다. 정방형 오동나무 상자 안에 가짜 〈외엽일란도〉가 들어 있었다. 물론 문태현이 그린 것이었다.

"문교수님은 발이 넓으신 분이시죠. 저와는 오래전부터 친분이 있는 분이십니다. 요즘은 중국이나 일본 등지를 여행하시면서 고미술품에 관한 자료를 모으고 계십니다. 우리나라의 수집가들은 모두 잘 알고 계시지요. 이번 〈외엽일란도〉를 어느 수집가에게서 간신히 구입할 수 있었던 것도 이분의 도움 때문이었습니다."

"서사장의 인품을 잘 알고 있는 내가 부탁을 거절할 수도 없고 해서 도처에 수소문을 해보았는데 마침 운이 좋아서 간신히 한 점을 구할 수가 있었습니다."

한마디로 그들은 악어와 악어새의 관계였다. 서씨가 악어라면 문태현은 악어새였다. 잠시 후 악어가 귀부인을 집어삼키면 문태현이 이빨새에 끼인 찌꺼기를 쪼아 먹게 되어 있었다.

"그런데 굉장히 아름다운 부인이시로군요. 목걸이가 부인의 우아한 자태에 너무나 잘 어울립니다."

귀부인은 여러 가지 자디잔 보석들이 레이스처럼 짜여져 있는 목걸이를 착용하고 있었다. 그것들은 미세한 움직임에도 파르르 경련을 일으키며 현란한 빛의 가시들을 튕겨내고 있었다.

"그런데 곁에 앉아 계신 선생님께서는 일행이신가요."

문태현이 머리가 하얗게 센 사내에게 물었다. 겉으로 드러나지는 않았지만 분명히 경계하고 있음을 서씨는 대번에 느낄 수가 있었다.

"아닙니다."

서씨는 문태현에게 사내가 잡지를 보고 찾아오게 된 사연을 대충 설명해 주었다. 그제서야 문태현도 별로 신경을 쓰지 않는 듯한 태도를 취했다.

"감정원은 복잡하던가요."

서씨가 문태현에게 던진 질문이었다. 각본에 있는 대사였다.

"박경찬이라는 놈이 진을 치고 있습디다. 고목을 알아보는

데는 감정사들보다야 그놈이 훨씬 눈이 밝지요. 좋은 그림은 그놈이 다 일본에다 빼돌리지 않았습니까. 〈외엽일란도〉를 보더니 대번에 숨이 딱 멎어버린 듯한 표정을 짓습디다. 감정서를 받아 가지고 나오는데 주차장까지 따라 나오면서 통사정을 합디다."

"통사정이라니오."

"자기한테 넘기라는 거지요. 백지수표라도 떼겠다는 겁니다."

그러자 귀부인이 신경질적인 목소리로 소리쳤다.

"도대체 어떤 인간이에요."

문태현은 한마디로 입에 올릴 가치조차 없는 인간이라고 못 박았다. 매국노나 다름이 없다는 것이었다.

"하지만 아무 인품으로나 신선의 경지에 달한 예술품을 소장할 수는 없는 법이지요. 훌륭한 예술품에는 반드시 훌륭한 주인이 있기 마련입니다. 물론 부인같이 우아하신 분이라면 훌륭한 예술품의 주인이 되시기에 조금도 손색이 없으십니다."

"문교수님이 오늘은 좀 이상하시군요. 다른 때는 한번도 그런 말씀을 하신 적이 없었습니다."

몇 년 동안을 맞춰온 손발이기 때문에 가락장단이 빈틈없이 잘 맞아떨어지고 있었다. 이제 준비운동은 대충 끝난 셈이었다. 미끼를 던져주고 유인해서 한입에 집어삼켜버리는 일만 남아 있었다. 잡지를 보고 찾아왔다는 사내도 기대감에 찬 표정으로 두 사람의 대화에 귀를 기울이고 있었다.

"진품이라는 감정서는 받아내셨나요."

"물론입니다."

문태현이 품 속에서 감정서를 꺼내 귀부인에게 건네주었다. 물론 가짜였다. 그녀는 그것을 찬찬히 한 번 훑어보고 난 다음 매우 흡족한 표정을 지었다. 그럴 수밖에 없을 거였다. 그녀가 감정서를 감정할 만한 안목을 가지고 있지 않는 한 흡족한 표정을 짓는 것은 당연한 일이었다. 그녀는 비로소 라이벌의 콧대를 여지없이 꺾어줄 수 있게 되었던 것이다.

"빨리 한번 꺼내보세요."

귀부인이 상기된 목소리로 말했다.

그때였다. 다시 각본에 없는 배역 하나가 오죽산방 유리문을 밀고 들어서는 모습이 보였다. 이번에는 아역이었다. 열다섯 살쯤 되어 보이는 아이였다. 어딘지 모르게 촌스러워 보였다. 요즘 아이들에게서는 흔히 볼 수 없는 옷차림을 하고 있었다. 아래위가 모두 하얀 한복차림이었다. 비록 깨끗해 보이기는 했으나 약간 낡아 있었다. 상고머리를 하고 있었다. 눈동자가 유난히 짙어 보였다. 다부져 보이는 인상이었다. 고집도 셀 것 같아 보였다. 차림새로 보아 서예를 배우거나 한국화를 배우는 아이일 것이라고 서씨는 판단했다.

"어떻게 왔니."

서씨가 물었다.

그러자 아이가 호주머니에서 종이쪽지 하나를 꺼내 펼쳐들

었다. 먹을 찍어서 세필로 쓴 글씨들이 적혀 있었다. 아이는 그
것들을 떠듬떠듬 읽어나가기 시작했다.

"털이 부드러운 유호필 두 자루. 털이 탄력 있는 강호필 두
자루. 유호에 강호심을 박은 겸호필 두 자루. 노루의 겨드랑이
털로 만든 장액필 한 자루. 털 길이는 모두 장봉."

"그것들을 사겠다는 말이지."

"아직 다 끝나지 않았는데요."

예상대로 아이는 화구를 사러 온 것이 분명했다. 그러나 지
금 만 원짜리 장사에 한눈을 팔고 있을 개재가 아니었다. 모든
일에는 리듬이 있는 법이었다. 그것이 깨어져 버리면 이로울
점이 없었다.

"여기 앉아서 잠시만 기다리고 있거라."

서씨는 아이에게도 소파를 하나 마련해 주었다.

아이는 소파에 앉았다.

시계를 보니 두 시였다. 아이는 자기가 사용할 화구들을 구
비하기 위해 노스님을 따라 서울로 왔었다. 언젠가 아이를 낙
원동에서 들쳐업고 백봉산으로 들어갔던 노스님이었다. 서울
에 볼일이 있어 다니러 가는 길에 스승이 보고 싶어 잠시 들렀
다는 것이었다.

"자네는 언제나 때를 잘 맞춰서 내 앞에 나타나는 재주가
있지. 마침 자네가 행여 오지 않을까 기다리고 있던 참이네.

이 아이가 이제 문방사우를 모두 다룰 수 있는 자격을 갖추었으니 서울로 데리고 가서 화구들을 구비해 주도록 하게."

스승은 화선지에다 필요한 화구들의 이름을 상세히 적어주었다. 노스님은 아이와 일단 오죽산방 앞에까지 동행했다가 볼일이 있으니 한 시간 후에 여기서 만나자는 말을 남기고 어디론가 바람처럼 사라져버렸다. 아이는 한때 자신의 활동무대였던 낙원동이 가까이에 있었지만 이상하게도 이제는 별다른 감흥을 느낄 수가 없었다. 그래도 왕초의 복수를 해야겠다는 생각은 변함없었다. 하지만 아직 때가 아니라는 생각이 들었다.

서울은 그야말로 눈이 핑핑 돌 정도로 변해 있었다. 차와 사람들이 엄청나게 불어나 있었다. 새로운 건물들이 여기저기 눈에 띄었다. 노점상들은 별로 보이지 않았다. 앵벌이들도 별로 보이지 않았다. 낯이 설었다. 그러나 낙원동과 인사동은 다른 지역에 비해서 그리 크나큰 변화를 느낄 수가 없었다.

아이는 소파에 앉아서 어른들이 하는 행동들을 무심히 지켜보고 있었다. 어른들은 모두 네 사람이었다. 베레모를 쓰고 있는 사람. 금테안경을 쓰고 있는 사람. 머리카락이 하얗게 센 사람. 그렇게 세 사람은 남자였고 나머지 한 사람은 여자였다. 그들의 시선은 모두 탁자 위에 놓여 있는 오동나무 상자를 향해 집중되어 있었다.

"이제 뜸은 그만 좀 들이시고 어디 한번 현품을 꺼내보세요."
여자가 말했다.

밖에는 아까보다 더 많은 함박눈이 쏟아지고 있었다. 석유 난로 위에 얹혀 있는 주전자가 끊임없이 위경련을 앓으면서 숨을 헐떡거리고 있었다. 진열장 안에 전시되어 있는 도자기들이 주전자를 곁눈질하며 오만한 표정으로 침묵을 지키고 있었다.

"사군자에 해당하는 그림입니다. 부인께서 잘 아시겠지만 사군자는 세상의 오탁에 물들지 않고 고절을 지키며 살아가는 사람들이 즐겨 그리는 대상이지요. 지금까지 저는 숱한 대가들의 사군자를 보아왔지만 아직 고묵의 경지를 따를 만한 그림은 만나보지 못했습니다."

아이는 그때까지 고묵이라는 단어가 자기 스승을 일컫는 칭호인 줄을 모르고 있었다.

그러나 아이는 잠시 후 베레모를 쓴 남자가 오동나무 상자 속에서 그림 하나를 끄집어내어 득의만만한 표정으로 좌중을 향해 펼쳐 보였을 때 자신과 무관하지 않은 일이 지금 벌어지고 있다는 느낌을 강하게 의식하지 않을 수 없었다. 그 그림은 어딘지 모르게 스승의 그림과 흡사해 보였으나 맹세코 말하건대 스승의 그림은 아니었다.

"그 그림이 정말로 고산묵월의 〈외엽일란도〉입니까."

머리가 하얗게 센 남자가 베레모를 쓴 남자에게 물었다. 머리가 하얗게 센 남자는 등산복 차림을 하고 있었다. 곁에 배낭이 놓여 있었다.

"그렇습니다. 여기 세 명의 감정가가 공히 진품임을 인정하는 감정서까지 첨부되어 있습니다. 게다가 제 눈도 그리 까막눈은 아니지요."

베레모를 쓴 남자가 확신에 찬 목소리로 대답했다.

아이는 그제서야 고묵이 고산묵월을 지칭하는 말임을 알게 되었다. 아이는 베레모를 쓴 남자가 들고 있는 그림을 보면서 누군가 감쪽같이 스승의 그림을 베꼈다고 생각했다.

종이와 붓을 만질 자격을 허한 이후 스승은 가끔씩 아이에게도 그림을 그릴 기회를 주곤 했었지만 그림을 그리는 방법은 아직 아무것도 가르쳐주지 않았다. 아이는 가끔씩 스승의 그림을 흉내 내어 보곤 했었다. 그러나 스승은 아이가 스승의 그림을 흉내 내고 있는 것을 목격했을 때 가장 못마땅한 표정을 지어 보였다. 남의 그림을 흉내 내게 되면 혼이 실린 그림이 될 수가 없다는 것이었다. 좋은 그림이란 잘 그리려고 애쓸 때보다는 자유롭게 그리려고 애쓸 때 생겨난다는 것이었다.

"이 그림 누가 베꼈어요."

아이가 베레모를 쓴 남자에게 탄복 어린 목소리로 물어보았다. 순간적으로 금테안경을 쓴 남자의 시선이 아이를 날카롭게 쏘아보았다. 베레모를 쓴 남자가 아이의 질문을 무시한 채 태연한 표정으로 그림에 대한 설명을 계속하기 시작했다.

"인사동 일대에는 요즘 〈외엽일란도〉가 무슨 불로초 같은 취급을 받고 있지만 부인께서도 잘 아시다시피 고묵은 수묵화의 대가로서 산수화조, 인물 어느 부문에서도 독창적인 예술성을 느끼게 만들어줍니다. 고묵의 붓끝이 스친 것이면 모두 예술이라고 믿으시면 됩니다. 오늘 정말 좋은 작품을 하나 만나신 겁니다."

그러나 여자는 미심쩍은 눈초리로 감정서를 다시 한 번 훑어보고 있었다. 금테안경을 쓴 남자가 약간 긴장하는 표정을 짓고 있었다.

"이 그림 누가 베꼈어요."

아이는 한 번 더 큰 소리로 물어보았다. 그제서야 어른들은 모두 정색을 하고 아이에게로 일제히 시선을 집중시켰다.

"너 그게 무슨 소리냐."

여자가 제일 먼저 다그치듯 아이에게 물었다.

"이 자식. 도대체 어디서 굴러먹던 자식이야. 너 이 그림 빼돌리기 위해 어떤 놈이 보낸 지장꾼이지."

금테안경을 쓴 남자가 벌컥 화를 내면서 아이의 멱살을 움켜잡았다.

"요즘 이 바닥 풍토가 왜 이렇게 변해버렸는지 모르겠어."

베레모를 쓴 남자도 몹시 불쾌한 표정으로 아이를 노려보고 있었다.

머리가 하얗게 센 남자는 그저 호기심에 찬 표정으로 사태를 관망하고만 있었다.

"왜 이래요!"

멱살을 잡힌 채 아이가 소리쳤다.

"너 저 그림이 가짜라는 사실을 증명할 수가 있어?"

금테안경을 쓴 남자가 다그쳤다.

"내가 언제 가짜라고 그랬어요. 베꼈다고 그랬지."

아이가 대들듯이 말했다.

"이 자식. 너 바른대로 말해. 누가 보낸 자식이야."

"이거 놓으세요. 씨팔."

금테안경을 쓴 남자는 아이를 문 밖으로 끌어내려 했으나 아이는 맹렬하게 저항했다. 아이는 갑자기 왜 이런 사태가 발생했는지 모르고 있는 상태였다. 억울하다는 생각이 들었다.

"누가 누구의 그림을 베꼈다는 거지."

여자가 아이의 얼굴에 눈동자를 바짝 갖다대고 은밀한 목소리로 물었다.

"누가 베꼈는지는 모르지만 저건 우리 스승님 그림을 그대로 흉내 낸 거예요. 겉은 똑같지만 속은 달라요. 저 그림에는 생기가 없단 말이에요. 다른 사람의 눈은 속일 수 있을는지 모르지만 제 눈은 속일 수 없어요. 바위 웅덩이에 아침 해가 빠져 있을 때 길어 온 석간수로 먹을 갈아서 그린 그림하고 다른 물로 먹을 갈아서 그린 그림은 달라요. 스승님이 그림을 그리실 때마다 내가 먹을 갈아드렸기 때문에 누구보다 잘 알 수가 있어요. 스승님은 농묵, 담묵, 발묵, 파묵의 기법이 단 한 번의 붓놀림 속에 모두 들어가 있지만 저 그림은 기법마다 붓놀림이 끊어져 있어요. 그리고 스승님은 외엽일란을 치실 때는 한 번도 숨을 쉬시지 않아요. 그런데 저 그림은 곳곳에 숨 쉰 자국이 드러나 있어요. 저 그림은 틀림없이 베낀 거예요."

아이는 단숨에 말해 버렸다.

여자의 얼굴이 갑자기 핼쑥해지면서 눈꼬리가 위로 치켜 올라가고 있었다. 여자는 베레모를 쓴 남자와 금테안경을 쓴 남자를 번갈아 노려보기 시작했다.

"느이 스승이라구. 고묵이 느이 스승이란 말이냐. 어디 살고 있냐. 나이는 몇 살이냐. 어떻게 생겨먹었냐. 어디 한번 말해 봐라."

금테안경이 아이의 먹살을 세차게 흔들기 시작했다.

"우리 스승님은 허연 수염을 길게 늘어뜨린 할아버진데 더 이상은 말해 줄 수 없어요."

"왜 말해 줄 수 없다는 거냐."

"뭔가 켕기는 게 있기 때문이겠지."

금테안경과 베레모가 양쪽에서 아이를 몰아세우고 있었다.

그러나 아이는 더 이상 말해 줄 수가 없었다. 스승이 세간에 내려가면 절대로 신분을 밝혀서는 안 된다고 당부했던 사실이 비로소 떠올랐기 때문이었다. 이런 일이 있을 줄 미리 알고 스승이 주의를 주었는데도 소홀히 했다가 변을 당했다는 생각이 들었다.

"여기서 지필묵을 안 사가면 그만이지 먹살은 왜 잡아요. 나갈 테니까 이거 빨리 놓으세요. 내가 도대체 뭘 잘못했단 말이에요. 잘못한 게 있으면 경찰서에 가서 따지면 되잖아요. 이거 빨리 놓으시라니까요."

아이가 그렇게 말하자 비로소 금테안경을 쓴 남자가 아이의 멱살을 풀어주었다. 그러자 아이가 용수철처럼 현관문 쪽으로 튕겨져 나가는 모습이 보였다.

"이거나 먹어라."

아이는 현관문 앞에서 어른들을 향해 돌아서더니 시원하게 팔뚝질을 한 번 해 보인 다음 순식간에 문 밖으로 그 모습을 감춰버렸다. 머리카락이 하얗게 센 사내가 무슨 영문인지 황급히 아이를 따라 밖으로 나가고 있는 모습이 보였다.

"요즘 세간에는 자기가 고묵입네 하는 사이비들이 몇 명 있는 걸로 알고 있습니다. 옛날에 어느 관상쟁이가 유명해지니까 지방에서 어중이떠중이들이 너도나도 그와 비슷한 이름이나 똑같은 이름을 도용했던 현상과 별로 다름이 없겠지요. 저 녀석도 사기성이 농후한 어느 환쟁이 밑에서 수발을 들고 있는 놈 중의 하날 겁니다. 애들이야 무슨 죄가 있겠습니까. 남의 이름을 도용한 주제에 제자까지 키우는 놈이 죽일 놈이지요. 이 바닥에서도 가끔씩 웃지 못할 에피소드들이 많이 일어나지요. 신경 쓰시지 말고 그림에 대한 얘기나 계속 나누실까요."

베레모를 쓴 남자가 여자에게 말했다.

여자의 등 뒤에서 금테안경이 분주하게 바깥을 경계하고 있었다.

그날 강은백이 인사동에서 아이를 만나게 된 것은 아무리 생각해도·천우신조였다.

처음에는 경상남도 함양군과 전라북도 장수군의 경계에 있는 백운산(白雲山)을 답사할 계획이었다. 『삼국사기』에는 고운 최치원 선생께서 고려 광종 이 년에 천수를 누리고 신선으로 화했다고 기록되어 있었다. 야사에는 백운산 정상에다 지팡이 하나를 꽂아놓은 채 황학을 타고 하늘로 날아갔다고도 기록되어 있었다. 표고는 천이백칠십구 미터였고 소백산맥이 딸려 있었다. 산체는 호상편마암으로 되어 있었다.

함양군에는 상림숲도 있었다. 천연기념물로 지정된 숲이었다. 고운 최치원 선생께서는 신라 때 이 지역의 태수를 지내신 적이 있는데 몸소 지리산과 백운산을 두루 찾아다니며 활엽 잡목을 캐다가 조성했다는 숲이었다. 당시 선생께서는 홀어머니를 모시고 있었으며 효성이 지극하기 그지없었던 모양이었다. 전설에 의하면 어느 날 선생의 어머니께서 상림숲을 산책하시다가 뱀을 보고 몹시 놀라 집에 돌아와 아들에게 그 일을 이야기해 주었던 모양이었다. 선생께서는 송구스러움을 금치 못하여 당장 숲으로 달려가 다시는 이 숲에 뱀과 개구리와 벌레들이 찾아들지 않도록 하라고 명령한 뒤 무슨 주문인가를 외웠는데 그 뒤로는 일체 징그러운 짐승들이나 벌레 따위가 서식하지 않았다는 것이었다. 백운산으로부터 그리 멀리 떨어져 있지 않은 장소에 위치해 있었다. 물론 답사계획에 포함되어 있었다.

강은백이 오죽산방에 들렀던 것은 다음 목적지를 고산묵월과 관계된 장소로 정해볼까 해서였다. 잡지에 게재된 글만으로는 정보가 너무 부족했으므로 밑져야 본전이라는 생각으로 한번 들러본 것이 뜻밖의 인연을 맺어준 것 같았다.

아이를 만난 순간 강은백의 계획은 완전히 변경되고 말았다. 백운산이나 상림숲은 다음 기회에도 얼마든지 답사할 수가 있었다. 우선 아이부터 따라나서는 것이 현명한 판단일 것 같았다.

강은백은 아이가 했던 말들이 모두 진실이라고 믿고 있었다.

아이는 조금 전에 오죽산방 건너편에 있는 석죽필방으로 들어간 뒤 아직까지 나오지 않고 있었다. 강은백은 길가에서 석죽필방 출입문에 시선을 고정시켜 놓고 있었다. 그는 오죽산방 주인이 아이에게 고목의 나이와 사는 곳에 대해서 물었을 때 왜 갑자기 입을 다물어버렸는가를 어렴풋이 짐작할 수 있을 것 같았다. 고목은 은자임에 틀림이 없을 것 같았다. 신분을 노출시키지 않도록 아이에게 각별히 주의를 주었을 것임이 분명했다. 아이는 오죽산방 주인과 문교수라는 작자가 꺼내놓은 모조품을 보고 호기심에 이끌려 자신도 모르게 끼어

들었고 뜻하지 않은 봉변을 당하는 바람에 몇 마디를 발설하기는 했지만 아차 싶은 생각에 그만 입을 다물어버렸던 것은 아닐까.

눈발이 조금씩 잦아들고 있었다. 사람들이 어깨를 웅크린 채 눈을 맞으며 쫓기듯 바쁜 걸음으로 지나다니고 있었다. 강은백은 그들이 자신과는 전혀 다른 방향을 향해 걷고 있다는 생각을 하고 있었다. 어떤 사람은 명예라는 허명의 월계관을 쓰기 위해, 어떤 사람은 금력이라는 전능의 마술상자를 구하기 위해, 어떤 사람은 권력이라는 욕망의 회전의자에 앉기 위해 시궁창에서 오리걸음으로 우왕좌왕하고 있는 것처럼 보일 때도 있었다. 그들이 구하는 것들은 모두 영원성이 없었다. 그런데도 그들은 인간성을 포기해 가면서까지 오리걸음에 몰두했다. 오죽산방 주인 일파도 그런 부류 중의 하나일 것 같았다.

"스니임, 스니임."

석죽필방 출입문이 열리면서 아이의 모습이 나타났다.

아이가 오죽산방으로 들어가려는 노스님 하나를 다급한 목소리로 불러 세우고 있었다. 노스님이 우뚝 걸음을 멈추고 아이를 돌아보고 있었다.

"여기예요. 여기."

아이가 손을 까딱거리며 오라는 시늉을 해 보이고 있었다. 노스님이 아이를 향해 걸어가고 있었다. 강은백은 적당한 거리를 두고 그들을 주시하고 있었다. 아이는 손가락으로 오죽산방을 가리키며 뭐라고 열심히 떠들어대고 있었지만 강은백이 있는 장소에까지는 잘 전달되지 않았다. 노스님이 아이의 어깨를 몇 번 다독거렸고 아이는 그제서야 석죽필방으로 들어가더니 꾸러미 하나를 들고 나왔다. 아까 오죽산방에서 사려던 물건들이 들어 있는 모양이었다.

두 사람은 잠시 후 종로 삼가에서 지하철을 타고 청량리역으로 향했다. 강은백은 눈치 채지 않을 만큼의 거리를 유지하면서 그들의 뒤를 미행하기 시작했다.

아까 오죽산방에서 아이는 자기 스승이 허연 수염을 기다랗게 늘어뜨린 할아버지라고 말했던 사실을 감안하면 노스님은 고산묵월이 아닌 것 같았다.

아이와 노스님은 청량리역 중앙선 열차 매표소 앞에 줄을 서서 차례를 기다리기 시작했다. 강은백도 그들과 몇 사람 떨어진 위치에서 대기하고 있다가 그들의 차례가 왔을 때 잠시 자리를 이탈하여 어깨너머로 행선지를 확인한 다음 같은 표를 끊었다. 그들의 행선지는 제천이었다. 열차는 붐비고 있었다. 아이와 노스님은 다행히 강은백과 같은 칸에 자리를 잡고 앉게 되었다.

청량리에서 제천까지 가는 동안 아이와 노스님은 몹시 고단한 표정으로 시종일관 잠에 곯아떨어져 있었다.

제천역에 도착했을 때는 밤이 되어 있었다. 아이와 노스님은 역 앞 식당에서 국밥 한 그릇씩을 시켜 먹었다. 그리고 잠시 후에는 다시 태백선 열차에 몸을 실었다.

눈보라가 심했다. 지척을 분간할 수가 없었다. 걸음을 옮겨 놓을 때마다 눈이 허벅지까지 차왔다. 그믐이었다. 하늘에는 별 한 점도 보이지 않았다. 사방이 캄캄했다. 끊임없이 바람이 불고 있었고 끊임없이 나뭇가지들이 울고 있었다.

강은백은 두 사람을 미행하다가 첩첩산중까지 들어와 있었다. 아무래도 따돌림을 당해버렸음이 분명했다. 눈치 채이지 않도록 각별히 신경을 쓴답시고 너무 거리를 멀리 떼어놓고 미행한 것이 잘못이었다. 사방이 눈에 덮여 있었으므로 발자국만 추적하면 되리라고 생각했으나 오산이었다. 비록 어둠 속이라 하더라도 허벅지까지 차는 눈을 헤치면서 걸어 나간 발자국쯤은 얼마든지 추적할 수 있으리라고 생각했었다. 그러나 강은백은 한참 만에야 자신이 허를 찔려 버렸음을 알게 되었다. 발자국을 따라 얼마나 걸었을까. 불현듯 이상한 생각이 들어 정신을 바짝 차리고 주위를 유심히 살펴보니 자기가 지금까지 크게 원을 그리면서 같은 궤도를 맴돌고 있었다는 사실을 알게 되었다. 이미 오래전에 미행당하고 있음을 알아차리고 미행자를 산속으로 유인해서 적당히 따돌려버렸을 것임이 분명했다. 밤중에 이런 눈보라 속에서 첩첩산중을 헤매다가는 무슨 변을 당하게 되는지 알 수 없는 노릇이었다. 강은백은 비로소 손전등을 켜 들었다. 벌써 그들은 멀리까지 도망쳐버렸을 거였다. 오늘밤은 어차피 적당한 장소를 찾아 비박을 하는 수밖에 없었다.

강은백은 안전한 장소를 물색해서 정지작업을 한 다음 텐트를 치기 시작했다. 그는 이제 이런 일에 익숙해져 있었다. 그러나 눈보라가 심해서 좀처럼 일이 뜻대로 이루어지지 않았다. 폴대를 세우고 노끈을 묶고 팩을 고정시킨 다음 그랜드시트를 까는 데까지 무려 이십 분 정도나 소비했다. 눈보라 때문이었다. 정상적인 날씨였다면 오 분이면 족했을 거였다.

안전상태를 점검하고 침낭 속에 들어가 손전등을 끄니 바람소리가 더욱 높아졌다. 끊임없이 텐트가 푸득거리고 있었다. 끊임없이 새들의 날갯짓 소리가 들리고 있었다. 그는 다시금 오학동을 떠올렸다.

편재란 얼마나 아름답고 신비스러운 체험이었던가. 모든 것들 속에 자신이 들어 있었다. 모든 것들 속에 무선낭도 들어 있었다. 그 어떤 것과 편재되어도 마치 모태 속에 들어앉아 있을 때처럼 행복하고 안온한 상태였다. 그는 바람이 될 수도 있었고 물결이 될 수도 있었다. 그는 이슬이 될 수도 있었고 햇빛이 될 수도 있었다. 그는 태양이 될 수도 있었고 하늘이 될 수도 있었다. 그는 먼지가 될 수도 있었고 우주가 될 수도 있었다. 우주만물 중에 자비롭지 않은 것은 아무것도 없었다. 그리고 자비로운 것들 중에 아름답지 않은 것은 아무것도 없었다.

그러나 지금은 아무것과도 편재되지 않았다. 바람과도 그는 별개였으며 물결과도 그는 별개였다. 이슬과도 그는 별개였으며 햇빛과도 그는 별개였다. 태양과도 그는 별개였으며 하늘과도 그는 별개였다. 모든 것들이 분리되어 있었다. 아무리 대상을 아름답다고 느껴도 아무런 변화가 일어나지 않았다. 먼지는 먼지일 뿐이었으며 우주는 우주일 뿐이었다. 그 사실이 끊임없이 그를 싸늘한 슬픔에 젖어들게 만들었다. 그렇다. 그것은 싸늘한 슬픔이었다. 언제나 가슴 밑바닥에 얼음물이 고여드는 듯한 느낌을 불러일으키는 슬픔이었다.

인간들은 편재불능의 시공 속에서 목적을 알 수 없는 투쟁을 계속하고 있었다. 그들은 아무것도 진심으로 사랑하고 있는 것 같지 않았다. 단지 모든 것을 소유하고 싶어하는 욕망 하나로만 살아가고 있는 것 같았다. 그들 중의 어떤 부류는 부와 권력을 앞장세워 소수의 욕망을 마치 전체의 욕망인 양 위장하고 수많은 사람들을 제도와 법률 속에 가두어놓았다. 그리고 한평생을 오직 노예처럼 일만 하다가 죽어가도록 만들어놓았다. 그들은 끊임없이 신무기를 만들어냈고 끊임없이 침략을 일삼았다. 히틀러는 모든 인종이 우열이 분명해서 열등인종은 아무리 교육을 시키고 환경을 개선해 주어도 열악한 성격이 바뀌지 않으므로 멸종해야 한다는 인종론을 내세워 수많은 유태인을 잔혹한 방법으로 학살했다. 과거 일본 사람들은 끊임없이 조선을 침략해서 무고한 생명을 다량으로 학살했고 각종 재물과 문화재를 약탈해 갔다. 임진왜란 때는 십이만 육천여 명의 인명을 살상했으며 그 귀를 전리품으로 잘라 가 이총(耳塚)이라는 귀무덤까지 만들었다. 나중에는 나라마저 송두리째 빼앗아버리고 문화까지 모조리 말살시켜 버렸다. 열두 살짜리 국민학교 여학생들조차 정신대(挺身隊)로 끌고 갔다. 하루에 그녀들이 받아야 하는 병사가 서른 명이 넘었다. 산 사람의 목을 작두에 집어넣고 썩둑썩둑 잘라버리기도 했다. 수많은 사람들이 전쟁터로 끌려가 총알받이가 되었다. 쇠똥을 밟은 일본군의 군화 밑창을 혓바닥으로 핥았다는 조선인 학도병도 있었다. 전쟁을 일으킨 자들은 언제나 인류평화라는 말을 전매특허로 사용하고 있었다. 그들이 말하는 인류평화란 쇠똥 밟은 군화 밑창을 핥아야만 획득할 수 있는 것일까. 산 사람을 생체실험용으로 해부대에 올리고 천진난만한 국민학생까지 정신대로 끌고 가서 능욕해야만 실현될 수 있는 것일까. 그렇게 해서 실현된 인류평화란 과연 어떠한 형태를 가진 괴물일까.

삼십육 년 동안 노예보다도 못한 취급을 하면서 일본 사람들이 조선 사람들에게 주지시키던 사상도 히틀러의 우등인종론과 조금도 다름이 없었다. 그런데도 사회 일각에서는 아직도 친일파의 세도가 여전하다는 분노의 소리가 사라지지 않고 있었다. 정신 나간 일부 상류층 여편네들은 김치까지 일본에서 수입해다 먹는다는 소문이었다. 아직도 일본으로부터 나라를 완전히 되찾지 못한 듯한 느낌까지 들 정도였다.

타고르가 예찬해 마지않았던 아시아의 등불, 조용한 아침의 나라는 최근에 이르러 상당히 오랜 기간 동안 혼란과 진통 속에 휘말려 있었다. 서울 시민들은 거의 날마다 최루탄 속에서 발작적으로 기침을 연발하고 있었다. 대학생들이 굴비처럼 줄줄이 엮여 어디론가 끌려가는 모습도 보였다. 수사관들로부터 성고문을 당했다는 여대생도 있었고 고문 끝에 목숨을 잃었다는 남자 대학생도 있었다. 고문 끝에 목숨을 잃었다는 대학생에 대해서 당국은 수사관이 책상을 탁 치니까 억 하고 죽었다는 식의 내용을 추후 신문에 발표한 바 있었다. 책상을 탁 쳤는데 사람이 억 하고 죽다니 정말 대단한 고문기술이 아닐 수 없었다.

죄수들이 감옥을 탈출하여 인질극을 벌인 적도 있었다. 유전무죄 무전유죄라는 말이 세인들의 입에 자주 오르내리기도 했다. 유난히 가짜들도 판을 쳤다. 가짜 참기름에서부터 가짜 박사에 이르기까지 천태만상이었다. 가짜가 진짜보다 더 위세를 떨치는 경우가 허다했다. 벌거벗은 여자들의 모습이 자주 잡지나 영화에 등장했고 퇴폐업소들이 우후죽순처럼 번성하기 시작했다. 떼강도들이 흉기를 들고 평화로운 가정을 침입하여 자녀들이 보는 앞에서 추행을 일삼거나 살인을 일삼기도 했다. 도덕은 난지도로 캠핑을 보내버리고 양심은 소록도로 요양을 보내버린 사람들이 허다했다. 어떤 불효막심한 인간은 효도관광을 시켜준답시고 자기 아버지를 제주도까지 데리고 가서 내버리고 왔다는 보도까지 있었다. 되살아나야 할 것들이 점차로 사라져가고 사라져가야 할 것들이 점차로 되살아나고 있었다.

강은백은 세상 사람 그 누구든 한 사람에게만이라도 편재의 아름다움을 가르쳐주고 싶었다. 가르쳐줄 수만 있다면 가르쳐주고 싶었다. 그러나 그들은 단단한 각질 속에 갇혀 있었다. 강은백은 아주 어릴 때부터 그들 밖에서만 겉돌고 있었다는 생각이 들었다. 언제나 가슴 밑바닥에 얼음물처럼 고여드는 슬픔의 근원은 바로 거기에서 비롯되어지는 것은 아니었다.

강은백은 이제 떠나고 싶었다. 저 투쟁과 음모의 칼날이 번뜩거리는 세상으로부터 가급적이면 최대한 멀리 떠나고 싶었다. 이따금 이렇게 첩첩산중에 텐트를 쳐놓고 잠을 청하면 천하를 모두 소유한 듯한 착각 속에 빠져든 적도 있기는 하지만 그는 아직 만나야 할 사람을 만나지 못한 상태였다.

몇 시나 되었을까. 밖은 여전히 눈보라가 계속되고 있는 모양이었다. 천막 주위로 새들이 위태롭게 날개를 푸득거리며 날아오르는 소리가 들리고 있었다. 강은백은 어둠 속에서 조용히 눈을 감고 그 소리에 오래도록 귀를 기울이고 있었다.

"득우야, 득우야."

아이는 잠결에 스승이 자기를 부르는 소리를 들었다. 아득히 멀리서 들리는 것 같았다. 고단했다. 몸이 물에 젖은 솜뭉치처럼 무겁게 느껴졌다. 지난밤의 여독이 아직 풀리지 않았기 때문인 것 같았다. 태어나서 처음으로 그렇게 먼 길을 걸어본 것 같았다.

"어서 일어나거라."

스승이 재촉하고 있었다. 덜그럭덜그럭 고무래 소리도 들리고 있었다. 스승이 마당에 쌓인 눈을 치우고 있는 모양이었다. 고무래 소리에 한 겹씩 잠의 껍질이 벗겨져 나가고 있었다. 눈을 뜨니 방 안에는 어둠이 말끔하게 걷혀 있었다. 아침이었다. 서둘러 이불을 개고 방을 치웠다. 다리에 알이 배어서 움직일 때마다 뻐근한 통증이 느껴져 왔다. 방문을 열고 마당으로 나가니 투명한 아침 공기가 피부 깊숙이 스며들었다. 눈보라는 그쳐 있었다. 산천이 모두 눈 속에 파묻혀 평온한 느낌을 주고 있었다.

"오늘 끼니를 모두 거르고 싶으냐."

스승이 말했다.

바위 웅덩이에 고여 있는 석간수 속에 해가 빠져 있을 때 길어낸 물이 아니면 스승은 밥도 짓지 못하게 했고 차도 달이지 못하게 했으며 먹도 갈지 못하게 했다. 눈이 오나 비가 오나 석간수만은 반드시 일정한 시각에 길어 와야만 했다. 속일 수가 없었다. 귀신같이 알아내고 불호령을 내리기 때문이었다. 처음에는 물지게를 지는 것이 서툴러서 열 번도 넘게 도중에서 쉬곤 했지만 지금은 한번도 쉬지 않고 단숨에 길어 올 수가 있었다. 무릎을 까지도 않았고 물을 엎지르지도 않았다.

"먼 길을 다녀왔기 때문에 고단할 것 같아서 길은 내가 꼭 두새벽에 일어나 모두 뚫어놓았느니라."

스승은 고무래를 헛간 벽에 기대어놓았다.

마당의 눈이 말끔하게 치워져 있었다.

날씨가 청명했다. 해가 떠오르고 있었다. 맞은편 산머리의 나뭇가지들은 모두 새하얀 눈꽃에 덮여 있었고 그것들은 햇빛을 받아 일제히 눈부시게 빛나고 있었다.

아이는 물지게를 지고 스승이 뚫어놓은 길을 따라 산허리 하나를 돌았다. 바위 웅덩이에 고여 있는 석간수에서 김이 무럭무럭 피어오르고 있었다. 그 사이로 자디잔 햇빛의 미립자가 스며들고 있었다. 아이는 서둘러 물을 긷기 시작했다. 양쪽 물통을 모두 채우자 웅덩이 속에 빠져 있던 해도 완전히 웅덩이 밖으로 벗어났다.

아침밥을 먹고 차를 마신 다음 먹을 갈기 시작했다. 방 안 가득 묵향이 번지기 시작했다. 아이의 모든 의식이 먹빛 속으로 녹아들고 있었다. 얼마나 시간이 지났을까. 아이의 의식은 이제 벼루 속에 달덩어리 하나로 떠오르기 시작했다. 그때였다. 갑자기 벼루 바깥에서 낯선 목소리가 들려오기 시작했다. 실례합니다. 실례합니다. 아이의 의식은 어느새 벼루 바깥으로 빠져나와 있었다. 스승이 방문을 열고 있었다.

"뉘시오."

등산복 차림에 배낭을 걸머진 사내 하나가 섬돌 앞에 서 있었다. 얼굴은 젊어 보이는데 머리카락이 하얗게 세어 있었다. 머리카락과 얼굴이 따로 나이를 먹는 모양이었다. 아이에게는 구면이었다. 인사동 오죽산방이라는 상점에서 만난 적이 있는 얼굴이었다. 사내는 스승을 보자 땅바닥에 엎드려 절부터 올린 다음 자신이 이곳에 오게 된 경위를 설명하기 시작했다.

"서울에서 온 강은백이라는 사람입니다. 선생님께 보여드리고 가르침을 받고 싶은 선계의 족자 한 폭이 있어 무례함을 무릅쓰고 이렇게 찾아뵙게 되었습니다. 번거로움을 끼쳐드리게 되어 죄송스럽습니다만 부디 허락하여 주시기 바랍니다."

도대체 무슨 소리를 하고 있는 것일까. 아이는 사내를 인사동 오죽산방 주인과 한패라고 생각하고 있었다. 예절이 몹시 바른 사람처럼 행동하고 있지만 뭔가 꿍꿍이속이 있을 것만 같았다. 지난밤 노스님이 서울에서부터 줄곧 미행을 당하고 있다고 말했는데 바로 이 작자가 미행자였을 거라는 생각이 들었다. 노스님은 아이를 데리고 소나무 위에 잠시 올라가 있음으로써 미행자를 가볍게 따돌려버렸었다. 그런데 어떻게 찾아왔을까. 발자국을 보고 찾아왔을까. 스승도 그 점이 궁금했던 모양이었다.

"길이 없을 터인데 어떻게 예까지 찾아왔소."

사내에게 묻고 있었다.

"어제 서울에서부터 스님 일행을 미행했었습니다. 무례함을 용서해 주십시오."

사내의 대답이었다.

"그 석가모니의 늙은 졸개는 꼭두새벽에 어디론가 떠나버렸소. 요즘 스님들이 불심보다는 욕심이 많아져서 일부 절들이 빈번하게 싸움박질을 일삼는 고로 그 석가모니의 늙은 졸개에게 감투를 씌워 평정을 의뢰하려는 무리들이 더러 있소. 물론 당사자는 도망을 다니고 있는 입장이오. 지난밤에도 미행자가 있어 산꼭대기까지 데리고 올라가 따돌려버렸노라고 큰소리를 치더니만 재주가 별것도 아니로군."

"저는 그 스님을 미행했던 게 아닙니다."

"그러니 땡초라는 말이오."

스승은 혀를 끌끌 차고 있었다.

"이쪽과는 반대편 능선으로 유인해서 저를 따돌려버렸으므로 운이 좋지 않았다면 찾아오지 못했을는지도 모릅니다. 텐트를 걷고 배낭을 정리해서 산을 내려오다가 바람 속에서 연기 냄새를 맡았습니다. 한참 동안 근원을 찾아 헤매다가 간신히 오두막집 굴뚝에서 피어오르는 연기를 발견할 수가 있었습니다."

"무슨 사연인지는 모르겠소만 일단 방으로 들어와서 차나한 잔 들면서 이야기를 나누어봅시다."

스승이 부드러운 목소리로 사내에게 말했다.

아이는 이때 자신이 끼어들어야 할는지 말아야 할는지 망설이고 있었다. 아이의 생각으로는 인사동 오죽산방 주인이 가짜 그림을 만들어 파는 사기꾼임이 틀림없었다. 그리고 사내도 한패일 것임이 분명했다. 아이도 최소한 그 정도쯤은 눈치 챌 수 있는 직관력을 가지고 있다고 자부하고 있었다.

"이 세상에 현존하고 있는 사람들 중에서는 네 스승이 가지고 있는 먹의 경지를 따를 자가 없느니라."

서울에서 돌아오는 길에 노스님이 스승을 평하던 말이었다. 가짜 그림들이 나돌아 다니는 것도 당연지사라는 것이었다. 하지만 여기까지 찾아와서 진드기를 붙다니 정말 끈질긴 인간들이 아닐 수 없었다. 스승은 아직 눈치를 채지 못하고 있는 것 같았다. 사기꾼의 올가미에 걸려들기 직전인 것 같았다. 아니다. 어쩌면 스승은 사내의 속을 훤히 다 들여다보고 있는지도 모를 노릇이었다. 오히려 사내가 스승의 올가미에 걸려들고 있는지도 모를 노릇이었다. 스승은 사내를 우선 방으로 유인해서 올가미를 씌워버릴 묘책을 강구해 놓고 있을 것만 같았다.

"조금도 폐를 끼쳐드리고 싶지 않습니다. 여기서 보여드리고 싶습니다. 잠깐이면 됩니다."

사내가 황급히 스승의 호의를 사양하고 있었다. 아이는 만만치 않은 상대라는 생각이 들었다. 스승의 작전을 이미 읽고 있는 듯한 태도 같아 보였다. 미처 말릴 겨를도 없이 메고 있던 배낭을 땅바닥에 내려놓더니 그 속에서 기다란 원통형의 금빛 통 하나를 끄집어냈다.

"저는 아주 어릴 때 어떤 인연에 의해 오학동이라는 마을로 흘러 들어가게 되었습니다. 제가 생각하기에는 분명 선계에 속하는 곳이었습니다. 저는 그곳에서 그림 한 장을 얻어 왔었습니다. 묵림소선이라는 분이 그리신 그림입니다. 이제 저는 다시 그곳으로 돌아가려고 합니다. 그러나 제가 가지고 있는 그림 속을 자유자재로 드나들 수 있는 사람을 만났을 때라야만 가능하다고 합니다. 혹시 선생님이시라면 그런 능력을 가지고 계실는지도 모른다는 생각이 들어 결례인 줄 알면서도 이렇게 찾아뵙게 되었습니다. 너그럽게 용서해 주시기 바랍니다."

사내의 말이었다.

아이는 사내가 스승의 작전에 좀처럼 말려들지 않을 것 같다는 예감이 들었다. 사내는 어디선가 가짜 그림을 하나 구해 와서는 지금 스승을 속여먹기 위해 청산유수로 거짓말을 늘어놓고 있다는 생각이 더욱 확고해졌다.

"산속에 묻혀 금수와 같이 사는 내가 어찌 그런 놀라운 경지를 알고 있겠소. 허나 선계의 그림을 가지고 계신다니 나도 구미가 부쩍 당기는구료. 밖에서 그러시지 마시고 어서 방으로 들어오시오."

"아닙니다. 그냥 여기서 보여드리겠습니다. 만약 선생님께서 제가 찾아 헤매던 분이 아니시라면 즉시 돌아가겠습니다."

"나는 아니오."

"확인해 보기 전에는 모를 일이 아니겠습니까."

사내의 얼굴에 일순 긴장의 빛이 떠오르고 있었다. 그때까지도 스승은 얼굴 가득 미소를 띠운 채 호기심에 찬 눈빛으로 사내의 손에 쥐어져 있는 족자를 물끄러미 주시하고 있었다. 아직 족자는 말려 있는 상태였다.

그러나 사내의 손에서 이윽고 족자 한 폭이 좌르륵 소리를 발하며 펼쳐졌을 때 스승의 얼굴에서는 순식간에 미소가 사라져버렸다. 스승의 눈동자는 놀라움에 가득 찬 표정으로 크게 확장되어 있었다. 입도 벌어져 있었다. 스승은 전신이 굳어져 있는 것 같았다. 한참 동안 눈 한 번 깜짝이지 않았다. 아이는 도무지 무슨 영문인지 이해할 수가 없었다.

"어리석다 고산묵월이여. 일찍이 저런 경지가 있었다는 사실을 내 어찌 모르고 살았던고."

스승이 탄식하듯 말하고는 한 손으로 이마를 짚으며 비스듬히 쓰러지고 있었다.

"제가 찾아 헤매던 분이 아니시로군요. 거듭 실례를 용서해 주시기 바랍니다."

사내는 재빨리 족자를 말아서는 비단통 속에다 집어넣어버렸다. 그리고 배낭을 짊어지고는 아무 일도 없었다는 듯 눈 덮인 산비탈을 내려가기 시작했다. 아이는 이 돌발적인 사태에 어떻게 대처해야 좋을는지 알 수가 없었다. 잭나이프를 꺼내들고 사내 뒤를 쫓아가다가 문득 스승부터 살려내야 한다는 생각이 들었다. 다시 돌아와보니 스승은 일어나 앉아 있기는 했으나 넋이 모두 빠져나가버린 듯한 표정이었다. 도대체 무슨 비술을 썼길래 무림의 고수라고 생각했던 스승이 손 한 번 쓰지 못하고 맥없이 쓰러져버린 것일까. 비겁하게도 암기를 썼을 것임이 분명했다.

그로부터 사흘 동안 스승은 식음을 전폐하고 아무 말도 하지 않았다. 며칠 동안 햇빛이 화창했다. 처마 밑으로 고드름들이 철걱철걱 부서져 내리고 있었다. 아이는 다시 열심히 잭나이프를 갈아대기 시작했다. 이제 아이에게는 빚을 갚아야 할 사람이 둘로 늘어나 있었다. 싸나이 중의 싸나이라면 무엇보다도 의리를 중시해야 한다. 그 사실만은 지금까지도 아이에게 있어서 확고부동한 법률로 존재하고 있었다.

눈이 녹고 얼음이 풀리고 봄이 왔다. 아이는 하루도 빠짐없이 먹과 잭나이프를 갈았다. 그러나 스승은 그날 이후 한번도 붓을 잡지 않았다. 어느 날 노스님이 찾아왔다. 스승은 그날 있었던 일을 자세히 노스님에게 이야기해 주었다.

"화두 같은 이야기로군."

노스님이 이야기를 다 듣고 나서 한마디로 일축한 소감이었다.

"아무래도 그 그림을 한 번 더 보아야만 직성이 풀리겠네."

스승은 노스님에게 그 그림을 찾아 나설 뜻을 비쳤다.

며칠 후 노스님이 아이와 스승의 한복 두 벌씩과 얼마간의
돈을 준비해 왔다.

11

"경찰관을 뭘로 아는 거야."

박순경이 평소 가장 많이 사용하는 대사였다. 다른 경찰관들은 그 대사를 항변조로 사용하지만 그는 그 대사를 탄식조로 사용했다. 경찰관이라면 무조건 백안시하려 드는 사회적 병폐와 마주쳤을 때, 배가 홀쭉한 월급봉투를 받아들었을 때, 거듭 진급자 명단에서 누락되어 있음을 알았을 때, 어쩌다 사본 주택복권이 꽝이었을 때, 다른 경찰관의 비행 사실이 신문에 보도되었을 때, 텔레비전에 국회의원이 멱살을 쥐고 싸우는 장면이 방영되었을 때, 유괴사건이나 살인사건이 발생했을 때, 마누라가 부부싸움 끝에 가출해서 돌아오지 않을 때, 천신만고 끝에 잡은 범인이 증거 불충분으로 풀려났을 때, 상관들로부터 부당한 대우를 받았을 때, 감기에 걸렸을 때, 전화 수신상태가 불량할 때, 점심때 먹은 오징어 찌꺼기가 어금니에 끼어서 신경을 건드릴 때 그는 탄식조로 그 대사를 읊조리는 것이었다.

"경찰관을 뭘로 아는 거야."

그는 청렴결백한 경찰관이었다. 옳지 않은 일이라고 생각하면 목에 칼이 들어와도 소신을 굽히지 않았다. 무슨 이유 때문인지 높은 사람들은 대체로 그의 그러한 성품을 별로 달가워하지 않는 것 같았다. 그는 요즘 들어 이 사회에 대해 극도로 혐오감을 느껴가고 있었다. 어디를 눈여겨봐도 썩지 않은 구석이 없는 것 같았다. 어디를 눈여겨봐도 경쟁과 암투가 번뜩거리고 있는 것 같았다. 권력을 쟁취하기 위해서, 명예를 획득하기 위해서, 부를 축적하기 위해서 사람들은 이제 도덕을 포기하고 양심을 포기하고 인격을 포기해 버린 것 같았다. 그러나 자신만은 그 대열에 끼고 싶지 않았다.

마누라의 신경질이 날로 상태를 더해가고 있었다. 이해할 수 있는 일이었다. 어머니가 삼 년 전에 뇌출혈로 쓰러지신 뒤로 그 후유증인 폐렴까지 겹쳐 하루 종일 방 안에만 누워 있는 실정이었다. 진료를 담당했던 어느 의사의 말에 의하면 젊은 사람의 경우에는 치료가 한 달밖에 걸리지 않는 병도 노인의 경우에는 수개월 내지 수년이 걸린다는 것이었다. 여러 가지 장기의 기능이 저하되어 있으므로 회복력이 약하며 영양

의 흡수상태도 나빠지는 때가 많으므로 급격히 증세가 악화
되거나 완치된 후에도 재발하는 경우가 많다는 것이었다. 쥐
꼬리만 한 월급으로는 약값을 조달하기도 힘이 들었다. 마누
라는 지쳐 있는 것이 분명했다. 결혼해서 줄곧 전세방을 전전
긍긍하면서 어머니께는 효도 한 번 하지 못하고 마누라한테
는 호강 한 번 시켜주지 못한 상태였다. 아이들에게도 그토록
열망해 마지않는 어린이 대공원 한 번 데려가주지 못했다.

하지만 그는 자신만이라도 궁상스러운 표정을 지우고 되도
록이면 웃는 얼굴을 보이려고 노력해 왔다.

중학교 때 아버지가 경영하던 가발공장에 불이 나고부터 집
안은 풍비박산이 나버렸다. 아버지는 빚더미에 올라앉게 되었
고 몇 년간 술로 세월을 보내다가 간경화증으로 세상을 떠나
버렸다. 그때부터 고난이 끊일 날이 없었다.

"어머니가 편찮지만 않으시다면 미용실에 나가 푼돈이라도
벌어서 생활에 보탬이 될 수가 있겠지만 거동조차 불편하시니
어디 꼼짝달싹을 할 수가 있느냔 말이에요."

마누라의 바가지도 백번 지당하다는 생각이 들었다. 그는
아직도 행복이 마음 안에 있다고 생각했다. 그는 일요일이면
성당에 나가 어머니의 건강이 하루빨리 회복되기를 충심으로
간절히 기도했다. 그로서는 다른 방법이 생각나지 않았다. 물
에 빠진 사람이 지푸라기라도 붙잡고 싶어하는 심정 그대로였
다. 그러나 아무리 기도를 해도 응답하는 소리는 들리지 않았

다. 다만 성모 마리아상이 침묵 속에서 그를 굽어보며 의미를 알 수 없는 미소만 잔잔하게 지어 보일 뿐이었다.

봄이 끝나가고 있었다.

그러나 바람은 여전했다. 모든 건물들이 뿌연 흙먼지 속에 폐선처럼 정박해 있었다. 이따금 휴지들이 태풍에 날개를 접지른 갈매기처럼 위태롭게 하늘을 비상하고 있었다.

유난히 바람이 많은 도시였다. 정부의 대도시 인구분산 정책의 일환으로 신설된 도시 중의 하나였다. 그러나 신흥도시 특유의 깔끔한 분위기라고는 그 어디에서도 찾아볼 수가 없었다. 건물들마다 흙먼지에 얼룩이 져서 지저분하고 궁상맞아 보였다. 녹지조성도 잘 이루어져 있지 않았다. 가로수들이 이제 겨우 어린애 팔뚝만큼 자라 있을 정도였다. 공원도 마찬가지였다. 수종을 알 수 없는 몇 그루의 관상목들이 여기저기 심어져 있었으나 한결같이 영양실조에 걸려 있는 것 같았다.

사방에서 바람이 펄럭거리고 있었다. 이 도시에서 펄럭거리지 않는 것은 아무것도 없는 것 같았다. 하늘도 펄럭거리고 땅도 펄럭거리고 사람도 펄럭거리는 것 같았다. 항시 도시 전체가 누우런 흙먼지 속에 침몰하고 있었다. 언제나 어금니에 흙먼지가 서걱거렸다.

도시는 철저하게 바람에 점령당해 있었다.

시청 옥상 위에도 가정집 대문 앞에도 점령군들이 한 무리씩 떼를 지어 웅성거리고 있었다. 횡단보도를 건널 때나 시외

버스를 기다릴 때 점령군들은 기습적으로 불심검문을 단행했다. 점령군들은 난폭하고도 무례했다. 남자들의 모자를 홀랑 벗겨서 멀리 내던져버리기도 하고 여자들의 치마를 홀렁 걷어올려 팬티를 더듬어보기도 했다. 밤중에 가정집을 내습하여 세숫대야를 발길로 걷어차기도 하고 슬레이트 지붕을 뒤집어 놓기도 했다. 야외에서는 도저히 식사를 할 수가 없었다. 느닷없이 덮쳐들어 흙먼지를 끼얹어버리기 때문이었다.

시민들은 개인으로 혹은 단체로 시에다 방풍림을 설치해 줄 것을 수차례 건의했으나 대답은 언제나 한결같았다. 계획은 세워져 있으나 예산은 세워져 있지 않다는 것이었다. 그렇다면 계획은 무용지물이나 다름이 없었다.

그날도 바람이 몹시 불었다. 박순경은 로터리 한복판에서 호루라기를 불며 교통정리를 하고 있었다. 조금 전까지만 하더라도 도로는 출근하는 사람들과 등교하는 학생들과 오고 가는 차량들로 붐비고 있었다. 그러나 한 시간 정도 그런 현상이 계속되다가 급작스럽게 도로는 한산해졌다. 신호등이 있기 때문에 이쯤에서 그는 퇴장해야겠다는 생각을 하고 있었다. 그때 그의 시야에 이상한 장면 하나가 포착되었다.

신호대기에 걸려 있는 차량들 사이를 비집고 노인 하나가 당나귀를 탄 채 하얀 두루마기를 펄럭거리며 당당한 모습으로 로터리 한복판을 향해 직진해 들어오고 있었다. 그 재래식 교통기구는 신호를 완전히 무시해 버린 상태였다. 아이 하나가

고삐를 쥐고 운전수 노릇을 하고 있었는데 딱지를 떼려면 얼마든지 떼라는 듯한 태도였다. 그 재래식 교통기구의 출현에 당황한 최신식 교통기구들이 신경질적인 동작으로 몸을 피하며 요란하게 경적을 울려대고 있었다. 그러나 노인 일행은 주위의 상황에 대해서는 전혀 관심이 없는 듯한 표정이었다.

"경찰관을 뭘로 아는 거야."

박순경이 요란하게 호루라기를 불면서 그들에게로 달려갔다. 그들은 거의 로터리 중심부에까지 진입해 들어오고 있었다. 차량들의 사용빈도가 낮은 지역이어서 다행히 교통의 혼잡상태가 예상되지는 않는 지역이었다.

"할아버지는 지금이 삼국시댄 줄 아세요."

박순경은 호루라기를 세차게 몇 번 불어젖히면서 그들의 도도한 행진을 가로막았다. 그리고 아이로부터 고삐를 가로챈 다음 한쪽 손으로 차량들을 저지시키며 걸음을 옮겨놓기 시작했다. 아니다. 옮겨놓으려 했을 뿐이지 실지로는 한 발자국도 옮겨놓지 못했다. 아무리 세차게 고삐를 잡아당겨도 당나귀는 꼼짝달싹을 하지 않았다. 고삐를 아이에게 다시 쥐어주었으나 마찬가지였다. 궁둥이를 밀어주면 한 발자국이라도 움직일 수 있을까 싶어 시도해 보려다가 뒷발질에 하마터면 낭심을 차일 뻔했다. 재빨리 피하기는 했으나 바짓가랑이에 발자국이 스친 흔적이 선명했다.

"경찰관을 뭘로 아는 거야."

박순경은 혼잣소리로 투덜거렸다. 가뜩이나 마누라한테 기가 죽어 있는 판국인데 자식이 누굴 쫓겨나게 만들려고 거기를 걷어차려 드는가 말이다. 그는 시동이 꺼져버린 그 재래식 교통기구를 어떻게 처리해야 좋을는지 알 수가 없었다.

노인은 한복 차림에 두루마기를 걸치고 있었다. 바람이 노인의 두루마기 자락을 마구잡이로 흔들어대고 있었다. 희고 기다란 수염과 머리카락도 함부로 이리저리 잡아당겨보고 있었다. 아이도 노인과 똑같은 차림새를 하고 있었다. 열대여섯 살쯤 되어 보이는 나이였다. 박순경과 몇 번 눈이 마주쳤는데 무슨 까닭인지 그때마다 먼 하늘을 바라보는 시늉을 하며 거만을 떨어 보였다. 인도변에 사람들이 줄지어 늘어서서 사태의 추이를 관망하고 있었다.

"할아버지, 빨리 이 당나귀를 인도 쪽으로 몰고 가세요. 여기는 차들만 다니는 차도란 말입니다."

박순경이 볼멘소리로 노인에게 말했다.

"차 안에도 사람이 타고 있지 않은가. 당나귀 위에 사람이 타고 있는 것과 차 안에 사람이 타고 있는 것과 무엇이 다른가. 길이란 본시 사람이 내왕하기 편리하도록 만들어놓은 것이며, 이 길도 사람들이 차를 타고 내왕하기 이전에 마소를 타고 먼저 내왕하던 길이 아닌가. 마소를 타고 내왕하던 길을 당나귀를 타고 내왕하는데 무슨 잘못이 있단 말인가."

노인이 조선왕조 오백년이라는 연속극에 나오는 인물 같은 어투로 말했다. 다소 마른 얼굴에 작달막한 체형이었으나 자세가 바르고 단정했으며 목소리에는 어딘지 모르게 위엄이 서려 있었다.

"지금은 시대가 다릅니다, 할아버지."

박순경이 공손하게 말했다.

"시대는 변했어도 당나귀는 변하지 않았네, 통교양반."

노인은 박순경의 팔에 채워져 있는 완장을 눈여겨 주시하고 있었다. 통교양반이라니. 노인들은 글자를 오른쪽에서 왼쪽으로 읽었던 시대를 살았던 적이 있으므로 아마도 교통을 통교로 잘못 읽은 것 같았다. 박순경은 아이와 합세해서 고삐를 잡아끌어보았으나 역시 시동은 걸리지 않았다.

"내 당나귀는 군자적이고도 사색적인 보행을 좋아하지. 허나 자동차들이 괴성을 질러대고 그대까지 호각을 불어대면서 달려드니까 갑자기 심통이 사나워져 버린 걸세. 고집이 세서 한번 심통을 부리면 힘으로는 장정 열 명이 잡아끌어도 고삐가 끊어지면 끊어졌지 당나귀는 한 발자국도 움직이지를 않는다네. 사람이 당나귀 고삐를 쥐었다고 해서 당나귀 마음까지를 좌지우지할 수는 없는 법이지."

노인은 그 재래식 교통기구의 특성에 대해 간략하게 박순경에게 말해 주었다.

"그러면 어떻게 해야 합니까."

"당근으로 유인을 해야 하네."

"왜 당나귀가 심통을 부리자마자 당근을 주지 않았습니까."

"당근이 모두 떨어져버렸네."

당나귀가 이제 나이를 먹어 흉물이 다 되었다는 것이었다. 여기까지 오는 동안 당근 생각이 나서 수십 번이나 상투적으로 심통을 부려대는 바람에 준비했던 당근이 예상보다 빨리 떨어져버렸다는 것이었다.

박순경은 부랴부랴 가까운 슈퍼로 달려가서 자비로 거금 이백 원을 주고 당근 한 개를 사가지고 돌아왔다. 그때까지 그들은 로터리 중심부에서 무슨 사절단의 동상처럼 버티고 서 있었다. 입 가까이에 당근을 갖다 대자 그 재래식 교통기구는 비로소 시동이 걸리기 시작했다. 그러나 몇 걸음을 옮겨놓다가 노인은 무슨 생각이 들었는지 아이로 하여금 당나귀의 브레이크를 밟도록 명령했다. 잠깐 정지하거라. 그리고 박순경을 돌아보며 진지한 표정으로 이렇게 물었다.

"통교양반, 보아하니 그대도 무슨 관직에 있는 것 같아 행여 도움이 될까 싶어 일러드리니 귀담아 들어두시게. 내가 오다가 보니 이 도시로 들어서기 전 들판 건너편 산이 시뻘겋게 도륙이 되어져 등껍질이 벗겨지고 팔다리가 잘려 나가는 참극을 겪고 있던데 무슨 연유로 산을 그 지경으로 만들었는지 모르시겠는가."

"어느 재벌이 시에다 허가를 얻어 골프장을 만든답니다."

박순경은 정직하게 대답해 주었다.

"골포장(骨包裝)을 만든다니. 무슨 뼈다귀들이라도 싸발라서 안장하는 공동묘지라도 새로 생겨난다는 말인가."

"골포장이 아니라 골프장입니다. 잔디밭에 뚫어놓은 구멍 속에다 골프채라는 막대기로 공을 쳐넣는 경기 중의 하납니다. 간단하게 말하면 돈 많고 지체 높은 사람들이 잔디밭에서 즐기는 공놀이의 일종입니다."

"내 짧은 식견으로 앞날을 내다보건대 삼 년 내에 큰 홍수가 한 번 있겠고 만약 그 안에 철저한 대비책을 세워놓지 않으면 산 밑에 있는 백여 가호의 집들과 논밭전지가 황톳물 속에 파묻혀버리는 낭패를 면치 못할 것이네. 그때는 정말로 골포장 때문에 골매장을 하는 수가 있을 것이네. 그리고 이 도시를 만든답시고 대소 야산들을 평지로 만들어버리는 바람에 이 도시 전체가 흙먼지를 뒤집어쓰고 있는 것이네. 그 야산들은 바람의 갈래를 만들어 힘을 분산시키고 바람이 도시로 쳐들어오지 못하도록 다른 방향으로 전환시키는 역할을 담당했었는데 바닥까지 밀어치우고 말았으니 바람이 중구난방으로 미쳐 날뛰는 것은 당연한 이치가 아니겠는가. 필시 환절기가 되면 신경통이나 호흡기 질환에 시달리는 사람들이 많아져 갈 걸세. 본디 자연과 사람이 따로가 아니거늘 어찌 시대가 변했다고 그토록 무지몽매한 짓들을 아무 생각도 없이 함부로 저지르고 살아간단 말인가. 허나 어쩔 수도 없겠지. 저마다 당장의 이득밖에는 눈앞에 보이지 않을 테니까. 내 오늘 그대에게 당근 한 개를 빚진 바 있는데 당근 한 개를 어찌 당근 한 개로만 갚을 수가 있겠는가. 산속에서만 살아온 이 늙은이도 가끔씩 오고 가는 술벗에게서 세상 인심이 얼마나 흉흉해졌는가를 익히 들어서 알고는 있다네. 그렇지만 통교양반같이 마음씨가 선한 사람들이 아직은 더 많이 이 세상에 살아남아 있다는 사실도 며칠 동안 익히 보아서 알고 있네. 나도 한때는 문방사우를 가까이 두고 살던 사람이라 부귀공명과는 거리가 멀다네. 지금은 산속에서 나무들이 오도송을 외우는 소리나 들으면서 살고 있다네. 나는 사람들을 좋아하지만 사람들은 대부분 나처럼 살기를 원하지는 않았었네. 행여 인연이 닿는 사람이라도 만나게 되면 통성명이라도 대신할 수 있는 빌미나 될까 해서 수중에 지니고 다니는 졸필의 흔적이 몇 점 있네. 그 중에서 외엽일란이라는 것을 한 점 드릴 터이니 부디 천대하지 마시고 오래 간직해 주시게. 이런 말 하기는 몹시 부끄럽지만 최소한 그대의 작은 근심 하나 정도는 덜어줄 수 있었으면 하는 심정일세.”

노인은 보퉁이를 뒤적거려 몇 겹으로 접은 직사각형의 화선지 한 장을 박순경에게 건네주었다. 무엇인지도 잘 모르고 그는 덮어놓고 고맙다는 인사말과 함께 그것을 받아 들었다. 그때는 솔직히 말해서 한시바삐 그들을 차도 밖으로 몰아내는 것만이 급선무였다. 그는 차량들을 적당히 저지하면서 그들을 무사히 인도까지 내몰았다. 그들은 옷고름과 두루마기 자락을 나부끼면서 유유히 사람들 사이로 사라져가고 있었다.

"나는요 짭새만 보면요 속이 메스꺼워진다니까요."

아이가 당나귀를 끌고 가면서 멀찍이서 노인에게 쨍쨍한 목소리로 떠들어대던 소리였다. 박순경이 사라져버렸다고 생각한 모양이었다. 아이의 옷차림과 사용하는 말투가 전혀 어울리지 않았지만 박순경은 별로 심각하게 생각하지 않았다.

"경찰관을 뭘로 아는 거야."

자탄조로 버릇처럼 그 말을 중얼거렸을 뿐이었다.

저녁 늦게야 퇴근해서 어머니를 문병했다. 어머니는 몹시 야위어 있었다. 유난히 광대뼈가 튀어나오고 눈이 움푹 들어가 있었다. 팔다리도 피골이 상접해 있었다. 어머니는 자꾸만 무슨 말인가를 되풀이하고 있었다. 발음이 부정확해서 잘 알아들을 수가 없었다. 귀를 가까이 대고 온 신경을 집중해서 자세히 들어보니 그의 몸에서 난초꽃 향기가 난다는 것이었다. 난초꽃 향기를 맡으니까 가물거리던 정신이 되살아나는 것 같다는 것이었다. 하지만 그의 후각으로는 아무 냄새도 맡을 수가 없었다. 어머니는 아버지를 생각하고 계시는 것 같았다. 난초는 생전에 아버지가 즐겨 가꾸시던 화초였다. 박순경은 어머니가 이제는 정신까지 이상해져 있는 것이나 아닐까 더럭 걱정부터 앞섰다.

그런데 세탁소에 맡기기 위해 호주머니를 점검해 보던 마누라가 그 노인의 그림을 찾아내었다.

"난초로군요."

그림을 펼쳐 들고 마누라가 탄복하는 표정을 짓고 있었다.

"잎도 하나 대궁도 하나 꽃도 하나뿐인 난초예요."

먹으로만 그려져 있었다. 좌측 하단에 붉은 인주의 낙관 하나만 단정하게 찍혀 있었다. 아무 글씨도 씌어 있지 않았다. 어딘지 모르게 고아한 기품이 느껴지는 그림이었다. 그러나 그는 어머니가 자기 몸에서 난초꽃 향기가 난다고 말했던 사실을 다시 한 번 기억하게 되었다. 우연의 일치라고 생각하기에는 왠지 마음이 홀가분하지가 않았다. 우선 국민학교 오학년짜리 딸애와 일학년짜리 아들에게 냄새를 맡아보라고 했다. 아이들은 먹 냄새와 종이 냄새 외에는 아무 냄새도 나지 않는다고 말했다. 다시 그림을 어머니에게 가지고 가서 냄새를 맡아보게 했다. 어머니는 고개를 끄덕였다. 바로 거기서 난초꽃 향기가 난다는 것이었다. 여전히 흐리멍덩해져 있던 머릿속이 맑아지는 것 같다는 것이었다. 건강한 사람에게는 맡아지지 않고 병든 사람에게만 맡아지는 것일까.

박순경은 어머니가 기거하는 방 벽에다 그 그림을 압정으로 우선 단단히 부착시켜 놓았다. 역시 물에 빠진 사람이 지푸라기라도 움켜잡고 싶어하는 심정 그대로였다.

그런데 다음 날 박순경은 전혀 예기치 않았던 사건과 맞부딪히게 되었다. 일요일이었다. 습관대로 꼭두새벽에 일어나서 세수를 하려고 목욕탕 문을 열었더니 놀랍게도 어머니가 걸레를 빨고 계셨다. 아이들과 마누라는 아직도 취침 중이었다. 언제나 그랬었다. 마누라는 일요일이니까 잠이라도 실컷 자두자고 말했었지만 그는 습관이 되어서 새벽 네 시 반이면 어김없이 눈이 떠졌다. 날마다 그는 제일 먼저 기상했었다. 그러나 오늘은 어머니가 먼저 일어나 걸레를 빨고 계셨다. 도저히 믿어지지 않는 현실이었다. 꿈인가. 그는 자신의 눈을 의심하지 않을 수 없었다.

그러나 분명히 꿈이 아닌 생시였다. 어머니의 말을 빌면 밤새도록 온 방 안에 난초 향기가 가득했었다는 것이었다. 그 냄새를 맡고 있으려니까 차츰 정신이 맑아지더라는 것이었다. 그리고 알 수 없는 기운이 온몸에 퍼져 나가면서 배가 고파오기 시작하더라는 것이었다. 성모 마리아께서 그의 간절한 기도를 들어주시어 그 노인을 자기에게로 보내주신 것은 아닐까. 그는 그럴는지도 모른다는 생각을 하고 있었다. 그는 한참 동안 입을 다물지 못한 채 어안이 벙벙한 표정을 짓고 있었다. 마누라가 깨면 어떤 표정을 지을는지 자못 궁금했다.

"여보. 빨랑 일어나서 밥을 하라구. 어머니께서 시장해 하신다구. 동작 봐라. 기압이 빠졌구만. 경찰관을 도대체 뭘로 알고 있는 거야."

그는 마누라에게로 달려가 그녀의 궁둥이를 기분 좋게 발길로 한번 걷어차주었다.

인생을 살아가다 보면 때로는 신화보다 현실이 몇 배나 더 신비스럽다는 사실을 체험으로 알게 되는 경우가 허다하지만 고영감이 어느 날 한 노파를 만나면서부터 일어난 사건들은 정말 불가사의한 느낌을 가지게 만들었다.

고영감은 올해 나이가 예순이지만 아직까지 떠돌이 신세를 면치 못하고 있었다. 그는 아침 아홉 시쯤이면 탑골공원으로 출근했다. 다른 노인들처럼 소일거리를 잃어버리고 가족들로부터 소외되어졌기 때문이 아니었다. 그는 자신을 소외시킬 만한 단 한 명의 가족조차도 가지고 있지 않았다. 일사후퇴 때 단신으로 월남해서 아직도 혼자 살아가고 있었다.

다른 노인들은 탑골공원으로 출근을 하면 하루 종일 공원 안에서만 시간을 소일하지만 고영감은 하루 종일 공원 밖에서만 시간을 소일했다. 그는 관상쟁이였다. 언제나 공원 정문 오른쪽 담벼락 밑에 진을 치고 무료한 표정으로 고객들을 기다리며 앉아 있었다. 그의 앞에는 사과궤짝에다 마분지를 씌워 만든 상담용 탁자 하나가 놓여 있었다. 그리고 그 탁자 위에는 낡은 역서(易書) 몇 권이 층층이 쌓여 있었다.

그가 앉아 있는 좌우 담벼락에는 각각 네모난 광목천 한 장씩이 붙어 있었는데 왼쪽 광목천에는, 德松居士 鷄龍山에서 二十年 동안 修行하야 어느 날 홀연히 道를 깨우치고 漢陽 땅에 入城하다. 미래의 운명을 알고자 하시는 분은 일차 왕림하시어 상담해 주시기 바랍니다 — 라는 선전문구들이 적혀 있었고 오른쪽 광목천에는, 사주팔자·관상·궁합·수상·족상·택일·진급·진학·당일운수·평생운수 ─ 등의 상담 메뉴들이 열거되어 있었다. 모든 글자들이 붉은 페인트로 씌어져 있었다. 같은 방 동료들이 돈을 모아서 만들어준 선전간판이었다.

"계룡산에서 이십 년 동안 수행하야 어느 날 홀연히 도를 깨우쳤다니 낯간지럽구만. 도를 깨우치고 겨우 하는 짓거리가 관상쟁이라니 남들이 보고 비웃지나 않을까 걱정일세."

"요즘 세상의 선전문구라는 게 다 그렇다네. 바늘만 한 크기도 전봇대만 한 크기로 불려서 떠들어대는 법이라네. 무슨 상관인가. 진실만을 말하면 오히려 믿으려 들지 않고 거짓말을 좀 섞어야만 믿어주는 세상이 아니던가."

고영감으로서는 면구스럽기 짝이 없는 일이었지만 동료들의 성의도 무시할 수가 없는 입장이어서 내다 걸지 않을 수도 없는 노릇이었다.

원래는 일운거사(一雲居士)라는 노인이 그 자리를 차지하고 앉아 있었는데 평소 알고 지내던 고영감에게 프리미엄인가 보리미음인가를 붙여서 매각해 버린 명당자리였다. 역전이나 지하도나 육교 등지에서 활동하는 몇몇 면허를 가진 역술인들끼리 대를 물려가며 고수해 온 명당자리였다. 대부분이 어느 정도의 실력들은 갖추고 있었다. 그렇지 않은 사람에게는 그 명당자리를 물려주지 않는다는 것이 일종의 불문율로 지켜지고 있었다. 다행히 고영감은 언변이 좋고 적중률도 높은 편이었으므로 차츰 단골들이 늘어나서 지금은 제법 많은 고객들을 확보해 놓고 있었다. 대부분이 여자들이었다. 대략 하루에 스무명 정도의 여자들이 그를 찾아와 온갖 사연들을 늘어놓았다. 바람이 나서 집에 들어오지 않는 남편의 행방에 대해서, 부모님이 결사 반대하는 혼사를 성사시킬 수 있는 묘책에 대해서, 대학입시에 세 번이나 낙방해 버린 자식놈의 장래에 대해서, 언제쯤 돈 많고 명 짧은 홀아비를 만날 수 있는가에 대해서, 술장사를 해야 할지 밥장사를 해야 할지 물어보기 위해서, 도대체 어떻게 해야 현재의 이 팔자 사나운 신세를 벗어날 수 있을까에 대해서—여자들은 그에게 물으러 왔다. 그러면 그는 돋보기 안경을 추스르면서 역서들을 이리저리 뒤적거려본 다음 청산유수 같은 능변으로 여자들을 달래주고 다독거려주면서 절망보다는 희망을 가지도록 만들기 위해 노력했다. 그의 그러한 성의가 고객들로 하여금 그에게 좋은 인상을 가질 수 있도록 만들어주었던 모양이었다. 한 번 왔던 고객이 다른 고객을 붙여 가지고 다시 찾아오는 경우가 허다했다. 벌이가 제법 짭짤했다. 이곳에 자리를 잡기 전에는 지하도 입구나 역 변두리나 육교 위를 전전긍긍하면서 관상이나 사주팔자를 보아왔었는데 그때와는 비교조차 할 수 없는 수입이었다.

그가 계룡산에 들어가 이십 년 동안 수행을 해서 도를 깨우쳤다는 선전문구는 페인트 색깔대로 새빨간 거짓말이었다. 동료들이 지나치게 침소봉대해서 작성한 허풍이었다. 계룡산이라고는 근처에도 가본 적이 없었다. 그는 젊어서 관심을 가지고 읽었던 몇 권의 역서를 밑천으로 시골장터를 떠돌면서 영업을 해왔었다. 천성이 속박을 싫어하고 떠돌기를 좋아해서 스스로도 천직이라는 생각이 들 정도였다. 그러나 아무리 실력이 뛰어났다고 하더라도 자격증이 없으면 드러내놓고 영업행위를 할 수가 없었다. 그는 상경해서 협회에 정식으로 가입했다. 소정의 과정을 거쳐 역술인으로서의 자격을 획득하는 일은 그에게 있어서 그리 어려운 문제는 아니었다. 그는 이미 실전을 통해 상당한 실력을 연마해 왔기 때문이었다. 그러나 아직도 그는 세 명의 동료들과 여인숙 방에서 새우잠을 자야 하는 신세를 면치 못하고 있었다.

그러나 이번에 진을 치고 앉은 자리는 그야말로 명당자리인 모양이었다. 고객들도 끊이지 않았지만 복채 또한 전과는 액수가 판이하게 달랐다. 이 상태가 계속된다면 삼 년 이내로 여인숙 신세를 면하고 전세방이라도 장만해서 정식으로 간판을 내걸 수도 있을 듯한 느낌까지 들었다.

그런데 어느 날 아침 출근해 보니 낯선 노파 하나가 그 자리를 차지하고 앉아 있었다. 옷차림이 남루한 노파였다. 거렁뱅이 같았다. 몹시 늙어 있었다. 머리카락이 하얗게 세어 있었다. 눈썹도 하얗게 세어 있었다. 얼굴은 주름살투성이였다. 이빨도 몽땅 빠져 있었다. 그러나 표정은 매우 즐거워 보였다. 노파는 지나가는 행인들을 바라보며 무슨 노래인가를 타령조로 흥얼거리고 있었다. 고영감보다 열 살 정도는 더 나이가 들어 보이는 모습이었다. 곁에는 지팡이 하나가 놓여 있었다.

"할머니, 여기는 제 자리니까 저쪽으로 조금만 비켜주십시오."

고영감은 공손한 목소리로 노파에게 말했다.

"여기가 어째서 자네 자리란 말인가."

노파는 흥얼거리던 타령조의 노래를 뚝 그치고 고영감을 빤히 쳐다보았다. 첫마디부터 하대였다.

"이 자리는 오래전부터 관상쟁이들이 맡아놓은 자립니다. 제가 돈을 몇백만 원씩이나 주고 산 자리란 말입니다. 아시겠습니까."

고영감은 당당한 목소리로 설명해 주었다.

"그렇다면 땅문서를 한번 내놓아보게."

"땅문서 같은 건 없어요."

"그렇다면 여기는 내 자릴세."

"나이 드신 노인네가 어린애들처럼 땅바닥에 퍼대고 앉아 공연한 생떼를 쓰시는구료. 이 자리는 내 직장이나 다름이 없으니 저쪽으로 몇 걸음만 물러나 앉으시오. 나도 영업을 해야 먹고살 게 아니오."

"자네가 저쪽으로 가서 영업을 하도록 하게. 나는 이 자리가 마음에 쏙 들었으니까."

노파는 고영감의 제의를 단호히 거절했다. 굴러온 돌이 박힌 돌을 뽑는다더니 이런 경우를 두고 하는 말인 것 같았다.

노파의 표정을 보니 장난이 아닌 것 같았다. 어거지로 명당자리를 차지하고 앉아 구걸행각이나 벌이겠다는 수작인 것 같았다. 썩은 호박에 송곳니도 안 들어갈 소리였다. 고영감은 결코 부드럽게 대해서는 안 되겠다는 판단을 내렸다. 생존을 위협하는 명백한 선전포고로 받아들여졌기 때문이었다.

"좋은 말로 할 때 순순히 저쪽으로 물러나지 않으면 강제로 끌어내는 수밖에 없습니다. 아시겠습니까."

고영감은 엄포를 놓으며 팔을 걷어붙이기 시작했다. 아침부터 노파와 왈가왈부하고 있는 것을 보면 오늘 재수는 아무래도 옴이 붙어버린 것 같았다.

"내가 마음이 아름다운 사람 간에 선계의 인연을 맺어줄 일이 있어서 앞으로 한 열흘쯤은 이 자리를 빌려야겠으니 그리 아시게. 아마 손해되는 일은 없을 걸세. 오늘 해거름 무렵쯤에 아이 하나를 앞세우고 당나귀를 탄 노인 하나가 이 앞을 지나갈 것일세. 그 노인을 만나고 나면 오늘은 내 할 일이 끝이니 그때 가서는 혼자서 이 자리를 독차지하게. 허나 내일부터는 행인들 중에서 쓸 만한 사람을 하나 식별해 내야 하기 때문에 어차피 자리를 또 나한테 양보해야 하네. 어른들이 하는 일에는 항시 뜻깊은 헤아림이 있는 법이네. 여기서 자네가 하는 일이 무엇인가. 겨우 지나다니는 사람들의 관상이나 보아주고 돈이나 몇 푼 받아먹는 일이 고작이 아닌가. 그런 비천한 자네 욕심 하나 때문에 아름다운 선계의 인연줄을 끊어놓을 수는 없지 않겠는가."

노파의 말이었다. 이빨이 모두 빠져버렸으므로 헛바람이 몹시 새는 목소리였으나 알아듣는 데는 별로 불편함이 없는 발음이었다. 그러나 내용을 쉽게 이해할 수가 없었다.

"무슨 말씀이신지는 잘 모르겠지만 이 자리는 죽어도 양보할 수가 없어요. 아시겠습니까. 어서 저쪽으로 물러나세요."

고영감은 언성을 높이며 눈을 부라려 보였다.

"나이가 어린 영감탱이니까 아직 눈과 귀가 막혀 있구만. 내가 끝까지 고집을 부리면 완력으로라도 이 늙은이를 끌어낼 태세일세. 하는 수 없지. 오늘은 내가 양보하기로 하고 내일은 자네가 양보하기로 하세."

노파는 그제서야 힘겹게 일어나서는 지팡이를 짚고 몇 걸음을 물러나서 자리를 잡고 땅바닥에다 무슨 광목자루 같은 것을 깔고는 털썩 주저앉았다. 그리고 아까처럼 지나가는 행인들을 바라보며 타령조의 노래를 입 속으로 흥얼거리기 시작했다.

고영감은 선전문구들이 적혀 있는 광목천을 양쪽 벽에다 드리워놓고 사과궤짝을 거꾸로 엎어 마분지를 씌운 다음 고객들을 맞이할 마음의 준비태세를 갖추기 시작했다.

며칠째 비교적 쾌청한 날씨가 계속되고 있었다. 그러나 오전에만 잠시 청량한 햇빛과 공기를 맛볼 수가 있었다. 오후가 되면 하늘은 잿빛으로 그을려져 있었고 태양은 숨을 헐떡거리며 질식상태로 빠져들고 있었다.

이제 오염되지 않은 것은 아무것도 없었다. 하늘도 오염되고 땅도 오염되고 사람도 오염되어 있었다. 육신도 오염되고 정신도 오염되고 영혼도 오염되어 있었다. 믿음도 오염되고 소망도 오염되고 사랑도 오염되어 있었다. 공자도 예수도 석가모니도 단군할아버지도 응급실에 누워 있었다. 중태였다. 부와 권력이 자비와 사랑보다는 더 큰 힘을 발휘하는 시대가 도래해 있었다. 이기주의자들과 배금주의자들과 한탕주의자들이 사회 전반에 돌림병 환자들처럼 번져나가고 있었다.

자신의 영달을 위해서라면 부모도 버리고 형제도 버리고 친구도 버릴 수 있는 사람들이 점차로 늘어갔다. 노력해서 성공을 이루려는 자들보다는 손쉽게 일확천금을 잡으려는 자들이 더욱 많아져 가고 있는 것 같았다. 고영감을 찾아오는 고객들 중에는 특히 요행을 바라는 사람들이 많았다. 고영감은 그러한 인간심리를 아주 잘 읽어내는 재주가 있었다. 그는 결코 고객들에게 닥쳐올 액운에 대해서는 말해 주지 않았다. 점이란 어차피 백 프로 다 맞을 수는 없는 법이다. 따라서 만약 나쁜 점괘를 곧이곧대로 말해 주었다가 틀리기라도 한다면 고객의 기분만 잡쳐놓고 자신의 실력은 실력대로 저급한 평가를 면치 못할 것임이 분명했다. 기분에 따라 복채 또한 달라지기 마련이었다. 그는 아무리 박복한 사주팔자를 타고난 고객이라고 하더라도 무조건 칭찬부터 늘어놓았다.

"의식유여(衣食有餘) 부귀겸전(富貴兼全) 남전북답(南田北畓)

명만사해(明滿四海)라. 기가 막힌 사주팔자를 타고나시었소. 지금 고생하시는 건 아무것도 아니오. 잠시만 참고 견디시면 부귀공명이 한 손아귀에 쥐어지는데 무엇이 걱정이오. 희망을 가지시오. 틀림없이 크게 성공할 것인즉 그때 가서는 이 늙은 이의 얼굴을 한 번만이라도 기억해 주시오."

그날도 오전 중에 세 명의 고객이 그에게 사주팔자를 물으러 왔고 모두가 중년이 넘은 여자들이었다. 용하다는 소문을 듣고 왔다는 것이었다. 하지만 그는 다른 점쟁이들보다 자신이 특별히 용하다고는 생각지 않고 있었다. 단지 고객이 스스로 자신의 입장을 편안한 마음으로 미주알고주알 털어놓을 수 있도록 분위기를 잡아주는 언변만은 능했다. 고객이 자신의 입장을 충분히 털어놓으면 그 다음부터 그는 돋보기 안경을 추스려 올리고 역서들을 몇 권 뒤적거려본 다음 기름을 바르고 양념을 쳐서 고객들의 구미에 맞는 운명을 조리하는 것이었다. 오전 중에 그를 찾아온 세 명의 고객들에게도 마찬가지였다. 그는 희망이라는 이름의 음식으로 고객들의 미래를 조리해 주는 대신 제법 적지 않은 액수의 복채를 식대 삼아 받을 수가 있었다.

그런데 그때까지도 그리 멀지 않은 장소에서 고영감의 영업 행위를 지켜보고 있던 노파가 장난기 어린 얼굴로 시비를 걸어오기 시작했다.

"보아하니 그대는 점쟁인 것 같은데 저기 써 붙여놓기로는 계룡산에서 이십 년 동안이나 수행을 해서 깨우침을 얻은 도사처럼 되어 있구만. 그대가 만약 정말로 도를 깨우쳤다면 점을 보러 오는 사람에게 점괘 따위를 풀이해 주기 이전에 마음을 어떻게 다스려야 하는가부터 먼저 말해 주었을 것이네. 비록 운명이 하늘에 의해 정해져 있다고는 하나 마음을 어떻게 다스리는가에 따라 때로는 방향을 달리할 수도 있는 법일세. 약복재봉(若福再鋒)이면 반위파란(反爲破亂)이라는 말은 그 때문에 생겨난 것일세. 좋은 운이 닥쳐도 마음을 바로 쓰지 못한 자에게는 태산 같은 복조차 사태 같은 액으로 덮쳐든다네. 지금까지 자네를 찾아온 아낙네들은 한결같이 시기와 질투와 허영과 욕심에 눈이 멀어 집 안에 굴러 들어온 복도 길바닥에다 내다 버리고 있는 판국일세. 그런데도 자네는 툭하면 부귀공명에 호의호식을 만병통치약처럼 처방해 주지 않았는가. 자네는 계룡산에서 이십 년 동안이나 수도를 했노라고 자랑스럽게 광고를 해대고 있지만 내가 보기에는 한 치 앞도 내다보지 못하는 청맹과니일세. 허나 나이 많은 할망구가 자네를 생각해서 하는 말이니 너무 노여워하지는 마시게."

노파의 말은 힐난조였으나 얼굴은 웃고 있었다. 혹시 무당이나 점쟁이 출신은 아닐까. 말하는 투가 예사롭지는 않다는 생각이 들었다.

"할머니가 도대체 무얼 아신다고 남의 제사에 배 놓아라 감 놓아라 참견이시오."

고영감이 퉁명스러운 목소리로 노파의 말을 받았다.

"하루살이에게 내일 일을 말해 준들 어찌 알며 매미에게 내년 일을 말해 준들 어찌 아랴. 하나 내 분명히 말해 두지만 뛰는 놈 위에는 나는 놈이 있고 나는 놈 위에는 쏘는 놈이 있다는 사실을 명심하시게. 내가 보기에는 아직 한참을 더 공부하셔야겠네. 그래 가지고서야 어느 천 년에 먼지 속의 우주를 깔고 앉아 먼지 밖의 우주와 노닐어보겠나."

노파는 더 이상 더불어 말할 가치조차 없다는 듯 시선을 다른 데로 돌리고 다시금 타령조의 노래를 입 속으로 흥얼거리기 시작했다.

그런데 해거름녘이 되자 괴이한 사건 하나가 발생했다. 고영감으로서는 이해하기 어려운 사건이었다.

해가 빌딩 너머로 떨어지기 직전이었다. 당나귀를 탄 노인 하나가 그림자를 길게 끌며 공원 앞을 지나가고 있었다. 아이 하나가 고삐를 쥐고 있었다.

"이제야 나타났구나."

노파는 처음부터 그들을 기다리고 있었던 모양이었다. 만면에 희색을 떠올리며 그들의 출현을 반기고 있었다. 노파는 곁에 놓여 있던 지팡이를 집어 들더니 무슨 도술이라도 부리듯 땅바닥을 바삐 두드려대기 시작했다. 그러자 당나귀가 갑자기 그 소리에 끌리듯 방향을 바꾸더니 노파를 향해 걸음을 옮겨 놓기 시작했다.

"이놈의 당나귀가 또 실성을 했나. 제멋대로 어딜 가겠다고 고집을 부리는 거야. 이리 오지 못해. 낙원동 악바리의 곤조를 꼭 보여줘야 말을 듣겠냐."

아이는 고삐를 팽팽하게 잡아당기며 당나귀를 저지했으나 결국은 비실비실 끌려오는 수밖에 없었다. 당나귀는 노파 앞에 이르러서야 걸음을 멈추었다. 당나귀를 타고 있던 노인은 노파를 보자 몹시 당황하는 표정을 지으며 당나귀에서 내려와 옷매무시를 바로 하고 무릎을 꿇어 머리를 조아렸다. 아이도 어리둥절한 표정을 짓고 있다가 노인이 나무라는 듯한 눈짓을 해 보이자 내키지 않는다는 듯한 동작으로 엉거주춤 한쪽 무릎만을 꿇었다. 그리고 두 손으로 땅바닥을 짚고 머리를 조아리는 시늉을 해보였다.

"몽매한 소인이 어르신이 계신 줄도 모르고 당나귀를 탄 채 버릇없이 지나가려 했던 점을 널리 용서해 주시기 바랍니다. 소인은 백봉산 밑에서 먹 찌꺼기를 먹고 사는 자로서 남들에게는 더러 묵월이라고 불리기도 합니다. 아직 공부가 부족하여 겨우 어르신의 몸에 서려 있는 기운으로써 높으신 법력을 짐작만 하고 있을 뿐 아무것도 아는 바가 없습니다. 어르신께서는 어디에 사는 뉘시온지요. 그리고 무슨 연고로 제 당나귀의 발길을 이리로 돌리셨는지요."

노인의 목소리는 차분하게 가라앉아 있었다.

"그대는 필시 선계에서 보낸 그림을 하나 쫓고 있겠지. 먹을 통해 도의 경지에 이르고자 했던 그 정성이 오죽 간절했던가. 지금까지 그대가 피워 올린 묵향에 드디어 하늘도 취해버려서 오늘은 나를 여기까지 오게 하셨네. 오는 음력 팔월 보름에 태함산 정상에 올라가보시게. 아마도 그대의 소원을 성취할 수가 있을 걸세."

노파는 말을 마치자 지팡이를 짚고 일어섰다.

"몇 말씀만 더 여쭈어보면 안 되겠습니까."

노인이 물었다.

"더 이상 말해 줄 것도 없다네. 인연이 있으면 또 만나겠지. 그때 가서는 들려줄 이야기가 혹 있는지도 모르겠네."

노파는 다시 타령조의 노래를 입 속으로 흥얼거리며 인도 쪽으로 걸음을 옮겨놓기 시작했다. 그러다 하마터면 잊어버릴 뻔했다는 듯 고영감에게로 다가와서 귓속말로 이렇게 한마디를 남겼다.

"내일 자네는 특별한 사정이 생겨서 이 자리에 나와 앉지 못할 걸세."

그러나 고영감은 조금 전 자기의 눈 앞에서 일어났던 사건을 도대체 어떻게 이해해야 좋을는지 알 수가 없었다. 마치 연속사극의 한 장면을 잠깐 보았던 것 같은 착각까지 불러일으켰다.

고영감은 하루 종일 막연한 불안감에 휩싸여 있었다. 노파 때문인 것 같았다. 구체적으로 노파가 왜 자신을 불안하게 만드는지는 설명할 도리가 없었다. 어쩌면 노파에게 명당자리를 터무니없이 빼앗겨버리게 되지나 않을까 하는 불안감일는지도 모를 노릇이었다. 내일 자네는 특별한 사정이 생겨서 이 자리에 나와 앉지 못할 걸세. 노파가 속삭이던 말이 자꾸만 귓전을 맴돌았다. 특별한 사정이란 도대체 무엇일까. 그리고 언제쯤 발생하게 된다는 것일까. 하루 종일 궁금증이 떠나지를 않았다.

그러나 고영감이 퇴근해서 장기투숙처인 광평여인숙에 도착할 때까지는 아무 일도 일어나지 않았다. 동숙객들인 장영감과 김영감에게 낮에 일어났던 일들을 이야기해 줄 때까지도 마찬가지였다. 특별한 일이라고는 발생하지 않았다.

"우리와 같은 떠돌이 관상쟁이가 아니라면 그 자리를 탐낼 이유가 무엇이겠는가."

"그 자리가 명당자리라는 소문을 어디서 주워듣고 사기꾼들이 작당을 해서 자네를 속이려 드는 걸세."

"나도 마찬가지 생각이네. 마치 도통이라도 한 듯이 행세를 하다가 자네가 완전히 속아 넘어가면 서서히 본색을 드러낼 걸세."

장영감과 김영감은 그들이 모두 한패이며 명당자리를 차지하기 위해 음흉한 연극을 꾸미고 있음이 분명하다는 것이었다. 그들은 모두 고영감과 같은 직종에 종사하고 있었다. 종로 일대의 지하도에서 자리를 펴놓고 지나가는 사람들의 관상이나 사주팔자를 보아주고 근근히 입에 풀칠을 하며 살아가는 신세였다. 그들은 아직 자격증이 없었다.

"말하는 투로 봐서는 공부도 상당한 것 같던데."

"말이야 들은 풍월로도 얼마든지 번듯하게 치장할 수가 있는 법이지."

"사기꾼들은 밑천이 세 치 혓바닥이라고 하지 않던가."

"허영과 욕심에 눈만 멀지 않았다면 걱정할 게 무엇인가. 흔히 허영과 욕심에 눈이 어두워진 사람들이 사기꾼들에게 잘 당하는 법 아니겠는가."

"봉이 김선달이가 환생을 해도 아마 나를 속여먹지는 못할 걸세."

세 노인들은 그런 이야기들을 나누었다. 장영감과 김영감은 몹시 고단한 것 같았다. 형광등을 끄자마자 이내 잠이 들었다. 나지막하게 코까지 골고 있었다.

그러나 고영감은 잠이 잘 오지 않았다. 낮에 일어났던 일들이 자꾸만 머릿속을 어지럽혔다. 그런데 자정 무렵이 조금 지나자 막연한 불안감이 구체적인 현실로 나타나기 시작했다. 노파가 예언했던 대로 특별한 사정이라는 게 마침내 그 정체를 드러내기 시작했던 것이다.

처음 몇 분간은 배부터 싸르르 아파오기 시작했다. 마치 면도날로 위벽을 훑어 내리는 듯한 느낌이었다. 그것이 신호였다. 차츰 부글부글 배가 끓어오르기 시작했다. 하지만 고영감은 그것이 노파가 말했던 특별한 사정이라고는 미처 생각지 못하고 있었다. 단지 낮에 먹었던 음식물이 소화에 장애를 일으켰기 때문이라고 나름대로 판단을 내렸을 뿐이었다. 날이 밝기를 기다려 약만 몇 봉지 입 속에다 털어 넣으면 나으리라는 생각을 하고 있었다. 자꾸만 설사기가 느껴져 왔다. 참아보려고 했으나 소용이 없었다. 형광등을 켜고 허겁지겁 화장실로 달려갔다. 달려가는 도중에 하마터면 옷을 입은 채로 일을 치를 뻔했을 정도로 상황이 다급해져 있었다.

그때부터 고영감은 분주해지기 시작했다. 십 분 간격으로 한 번씩 화장실을 다녀와야 했다. 새벽녘에 이르러서는 마침내 기진맥진한 상태가 되어 화장실을 갈 때도 벽을 짚고 사지를 후들후들 떨면서 가야 할 지경에까지 이르렀다. 날이 밝아도 설사는 멈추어지지 않았다. 하룻밤 사이 고영감의 몰골은 미라를 방불케 할 정도로 변해 있었다. 결코 허약한 체질은 아니었다. 감기조차도 별로 앓아본 적이 없었다. 김영감이 약방문이 열리기를 기다려 지사제를 사다 주었다. 그러나 소용이 없었다. 내장과 항문이 모두 제기능을 상실해 버린 것 같았다.

"이래 가지고서야 어찌 영업을 하러 나갈 수 있겠는가. 오늘 하루는 편히 쉬도록 하게. 돈도 좋지만 사람이 우선 살고 봐야지. 게다가 화장실에서 손님을 받을 수도 없는 처지고 요강을 타고 앉아 손님을 받을 수도 없는 처지가 아닌가."

"그놈의 할망구가 장난을 치고 있는 것이 분명하네."

"설마하니 능력이 그 정도까지야 되겠는가. 우연의 일치라고 생각하게. 나도 기분은 별로 좋지 않네만."

"만약을 생각해서 오늘은 장영감이 고영감 자리에 가서 영업을 하는 수밖에 없겠구만. 그 소문난 명당자리를 생면부지의 할망구한테 빼앗길 수야 없지 않겠는가. 사실 장안의 떠돌이 관상쟁이들이라면 누구나 한 번쯤 탐을 내던 자리가 아닌가. 친구지간의 정리를 생각해서 장영감이 대신 자리를 고수해 주게."

아침밥을 먹으며 세 명의 관상쟁이들이 내린 결론이었다. 고영감은 아무것도 입에 대지 못했다. 설사는 여전히 간헐적으로 삐죽삐죽 항문을 비집고 나오려는 기색을 감추지 못하고 있었다.

그런데 아침밥상을 물리고 나자 장영감과 김영감이 덩달아 바삐 화장실을 드나들기 시작했다. 고영감과 똑같은 증세였다. 우연의 일치라고 생각하자니 마음이 별로 편안치가 않았다.

그들은 혹시 전염병에라도 걸린 게 아닌가 싶어 가까운 병원으로 가서 검진을 받아보았으나 아무런 이상이 없는 것으로 판명이 났다. 병원에서 주사를 맞고 약을 타 가지고 와서 시간에 맞춰 복용해도 소용이 없었다. 세 사람은 마치 경쟁이라도 하듯 자주 화장실을 드나들어야 했다. 몇 시간이 지나지 않아 장영감과 김영감의 몰골도 미라를 닮아가기 시작했다.

결국 세 사람은 모두 녹초가 되어 출근도 하지 못한 채 여인숙 방에 드러누워버리고 말았다. 세 사람은 그제서야 노파에 대해 조금씩 두려움을 느끼기 시작했다.

다음 날 고영감이 전신을 후들후들 떨면서 소도구들을 챙겨들고 영업장소로 나가보니 명당자리는 이미 노파가 차지하고 앉아 있었다.

"어제는 고생깨나 했을 걸세."

고영감을 보고 노파가 재미있어 죽겠다는 듯한 표정으로 던진 말이었다. 고영감은 뭐라고 대꾸를 할 기력조차 없었다. 마치 실성한 사람 같은 몰골로 노파 앞에 무릎을 꿇고 머리를 조아려 잘못했으니 용서해 달라는 시늉만 취해 보였다. 간밤에는 꿈자리조차 어지러워서 이제는 노파가 마치 저승사자라도 되는 것처럼 생각될 정도였다.

"역시 어린애들은 한 번씩 앓고 나면 한 가지씩 재롱을 배우는구만. 이 할망구가 자네의 공부에 행여 보탬이라도 될까 해서 골탕을 좀 먹였으니 그리 아시게. 오늘부터 내가 이 자리에서 사람을 하나 물색할 터인즉 자네는 곁에 앉아서 내 시중이나 좀 들어주시게. 마땅한 사람이 나타나면 내일이라도 자리를 뜨겠지만 아무래도 한 열흘 정도는 허비해야만 할 것 같네. 일이 성사만 잘되면 자네를 찾아오는 손님의 발길이 끊이지를 않을 걸세."

노파의 말이었다.

노파는 허리춤을 뒤적거리더니 도토리만 하게 빚은 붉은색 알약 세 개를 꺼내어 고영감에게 건네주었다. 구명환(救命丸)이라는 약인데 먹으면 원기가 샘솟고 머릿속이 맑아진다는 것이었다. 우선 하나를 고영감이 먹고 나머지는 같이 살고 있는 두 영감에게 갖다 주라는 것이었다. 귀신이었다. 천리안이라도 가지고 있는 모양이었다. 두 영감은 기력이 없어서 오늘도 출근을 포기한 채 여인숙 방에 누워 있었다. 도대체 이 노파는 누구일까. 능력이 어느 정도나 되는 것일까. 그러나 아무리 물어보아도 노파는 자신의 신상에 대해서는 일절 이야기해 주지 않았다. 고영감이 노파가 시키는 대로 구명환 한 알을 천천히 씹어서 목구멍으로 넘기자 모든 혈관들이 환하게 밝아오는 듯한 느낌에 사로잡히기 시작했다. 차츰 기운이 용솟음치고 기분이 상쾌해지기 시작했다. 신기한 약이었다. 욕심 같아서는 몇 알만 더 얻고 싶었다. 그러나 입이 떨어지지 않았다.

그날부터 노파는 그 자리에 앉아 타령조의 노래나 흥얼거리면서 지나다니는 행인들을 유심히 관찰하기 시작했다. 구걸도 하지 않았고 점도 치지 않았다. 하루 종일 행인들만 유심히 관찰하는 것이 모든 일과의 전부였다. 고영감은 그 곁에서 아무 영문도 모른 채 무슨 사건인가가 일어나기만을 초조하게 기다리며 노파의 시중이나 들어주는 일이 고작이었다. 시중이라야 도시락과 물 따위를 조달하는 것이 전부였다. 물론 고영감의 주머니를 털어서였다. 이따금 고영감의 단골들이 찾아오면 행

복은 자신의 마음 안에 있는 것이지 손금 안에 있는 것이 아
니라면서 쫓아버렸다.

"오늘이 마지막 날이니까 틀림없이 나타날 걸세."

열흘째 되는 날이었다.

노파가 고영감에게 괴이한 작전 하나를 지시했다.

잠시 후면 왼쪽 눈에 안대를 붙인 오 척 단신의 사내 하나
가 어깨에 사진기를 둘러메고 이 앞을 지나갈 것인즉 고영감
이 팔소매를 붙잡고 오늘밤 초상집에 가기로 약조가 되어 있
느냐고 물어보라는 것이었다. 그렇다고 대답하면 가는 길에 반
드시 목숨을 잃게 되는 운세이니 노파를 한번 만나본 다음에
초상집엘 가는 것이 좋겠노라고 말해 주라는 것이었다. 고영감
은 도저히 노파의 심중을 헤아릴 길이 없었다. 앞으로 어떤 사
태가 발생할는지도 몹시 궁금했다.

다소 저급한 독자층을 상대로 발행되는 주간지 《미래여성》
에 근무하는 손기자는 그날 인기탤런트 심하은과 인터뷰를
나누기로 약속되어 있었다. 그녀는 어느 화장품회사 광고모델
로 처음 연예계에 발을 들여놓게 된 여자였다. 최근 가장 시청
률이 높은 국영 텔레비전의 주말연속극에 여주인공역을 맡고
있었다. 오직 한 남자만을 위해서 헌신적으로 일평생을 살아
가는 한 여자의 지고지순한 사랑을 연기해 보임으로써 인기정
상에 오른 신데렐라였다. 그녀는 최근 어느 재벌 이세와 동거

중이라는 스캔들에 휘말려 있었다. 부장의 주문은 그녀를 적극적으로 변호하는 입장에서 기사를 써주겠노라고 설득해서 철두철미하게 스캔들을 까발리도록 하라는 것이었다. 어차피 다른 주간지에서도 적나라하게 까발릴 것은 뻔할 뻔자니까 경쟁에 뒤지지 않으려면 이쪽에서는 차라리 지나치다 싶을 정도로 내용이 충격적일 필요가 있다는 것이었다.

《미래여성》에 입사하기 전 손기자는 소설가를 꿈꾸고 있었다. 그는 작달막한 키에 왜소한 체구를 가지고 있었다. 마음도 여리고 소심한 편이었다. 그는 지나치게 외로움을 많이 타는 편이었으며 지나치게 술을 많이 마시는 편이었다. 그는 지나치게 눈물이 많은 편이었으며 지나치게 감동을 잘하는 편이었다. 하지만 그는 자신이 누구보다 개성 있고 감동적인 소설을 써낼 수 있다는 자부심 하나만을 가지고 비틀거리는 젊음을 지탱해 온 사람이었다. 그는 소설가를 농사꾼이라고 생각하고 있었다. 영혼의 낱말들로 원고지라는 이름의 전답에다 깨우침의 씨를 뿌리는 농사꾼이라고 생각하고 있었다. 때로는 거름 대신 살과 뼈를 고랑마다 깎아 넣고 때로는 농약 대신 피와 눈물을 씨앗마다 적셔주어야 한다고 생각하고 있었다. 소설은 문학이며 문학은 예술이라는 사실을 그는 결코 망각하려 들지 않았다. 예술은 손끝으로 하는 것이 아니라 가슴으로 하는 것이라는 말에 그는 전적으로 동의하고 있었다. 예술은 이해함으로써 접근될 수 있는 영역이 아니라 감동받음으로써 합일

될 수 있는 영역이었다. 예술은 곧 아름다움이며 아름다움은 곧 행복이었다. 예술가란 하나님 다음가는 창조자라는 예술지 상주의적 발언을 그는 전매특허처럼 자주 사용하고 있었다.

그는 밤마다 원고지와 씨름했다. 그리고 언제나 혼자였다. 때로는 창문 가득 하얀 성에의 수풀이 무성하게 자라오르고 모든 생명과 시간이 다른 차원으로 전환되어 버린 듯 사방이 깊은 적막 속에 가라앉아 있었다. 더러는 바람이 몽유병을 앓으며 슬레이트 지붕 위를 초조하게 서성거리는 소리. 멀리서 들려오는 밤기차의 기적 소리. 옆집 텔레비전이 방송을 마감하는 애국가 소리. 방범대원들의 호루라기 소리. 주정뱅이들의 유행가 소리. 질주하는 자동차들의 엔진 소리. 그런 소리들이 적막을 깨뜨리기는 했지만 그 뒤에는 언제나 더욱 깊은 정적이 그의 갈비뼈를 저린 외로움 속에 젖어들게 만들곤 했다. 그때마다 불현듯 사람들이 그리워지곤 했다. 언제나 방세는 밀려 있었고 언제나 주머니는 비어 있었다. 아무도 찾아오지 않았다. 배고픔보다는 외로움을 더 견딜 수가 없었다. 몇 번의 신춘문예에서도 낙방의 쓰라린 고배를 마셔야 했다.

가난한 자에게 있어서 꿈이란 얼마나 머나먼 나라의 신기루였던가. 그는 차츰 절박한 상황으로 밀어붙여지고 있었다. 눈앞에 막다른 골목이 가로막고 있었다. 생존경쟁이라는 이름의 벽이었다. 그는 결국《미래여성》의 신입사원 모집 시험에 응시하지 않을 수 없었다. 그것이 그의 꿈을 질식시키는 계기가 되리라고는 조금도 생각지 않았다. 오히려 의식주 문제에 대한 강박관념에서 해방되면 더 글쓰기가 수월하리라고 생각했다. 저급한 독자층을 상대로 하는 주간지라는 점이 다소 자존심을 상하게는 했지만 자신의 예술정신만 투철하다면 직장 따위는 그리 큰 문제가 아니라고 생각했다.

그러나 그것은 오산이었다.

여자의 벌거벗은 모습이 가장 많이 실려 있는 잡지였다. 나는 해변에서 이렇게 순결을 빼앗겼다. 영동의 술집에서 아르바이트하는 여대생들 얼마나 버나. 심하은 재벌 이세와의 동거설 그 충격적 현장. 명작소설에서 발췌한 섹스 백태. 가정파괴범들이 늘고 있다―따위의 제목들이 붙어 있는 원고들이 그의 책상을 가득 메우고 있었다.

그의 꿈은 이제 질식해 있었다. 부장은 달이 바뀔 때마다 보다 자극적인 기사를 강압적인 어조로 주문했다. 독자들에게 충격을 주는 요소들이 빠져 있으면 잡지는 휴지나 다름이 없다는 것이었다. 도저히 팔리기를 기대할 수가 없다는 것이었다. 부장은 잡지만 많이 팔아먹을 수 있다면 전국민의 뒤통수를 망치로 후려쳐서 충격을 주어도 무방하다고 생각하는 사람이었다. 월급은 쥐꼬리만 한데 하는 일은 코끼리 등짝만 했다. 그의 꿈은 코끼리 등짝에 짓눌려 압사 직전에 놓여 있었다.

마감일자가 코앞으로 다가와 있었다. 아직도 정리해야 할

원고가 적지 않게 남아 있었다. 이틀 전부터 왼쪽 눈꺼풀에 녹두알만 한 돌기가 돋아나기 시작했다. 다래끼였다. 몸이 극도로 피로해지면 습관처럼 생겨나는 현상이었다. 다른 사람들보다는 눈꺼풀이 좀 민감한 편이었다. 그는 감정이 매우 풍부한 사람이었다. 영화를 보다가도 눈시울이 젖어들고 남의 이야기를 듣다가도 눈시울이 젖어들었다. 혼자 조용히 명상에 잠겨 있을 때는 세상에 존재하는 모든 것들이 슬프고 아름답게만 생각되었다. 그때마다 눈시울이 젖어왔다. 그런데 간혹 손등으로나 옷소매로 눈물을 몇 번 닦아내기만 해도 눈꺼풀이 벌겋게 부어오를 정도였다. 그래서 그의 별명은 닭똥이었다. 닭똥 같은 눈물을 자주 흘린다는 말에서 유래된 별명이었다.

"닭똥이냐. 나 창현인데 안 좋은 소식이 있어. 우선 마음을 진정하고 내가 무슨 말을 해도 덤벙거리지 않도록 해. 알겠냐."

지난밤 밀린 일거리를 정리하고 있는데 친구로부터 전화가 걸려 왔다. 평소 가깝게 지내던 대학 선배 하나가 두 시간 전에 교통사고로 사망해 버렸다는 전갈이었다. 믿어지지가 않았다. 이틀 전까지만 하더라도 신촌 어느 카페에서 코가 비틀어지도록 함께 술을 마셨었다.

"너는 결코 문학을 배반할 속물은 아니야."

그 선배는 희곡작가였다. 얼마나 많은 낮과 밤을 함께 술을 마시며 뒹굴었던가. 포장마차에서, 니나노 집에서, 카페에서, 룸살롱에서, 길바닥에서, 여인숙에서 그들은 식음을 전폐하고

술을 마셨다. 마시면 인생을 이야기하다 울고 취하면 사랑을
이야기하다 울었다. 모든 예술가들이 안주가 되어 그들의 술
상에 오르고 모든 명작들이 술에 녹아 그들의 메마른 영혼에
불을 붙였다. 그 선배의 어투 그 선배의 동작들이 아직도 생생
하게 머릿속에 떠오르고 있었다. 전화를 걸면 당장이라도 버
릇처럼 말해 올 것 같았다.

"일문이냐. 한잔 걸칠까."

한잔 걸칠까. 입 속으로 혼자 중얼거려보았다. 공허했다. 도
대체 인생이란 무엇인가. 손기자는 일이 제대로 손에 잡히지
않았다. 마감이 코앞에 닥쳐왔으나 어쩔 수가 없었다. 산다는
게 갑자기 무의미하게만 생각되었다. 친구에게는 일거리가 많
이 밀려 꼼짝달싹도 하지 못하는 입장이니 다음 날 퇴근하는
즉시 함께 문상을 가기로 하자고 약속해 놓았지만 도무지 마
음이 진정될 기세가 아니었다. 신기하게도 눈물조차 나오지
않았다. 우선 술부터 한잔 걸쳐야겠다는 생각이 간절했다. 가
까운 포장마차에서 인사불성이 될 때까지 혼자 소주를 마셨
다. 그제서야 한정 없이 눈물이 쏟아지기 시작했다.

아침에 일어나니 다래끼가 물러 터져 있었다. 속이 쓰렸으
므로 아침밥은 생략했다. 날씨가 심상치 않았다. 태풍주의보
가 내려져 있었다. 예년의 경우에 비하면 태풍이 도래하기에는
너무 이른 시기였다. 그런데도 하늘은 무거운 회색으로 낮게
드리워져 있었고 끊임없이 음산한 바람이 불고 있었다. 최근

들어 기상이변이 자주 일어나고 있었다. 과학자들은 오존층이 파괴되어 가고 있음을 경고하고 있었다. 오존층은 자생능력을 가지고 있기는 하나 이대로 방치해 두면 오염도가 그 한계를 넘어서서 자생능력조차 상실해 버리게 된다는 것이었다. 그렇게 되면 태양에서 발산되는 유해파들이 그대로 오존층을 통과하여 지구의 모든 생명체들에게 치명적인 해를 입히게 된다는 것이었다. 도대체 얼마나 많은 전쟁무기들을 실험하고 얼마나 많은 유해물질들을 대기중에 살포했으면 저 하늘의 일부에까지 구멍이 다 뚫어져버리는 것일까.

오존의 변화는 대기순환에 직접적인 영향을 미치기 때문에 기상변화와도 불가분의 관계에 놓여 있었다. 요즘은 삼한사온도 불분명해져 있었고 사시사철도 불분명해져 있었다. 몇몇 선진국들은 오존층 복원대책의 일환으로 프레온가스를 방출시키는 각종 생필품들의 사용을 억제 또는 금지시키고 오존층 복원에 필요한 경제적 지원을 각 나라에 요청할 필요가 있다는 의견들을 매스컴을 통해 자주 보도하고 있었으나 후진국들은 별로 관심을 기울이지 않고 있었다. 후진국들은 대개 과학에 문맹상태인 과맹자(科盲者)들을 국민으로 거느리고 있었다. 그들은 아직 자연을 파괴하는 방법을 모르고 있었다. 자연을 파괴하는 방법을 모른다는 사실은 곧 인간을 파괴하는 방법을 모른다는 사실과 같은 의미를 가지고 있었다.

프레온이란 탄화수소의 플루오르화 유도체였다. 미국 듀

폰 사의 상품명이 일반화한 이름으로서 클로로포름 사염화탄소 육염화에탄 등을 원료로 하고 촉매를 사용한 플루오르화의 반응에 의해서 만들어지는 것이었다. 냉매(冷媒)로 사용되고 있었다. 특히 가정용 전기냉장고나 에어컨 등의 냉각제로 많이 사용되고 있으며 각종 스프레이나 세정제로도 사용량이 급증하고 있는 실정이었다. 특히 최근에 이르러서는 반도체 산업이라는 것이 오존층 파괴의 주역을 담당하고 있었다. 프레온이 반도체 세정제로 사용량이 급증하고 있기 때문이었다.

선진국들은 환경을 파괴하는 악행들을 수없이 자행함으로써 경제적인 이득과 군사적인 성과를 획득했다. 그러나 후진국들은 도대체 무슨 죄가 있다고 그들이 파괴한 환경 속에서 공포와 질병에 시달려야 하는 것일까. 그리고 무슨 책임이 있다고 그들이 파괴한 환경을 복원하는 경비를 충당해 주어야 한다는 것일까. 그들은 언제나 인류의 행복을 위해서라는 대의명분으로 자연의 파괴행위를 자행해 왔지만 이제 인간은 자연에 의해서 죽어가는 것이 아니라 인간에 의해서 죽어가고 있었다.

손기자는 선배의 죽음을 생각하며 인간의 목숨이라는 것이 얼마나 허망하고 무가치하게 사라져가는 것인가를 다시 한 번 절감하지 않을 수 없었다. 그는 자동차로 북적거리는 서울이 비로소 진저리가 쳐지도록 싫어지고 있었다. 모든 자동차들이 인간을 깔아뭉개기 위해 밤과 낮을 가리지 않고 분주히 거리를 누비고 있는 듯한 느낌이었다. 그러나 이대로 서울을 떠날 수는 없었다. 막내만은 대학을 나오게 만들어야 한다고 농사를 지어서 학업을 줄곧 뒷바라지해 준 두 명의 형님들과 자신에 대해 지나친 기대를 가지고 살아오신 부모님들을 생각해서라도 결코 좌절할 수는 없었다. 그렇게 생각하면 또 눈물이 고여왔다. 자신은 너무나 왜소하고 소심하며 보잘것없다는 생각이 들었다.

약방에 들러 거즈로 만든 안대를 눈에 부착하고 출근했으나 의자에 앉아 고개를 숙이고 원고를 정리하고 있자니 두개골이 빠개져서 뇌가 쏟아져 나와버릴 것만 같은 느낌이었다. 눈알도 마찬가지였다. 금방이라도 튀어나올 듯이 아파왔다. 그는 정보를 제공해 줄 사람을 만나야겠다는 핑계를 대고 취재수첩과 녹음기와 카메라를 챙겨 들고 사무실을 빠져나왔다. 심하은과의 약속시간은 두 시간쯤 후였다. 약속장소는 단성사 부근에 있는 어느 제과점이었다. 그는 천천히 걸어가기로 마음먹었다. 젖은 바람이 불고 있었다. 가로수들이 일렬로 늘어서서 불안한 모습으로 웅성거리고 있었다. 중앙관상대는 태풍이 점차 북상해서 밤 열 시쯤에는 서울로 입성하게 되리라고 예보했었다. 다시금 술 생각이 났다. 날씨 탓이었다. 다시금 선배의 얼굴이 떠올랐다. 날씨 탓이었다. 버릇처럼 눈시울이 젖어왔다. 바람 탓이었다. 도시가 흐리게 일렁거리며 바람 속에 침몰하고 있었다.

종로서적에 들러 신간들을 이리저리 뒤적거려보다가 문득 질식해 가는 자신의 꿈이 비애스러워 돌아서고 말았다. 너는 결코 문학을 배반할 속물이 아니라고 말했던 선배의 얼굴이 자꾸만 눈시울을 흐리게 만들었다. 지하도를 빠져나와 약속장소를 향해 걸어가고 있기는 했으나 시간이 너무 많이 남아 있었다.

그런데 탑골공원 앞을 지날 때였다. 낯선 노인 하나가 불쑥 나타나 그의 팔소매를 부여잡았다. 만면에 반가운 기색이 확연했다.

그러나 전혀 기억에 없는 얼굴이었다. 손기자는 노인이 사람을 잘못 본 모양이라고 생각했다. 그는 상대편이 빨리 자신의 착각을 수정해 주기를 기다리고 있었다. 그는 매우 거북한 느낌에 사로잡혀 있었다.

"젊은 양반. 오늘밤 혹시 어느 초상집에 가기로 약조가 되어 있지 않으시오. 만약 그렇다면 저기 앉아 계시는 어르신네를 한번 알현한 다음에 가시는 게 어떠시오. 저 어르신네는 저기서 열흘 동안이나 젊은 양반이 나타나기를 기다리고 계셨소."

노인은 끝끝내 자신의 착각을 수정하지 않고 있었다. 노인이 눈짓으로 가리키는 공원 담벼락 밑에 의복이 남루한 백발 노파 하나가 앉아 있었다. 손기자와 눈길이 마주치자 손을 흔들어 그리로 오라는 시늉을 해 보이고 있었다. 노인의 말과 노파의 행동으로 보아 착각이 아닌 것 같았다. 자기는 그들을 몰라도 그들은 자기를 잘 알고 있는 듯한 태도들이었다. 어떻게 자기가 초상집에 가기로 했다는 사실을 알고 있을까. 그리고 왜 자기를 열흘 동안이나 저기 앉아 기다리고 있었을까. 그는 갑자기 잘 납득이 되지 않는 상황 속에 빠져 있었다. 어느 공 상과학 영화의 주인공처럼 다른 시간대로 흘러 들어와 있는 듯한 느낌까지 들었다. 노인이 착각에 빠져 있는 것이 아니라 자신이 착각에 빠져 있는 듯한 느낌이었다. 도대체 저 노파와 이 노인은 누구일까. 손기자는 조금씩 궁금증이 부풀어 오르 기 시작했다. 끊임없이 바람이 불고 있었다. 바람 속에 비 냄새 도 섞여 있었다.

굉장한 신통력을 가진 노파였다. 세상 전체를 손바닥 위에 올려놓고 훤하게 들여다보고 있는 것 같았다. 노파는 젊은이 가 오척 단신의 체구에 안대를 하고 카메라를 메고 이 앞을 지나가리라는 사실을 어떻게 알았을까. 그리고 오늘밤 초상집 에 문상을 가기로 약조가 되어 있다는 사실은 또 어떻게 알았 을까. 젊은이의 말로는 노파와 한번도 상면조차 한 일이 없다 는 것이었다. 그러나 젊은이의 모든 것은 노파에게 노출되어 있는 것 같았다.

고영감은 젊은이에게 오늘밤 좋지 않은 일을 당할 우려가 있으니 노파를 한번 만나보고 가도록 하는 것이 좋을 거라고 진지한 표정으로 말해 주었다. 검은 구름이 암울한 분위기로 낮게 무너져 내리고 있었다. 끊임없이 바람이 푸득거리고 있었다. 날씨가 음산했다. 사방이 어둑해져 있었고 기온도 낮게 떨어져 있었다. 고영감은 거듭 젊은이에게 노파와의 면담을 권유했다.

한 사람의 생사가 달려 있는 문제였다. 당사자가 노파와의 면담을 회피하려 들면 강제로라도 덜렁 둘러메고 가야겠다는 생각을 하고 있었다. 아직도 이런 왜소한 체구의 젊은이 하나쯤은 얼마든지 둘러멜 수 있는 힘이 남아 있었다.

처음에 젊은이는 반신반의하는 눈치였으나 고영감이 집요하게 설득하자 차츰 호기심에 찬 표정을 지어 보이기 시작했다.

고영감의 둔감한 후각신경으로는 젊은이에게서 전혀 죽음의 냄새를 맡아볼 수가 없었다. 키가 작고 왜소한 체형이었으나 병색이 짙은 얼굴은 아니었다. 눈에 안대를 하고 있는 것으로 보아 안질이 걸렸거나 구타를 당한 모양이지만 그것 때문에 송장이 될 사람 같지는 않아 보였다. 그러나 노파는 정색을 하고 젊은이에게 이렇게 말했다.

"젊은이, 지금부터 내가 하는 이야기를 부디 귀담아듣고 그대로 실행하여야 하네. 나는 젊은이가 오늘밤 어느 초상집에 문상을 가기로 되어 있다는 사실을 미리 알고 있다네. 허나 오늘은 피하는 것이 좋겠네. 전생에 젊은이는 한 나라의 재상 자리에 앉아 선정으로써 백성들을 다스리고 충성으로써 왕을 보필하기는 하였으나 성정이 지나치게 강직하여 피치 못할 악연 하나를 맺게 되었네. 당시 어느 세도가의 무리가 왕위를 찬탈할 목적으로 비밀리에 군사를 양성하고 있다는 사실을 알아내자 그대는 대군을 풀어 그들을 일망타진하고 특히 주모자들은 삼족을 멸하는 엄벌로써 다스리게 하였네. 그런데 그 세도가에는 뒤늦게 얻은 딸이 하나 있었네. 당시 나이가 열두 살이었지. 재색을 겸비하고 태어난 아이였네. 머리가 총명하고 자태가 아리따운 아이였지. 허나 그 아이는 지리산 바위틈에서 천 년을 살다가 사람으로 환생한 지네로서 겉으로는 비단결처럼 고운 마음씨를 가진 아이처럼 행세하였으나 속으로는 칼날처럼 표독한 마음씨를 가지고 있는 아이였네. 장차 성년이 되면 학문과 미색으로써 권력자의 마음을 사로잡은 다음 인간세상을 자신의 손아귀에 움켜쥐고 마음대로 한번 흔들어 보겠다는 야심을 키우고 있는 아이였네. 그런데 그대가 그 아이의 야심을 뿌리째 몽땅 뽑아버렸네. 천 년을 바위틈 속에서 기어 다니다가 오매불망 소원했던 인간으로 태어나기는 했으나 천 년 소원이 하루아침에 물거품이 되었으니 미처 꽃봉오리를 맺어보기도 전에 음령(陰靈)으로 화해 구천을 떠도는 신세로 전락하고 말았네. 그 모든 것이 자네로 인해 일어난 일이라고 생각하니 한스럽기도 하겠지. 몇백 년 동안 구천을 떠돌면서 그 한을 풀 기회가 오기만을 기다리고 있던 바 오늘이 있기까지에 이르렀네. 요즘 그대는 마음에 어두운 그늘이 드리워지고 매사에 의욕을 상실했을 뿐만 아니라 극도로 기가 쇠약해져 있는 상태일세. 음령들은 그러한 기회를 틈타 인간에게 덮쳐든다네. 내 분명히 말해 두지만 오늘밤 그대가 문상을 가게 되면 반드시 목숨을 잃게 되는 불상사가 초래될 걸세. 내가 그것을 방비할 수 있는 헝겊주머니 하나를 줄 것인즉 어떤 일이 있더라도 몸에 지니고 있도록 하게."

노파는 진지한 목소리로 말하고 나서 붉은색 천으로 만든 헝겊주머니 하나를 젊은이의 바지주머니 깊숙이 찔러 넣어주었다. 마치 자비로운 할머니가 손자에게 감춰두었던 돈주머니라도 건네주듯 신중하고 은밀한 표정이었다. 국민학교 아이들이 들고 다니는 신발주머니만 한 크기였다.

"그 붉은색 헝겊주머니가 그대의 목숨을 지켜줄 걸세."

그래도 젊은이는 아직 노파의 말을 액면 그대로 받아들일 수가 없다는 듯한 얼굴이었다. 노파도 그러한 젊은이의 마음을 읽고 있었던 모양이었다.

"그대는 내 말을 조금도 믿지 않고 있구만. 그렇다면 이 할망구가 그대의 과거지사를 대충 들추어볼 터인즉 행여 틀리는 부분이라도 있으면 말해 보게. 그대는 별로 유복하지 않은 가정에서 삼형제의 막내로 태어났네. 오래도록 병고에 시달리던 자가 집안에 있어 죽을 때까지 재산을 다 까먹고 빈 껍질만 남겨둔 터라 태어나면서부터 그대는 입에 풀칠하기가 바쁜 형편이었네. 전생에 비록 그대가 한 나라의 재상으로서 왕에게는 충성을 다하고 백성들에게는 선정을 펼쳤다고는 하나 진실로 낮은 자들의 아픔을 어찌 다 헤아릴 수가 있었으랴. 한 때의 부귀영화는 반드시 한때의 만고풍상으로 돌아오나니 어차피 그대가 선택한 한바탕 인생일세. 그대는 네 살 때 뜨거운 국그릇을 엎질러 대퇴부에 자라 등짝만 한 흉터가 생겼고 열 살 때 살구나무에서 낙상하여 다리를 약간 절게 되었네. 그때부터 슬픔을 많이 타게 되었는데 그로 인해 폐도 급격히 나빠지기 시작했네. 폐는 오행에서 금(金)에 해당하는 것이라, 슬픔이 많으면 응당 눈물이 많아지는데 눈물은 오행에서 수(水)에 해당하는 것이니 금과 수는 서로 상생관계이나 수가 너무 많으면 금이 지나치게 설기되어 못 쓰게 되는 오행상의 원리 때문일세. 스무 살에 폐병이 끝나자 또 다른 병이 생겨났는데 이름하여 상사병이라. 그해에 그대는 청운의 푸른 꿈을 안고 서울로 입성하여 대학에서 학문을 익히기 시작했는데 같이 공부하는 무리들 중에서 특히 눈에 띄게 아리따운 처녀 하나를 보게 되었더라. 허나 실낱같은 인연조차도 닿지 않아서 옷자락 한 번도 스쳐보지 못한 채 한숨만 날로 깊어가더라. 지나간 날들이야 되짚어보면 한결같이 한순간의 꿈에 불과하지만 그런 경우에는 꿈속의 상처가 꿈 밖에서도 너무 깊어 때로는 사람을 미치게도 만드는 법이지. 그대가 오래도록 방황했던 걸 이 할망구는 훤히 잘 알고 있다네. 지금은 목구멍이 포도청이라 먹고 사는 일에 눈코 뜰 새 없이 바쁘지만 노고에 비해 돌아오는 이득이 너무 적구만. 사방을 둘러보아도 첩첩산중. 온

길은 천 리인데 갈 길은 만 리라. 허나 군자는 이런 때 마음을 맑게 하고 덕으로써 세상만물을 바라보아 자신을 더욱 아름답게 가꾸는 법이라네. 낮은 자들의 인생에는 고통과 슬픔이 항시 따르는 법이라네. 허나 그 때문에 인생은 더욱 아름다워지는 법이지. 세상만사가 새옹지마격이라 오르막이 있으면 내리막도 있는 법 슬픔과 고통으로부터 도망칠 이유가 무엇인가. 그것들도 어차피 그대가 껴안아야 할 그대 자신의 몫이라면 은혜처럼 생각하고 받을 일이네. 비록 지금은 때가 아니어서 새벽달을 등지고 돌아앉아 빈 낚싯대를 드리우고 있지만 머지 않아 아침해가 온누리를 비칠 것이네. 단언하건대 그대는 썩어도 그대의 글은 썩지 않네. 이 말은 그대를 아는 자만이 할 수 있는 말이 아니던가."

그제서야 젊은이는 놀라움에 찬 표정을 지어 보이고 있었다. 그는 황급히 두터운 노트 한 권을 펼쳐 들고 노파에게 쉴 새 없이 질문을 던져대기 시작했다. 주로 노파의 신상에 관한 질문들이었다. 그러나 노파는 자신의 신상에 대해서는 일절 언급하지 않았다.

"할머니는 어떻게 그런 신통력을 가지시게 되었습니까."

"배가 지나가면 물결이 일고 바람이 지나가면 나뭇잎이 흔들리는 줄 아는 것도 신통력인가."

"그래도 저같이 몽매한 사람들은 그 정도 사실조차도 인식하지 못하고 살아가는 실정입니다. 충고라도 한 말씀 해주십시오."

"견(見)하면서 살지 말고 관(觀)하면서 살도록 하게."

"왜 저를 살려주시려고 생각하셨습니까."

"전생에 자네가 베풀었던 공덕 또한 적지 않았기 때문일세."

"할머니는 지금까지 신상에 관한 질문만 던지면 대답을 회피하셨는데 특별한 이유라도 있으세요."

"그저 동가식서가숙이나 하면서 뜬구름처럼 사는 것이 내 신상의 전부라고만 알고 있게."

"서울까지 오시게 된 경위만이라도 좀 말씀해 주십시오."

"매미 소리가 그치고 서늘한 바람이 부니 이제 박이 익을 때가 가까워졌기 때문이네."

"무슨 말씀이신지요."

"그 말을 알아들을 수 있는 사람은 이 세상에서 오직 한 사람뿐일세."

"그게 누굽니까."

"선계에서 그림 한 점을 가지고 나온 백발동안의 미소년이라네. 지금은 아마도 마흔쯤 되는 나이겠지만."

"그 사람을 만나기 위해 오신 겁니까."

"그렇다고 할 수 있지."

고영감으로서는 잘 알아들을 수 없는 내용의 이야기들이었다. 젊은이는 계속해서 질문을 퍼부어대고 있었고 노파는 그때마다 애매모호한 대답만 연발했다. 그런데도 젊은이는 노트에다 무엇인가를 열심히 끄적거리고 있었다.

"실례지만 이 할아버지하고는 어떤 관계이신가요."

"열흘 전에 만난 내 제자일세."

"어떻게 만나게 되셨는지 자세히 좀 말씀해 주시겠습니까."

젊은이는 한참 동안 노파와 문답을 나누다가 고영감에게로 질문을 돌리기 시작했다. 고영감은 기억나는 대로 자초지종을 대충 이야기해 주었다. 그때마다 젊은이의 볼펜이 노트 위를 바삐 가로질러 가고 있었다. 상당히 많은 문답들이 오고 갔고 젊은이는 빠짐없이 그것들을 적어두는 모양이었다.

"저 할머니. 저는 별로 신통치도 않은 주간지 기잡니다. 제가 할머니에 관한 기사를 써서 우리 잡지에 게재하고 싶은데 허락해 주시겠습니까."

젊은이는 노트를 접은 다음 이번에는 사진기를 꺼내 들고 있었다.

"뭘 허락해 달란 말인가."

"할머니의 이야기를 주간지에 기사로 쓸 수 있도록 허락해 달라는 말입니다."

"무슨 말인지 자세히는 모르지만 자네 마음대로 하게."

노파는 귀찮다는 듯한 어투로 그렇게 말했다.

노파의 허락이 떨어지자 젊은이는 갑자기 신바람이 난다는 듯한 표정으로 분주하게 사진들을 찍어대기 시작했다. 여기를 보세요. 하나 둘 셋. 김치라고 말해 보세요. 좋습니다. 김치이. 찰칵찰칵. 노파의 얼굴도 찍었고 고영감의 얼굴도 찍었다. 바람이 심하게 불고 있었다. 나무들이 산발적으로 머리카락을 흩날리며 몸살들을 앓고 있었다.

"아까 내가 해준 말들을 명심하고 부디 어떤 일이 있어도 장례가 다 끝나는 날까지 그것을 몸에 지니고 있도록 하게. 다시 한 번 말하지만 오늘은 음령이 자네를 덮칠 가장 좋은 조건을 갖춘 날이라는 사실을 망각해서는 아니되네."

"알겠습니다."

젊은이는 손목시계를 들여다보더니 약속 시간이 다 되어 간다는 말을 남기고 단성사 쪽으로 사라져갔다. 그러나 정작 고영감이 노파의 신통력에 혀를 내두르게 된 것은 그날 밤이었다.

고영감이 역술계에 발을 들여놓고 점밥으로 목숨을 연명해 온 지 어언 반평생. 그동안 이 바닥에서 만나본 잡동사니 도사들도 한두 명이 아니었다. 지리산에서 수도하던 중 산신령에게 속세로 내려가 중생들을 구제하라는 계시를 받았다는 사람. 치악산에서 단군할아버지께 백일기도를 드리고 천리안을 얻었다는 사람. 속리산 토굴 속에서 꿈에 부처님으로부터 미래를 지각하는 신통력을 전수받았다는 사람. 그런 사람들은 대개 신문이나 잡지를 통해서도 얼마든지 접할 수가 있었다. 그러나 고영감이 무슨 대단한 비결이라도 한 수 배울 수 있을까 해서 그들을 찾아가보면 주역 한 줄도 접해보지 않은 밑천으로 혹세무민하는 자들이 한두 명이 아니었다. 노파처럼 실지로 능력을 직접 보여줄 수 있는 사람들은 드물었다. 노파는 과연 어느 정도의 능력을 가진 인물일까.

고영감은 이제 노파의 말이라면 무조건 믿어 의심치 않았다. 종을 삼아준다고 하더라도 황공하기 짝이 없는 일인데 제자라고까지 말해 주었으니 마치 도통하는 길이 눈앞에 훤히 트여 있기라도 한 듯한 느낌이었다. 젊은이의 모습이 보이지 않게 되자 노파는 고영감에게 앞으로의 일들을 지시하기 시작했다.

"오늘밤 아까 그 젊은이가 찾아와서 틀림없이 나를 찾을 것이네. 자네는 무조건 아무것도 모른다고 해야 하네. 일주일이 지나면 얼굴은 소년같이 해맑은데 머리카락은 노인같이 하얗게 세어 있는 사내 하나가 나를 찾아올 것이네. 그러면 이 시계를 보여주고 오는 팔월 대보름날 달이 떠오를 무렵에 태함산 정상으로 오라고 전하여주게. 나는 또 몇 군데 다른 볼일이 있어 그만 이 자리를 떠야겠네. 지금부터 이 자리는 자네가 주인일세. 며칠만 지나면 손님들이 문전성시를 이루어 눈코 뜰 새 없이 바빠질 걸세."

노파는 허리춤을 뒤적거리더니 구형 디지털 시계 하나를 고영감에게 건네주었다. 시계는 열두 시 정각에서 멎어 있었다. 백발동안의 사내가 찾아오면 전해주라는 것이었다. 태함산에 관한 이야기는 백발동안의 사내 외에는 누구에게도 발설하지 말라는 신신당부가 있었다. 만약 발설할 시에는 천벌을 면치 못하리라는 엄포가 뒤따랐다. 누구의 말씀이라고 거역할 수 있으랴. 고영감은 이제 노파가 죽으라면 죽는 시늉이라도 해보일 정도가 되어 있었다.

"그동안 여러 가지로 신세가 많았네. 자네의 남은 여생이 복되고 편안하기를 기원하겠네."

말을 마치자 노파는 지팡이를 의지하고 자리에서 일어섰다.

"부디 제게 무슨 비결이라도 하나 가르쳐주고 떠나시기를 간절히 소망하는 바입니다."

고영감이 치맛자락을 붙잡고 애원에 가까운 목소리로 말했다.

"이미 가르쳐주었네."

"무엇을 가르쳐주었단 말입니까."

"행복이란 관상이나 손금 속에 있는 것이 아니라 마음 안에 있다고 가르쳐주지 않았던가."

"그것을 안다고 무슨 신통력이 생긴단 말입니까."

"배가 지나가면 물결이 일고 바람이 지나가면 나뭇잎이 흔들린다고도 말해 주지 않았던가."

노파는 더 이상 고영감과 더불어 말하지 않고 지팡이를 내디디기 시작했다. 바람이 노파의 치맛자락을 부여잡고 가지 말라고 목 놓아 울고 있었다. 노파는 바람을 뿌리치고 치맛자락을 여미면서 행인들 사이로 사라져가고 있었다.

그날 밤 고영감은 다른 날보다 일찍 철수를 서두르고 있었다. 날씨 탓이었다. 손님이 전혀 없었다. 그런데 주간지 기자 노릇을 한다는 아까의 그 젊은이가 다시 노파를 찾아왔다. 그러나 노파는 이미 떠나버린 뒤였다. 젊은이는 약간 흥분된 목소리로 이렇게 말했다.

"문상을 가야 하느냐 말아야 하느냐. 하루 종일 갈등을 겪었습니다. 퇴근 무렵이 되자 제게 선배의 죽음을 알려주었던 친구로부터 전화가 걸려왔습니다. 회사 근처 돼지갈비집에서 기다리고 있을 테니 빨리 나오라는 것이었습니다. 만나서 같이 문상을 가자는 것이었습니다. 저는 아무래도 문상을 가야 한다는 쪽으로 마음이 기울어지고 있었습니다. 미신에 집착해서 사나이의 지중한 의리를 배반해야 하는 스스로가 혐오스러워지기도 했습니다. 거리로 나오니 바람이 광분하고 있었습니다. 바람 속에는 빗방울도 몇 점 섞여 있었습니다. 그때까지도 붉은 헝겊주머니는 제 바지주머니 속에 들어 있었습니다. 손을 바지주머니에 집어넣을 때마다 감촉이 느껴져 왔습니다. 하루 종일 부담스럽고 거북살스러운 존재였습니다. 막상 문상을 가기로 작정을 하고 나니 그것을 버려야만 마음이 홀가분해질 것 같았습니다. 돼지갈비집을 향해 가는 도중에 어느 증축공사 중인 건물 앞을 통과하기 직전이었습니다. 저는 쓰레기통 하나를 만났습니다. 헝겊주머니를 거기다 버렸지요. 돌아서서 몇걸음을 떼어놓는데 갑자기 증축공사 중인 건물 한 귀퉁이가 요란한 소리로 무너져 내리는 것이 보였습니다. 만약 헝

겉주머니를 버리지 않고 곧장 걸어갔다면 저는 무너져 내리는 벽돌에 깔려 즉사해 버리고 말았을 겁니다. 헝겊주머니 때문에 목숨을 건지게 된 셈이죠. 저는 쓰레기통 속에서 헝겊주머니를 다시 꺼내 잘 접어서 바지주머니 속에다 간직해 두지 않을 수 없었습니다. 돼지갈비집에서 기다리고 있는 친구에게 급한 일이 생겨서 문상을 가지 못하게 되었으니 양해해 달라는 전화를 걸어주고 곧장 이리로 달려오는 길입니다. 아무도 믿어주지 않겠지만 저는 이제 믿을 수가 있습니다. 그 할머니는 도사임에 틀림이 없습니다."

어느 날 강은백은 조간신문을 뒤적거리다가 《미래여성》이라는 주간지의 광고에 눈길이 닿게 되었다. 요즘은 저급한 내용을 실은 주간지들과 성인 만화들이 잘 팔린다는 소문이었다. 광고들도 대담해져 가고 있었다. 여자들이 과다하게 노출된 살갗을 드러내고 선정적인 모습으로 찍은 사진들이 광고지마다 범람하고 있었다. 《미래여성》이라는 주간지도 마찬가지였다. 거의 전라에 가까운 여자들의 사진이나 영화 속의 베드신 따위들이 곳곳에 내장되어 있는 주간지였다. 가장 신뢰도가 낮은 잡지이면서도 가장 판매부수가 많은 잡지였다. 인기탤런트 심하은의 사진이 실려 있었다. 그녀가 출연했던 영화나 드라마의 한 장면에서 따온 것으로 짐작되는 사진이었다. 그녀가 상반신을 거의 드러낸 채 오랜 정사 뒤의 나른한 눈꺼풀로 어딘가를 멍하니 바라보고 있는 모습이었다. 그 곁에 인기 탤런트 심하은 재벌 이세와의 비밀동거 현장을 발각당하다― 라는 제호의 광고가 가장 큰 활자로 인쇄되어 있었고 곁에 다른 제호의 광고들이 작은 활자들로 나열되어 있었다. 그러나 그중에서 특히 강은백의 눈길을 끈 제호의 광고는 백발동안의 사내를 찾아다니는 할머니도사 놀라운 신통력으로 본지기자의 생명을 구하다―라는 광고였다. 이상한 일이었다. 그 광고를 보자 마치 감전이라도 당한 듯한 느낌이었다. 백발동안의 사내가 바로 자신을 지칭하는 것 같다는 생각이 오래도록 그의 뇌리를 떠나지 않고 있었다.

그는 주간지의 기사들을 액면 그대로 받아들이지 않는 사람 중의 하나였다. 가끔 주간지에는 현존하는 기인이나 도사들에 관한 기사들이 실리곤 했는데 막상 찾아가보면 그가 펼쳐 보이는 그림이 이 세상 사람의 것이 아니라는 사실조차도 알아보는 사람이 드물 정도였다. 어떤 사람은 보잘것없는 술법이나 능력 몇 가지를 지니고 있을 정도인데도 주간지에서는 그것을 침소봉대시켜 마치 사명대사나 원효대사가 다시 환생이라도 한 것처럼 떠들어대는 경우가 허다했다. 광고라는 것도 마찬가지였다. 허위광고나 과대광고가 판을 치고 있었다. 미꾸라지는 뱀장어로, 도마뱀은 악어로, 고양이는 호랑이로, 이쑤시개는 야구 방망이로 확대 변형되어 보이는 것이 광고 전문가들의 일반적인 시각일까. 여성단체들이 운영하는 소비자고 발센터로 허위과대광고에 의한 소비자들의 피해 사례가 하루에도 수십 건씩 접수된다는 보도가 있었다.

그러나 이번만은 왠지 느낌이 달랐다. 백발동안의 사내를 찾아다닌다는 할머니도사가 자꾸만 자신의 마음을 서점 쪽으로 잡아끌고 있었다. 그는 서점으로 달려가 《미래여성》 한 권을 사 가지고 와 할머니도사에 관한 기사를 단숨에 독파해 버렸다. 예감이 사실로 환치되고 있었다. 가슴이 설레기 시작했다. 혈관이 부풀어 오르고 있었다. 세포들이 술렁거리고 있었다. 바로 그 할머니가 자신을 오학동으로 데려다줄 안내자일는지도 모른다는 생각이 들었다. 《미래여성》에 전화를 걸어 담당기자를 찾으니 부재중이었다. 지방으로 취재를 나갔는데 내일쯤에나 상경한다는 것이었다. 그는 그때까지 기다릴 수가 없었다. 정육점 문을 닫고 주간지를 말아 쥔 채 택시를 잡아 탔다.

탑골공원을 가는 도중 그는 지나간 날들에 대한 회상에 젖어 있었다. 지나간 날들은 모두 아름답다고 어느 시인이 말했던가. 비록 편재불능의 공간 속에서 홀로 겉돌며 살아온 나날들이었으나 결코 고통과 슬픔의 연속만은 아니었다. 잔잔한 감동으로 전해져 오는 유년의 낱말들. 할머니. 농월당. 할아버지. 풍류도인. 도량산. 무영강. 도로무기소. 운무. 이무기. 문둥산. 철쭉꽃. 송기떡. 보릿고개. 배고픔. 여름. 자갈밭. 햇빛. 도살. 개고기. 학교. 여름방학. 신작로. 엔진 소리. 양코배기. 레이션박스. 가을 벌판. 이삭줍기. 우렁이. 갈가마귀떼. 대숲. 달빛. 겨울. 바람 소리. 죽음. 천부경. 상여. 당산. 무덤. 동냥밥. 삼룡이. 오학동. 무덕선인. 묵립소선. 벽오동. 금학. 공금율선. 무선낭. 호수. 방울 소리. 풀꽃. 편재. 족자. 꽃나무. 비단주머니. 황금깃털. 백발현상. 홍원댁. 아버지. 이사. 서울. 빌딩. 자동차. 계모. 따돌림. 백대가리. 편애. 가정불화. 상류계층 ─ 그 모든 것들이 알고 보면 자신을 금 밖으로 내보내기 위한 장치들은 아니었을까.

모함. 정신병원. 피해망상증. 바람 부는 콩밭. 김도문 씨. 자유. 장일현 박사. 개방정신병동. 엘레지의 여왕. 장기자랑. 차기 대통령. 백색혐오증 환자. 사이코드라마. 퇴원. 한남동. 국회의원. 데모. 최루탄. 무육점. 불신시대. 서양바람. 퇴폐풍조. 인명경시. 인권유린. 배금주의. 기계문명. 스모그. 교통지옥. 전쟁. 이데올로기. 유혈사태. 질병. 권모술수. 출세. 우민정책. 섹스. 경쟁. 암투. 절망. 공포. 세기말. 이기주의 ─ 이제는 그러한 낱말들조차도 그에게는 투명한 의미로 다가오고 있었다. 택시에서 내리면 바로 오학동으로 가는 길이 트여 있을 듯한 느낌이었다. 이 세상 모든 사람들에게 편재를 가르쳐줄 수만 있다면 그는 한 번 더 이쪽 세상으로 넘어오고 싶다는 생각이 들었다.

그러나 그가 탑골공원에 도착했을 때 할머니도사는 거기 없었다. 다만 덕송거사라는 광목간판을 내걸어놓고 관상쟁이 할아버지 한 분이 아낙네들을 상대로 사주팔자를 보아주고 있을 뿐이었다. 주간지에도 언급이 되어 있는 할아버지였다.

노천인데도 불구하고 제법 손님들이 많은 편이었다. 주로 아낙네들이었다. 주간지를 보고 찾아온 모양이었다.

그를 보자 할아버지는 정색을 하며 손님들을 잠시 물리치고는 은밀한 눈빛으로 팔소매를 잡아끌더니 사람들의 발길이 뜸한 장소로 그를 끌고 갔다. 마치 중대한 임무를 수행하는 노령의 첩보요원과 접선하고 있는 듯한 느낌까지 들었다. 첩보요원은 허리춤에서 디지털 시계 하나를 꺼내 그의 손에 쥐여주었다.

"그 어르신네께서 당신이 찾아오면 이 시계를 전해주라고 하시었소. 그리고 오는 음력 팔월 대보름 달 뜰 무렵에 태함산 정상에서 만나자고 하시었소. 그 밖에는 아무것도 모르니 묻지 마시오."

그 첩보요원은 비밀지령을 하달하고는 이제 자신의 임무는 모두 끝이 났다는 듯 홀가분한 표정으로 돌아섰다. 자세한 내용을 알고 싶었으나 모든 대답을 회피했다. 그야말로 함구무언이었다. 아무리 통사정을 해보아도 소용이 없었다. 철저하게 세뇌를 받은 모양이었다.

접선 시간은 그리 길지 않았다. 그 늙은 첩보요원은 아무 일도 없었다는 듯이 다시 관상쟁이로 되돌아가 있었다. 강은백은 노인이 절대로 입을 열지 않을 것이라는 느낌을 받았다.

날씨가 무척 더워져 있었다. 완연한 여름이었다. 여자들이 허벅지가 아슬아슬하게 드러나 보이는 미니스커트를 입고 거리를 활보하고 있었다. 여성상위시대라는 말이 유행하고 있었다. 남자들의 권위가 점차로 위축되고 있었다. 사랑보다는 조건이 우선하는 시대가 도래해 있었다. 이혼율이 높아지고 있었다. 정조관념도 희박해져 가고 있었다.

도대체 이 시계 속에 무슨 비밀이 숨겨져 있는 것일까.

택시 정류장을 향해 걸어가면서 그는 시계를 유심히 들여다보았다. 구형의 디지털 시계였다. 일순 그는 우뚝 걸음을 멈추지 않을 수 없었다. 대학을 다닐 때 아버지가 그에게 사주었던 시계 중의 하나와 똑같은 형태를 가지고 있었다. 처음으로 차보았던 디지털 시계였다. 그때는 흔치 않았었다. 탑골공원 안에 있는 팔각정에서 어떤 거렁뱅이 노파에게 준 기억이 선명하게 되살아나고 있었다. 그는 전신이 고압전류에 감전되어 버린 듯한 느낌에 사로잡히기 시작했다. 그 노파야말로 자신이 가지고 있는 그림 속을 자유자재로 드나들 수 있는 인물이라는 생각이 들었다.

그는 걸으면서 오학동을 생각했다. 무선낭의 춤추던 모습이 떠올랐다. 달빛과 호수와 풀밭과 맨발이 떠올랐다. 귓전에 방울 소리가 들리는 것 같았다. 그러나 현실은 여전히 편재불능이었다.

날짜를 대충 계산해 보니 음력 팔월 대보름이 되려면 아직도 두 달 정도나 남아 있었다.

12

어느 날 침한의 암자로 현와(玄蛙)라는 법명을 가진 스님이 찾아왔다. 암자라고는 하지만 사람 하나가 들어가 겨우 몸을 운신할 수 있을 정도로 비좁은 토굴이었다.

"도국사(道國寺)가 재산 싸움으로 세인들의 빈축을 사고 있으니 그대가 방장직을 맡아 부처님의 체면을 좀 세워주게."

현와의 간청이었다.

젊었을 때는 침한과 나란히 같은 선방에서 가부좌를 틀고 앉아 같은 스승으로부터 죽비를 얻어맞으며 동문수학하던 사이였다. 지금은 총무원에 적을 두고 있었다.

"부처님이 무슨 체면이 있단 말인가."

침한은 토굴 속에서 한 발자국도 밖으로 나오지 않았다.

그 후로 현와는 틈만 있으면 침한을 찾아와 도국사 방장직을 맡아주기를 간청했는데 그때마다 침한의 대답은 한결같았다.

"애들은 싸워야 크는 법이라네. 그대로 내버려두게. 무리를 지어서 아웅다웅 법석을 떨어보고 싶은 때도 있는 법이지. 그게 다 도를 단체로 닦으려고 들다가 생겨나는 불상사일세."

그 말을 듣자 마침내 현와는 스무 번째를 마지막으로 더 이상 침한을 찾아오지 않았다.

"네가 찾아오지 않는다면 내가 비로소 찾아가리라."

그제서야 침한은 토굴 밖으로 나와 도국사를 향해 발길을 옮겨놓기 시작했다.

침한이 도국사에 도착해 보니 사찰은 관광객들이 몰려들어 난장판을 이루고 있었다. 예년보다 일찍 산사에 가을이 찾아들고 있었다. 나무들이 단풍으로 아름답게 물들어가고 있었다.

"이년들아. 왜 나만 쏙 빼놓고 사진들을 박는 거야."

"저 여편네는 박는 거라면 무엇이든지 사족을 못 쓴다니까."

아낙네들이 칠층석탑 밑에서 사진을 찍어대고 있었다. 칠층석탑이 그녀들의 눈에는 거대한 남근석(男根石)쯤으로밖에는 보여지지 않는 모양이었다.

"여자들끼리 박으면 사진이 무슨 때깔이 나겠는가. 젊은 스님이라도 한 분 모셔다가 같이 박아야지."

"말끝마다 그놈의 박는다는 소리. 그토록 원이라면 절구통

355

이나 되지 왜 사람으로 태어나셨소."

"부처님한테 시주를 적게 해서 그렇게 되고 말았지."

기탄 없이 음담패설을 늘어놓으며 박장대소를 터뜨리고 있었다.

벌써부터 술에 곤죽이 되어버린 사내들도 있었다. 절간 담벼락 밑에다 오줌을 내갈기는 사내도 있었고 법당 앞에서 혀 꼬부라진 소리로 고래고래 고함을 질러대는 사내도 있었다. 심지어는 도량(道場) 안에까지 쳐들어가서 코펠이나 버너 따위를 즐비하게 늘어놓고 고기를 구워 먹거나 소주병을 기울이는 만행들도 서슴지 않았다. 정각(正覺). 정도(正道). 정심(正心). 도량 한복판에 걸려 있는 현판 속의 글자들이 무슨 메뉴들처럼 보일 지경이었다. 스님들도 이제는 지쳐버렸는지 수수방관만 하고 있는 상태였다.

"여기는 도국사(寺)가 아니라 도국루(樓)로 변해버렸구만."

침한은 그렇게 혼잣소리로 중얼거렸다. 그러나 크게 개탄하는 기색은 아니었다.

침한이 나타나자 도섭(道涉)이라는 수좌 하나가 따라붙더니 그를 방장실로 안내했다. 도섭의 말에 의하면 이미 사흘 전에 침한이 도국사 방장직을 맡게 되리라는 사실을 비공식적으로 총무원에서 전화로 하달했다는 것이었다. 현와는 이미 알고 있었던 모양이었다.

그러나 침한은 사찰에 대해서는 전혀 관심이 없는 모양이었다. 날마다 낮잠으로만 시간을 소일했다. 예불조차도 직접 주관하지 않았다.

"알아서들 하게."

그것이 전부였다.

침한이 방장직을 맡았다고 해서 도국사가 달라진 것은 아무것도 없었다. 여전히 관광객들은 도량을 점거하고 소주를 마시며 고기 냄새를 피워대거나 법당 앞에서 혀 꼬부라진 소리로 고래고래 소리를 질러댔다. 십이신장들이 눈을 부릅뜨고 그 광경을 노려보고 있기는 했지만 별다른 체벌은 내려지지 않았다.

어느 날 침한이 낮잠에 취해 있는데 어린 수좌 하나가 달려와 급박한 상황이 발생했으니 나와보라는 것이었다. 다시 재산 싸움이 고개를 쳐들었다는 것이었다. 신도들이 백여 명이나 각목을 들고 몰려들었고 다수의 조직불량배들까지 흉기를 간직하고 싸움에 가담했다는 것이었다. 아직 접전이 시작되지는 않았으나 대단히 살벌한 분위기라는 것이었다.

"도대체 누가 부처의 편이고 누가 화적의 편이더냐."

"그건 저도 모르겠습니다."

채 스무 살도 되지 않은 나이의 수좌였다. 커다란 눈동자가 잔뜩 겁을 집어먹고 있었다.

"내가 오늘 이 절의 주지가 누구인지를 가르쳐주겠다."

침한은 수좌를 먼저 현장으로 보내고 법의를 찾아 걸친 다음 주장자를 집어 들었다.

잠시 후 도량 쪽에서 요란한 법고 소리가 들리기 시작했다. 침한이 치는 법고 소리였다. 듣는 사람으로 하여금 내장이 온통 뒤흔들리는 듯한 느낌을 가지게 만드는 소리였다. 두 패로 갈라져 있던 사람들이 소리 나는 쪽으로 일제히 시선을 돌리고 있었다. 소리는 계속되고 있었다. 사람들의 발길이 천천히 도량 쪽으로 옮겨지고 있었다.

"대중들은 들으라."

법고 소리가 그치자 침한의 쩌렁쩌렁한 목소리가 산사를 울리기 시작했다. 도량 안팎에 사람들이 구름떼처럼 운집해 있었다.

"빈승은 그대들이 왜 싸우고 있는지를 잘 알고 있다. 불심보다는 욕심이 더 많기 때문이다. 그대들은 모두 도둑들이다. 그대들은 무엇을 훔치러 여기 왔는가. 불법을 훔치러 여기 왔는가. 불상을 훔치러 여기 왔는가. 지금부터 누구든 내 손아귀에서 이 주장자를 뽑아갈 자가 있으면 내가 그에게 불상과 불법을 모두 주리라. 누가 이것들을 모두 가져갈 수가 있는가. 있다면 누구든 나서보라."

침한은 주장자를 짚고 번뜩거리는 눈초리로 대중들을 훑어보고 있었다. 아무도 선뜻 나서는 자가 없었다.

"중옷 입은 자들은 부지기순데 중 노릇 하는 자들은 하나도 없단 말인가."

추상 같은 목소리로 침한이 소리치자 체격이 우람하고 눈이 부리부리한 스님 하나가 사람들 사이를 헤집고 걸어 나오고 있는 모습이 보였다. 전신에 힘이 넘쳐나고 있는 듯한 인상을 풍겨주고 있었다. 서른이 조금 넘어 보이는 나이였다.

"그대는 어떻게 이 주장자를 내게서 빼앗아 가겠는가."

침한이 물었다.

그러자 젊은 스님은 번개같이 몸을 움직여 침한이 짚고 있던 주장자를 잡아당겼다.

그러나 주장자는 꼼짝도 하지 않았다. 젊은 스님이 아무리 단전에 힘을 주고 있는 힘을 다해 잡아채보아도 주장자는 꼼짝도 하지 않았다. 젊은 스님의 얼굴은 붉게 상기되어 있었으며 목과 관자놀이에 굵은 정맥들이 불거져 나오고 있었다. 이마에는 비지땀까지 흐르고 있었다.

침한은 주장자를 짚고 눈을 지그시 감은 채로 한 치의 미동도 없이 동상처럼 버티고 서 있었다. 그는 이미 고요의 밑바닥에 깊이 가라앉아 있는 것 같았다. 주장자를 부여잡고 땀을 뻘뻘 흘리고 있던 젊은 스님이 갑자기 전신에 경련을 일으키기 시작했다. 두 손이 주장자에 붙어서 떨어지지 않는 모양이었다. 젊은 스님의 얼굴은 고통으로 심하게 일그러져 있었다. 잠시 후 침한이 감고 있던 눈을 번쩍 떠 보였다. 그제서야 젊은 스님의 손이 주장자에서 떨어졌다. 경련도 멈추어졌다. 그 체격이 건장하고 눈이 부리부리한 젊은 스님은 침한에게 예를 표한 다음 겁먹은 표정으로 물러나고 말았다.

그러자 사람들 속에서 세인들처럼 평복을 걸친 마흔 살쯤의 사내 하나가 침한 앞으로 나서고 있는 모습이 보였다. 머리카락이 스님들보다 약간 더 길어 보였다.

"그대는 뉘신가."

침한이 물었다.

"부처님의 뼈다귀를 태워 스님들의 밥을 지어주는 이 절의 화부입니다. 그 부지깽이를 제게 주시면 대련산(大蓮山)에 심어두고 싹을 틔워보겠습니다."

사내의 대답이었다.

"그대가 진정 이 도둑들의 괴수로다. 불법과 불상을 모두 그대에게 주노라."

침한은 그 사내에게 주장자를 건네주고는 구름떼처럼 모여 있는 사람들에게 이렇게 말해 주었다.

"대중들은 들으라. 이제 그대들은 더 이상 썩은 쥐를 앞에 놓고 서로 발들을 곤두세우는 올빼미가 되지 말라. 오늘부터 주장자를 들고 있는 이 사람이 부처님의 뼈다귀를 태워 아궁이를 데우고 부처님의 살을 씻어 밥을 지을 것이다. 그러니 그대들은 바리때나 깨끗이 씻어놓을 일이 아니겠는가."

침한은 말을 마치자 도량을 빠져나와 다시 바람처럼 방장실을 향해 걸어가고 있었다. 구름떼처럼 모여 있던 사람들이 오래도록 침묵을 지키며 도량 주변에 우두커니 서 있었다.

다음 날부터 침한의 모습은 도국사에서 보이지 않았다. 그러나 스님들은 이제 조금씩 당당해져 가고 있었다. 관광객들이 도량에서 고기 냄새를 피워대거나 법당 앞에서 혀 꼬부라진 소리로 고래고래 소리를 질러대면 준엄한 표정으로 꾸짖어주기를 서슴지 않았다. 선방에 틀어박혀 용맹정진하는 스님들도 많아져가기 시작했다.

침한은 암자로 되돌아와 있었다.

내일이면 팔월 대보름이었다. 달이 밝았다. 가느다랗게 풀벌레들이 울고 있었다. 풀벌레들의 울음 소리는 달빛에 반사되어 가느다란 금속질의 실처럼 반짝거리고 있었다.

그런데 침한이 달을 바라보고 있을 때였다. 비몽사몽간에 스승의 모습이 나타났다. 그리고 내일 보름달이 뜰 무렵에 태함산 정상으로 가보라는 말을 남기고는 홀연히 그 모습을 감추어버렸다.

정신을 차리고 보니 사방은 그대로였다. 하늘에는 달만 휘영청 밝아 있었다. 주변에는 풀벌레들의 울음 소리만 달빛을 반사하며 반짝거리고 있었다. 그러나 스승의 모습과 목소리는 너무도 생생하게 뇌리 속에 박혀 있었다.

"내일 보름달이 뜰 무렵에 태함산 정상으로 가보도록 하여라. 좋은 시자 하나와 좋은 암자 하나와 염화시중의 미소가 기다리고 있을 것이니라."

강은백은 지난밤 태함산 기슭 아래서 야영을 했다.

아침에 일어나니 날씨가 별로 좋지 않았다. 하늘이 흐려 있었다. 걱정스러운 일이었다. 산에서는 이런 날씨가 뜻하지 않은 기상이변을 자주 일으킨다는 사실을 그는 체험을 통해 익히 잘 알고 있었다. 경험이 부족하던 시절에 은자들을 찾아다니다가 낭패를 당한 적이 한두 번이 아니었다.

강은백은 식사를 끝내고 배낭을 점검한 다음 찬찬히 지형을 관찰하기 시작했다. 웅장해 보이는 산이었다. 저지대에는 참나무, 후박나무 등의 상록광엽수림이 우거져 있었고 중간지대에는 산벚꽃나무, 단풍나무, 밤나무 등의 낙엽광엽수림이 우거져 있었다. 그리고 고지대에는 고사목들과 귀암괴석들이 주류를 이루고 있었다. 아무리 빨라도 네 시간 반 정도는 족히 걸릴 것 같았다. 굴곡의 변화가 심했다. 만약을 생각해서 일찍 출발하는 것이 좋을 것 같았다.

그는 능선을 따라 등반할 것인가 계곡을 따라 등반할 것인가를 잠시 생각해 본 다음 계곡을 따라 등반하는 편이 수월할 것이라는 결론을 내리기에 이르렀다.

그는 배낭을 걸머지고 뒤를 한 번 돌아다보았다. 언덕을 넘고 강을 건너고 들판을 지나 마을이 보였다. 어쩌면 다시는 볼 수 없는 풍경이 되어버릴는지도 모른다는 생각이 들었다. 그가 동경해 온 은유의 마을과 그가 살고 있는 직유의 마을은 얼마나 크나큰 차이를 가지고 있었던가. 한쪽은 열린 세상이었고 한쪽은 닫힌 세상이었다.

그는 계곡을 따라 걸어 올라가면서 닫힌 세상에서 그가 보내었던 편재불능의 세월들을 생각하기 시작했다.

오학동을 다녀온 이후로 그는 가급적이면 모든 사물들로부터 아름다움을 느끼려고 온갖 노력을 기울였다. 인간들에게도 마찬가지였다. 보이는 모든 것을 아름다워하려고 노력했고 들리는 모든 것을 아름다워하려고 노력했다. 물론 마음이 중요하다는 사실을 그는 누구보다도 잘 알고 있었다.

"너 하나의 마음이 탁해지면 온 우주가 탁해지는 법이니라."

어릴 때부터 귀가 아프도록 들어온 말이었다.

그는 마음을 탁하게 만들지 않기 위해 날마다 명상을 계속해 왔으며 여러 가지 경전들을 통해 우주의 근본에 도달해 보려는 노력을 한시도 게을리해 본 적이 없었다. 그는 이제 최소한 분별심 정도에서는 헤어날 수가 있었다. 그는 옳고 그름에도 얽매이지 않았고 많고 적음에도 얽매이지 않았으며 있다 없다에도 얽매이지 않았다. 이 세상 만물이 썩지 않으면 무엇이 거름이 되어 창조의 숲을 키우리. 비록 세상이 온통 썩어 문드러졌다 하더라도 이제 그에게는 그것조차 더럽게 느껴지지 않았다. 세상에서 일어나는 모든 일이 눈물겹게만 생각되었다.

그러나 아무것도 그를 받아들이지는 않았다. 언제나 겉돌게 만들었다. 이쪽에서는 끊임없이 가슴을 열어도 저쪽에서는 끊임없이 가슴을 닫았다. 그들은 자신들의 액자에 들어가지 않는 그림들은 모두 예술이 될 수 없다고 주장하는 평론가들과 흡사한 의식구조들을 가지고 있었다. 그리고 강은백은 그들의 액자에 들어가지 않는 그림 중의 하나였다.

그는 아무리 하찮은 미물이라 하더라도 그것은 우주에서 없어서는 안 될 필수적인 존재이며 자신과 동일한 존재라는 사실을 이미 오학동에서의 체험을 통해 익히 잘 알고 있었다. 그는 이쪽 세상에 존재하는 모든 것들이 근본적으로는 오학동에 존재하는 모든 것들과 조금도 다를 바가 없다고 생각했다. 아름다워하는 마음만 가지고 있으면 편재가 될 수 있을 거라고 생각했다. 그러나 대상을 아무리 아름답다고 느껴도 이쪽 세상에서는 편재가 되어지지 않았다. 그는 이쪽 세상에도 어떤 문제가 있겠지만 자신의 마음에도 어떤 문제가 있을 거라고 생각했다. 아무래도 가장 결정적인 문제는 자신의 마음 안에 있는 것일 테지만 그는 그것이 어디에 숨겨져 있는지를 모르고 있는 상태였다. 어떤 사물과 인간을 바라보든지 아름답다는 느낌을 가지게 되는 때가 많았지만 그는 그것들 속으로 들어갈 수가 없었다. 하지만 그는 포기하지 않았다.

그는 어릴 때부터 미친놈 소리를 들으면서 오늘날까지 닫힌 사람들과 함께 자신도 닫힌 흉내를 내면서 여기까지 걸어왔다. 모든 것이 불투명한 공간이었다. 학문도 종교도 정치도 예술도 아직은 불투명한 상태였다. 그들은 진실로 무엇이 인간을 행복하게 만들어주는가를 아직 모르고 있었다. 강은백은 날마다 오학동을 생각했다. 날마다 무선낭을 생각했다. 날마다 편재를 생각했다. 완벽한 행복과 완벽한 아름다움을 생각했다. 언젠가는 이쪽 세상에서 편재를 이루고야 말리라. 저들에게 완벽한 행복과 완벽한 아름다움이 어떤 것인가를 직접 체득하게 만들어주리라. 그는 날마다 구도자의 자세로 마음을 비우려고 남몰래 노력해 왔다.

그런데 불혹의 낮은 언덕을 넘어서자 생각지도 못했던 노파 하나가 홀연히 그의 앞에 나타났다. 대학 시절 탑골공원 팔각정에서 만났던 노파였다. 왜 그때 그는 그 노파에게 그림을 보여주지 않았을까. 왜 그 노파가 범상한 인물이 아니라는 사실을 간파하지 못했을까. 그는 이미 이쪽 세상에 오염되어 안질에 걸려 있었던 것은 아닐까.

그러나 한편으로는 자신이 노파에게 너무 지나친 기대감을 걸고 있는지도 모른다는 생각이 들었다. 노파는 자신이 지금까지 몇몇 산속을 찾아다니며 만나본 자칭 도인들과 조금도 다를 바가 없는 인물일는지도 모른다는 생각이 들었다. 그렇다면 도대체 왜 자기를 여기까지 오도록 만들었을까. 거기에는 어떤 필연이 존재하고 있는 듯한 느낌이었다.

모든 정황으로 보아 노파는 그를 잘 알고 있는 것 같았다. 그러나 그는 전혀 노파에 대해서 모르고 있는 실정이었다. 주간지에 게재된 내용대로라면 노파는 자신이 가지고 있는 그림의 내력까지 소상히 알고 있는 것 같았다. 몹시 궁금했다. 그는 다시금 마음이 급해지고 있었다. 따라서 걸음도 급해지고 있었다. 아직 해조차도 지지 않았지만 정상에 올라가면 금방 노파를 만나게 되어 모든 실마리가 풀려버릴 듯한 생각에서였다. 진정해라. 진정해라. 계곡의 물 소리가 속삭이고 있었다. 그는 걸으면서 계속 닫힌 사람들에 대해 생각하기 시작했다.

그들은 대개 어릴 때부터 강은백과 다른 방법으로 공부를 해온 사람들이었다. 그들에게는 만사물을 스승으로 삼으라고 가르치던 할머니가 없었다. 머리를 써서 공부하지 말고 마음을 써서 공부하라고 가르치던 할머니도 없었다. 그들은 교육 제도와 교육기관을 통해 소정의 과정을 이수하는 것을 대표적인 공부로 알고 있었다. 그리고 마음을 써서 공부하는 것이 아니라 머리를 써서 공부하는 경우가 대부분이었다. 그들은 지식 자체가 곧 깨달음은 아니라는 사실을 너무 소홀히 생각하고 있는 것 같았다.

그들은 스승으로부터 꿀이 달다는 정보를 전달받고 그것이 선명하게 머릿속에 입력되어 있는 상태를 지식으로 알고 있었다.

"꿀맛이 어떠냐."

"단맛입니다."

그러면 꿀맛을 아는 것으로 간주했다. 꿀을 한번도 먹어본 적이 없는 사람도 그렇게만 대답할 수 있으면 꿀맛을 아는 것으로 간주했다. 꿀을 한번도 먹어본 적이 없는 사람이 단지 꿀맛이 달다고 말할 수 있다는 사실 하나만으로 진정한 꿀맛을 안다고 간주될 수 있을까.

그들은 대부분 진리의 겉껍질을 잠시 매만져보고는 먹고사는 일에 바빠지기 일쑤였다. 하루 종일 그들은 같은 일을 기계처럼 반복하면서 꿀맛 모르는 인생들을 살아가고 있었다. 그들은 시간을 끌고 다니면서 살아가고 있는 것이 아니라 시간에 끌려 다니면서 살아가고 있었다. 그들은 자신들이 경영하는 세상을 평화롭게 만들고 전인류를 행복하게 만들기 위해 끊임없이 노력하고 있었지만 아직도 전쟁 이외의 마땅한 방법은 찾아내지 못하고 있는 것 같았다. 그들은 끊임없이 전쟁을 하고 끊임없이 약탈을 하고 끊임없이 증오를 키우면서 살고 있었다. 살인과 방화, 강도와 강간, 권모와 술수, 중상과 모략 등 온갖 수단과 방법들을 동원해서 자기들끼리 서로 몰락해 가고 있었다. 분명한 퇴화였다.

그런데도 그들은 지구상에 생존하는 그 어떤 생명체들보다도 자존심과 자만심이 강한 동물이었다. 아무리 하찮은 미물들이라고 하더라도 자신들과 동등한 우주적 가치를 가지고 있다는 사실을 대부분 납득하지 못하고 있는 것 같았다. 산이 나이를 먹으면 모래가 되고 모래가 나이를 먹으면 다시 산이 된다는 사실조차 그들은 의식하지 않고 살고 있는 것 같았다. 오직 현실에만 집착해 있었으며 전체와 영원보다는 부분과 순간에 시야가 한정되어 있었다.

이 세상 만물들이 모두 보다 아름다운 생명체로의 진화를 꿈꿀 때 그들은 마치 동굴새우처럼 실명한 눈으로 암흑 속을 더듬거리며 퇴화해 가고 있었다. 동굴 바깥이 있다는 사실도 모르고 있었으며 동굴 바깥에 하늘이 있다는 사실도 모르고 있었다. 하늘에는 태양이 있다는 사실도 모르고 있었으며 땅에는 초목이 가득하다는 사실도 모르고 있었다. 그들은 동굴의 실체가 어떤 모습을 가지고 있는지도 모르고 있었으며 자신의 실체가 어떤 모습을 가지고 있는지도 모르고 있었다.

그들은 먼지와 우주가 별개의 것인 줄 알고 있었으며 모래와 산이 별개의 것인 줄 알고 있었다. 절망과 창자. 밥과 희망. 구름과 행려병자. 거지와 석가모니. 밀가루와 석탄. 정어리와 달빛. 탱크와 민들레. 태양과 하루살이. 증오와 백합. 예수와 히틀러. 불개미와 느티나무. 바람과 음악. 시간과 저울. 똥과 명예. 먼지와 고요. 위치와 속도. 법칙과 모래. 배반과 후회. 양아치와 장미. 흔들림과 무너짐. 성좌와 성단. 예수와 포도주. 해일과 갈매기. 중성자와 블랙홀. 시인과 수면제. 전쟁과 매독. 가시와 손톱. 섹스와 도박. 검열과 속박. 결핍과 아우성. 예술과 발작. 이 세상에 존재하는 그 모든 것들이 불가분의 관계들을 맺고 있으며 하나로부터 태어나서 하나로 돌아가기 위한 순환의 고리들임을 그들은 대체로 의식하지 않으면서 살고 있었다.

그들은 자만에 빠져 있었다. 스스로 만물의 영장임을 자처하면서도 스스로를 보다 고매한 생명체로 격상시킬 생각은 전혀 없는 것 같았다. 온갖 욕망의 탑을 높이 쌓아 올리고 그 탑 밑에서 허덕거리며 살고 있었다. 광대무변한 우주공간을 대상으로 할 때 태양계란 한갓 우주먼지에 불과할 뿐 인간의 존재라는 것 또한 얼마나 미세한 존재인가. 태양을 축구공만 하게 축소시키고 같은 비례로 인간을 축소시켜 보면 과연 어떻게 될까. 거의 사라져버리지 않을까.

강은백은 그들에게 편재를 알게 해주고 싶었다. 편재를 알게 해줄 수만 있다면 오학동엘 가더라도 다시 돌아오고 싶었다. 그러나 그들은 마음의 빗장을 굳게 닫아걸고 있었다. 현실 밖에 있는 모든 것들을 거부하며 살고 있었다. 신화가 죽고 낭만이 죽고 예술이 죽고 사랑이 죽고 자유가 죽은 황무지에 유배되어 있었다.

강은백은 계속해서 계곡을 따라 올라가고 있었다. 예년보다 일찍 가을이 찾아온 것 같았다. 단풍들이 본격적으로 치장을 서두르고 있었다. 풀섶에는 들국화도 피어 있었다.

강은백이 지나가자 마타리꽃 대궁 위에 앉아 있던 밀잠자리 한 마리가 파르르 여린 날개를 떨며 황급히 날아올랐다. 그 곤충의 생애에는 겨울이 없었다. 가을이 끝나면 생애도 끝이었다. 지구상의 동물 발생연대를 기준으로 하여 서열을 따지자면 인간에게 있어 잠자리는 까마득한 왕고참에 해당하는 동물이었다. 지구탄생에서 현대까지를 두 시간짜리 영화로 만든다면 처음 한 시간은 화산의 분화와 지각의 변동으로 인해 생물체라고는 그림자도 찾아볼 수가 없는 장면이 계속되리라. 그 후 한 시간쯤 지난 후에 원시적인 미생물이 물 속에서 탄생할 것이며 한 시간 사십 분이 지나서야 삼엽충이나 연체동물 따위가 나타나게 되리라. 인류가 등장하는 것은 영화의 제일 끝부분이며 약 이점 오초가 고작이리라.

그 영화로 보면 지구를 무대로 살아가는 생물들의 역사 속에서 인간은 결국 엑스트라에 불과한 존재였다. 그런데도 인간들은 모든 동물들에게서 생명과 낙원을 강탈하고 자연과 환경을 무분별하게 오염시켜 놓았다.

그러나 신은 아무리 하찮은 미물에게라도 우주에서의 필수적 존재가치를 부여해 준 것 같았다. 모든 생명체들이 그것을 잘 받아들이고 서로 상호관계를 유지하며 진화해 가고 있는 것 같았다. 오직 인간만이 그것을 거부하며 자신들의 능력을 맹신하고 있었다. 능력이란 자연과 우주를 대상으로 할 때 부끄럽지 않은 것이 하나도 없다는 사실을 전혀 자각하지 못하는 상태 같았다. 그런데도 그들은 이제 부끄러움을 잊어가고 있었다. 부끄러움을 느끼는 기관이 도태되어 있었다.

몇 시간이나 걸었을까. 강은백이 산 중턱쯤을 넘어서자 점차 쏴아 하는 물 소리가 높아지기 시작했다. 조금 더 올라가니 폭포가 옥양목처럼 하얗게 드리워져 있는 것이 보였다. 폭포 옆에 무슨 짐승 하나가 움직이고 있는 것이 보였다. 강은백은 산양이 물을 먹으러 내려온 모양이라고 생각했다. 그런데 거리가 가까워지자 산양이 아니라는 판단을 내렸다. 산양보다는 몸집이 한결 커 보였다. 당나귀였다. 상수리나무 둥치에 매여 있었다. 누가 이런 곳까지 당나귀를 끌고 왔을까. 그러나 사방을 둘러보아도 사람의 흔적은 보이지 않았다.

강은백은 폭포 밑에 다다라 잠시 휴식을 취하면서 산세를 다시 한번 찬찬히 훑어보았다. 이제 코스를 바꾸어야 한다는 판단이 내려졌다. 그는 폭포 옆구리를 돌아서 능선을 타기 시작했다. 그런데 한참을 가다가 보니 사람의 발자국이 눈에 띄었다. 흙이 아직 완전히 마르지 않은 상태인 것으로 보아 지나간 지 오래되지 않은 발자국이었다. 그는 그 발자국을 따라 바삐 걸음을 옮겨놓기 시작했다. 발자국은 능선을 따라가다가 나무꾼들이 만들어놓은 소로와 합류하고 있었다. 강은백은 거기서 능선을 따라 직선 코스로 등반할 것인가 소로를 따라 완만한 코스로 등반할 것인가를 생각해 보았다. 능선 쪽이 마음을 끌었다. 그는 한 시간이라도 빨리 노파가 말한 현장에 도착하고 싶었다. 그러나 그것이 실수였다. 삼십여 분 정도를 걸어 올라갔을 때 운무의 군단들이 몰려 닥쳤다. 산은 완전히 점령되어 있었다. 숲도 바위도 능선도 계곡도 포로가 되어 있었다. 한 치 앞을 내다볼 수가 없었다. 그는 마음을 가라앉히고 지형지세를 살펴가면서 조심스럽게 걸음을 옮겨놓고 있었다. 이제는 나무꾼들이 만들어놓은 소로조차도 찾을 수가 없

었다. 그렇다고 무작정 한자리에 앉아 운무가 걷히기만을 기다
릴 수는 없는 심경이었다. 절벽을 만나 먼 길을 되돌아가기도
하고 이끼 얹힌 돌을 잘못 밟아 몇 바퀴 곤두박질을 치기도
했다. 얼굴이 긁히고 바지가 찢어지기도 했다.

　얼마나 헤매었을까. 그는 이제 간신히 고지대로 접어들고 있
었다. 운무 속에 미라처럼 갈비뼈를 드러내고 서 있는 고사목
들과 무덤처럼 여기저기 웅크리고 있는 바위들이 그것을 말해
주고 있었다. 다행스럽게도 고지대로 접어들자 차츰 운무가 걷
히기 시작했다. 햇빛도 들기 시작했다. 위를 쳐다보니 멀리 정
상이 보였다. 바위로 이루어져 있었다. 꼭대기에 낙락장송 한
그루가 먼 하늘을 바라보고 있었다. 강은백은 그리로 걸음을
옮겨놓기 시작했다.

　그런데 어느 바위벽 가까이에 이르렀을 때였다. 커다란 바위
벽에 글자들이 새겨져 있는 것을 보게 되었다. 놀랍게도 그것
은 천부경이었다. 한자로 새겨져 있었는데 전자체는 아니었다.

天 符 經

一 始 無 始 一 析 三 極 無
盡 本 天 一 一 地 一 二 人
一 三 一 積 十 鉅 無 匱 化
三 天 二 三 地 二 三 人 二

三大三合六生七八九
運三四成環五七一妙
衍滿往滿來用變不動
本本心本太陽昂明人
中天地一一終無終一

일시무시일(一始無始一)

도(道)란 하나일 따름이라. 그러므로 하나로 비롯하되 하나에서 비롯됨이 없느니라. 도라고 이름하는 그 주체는 하나만 같음이 없고, 도에 사무치는 그 묘함도 하나만 같음이 없으니 하나의 뜻이 크도다.

석삼극(析三極)

쪼갠다 함은 나눔이요, 한 끝이란 하늘과 땅과 사람의 지극한 이치라. 계사(繫辭)에 이르기를 육효(六爻)의 움직임은 삼극(三極)의 도라, 도는 하나를 낳고 하나는 둘을 낳고 둘은 셋을 낳아 셋에 이르되 그 변화가 다함이 없으므로 셋이 만물을 낳는다 하였느니라.

무진본(無盡本)

하나란 천하의 큰 근본이며, 이것이 나뉘어 삼극이 되고 또 삼극이 이미 서매 만 가지 이치가 다 이로 말미암아 나나니 큰 근본은 다함이 없느니라.

천일일지일이인일삼 (天一一地一二人一三)

이것이 곧 삼극이라 하늘은 하나를 얻어 하나가 되고, 땅은 하나를 얻어 둘이 되고, 사람은 하나를 얻어 셋이 되니 하나를 한 번 함의 나뉨이라. 그러므로 도는 하나이되 하늘에 있으면 천도(天道)가 되고, 땅에 있으면 지도(地道)가 되고, 사람에게 있으면 인도(人道)가 되나니 나누면 삼극이 되고 합치면 한 근본이 되느니라.

일적십거(一積十鉅)

하나란 수(數)의 비롯이요, 열은 수의 마침이라. 하나로부터 비롯하여 쌓아 열이 되면 크니라. 하도(河圖)의 열 수는 천지 조화의 근본이니 그 이치 또한 깊이 합하니라.

무궤화삼(無匱化三)

하나에서 열까지 쌓아 이로부터 나아감은 천만 가지의 변화가 그 다함이 없으되, 이는 다 삼극의 변화에 말미암음이다.

천이삼지이삼인이삼(天二三地二三人二三)

하나를 나누면 둘이 됨은 자연의 이치라. 계사에 이르기를 하늘을 세움의 도는 음(陰)과 양(陽)이요, 땅을 세움의 도는 부드러움(柔)과 억셈(剛)이요, 사람을 세움의 도는 어짊(仁)과 옳음(義)이라. 삼재(三才)를 겸하여 두 번 하나니 그러므로 역(易)은 여섯 획(六劃)으로 그 괘(卦)를 이루느니라.

대삼합륙생칠팔구(大三合六生七八九)

하나를 나누어 둘로 만들고 하나에 두 갑절씩 곱하므로 여섯이 되나니 하늘과 땅과 사람이 제가끔 그 둘씩 얻어 합치면

여섯이 되고, 이 여섯에 하나와 둘과 셋을 더하면 일곱과 여덟과 아홉이 되는지라. 대개 수는 아홉에 이르면 돌고 돌아 다시 나서 그 쓰임이 다함이 없나니 낙서(洛書)의 아홉 수는 천지조화의 작용이라, 그 또한 이와 더불어 깊이 합하니라.

운삼사성환오칠(運三四成環五七)

셋이란 끝남의 근본이요 넷은 셋으로부터 나는 것이니, 이것이 근본의 변화된 자리라. 그러므로 셋과 넷으로 운행한다 이르고 여섯이란 삼극의 크게 합침이요, 일곱이란 여섯으로부터 나는 것이니 이 또한 근본의 변화함이라. 그러므로 다섯은 여섯의 먼저가 되고, 일곱은 여섯의 뒤가 되므로 가락지를 이룬다 함이니 이미 여섯의 합침을 말하였고, 또 가락지를 이룸도 말했으니 그 여섯을 말하지 않음은 뜻이 그 가운데에 있음이니라.

일묘연만왕만래용변부동본(一妙衍萬往萬來用變不動本)

『중용(中庸)』에 이르기를 그 물건됨이 둘이 아니면 그 물건의 남을 측량할 수는 없다 하였으니 둘이 아니라 함은 하나를 말함이라. 이 하나의 묘한 옮김이 미루어 불어서 다함이 없는지라. 흩어지면 만 번 가고 거두면 만 번 오나니, 간다 함은 한 근본으로 만 가지가 다름이요, 이룬다 함은 만 가지 다름으로 한 근본이라. 그 묘한 작용의 변화를 가히 측량하여 잴 수 없나니, 그 근본이 되어 일찍이 동작하는 바 있지 않으니라.

본심본(本心本)

마음의 근본은 곧 도의 하나이니라. 그러므로 사람으로 말하면 도의 근본은 또한 나의 마음의 것이라. 기록에 이르기를 사람이란 천지의 마음이라 하였으니 또한 이 뜻이니라.

태양앙명(太陽昻明)

마음의 광명이란 하늘의 태양과 같아 비치지 않는 곳이 없는지라. 맹자(孟子)가 이르기를 해와 달이 밝음이 있으매 빛을 써서 반드시 비친다 하니 도의 근본이 있음을 말함이니라.

인중천지일(人中天地一)

하늘과 땅과 사람은 하나이니라. 사람은 하늘과 땅의 하나에 맞추어 삼재가 되나니 사람이 능히 그 본심의 하나를 잃지 않으면, 천지만물의 근본이 나와 일체(一體)가 되므로 이른바 천하의 큰 근본을 세우는 이는 이것에서 얻음이니라.

일종무종일(一終無終一)

도란 하나일 따름이라. 그러므로 하나로 마치되 하나에서 마침이 없느니라. 공자(孔子)가 이르기를 나의 도는 하나로써 뚫는다 하였고, 석씨(釋氏)는 이르기를 만 가지 법이 하나로 돌아간다 하였고, 노자(老子)는 그 하나를 얻으면 만사가 끝난다 하였으니 그 정밀하고 미묘함을 다시 어찌 이에서 더하랴.

강은백이 소장하고 있는 '천부경해제'라는 표제의 책자 속에 들어 있는 풀이였다. 노주(蘆洲) 김영의(金永毅) 선생이 풀이했다는 글이 첨가되어 있었다.

강은백은 오랫동안 바위벽에 음각되어 있는 천부경을 쳐다보면서 할머니를 생각하다가 다시 정상을 향해 걸음을 옮겨놓기 시작했다. 이상하게도 마음이 투명해져 왔다. 산 아래서 보냈던 모든 나날들이 자신과는 이제 아무런 상관도 없는 시간들처럼 생각되었다. 그는 비로소 모든 것을 다 버린 상태로 돌아왔다는 생각이 들었다. 이런 상태라면 편재가 이루어질 수 있을는지도 모른다는 생각이 들었다. 그러나 산 아래 단풍들을 바라보며 편재를 시도해 보았으나 아무런 변화도 일어나지 않았다.

"정말로 아름다운 이야기를 들었소. 이 미천한 솜씨로 신선의 경지를 한때나마 시샘했던 나 자신이 새삼 부끄럽소."

강은백의 이야기를 다 듣고 난 고산묵월이 말했다.

정상에는 이제 네 사람이 모여 있었다.

강은백이 도착해 보니 이미 먼저 정상을 차지하고 있는 사람들이 있었는데 고산묵월과 그의 시자였다. 아이는 기진맥진한 모습으로 잠에 곯아떨어져 있었다. 옷에는 흙과 검불들이 묻어 있었고 얼굴 여기저기에 나뭇가지에 긁힌 자국이 드러나 있었다. 그들은 서로 구면이었다.

고묵은 강은백을 보자 몹시 반가운 표정을 지어 보였다. 형식적인 인사를 대충 나눈 다음 서로 여기까지 오게 된 경위를 이야기했다. 그때 노승 하나가 다시 정상에 그 모습을 나타내 보였는데 역시 강은백과는 구면이었다. 침한이라는 법명을 가지고 있는 스님이라고 고묵이 소개하면서 자신과의 관계를 간략하게 설명해 주었다.

그러나 침한이 여기까지 오게 된 경위는 다른 두 사람의 경우와 판이하게 달랐다. 강은백과 고묵은 노파와 연관이 되어 있었는데 침한의 경우에는 노파가 빠져 있었다. 도대체 노파는 무엇 때문에 이 사람들을 한자리에 모이게 한 것일까. 그리고 왜 침한의 스승이 현몽을 하여 그들과 조우하게 만든 것일까. 과연 오늘밤 여기서 무슨 일이 일어날 것인지를 예측할 수 있는 사람은 아무도 없는 것 같았다. 세 사람은 모두 알 수 없는 긴장감에 사로잡혀 있는 듯한 느낌이었다.

그러나 무엇보다도 고묵이 관심을 가지고 있는 것은 강은백이 가지고 있는 그림이었다. 단도직입적으로 한 번 더 보고 싶다는 말은 하지 못하고 우선 그 그림에 무슨 내력이라도 담겨져 있느냐고 넌지시 물어왔다. 강은백은 오학동이라는 마을에서 겪었던 이야기들을 비교적 소상하게 고묵에게 들려주었다. 실로 아름다운 이야기로다. 고묵은 이야기를 다 듣고 나더니 마치 자신이 직접 오학동에라도 다녀온 듯한 표정을 지어 보이며 탄복해 마지않았다. 고묵의 심중을 들여다보고나 있었는지 침한이 강은백에게 이렇게 간청했다.

"소승에게도 그 선필(仙筆)을 한번 구경할 수 있는 영광을 주시겠소."

"그러지요."

378

강은백이 배낭에 부착되어 있던 족자통을 분리시켰다.

좌르륵.

경쾌한 소리를 내며 족자가 펼쳐졌다. 그때였다. 아이가 잠결에 그 소리를 듣고 눈을 떴다. 어느새 어른들이 둘이나 더 늘어나 있었다. 그런데 놀랍게도 그중의 하나가 싸부님을 쓰러뜨린 악당이었다. 백대가리. 아이도 그에게 남들과 똑같은 별명을 붙여주고 있었다. 너는 오늘 싸나이 중의 싸나이 백득우의 칼에 찔려 죽는 것을 영광으로 생각하라. 아이는 저고리 안에 부착되어 있는 주머니의 단추를 풀고 가만히 손을 집어넣어보았다. 잭나이프의 감촉이 손끝에 전해져 왔다. 잭나이프는 언제나 싸나이 중의 싸나이를 더욱 싸나이답게 만들어주는 무기 같았다. 그러나 아이는 침착해야 한다고 생각했다. 상대는 싸부님을 쓰러뜨린 막강한 실력자였다. 섣불리 맞붙을 수는 없었다. 작전이 필요하다는 생각이 들었다. 아이의 눈에 그림이 보였다. 아이는 의미심장한 표정으로 회심의 미소를 짓고 있었다. 바로 저 그림에 비술이 감추어져 있다. 저 악당은 그림만 없으면 맥을 추지 못할 것이다. 아이는 그렇게 판단했다. 다행히 상대편은 아직 자신의 존재를 눈치 채지 못하고 있었다.

"과연 놀라운 경지로다."

침한도 탄성을 발하면서 그림에서 눈길을 떼지 않았다. 그때였다. 갑자기 주변에 살기(殺氣) 한 줄기가 뻗치더니 아이가 잭나이프를 번뜩거리면서 맹렬한 속도로 그림을 향해 돌진해

들어가고 있는 것이 보였다. 순간적으로 강은백이 몸을 옆으로 비틀면서 그림을 높이 쳐드는 것과 동시에 아이의 팔을 한쪽 손으로 낚아채고 있었다. 번개 같은 동작이었다. 아이의 작전은 실패였다. 잭나이프마저 땅바닥에 떨어져 있었고 악당의 등산화가 그것을 지그시 밟고 있었다.

"이 아이가 내 밑에서 먹을 갈다가 눈 한번을 털었다고는 하나 아직 다듬어지지를 않았으니 노형께서 널리 이해하시오."

고묵이 아이를 먼발치로 데리고 가더니 준엄한 표정으로 타이르기 시작했다. 그러나 목소리가 너무 낮아서 다른 사람들에게는 잘 들리지 않았다. 강은백은 그림을 족자통 속에 말아넣고 그것을 자신의 어깨에 둘러멘 다음 잭나이프를 집어서 바지주머니 속에다 감추어버렸다.

"나도 예전에 저 사자새끼의 발톱에 등을 긁힌 적이 있는데 그때 등에 박혀 있던 발톱 한 개를 사자새끼한테 되돌려준 적이 있소. 바로 그 발톱이오."

침한이 말했다.

그러나 자신이 목숨보다 더 애지중지하며 간직해 온 그림을 난도질하려 들었던 그 사자새끼의 발톱을 강은백은 결코 되돌려줄 생각이 없는 모양이었다.

"소인이 아직 나이가 어려 아무것도 모르고 그런 일을 저질렀으니 하해와 같은 마음으로 널리 용서하여 주시기 바랍니다."

아이가 고묵의 말을 듣고 자신의 실수를 진심으로 깨달은 다음 스승이 가르쳐준 대로 땅에 엎드려 용서를 빌었는데도 괜찮다는 말과 함께 땅에서 일으켜만 주었을 뿐 발톱을 되돌려줄 생각은 하지 않았다.

사방을 둘러보아도 산만 보였다. 까마득히 멀리까지 겹겹이 산이 둘러쳐져 있었다.

일행들은 해가 지기만을 간절히 기다리며 지루한 표정으로 서산머리를 바라보고 있었다. 해가 서녘 하늘로 기울어지고 있었다. 소슬한 바람이 불고 있었다. 소리 없이 솔잎이 지고 있었다. 얼마나 오랜 시간이 흘렀을까. 마침내 해가 서산머리로 완전히 자취를 감추고 있었다. 놀빛이 그을음 속에 잠겨들면서 사방이 차츰 어두워지기 시작했다. 긴장감이 더욱 부풀어 오르고 있는 것 같았다.

"저기 달이 뜨고 있어요."

아이가 소리쳤다.

어른들이 일제히 아이가 가리키는 쪽으로 시선을 모았다. 멀리 동녘 하늘 끝 산머리 위로 보름달 하나가 가느다란 눈썹을 내밀고 있었다.

태함산 정상에는 나무들이 별로 없었다. 여기저기 신상들처럼 서 있는 바위들 사이로 뼈만 남은 고사목 몇 그루가 보일 뿐 제대로 형태를 갖춘 나무라고는 오직 노송 한 그루밖에 없었다. 그들은 그 노송 밑에 모여 있었다.

"모두들 모이셨구만."

등 뒤에서 돌연히 낯선 목소리가 들리고 있었다.

돌아다보니 노파였다. 노파가 달빛을 받으며 서 있었다. 침한이 자세히 보니 자신이 한때 무애행을 떠돈답시고 남의 집 머슴살이를 하던 시절에 잠깐 보았던 노파였다. 그때 침한은 자신이 노파에게 간파당했음을 알았다. 부끄러움을 감추지 못해 그야말로 쥐구멍이라도 있으면 들어가버리고 싶은 심정이었다. 그러나 이제 침한은 아무런 마음의 동요도 일어나지 않았다.

노파는 도대체 어디에 숨어 있다가 이렇게 바람처럼 홀연히 나타난 것일까. 아이가 보니 어른들은 모두 노파에게 허리를 숙여 정중히 예를 표하고 있었다. 잠시 침묵이 흘렀다. 교교한 달빛만이 온누리를 비추고 있었다. 계곡과 능선들의 음영이 점차로 뚜렷하게 드러나고 있었다. 이윽고 노파가 입을 열었다.

"귀한 손님까지 오셨구만. 어떻게 인연이 닿으셨는가."

침한을 보고 이르는 말이었다. 노파가 나타나자 갑자기 어른들 사이에 지금까지 느껴보지 못했던 엄숙한 분위기가 감돌기 시작했다. 아이는 잭나이프를 돌려받아야 할 텐데, 라고 입속으로 나지막하게 중얼거리고 있었다.

"지난밤 스승께서 현몽하시어 저를 이곳으로 가보라고 하셨습니다."

침한은 자신이 여기까지 오게 된 경위를 간략하게 노파에게 들려주었다.

"그대 스승이 뉘신가."

"기산대사이십니다."

"기산대사라면 정벽기산을 지칭함인가."

"어떻게 아시는지요."

"도살장과 육고간은 지척지간이 아닌가. 비록 연장은 다르더라도 소를 다룬다는 점에서는 마찬가지가 아니겠는가. 공부가 깊어진 자들은 그 사귐에 있어서 남녀노소 지위고하를 따지지 않는 법이라네."

노파는 침한과 잠시 몇 마디를 더 나눈 다음 나머지 세 사람을 향해 말하기 시작했다.

"여러분은 이 할망구가 누구인지 몹시 궁금할 것이네. 이 할망구는 지금으로부터 약 백여 년 전에 맹학노옹(盲鶴老翁) 밑에서 단학(丹學)을 배우며 먹을 갈던 여자일세. 맹학노옹은 별호 그대로 언제나 눈먼 학만 그리던 늙은이였네. 세인들은 그를 일컬어 화선(畵仙)이라고 말했지. 그 말은 틀리지 않았네. 그분의 그림은 십 리 변방에까지 그 서기가 뻗쳐 나가는데 맑은 기운이 마치 저 보름달 같다고 하였네. 그러나 평범한 사람들은 그것을 느낄 수가 없다고 하였네. 한평생 나는 그분을 흠모하여 가슴앓이로만 세월을 보냈는데 그분은 혼자 사시면서 내게 먹만 죽도록 갈게 하셨지. 어느 날 먼 길을 떠난다고 하면서 단학을 익혀 불로장생의 지경에 들게 되면 다시 만날 수 있는 인연이 닿을 수도 있다고 말씀하셨네. 그때가 되면 그림으로써 이 할망구를 데려간다 하시었지. 한양 땅 원각사지십층석탑 부근에 머리 흰 총각을 찾으라는 귀띔이 있으셨네. 그러나 유념해야 할 것은 그 총각의 마음에 조금이라도 집착이 남아 있으면 데려갈 수 없으니 때를 기다려야 한다는 말씀도 계셨네. 그 후 사람들 사이에는 그분이 이 태함산 꼭대기로 올라와 황학을 타고 구름 속으로 사라져버렸다는 소문이 전해지기 시작했네. 나는 그 길로 태함산 꼭대기로 올라와 석굴 하나를 파놓고 단학을 연마하기 시작했지. 이제 나는 불로장생의 묘법과 세상만사를 편히 들여다볼 수 있는 혜안을 얻기는 했으나 그분에 대한 연모의 정은 아직 버릴 수가 없다네. 수년 전 어느 날 동편 하늘에 안 보이던 별 하나가 나타나 유난히 반짝거리는지라 때가 되었음을 알고 원각사지십층석탑을 찾아가 기다리고 있었네. 나는 어느 날 거기서 정말로 머리가 하얀 총각 하나를 만났네. 그 총각은 등에 무슨 비단통 하나를 둘러메고 있었는데 가까이 가자 보름달을 바라보고 있을 때처럼 정신이 해맑아지는 서기가 느껴지기 시작했네. 그러나 그 총각은 마음 안에 아직도 많은 세속의 찌꺼기들이 붙어 있었네. 나는 더 기다리기로 했네. 백여 년도 기다려 왔는데 몇십 년쯤이야 못 기다리랴. 나는 그 총각을 지켜보며 때가 오기만을 기다리다가 마침내 오늘 이런 인연들을 맞이하게 된 것이라네."

그렇다면 맹학노옹이 바로 오학동의 묵림소선이라는 말이 아닐까. 그런 것 같았다. 달은 아까보다 한결 높이 솟아올라 있었다. 강은백은 노파의 이야기를 다 듣고 난 다음 신중한 동작으로 메고 있던 족자통을 벗어 조심스럽게 그림을 노파에게 펴 보였다.

"오학동에서 이 그림을 제게 주었던 묵림소선께 제가 언제쯤 다시 오학동으로 올 수 있느냐고 여쭈어보았더니 이 그림 속을 자유자재로 넘나들 수 있는 사람을 만나면 다시 올 수 있다고 대답하셨습니다. 어르신네께서는 부디 그 신묘하신 영험을 지금 제게 보여주시기 바랍니다."

강은백이 말했다.

그러나 노파는 아무 대답도 하지 않았다.

"왜 아무 말씀도 하지 않으십니까."

강은백이 재촉하듯 물었다.

"이 그림 속을 자유자재로 드나들 수 있는 사람은 내가 아니라네."

노파가 대답했다.

"그러면 누구입니까."

"바로 자네이지. 이 그림 저쪽에는 나와 같이 연모의 정 하나로 몇백 년을 기다려온 여자 하나가 있다는 사실을 나는 말해 주지 않아도 잘 알고 있네. 저 그림은 필시 맹학노옹이 그 여자의 마음을 그려서 내게 전하는 것이라네."

"그것을 어떻게 아셨습니까."

"맹학노옹의 그림은 이제 이 세상에서는 나밖에 읽을 사람이 없지."

"제가 어떤 방법으로 이 그림 속을 드나들 수가 있겠습니까."

강은백이 물었다. 그러나 노파는 다시 입을 다물고 오래도록 침묵만을 지키고 있었다. 어디선가 부엉이가 울고 있었다.

"도대체 어떻게 해야 합니까."

강은백이 애원에 찬 목소리로 거듭 노파에게 묻고 있었다.

한참 만에야 노파는 입을 열었다.

"저 세속의 소인배들은 버리려고 이 세상에 찾아와서는 모으면서 이 세상을 살고 있네. 자네는 어떠한가. 아무것에도 집착하지 않고 있다고 자신 있게 내게 말해 줄 수 있는가."

"지금은 모든 집착을 버렸습니다."

강은백이 말했다.

"아직도 자네의 마음 안에 남아 있는 집착의 찌꺼기들이 내 눈에는 보이는데."

"무엇에 대한 집착입니까."

"바로 오학동에 대한 집착과 이 그림에 대한 집착이라네."

평소에 그런 생각을 해보지 않았던 것은 아니지만 노파에게서 비로소 확실한 해답을 얻어낸 듯한 느낌이었다.

"오학동에 대한 집착과 이 그림에 대한 집착을 버리려면 어떻게 해야 합니까."

강은백이 물었다.

어느새 부엉이의 울음 소리도 그쳐 있었다. 정상 공터 여기
저기에 널려 있는 바위들과 함께 온갖 풍상을 겪어온 노송 한
그루가 보름달을 바라보며 무심지경에 빠져 있었다. 시나브로
솔잎들이 떨어지고 있었다.

"지금 당장 그 그림부터 찢어버리게."

노파가 말했다.

"저 그림을 찢다니."

침묵을 지키며 두 사람의 대화를 엿듣고 있던 고목이 신음
하듯 낮게 한마디를 뱉었다.

"나는 자네의 호주머니에 칼 하나가 들어 있다는 사실을 알
고 있네. 왜 그 칼로 분별심의 찌꺼기들을 찢어발기지 못하는
가. 그림이 아까워선가. 내 말에 대한 믿음이 부족해선가."

노파가 다그치듯 말했다.

강은백의 호주머니에 칼이 들어 있다는 사실을 어떻게 알았
을까. 투시안이라도 가지고 있는 것일까. 그럴는지도 모를 일
이었다. 내 잭나이프가 저 백대가리의 호주머니에 들어 있었
구나. 아까부터 잭나이프의 소재에만 정신이 집중되어져 있던
아이가 눈이 번쩍 뜨인다는 듯한 표정으로 강은백의 바지주머
니를 쳐다보고 있었다. 어른들 사이에는 아까보다 몇 배나 더
팽팽한 긴장감이 감돌고 있었다.

강은백이 느린 동작으로 그림을 땅바닥에 펼쳐놓고 있었다. 달과 바위와 고사목과 소나무들이 숨을 죽이고 그 광경을 바라보고 있었다. 강은백은 그림을 땅바닥에 펼쳐놓고 한참 동안을 망설이고 있었다. 아직도 그림을 찢어버릴 마음이 생기지 않는 모양이었다.

"정좌하고 앉아 명상을 하면서 마음을 비우시게."

노파가 말했다.

강은백은 말없이 노파의 지시에 따르고 있었다. 그는 노송 밑 달빛그늘 아래 가부좌를 틀고 앉아 오랜 침묵 속에서 명상을 하기 시작했다. 길고 지루한 시간이 달빛 그늘 아래 누적되고 있었다. 아무도 침묵을 깨뜨리는 사람은 없었다. 숨소리조차도 죽이고 있는 것 같았다.

그러한 시간이 얼마나 지났을까. 강은백의 눈꺼풀이 열리면서 가부좌가 풀어지고 있었다. 그는 한결 마음이 홀가분해진 듯한 표정이었다.

"이제야 저 그림을 찢을 수 있는 마음을 얻었습니다."

이윽고 강은백이 말했다.

그는 말을 마치자 호주머니에서 잭나이프를 꺼내 들었다. 달빛 한 조각이 잘라져 반짝 섬광을 발하는 것이 보였다. 강은백은 무릎을 꿇더니 추호의 망설임도 없이 그림을 향해 잭나이프를 내리찍었다. 달빛 속에서 은어 한 마리가 비늘을 뒤채며 빠르게 내리꽂히는 것처럼 보였다

쫘악.

비단이 찢어지는 소리가 들려왔다. 그림의 한가운데가 잭나이프 끝에서 한 줄로 길게 찢어지면서 그 틈새가 벌어지는 것이 보였다. 저토록 아름다운 그림을 찢어버리다니. 고목이 빈혈을 앓듯 이마를 짚으며 침한 쪽으로 기울어지고 있었다. 그때였다. 사방에서 아름다운 방울 소리가 들려오기 시작했다. 처음에는 아련히 먼 곳에서 들려오는 방울 소리 같았으나 시간이 지나면서 차츰 가까이로 다가오고 있는 것 같았다. 소리가 가까워짐에 따라 달빛이 점차로 밝아지는 듯하더니 주변의 풍경들이 햇빛이 비치는 스크린 속의 풍경들처럼 하얗게 지워지기 시작했다. 기이한 현상이었다. 아무런 감정도 느껴지지 않았다.

빛은 점차로 강렬해지고 있었다. 그런데도 눈은 부시지 않았다. 모든 사물들의 형태가 빛 속에서 하얗게 사위어가고 있었다. 잠시 후 주위의 풍경들은 모두 빛 속으로 녹아들어가 그 흔적이 보이지 않았다. 풍경들뿐만 아니라 사람과 사물들도 마찬가지였다. 우주 전체가 빛 속으로 녹아들어가 그 흔적이 보이지 않았다. 오직 빛과 방울 소리만 존재하고 있었다. 방울 소리는 이제 바로 곁에서 들리는 것 같았다. 그러나 잠시 후 그 방울 소리조차도 불시에 뚝 끊어져버렸다. 그 순간 한 번 더 천지가 극명한 빛으로 확산되더니 갑자기 일체의 생각들이 끊어져버렸다. 존재하는 것은 아무것도 없었다. 시간도 없고 공간도 없었다. 무(無)도 없고 공(空)도 없었다. 적멸의 상태만 거기 있었다. 상당히 오래도록 그러한 상태가 계속되었다.

그러다가 어느 순간에 다시 가느다란 방울 소리가 들리기 시작했다. 방울 소리는 아까처럼 점차로 가까이 다가오고 있는 것 같았다. 아이의 의식도 희미하게 되살아나고 있는 것 같았다. 풍경들도 차츰 희미하게 그 윤곽을 드러내기 시작했다. 사물들도 차츰 희미하게 그 윤곽을 드러내기 시작했다. 사람들도 차츰 희미하게 그 윤곽을 드러내기 시작했다. 다시 방울 소리는 멀리로 사라져가고 있었다.

놀라운 체험이었다. 아이는 조금 전에 자신이 빛으로 환원되었다가 어느 순간에 완벽하게 공(空)이 되어버리는 듯한 느낌을 받았다. 그리고 나머지는 없음이었다. 자신은 없어져서 그 없음이 되어 있었다. 어떻게 그때의 상태를 표현할 수 있을까. 도저히 표현할 방법이 없을 것 같았다. 이제 아이는 완전히 정신이 맑아졌고 사물들의 형체도 처음처럼 윤곽이 뚜렷해졌다. 몸과 마음이 하늘에 떠 있는 달빛처럼 청명해진 것 같았다.

그런데 두 사람이 보이지 않았다. 노파와 강은백이 어디론가 사라져버린 것 같았다. 족자도 이상했다. 아까처럼 땅바닥에 펼쳐져 있기는 했는데 그림이 사라지고 없었다. 뿐만 아니라 칼자국조차도 사라져버린 모양이었다. 전혀 상처라곤 발견할 수 없었다. 하얀 비단만 달빛 아래 눈부시게 널려 있었다. 곁에 잭나이프가 버려져 있었다. 아이는 어른들의 동태를 살펴보았다. 어른들은 침묵 속에 빠져 있었다.

노스님은 아무런 마음의 동요의 빛도 없이 침묵 속에서 사태의 추이를 관망하고 있었다. 그러나 스승은 날카로운 안광으로 비어 있는 족자의 하얀 비단폭을 뚫어질 듯 주시하고 있었다. 아이는 스승의 눈치를 살피며 살금살금 족자 곁으로 다가가 재빨리 잭나이프를 호주머니 속에다 집어넣었다. 그래도 스승은 전혀 표정이 없는 얼굴이었다.

"득우야, 오늘도 연적 속에 물이 가득 들어 있느냐."

한참 만에야 제일 먼저 스승이 침묵을 깨뜨렸다.

"있습니다."

아이가 반기는 얼굴로 대답했다.

"먹을 갈도록 하여라."

스승이 예전처럼 가라앉은 목소리로 아이에게 일렀다.

"그림을 그리시려고요."

아이가 물었으나 스승은 대답하지 않았다.

아이는 부랴부랴 보퉁이에서 문방사우들을 꺼내놓았다. 그리고 달빛 아래서 열심히 먹을 갈기 시작했다. 달빛가루가 먹속으로 녹아들고 있었다. 모든 상념들이 먹 속으로 녹아들고 있었다. 온 우주가 먹 속으로 녹아들고 있었다. 스승은 이제 빈 족자 앞에 앉아 눈을 지그시 감고 아이가 먹을 다 갈기만을 기다리고 있었다. 노스님이 잔잔한 미소를 떠올리며 그 광경을 내려다보고 있었다. 얼마나 시간이 지났을까.

"붓과 먹을 이리로 가지고 오너라."

스승이 눈을 뜨지 않은 채로 아이에게 말했다. 달은 이제 중천에 높이 떠 있었다.

아이가 먹을 비롯한 문방사우들을 스승 곁에 신중한 동작으로 정리해 놓았다. 스승은 여러 개의 붓 중에서 중필 하나를 골라잡았다. 일순 시간이 뚝 정지해 버리는 듯한 느낌이 들었다. 스승이 붓에다 먹을 듬뿍 적시고 있는 모습이 보였다.

"저들이 아직 내가 갈 수 있는 빌미를 남겨놓았다. 나도 먹으로써 거기에 이를 것이다."

스승이 소리치듯 말하고 먹이 듬뿍 적셔진 붓으로 비단 위에 검은 점 하나를 찍는 것 같았다. 그 순간 놀라운 현상이 일어났다. 스승과 붓과 족자가 모두 눈 깜짝할 새 눈부신 빛의 덩어리로 전환되어 버렸다. 다시 천지가 눈부신 빛으로 완벽하게 채워졌다. 어디선가 방울 소리가 들리고 있었다. 아까와 똑같은 현상이 다시 한 번 반복되어지고 있었다.

아이가 정신을 차렸을 때는 스승의 모습도 보이지 않았다. 족자도 붓도 보이지 않았다. 다행스럽게도 노스님은 그대로 남아 있었지만 아이는 세상이 텅 비어버린 듯한 느낌에 사로잡혀 있었다. 마치 슬픈 꿈을 꾸고 있는 듯한 기분이었다.

"스승님이 사라져버렸어요. 할머니와 백대가리도 사라져버렸어요. 모두 어디론가 사라져버렸어요."

멍하니 넋을 잃은 표정으로 서 있던 아이가 노스님을 돌아보며 말하기 시작했다. 그러나 사방은 달빛 속에 고요하게 가라앉아 있었다. 노스님은 빙그레 미소만 띠고 있었을 뿐 아무 대답도 하지 않았다.

"세상에 내려가서 조금 전에 제가 본 것들을 이야기해 주면 세상사람들은 믿을까요."

아이가 다시 노스님에게 물었다.

"아무에게나 이런 체험을 할 수 있는 인연이 닿는 것은 아니니 믿지 않는 사람이 태반일 것이니라."

노스님의 대답이었다.

"언제쯤 여기서 내려가나요."

아이가 다소 처량한 목소리로 물었다.

"내려가지 않는다."

노스님이 말했다.

그러나 아이는 농담으로 받아들이고 있는 듯한 눈치였다.

"스승님과 그 사람들은 모두 어디론가 사라져버렸는데 왜 우리는 여기 남아 있는 걸까요."

아이는 쉴 새 없이 노스님에게 질문을 던지고 있었다.

"어디를 가나 네가 우주의 중심부이니라."

노스님의 대답이었다.

"이제 내려가는 게 좋겠어요."

아이가 재촉하듯 말했다.

"내려가지 않는다."

노스님의 답변이었다.

"정말로 여기서 살 건가요."

"그렇다."

"여긴 집도 없고 먹을 것도 없고 옷도 없잖아요."

"좋은 암자에 좋은 시자에 염화시중의 미소까지 간직했나니 중으로서 더 바랄 것이 무엇이란 말이냐. 오늘부터 너는 내 밑에서 태함산 전체를 암자로 삼아 불법을 공부하게 될 것이니라."

노스님은 말을 마치자 무심히 하늘을 한번 쳐다보았다. 달은 이제 중천에 높이 떠 있었다. 건너편 산에서는 아무 일도 없었다는 듯 계속해서 부엉이가 울고 있었다. 솔잎이 소리 없이 지고 있었다.

〈끝〉

1946년 경남 함양군 수동면 상백리에서 태어났다.

1958년 강원도 인제군 기린국민학교를 졸업했다.

1961년 강원도 인제군 인제중학교를 졸업했다.

1964년 강원도 인제군 인제고등학교를 졸업했다.

1965년 화가 지망생이었으나 집안 사정과 교사인 아버지의 추천으로 춘천교육대학에 입학했다.

1968년 육군에 입대했다.

1971년 육군 병장으로 만기제대했다.

1972년 춘천교육대학 입학 7년 만에 학문 연구에 대한 회의와 집안 사정이 겹쳐 결국 중퇴했다.

1972년 《강원일보》 신춘문예에 단편 「견습어린이들」이 당선되면서 데뷔했다.

1973년 강원도 인제남국민학교 객골분교 소사로 근무했다.

1975년 《世代》에 중편 「훈장(勳章)」으로 신인문학상을 수상했고, 《강원일보》에 잠시 근무했다.

1976년 단편 「꽃과 사냥꾼」을 발표했고, 11월 26일 '미스 강원' 출신의 미녀 전영자와 결혼했다.

1977년 춘천 세종학원 강사로 근무했다. 장남 이한얼이 세상에 나왔다.

1978년 원주 원일학원 강사로 근무했다. 당시 신인작가에게는 파격적인 조건으로 첫 장편 『꿈꾸는 식물』을 전작으로 출간해 당대 최고의 문학평론가였던 김현 선생의 극찬을 받았다. 또한 이 작품은 30만 부 이상 판매되며 문단에 신선한 바람을 일으켰다.

1979년 단편 「고수(高手)」와 「개미귀신」을 발표했다. 이때부터 모든 직장을 포기하고 창작에만 전념하기 시작했다.

1980년 소설집 『겨울나기』를 출간했다. 단편 「박제(剝製)」 「언젠가는 다시 만나리」 「붙잡혀 온 남자」를 발표했다. 같은 해 차남 이진얼이 출생했다.

1981년 중편 「장수하늘소」, 단편 「틈」과 「자객열전」을 발표했다. 또 두 번째 장편인 『들개』를 출간해 70만 부 이상 판매되며 문단의 화제가 되었다.

1982년 만 1년 만에 장편 『칼』을 세상에 내놓으면서 60만 이상의 독자에게 사랑을 받았다.

1983년 직접 그리고 쓴 우화집 『사부님 싸부님』(전2권)을 출간해 '보고 읽고 깨닫는' 에세이집의 가능성을 보여주었고, 이 책은 20만 부 이상 판매되었다.

1985년 삶에 대한 개인적 소회와 감성적인 문장들을 모은 산문집 『내 잠 속에 비 내리는데』를 출간했다.

1986년 산문집 『말더듬이의 겨울수첩』을 출간했다.

1987년 그동안 발표한 중단편 소설들을 모아 두 번째 소설집 『장수하늘소』를 세상에 내놓았고, 서정시집 『풀꽃 술잔 나비』를 출간하며 각박한 삶 속에서도 감성을 잃지 않아야 함을 간접적으로 보여주었다.

1990년 나우갤러리에서 마광수, 이두식, 이목일과 4인의 에로틱 아트전을 개최했다.

1992년 삶과 문학에 대한 고민으로 수년을 방황하다 부인의 권유로 방문에 교도소 철문을 설치하는 기행까지 서슴지 않으며 드디어 독자들이 기다리던 네 번째 장편이자 이외수 문학의 2기를 여는 장편『벽오금학도』를 세상에 내놓았다. 이외수 소설에 대한 독자들의 갈증으로 이 작품은 출간하자마자 120만 부 이상 판매되며 밀리언셀러가 되었다.

1994년 사물과 상황에 대한 작가만의 감성을 써내려간 산문집『감성사전』을 출간했다. 같은 해 선화(仙畵) 개인전을 신세계 미술관에서 개최했다.

1997년 장편『황금비늘』(전2권)을 출간하며, "인간이 인간다운 이유는 아름다움을 알기 때문이다"라는 화두로 스스로를 구원해야 세상을 구할 수 있다는 메시지를 전하였다. 독자들의 폭발적인 반응으로 100만 부 이상 판매되었다.

1998년 가난한 문학청년에서 베스트셀러 소설가가 되기까지 괴짜 작가로서 겪어낸 사랑과 청춘의 기억을 담은 산문집『그대에게 던지는 사랑의 그물』을 출간했다.

2000년 아름다운 감성의 언어들이 돋보이는 시화집『그리움도 화석이 된다』를 출간했다.

2001년 『사부님 싸부님』이후 18년 만에 우화집『외뿔』을 출간해 글과 그림의 예술적 조화를 선보이며 "자신의 내면을 아름다움으로 가득 채울 수 있다면 진실로 거룩한 존재"임을 설파했다.

2002년 여섯 번째 장편이자 조각보 기법을 활용한『괴물』(전2권)을 출간해 70만 이상의 독자들에게 사랑을 받았다.

2003년 일상의 단상과 사랑에 대한 예찬을 담은 에세이인 사색상자『내가 너를 향해 흔들리는 순간』과 산문집『뼈』를 출간하며 왕성한 집필욕을 내보였다. 7월에는 대구 MBC 사옥 내 갤러리 M의 초대로〈이외수 봉두난발 특별전〉을 개최했다.

2004년 　직접 그리고 쓴 이외수표 에세이인 소망상자 『바보바보』를 출간했다. 같은 해 실직이나 취업, 학업 등으로 실의에 빠진 청년들을 위로하는 편지글로 구성된 산문집 『날다 타조』를 세상에 내놓았다.

2005년 　일곱 번째 장편으로 이외수 문학 3기로 명명되는 장편 『장외인간』(전2권)을 출간해 40만 독자들에게 사랑받았다. 또 제2회 천상병예술제에서 〈이외수 특별초대전〉을 열었다.

2006년 　강원도 화천군의 유치로 다목리에 '감성마을'을 구성해 '감성마을 촌장'으로 입주하였다. 국내 최초로 생존 작가에게 제공된 집필실 겸 기념관 건립사업은 문화계 내에서뿐 아니라 사회적으로도 화제가 되었다. 같은 해 문장비법서 『글쓰기의 공중부양』을 세상에 내놓으며 문학청년들에게 실전적인 글쓰기 방법을 전수하였다. 또한 그동안 발표한 중단편 소설들을 모아 소설집 『장수하늘소』 『겨울나기』 『훈장』을 새로이 단장했다. 『훈장』에는 발표 이후 최초로 책에 담은 데뷔작 「견습어린이들」이 수록되어 30여 년 작가생활 동안 잃지 않은 초심을 고스란히 보여주었다. 이외에도 수차례의 개인전에서 선보인 선화들을 모아 선화집 『숨결』로 묶어 내놓았고, 12월에는 시집 『풀꽃 술잔 나비』와 『그리움도 화석이 된다』를 합본해 재편집한 시집 『그대 이름 내 가슴에 숨 쉴 때까지』를 출간해 시심(詩心)을 새로이 했다.

2007년 　소통법 『여자도 여자를 모른다』를 정태련 화백과 함께 출간해 새로운 형태의 산문집을 세상에 선보였다. 출판사 사정으로 판권을 옮기게 된 문장비법서 『글쓰기의 공중부양』과 산문집 『뼈』를 해냄출판사에서 개정 출간하였다. 『뼈』는 재편집하여 『사랑 두 글자만 쓰다가 다 닳은 연필』로 개정하였다.

2008년 생존법 『하악하악』을 정태련 화백과 함께 출간했다. 이 책
은 70만 부 이상 판매되며 침체된 도서시장에 활력을 불어
넣었다고 평가된다. 또한 선화(仙畵) 개인전을 포항 포스코
갤러리에서 개최하였다. 7월에는 시트콤 〈크크섬의 비밀〉
에 출연해 신선한 즐거움을 선사했고, 10월부터는 1년 동안
MBC 라디오 〈이외수의 언중유쾌〉를 진행하며 '사람답게
사는 법'에 대해 청취자들과 의견을 나누기도 했다.

2009년 이전에 출간한 산문집 『날다 타조』에 새 원고를 추가하고
정태련 화백의 그림을 수록해 『청춘불패』로 새 단장하여
독자들에게 선보였고, 이 책은 20만 부 이상 판매되었다.

2010년 '내가 흐르지 않으면 시간도 흐르지 않는다'는 뜻의 제목을
붙인 산문집, 이외수의 비상법 『아불류 시불류』를 출간해
20만 이상의 독자들에게 사랑받았다.

2011년 『흐린 세상 건너기』(1992)의 원고 일부에 새 원고를 합하고
박경진 작가의 수채화를 수록한 에세이 『코끼리에게 날개
달아주기』를 출간하였다. 12월 '인생 정면 대결법'이라는 부
제로 『절대강자』를 정태련 화백과 함께 출간해 20만 이상
의 독자에게 사랑받았다.

2012년 '세상 모든 아름다운 것들을 위하여'라는 주제로 정태련 화
백과의 다섯 번째 에세이 『사랑외전』을 출간했고, 이 책은
20만 부 이상 판매되었다.

2013년 하창수 작가와 함께 대담집 『마음에서 마음으로』를 출간
했다.

2014년 소설집 『완전변태』를 출간하며 "예술가는 세상이 썩지 않게
하는 방부제 역할을 해야 한다"는 화두로 금전만능주의 사
회에서 삶의 가치를 바꿀 것을 독자들에게 전파하고 있다.

벽오금학도

초판 1쇄 1992년 5월 1일
제2판 1쇄 2005년 2월 15일
제2판 7쇄 2008년 5월 25일
제3판 1쇄 2008년 6월 30일
제3판 12쇄 2013년 2월 5일
제4판 3쇄 2017년 10월 15일

지은이 | 이외수
펴낸이 | 송영석

펴낸곳 | (株)해냄출판사
등록번호 | 제10-229호
등록일자 | 1988년 5월 11일(설립일자 | 1983년 6월 24일)
04042 서울시 마포구 잔다리로 30 해냄빌딩 5·6층
대표전화 | 326-1600 **팩스** | 326-1624
홈페이지 | www.hainaim.com

ISBN 978-89-6574-443-6